民國新聞專題史研究叢書

倪延年　主編

第 **4** 冊

民國時期的少數民族新聞業

白潤生 等著

花木蘭文化事業有限公司

國家圖書館出版品預行編目資料

民國時期的少數民族新聞業／白潤生等著 — 初版 — 新北市：
花木蘭文化事業有限公司，2020〔民 109〕
目 8+292 面；19×26 公分
（民國新聞專題史研究叢書；第 4 冊）
ISBN 978-986-518-121-5（精裝）
1. 新聞史 2. 少數民族 3. 中國
890.9208   109010122

ISBN-978-986-518-121-5

民國新聞專題史研究叢書
第 四 冊   ISBN：978-986-518-121-5

民國時期的少數民族新聞業

作　　者　白潤生等著
叢書主編　倪延年
出　　版　花木蘭文化事業有限公司
發 行 人　高小娟
總 編 輯　杜潔祥
副總編輯　楊嘉樂
編　　輯　許郁翎、張雅淋　美術編輯　陳逸婷
聯絡地址　235　新北市中和區中安街七二號十三樓
　　　　　電話：02-2923-1455／傳眞：02-2923-1452
網　　址　http://www.huamulan.tw 信箱 hml810518@gmail.com
印　　刷　普羅文化出版廣告事業
初　　版　2020 年 9 月
全書字數　266578 字
定　　價　共 12 冊（精裝）新台幣 36,000 元
版權所有・請勿翻印

民國時期的少數民族新聞業

白潤生 等著

此項研究得到國家社會科學基金重大項目
「中華民國新聞史」（編號：13&ZD154）資助

《中華民國新聞史》學術顧問委員會

主任委員

方漢奇　中國人民大學榮譽一級教授，中國新聞史學會創會會長，中國人民大學新聞學院教授，博士研究生導師。

執行主任委員

趙玉明　中國傳媒大學教授，博士生導師，中國新聞史學會第二任會長，北京廣播學院原副院長。

副主任委員

朱曉進　南京師範大學教授，博士生導師，副校長，中國民主促進會江蘇省主委，政協江蘇省副主席。

程曼麗　北京大學教授，博士生導師，中國新聞史學會會長，北京大學華文傳媒研究中心主任。

委員（按姓氏漢語拼音為序）

顧理平　南京師範大學教授，博士生導師，南京師範大學新聞與傳播學院院長。

黃　瑚　復旦大學教授，博士研究生導師，復旦大學新聞學院常務副院長，中國新聞史學會副會長。

李　彬　清華大學教授，博士研究生導師，清華大學新聞與傳播學院學術委員會主任。

劉光牛　新華通訊社高級編輯，新華社新聞研究所副所長。

劉　昶　中國傳媒大學教授，博士研究生導師，中國傳媒大學新聞傳播學部新聞學院院長。

馬振犢　中國第二歷史檔案館副館長，研究員，中國近現代史史料學會副會長。

倪　寧　中國人民大學教授，博士研究生導師，中國人民大學新聞學院執行院長。

秦國榮　南京師範大學教授，博士研究生導師，南京師範大學社會科學學術委員會秘書長，南京師範大學社會科學處處長。

吳廷俊（常設）華中科技大學二級教授，博士生導師，中國新聞史學會副會長，中國新聞史學會新聞教育史分會會長。

二〇一四年三月

《中華民國新聞史》編纂委員會

主任委員

吳廷俊　華中科技大學二級教授，博士研究生導師，中國新聞史學會副會長暨新聞教育史分會會長。項目常設顧問。

執行主任委員

倪延年　南京師範大學教授，博士研究生導師，中國新聞史學會特邀理事，南京師範大學民國新聞史研究所所長。主編《中華民國新聞史》（第1卷），協助主任委員完成項目研究組織協調工作。

副主任委員

張曉鋒　南京師範大學教授，博士研究生導師，中國新聞史學會常務理事，中國新聞史學會臺灣與東南亞華文新聞傳播史研究會副會長，南京師範大學新聞與傳播學院執行院長。協助主任委員完成項目組織協調工作。

委員（以姓氏漢語拼音為序）

艾紅紅　中國傳媒大學教授，博士研究生導師，中國新聞史學會常務理事，主編《中華民國新聞史》（第5卷），負責全書「民國時期的新聞廣播業」特約專題稿和《民國新聞專題史研究叢書·民國時期的新聞廣播業》分冊撰稿。

白潤生　中央民族大學教授，中國新聞史學會特邀理事，負責全書「民國時期的少數民族新聞業」特約專題稿和《民國新聞專題史研究叢書·民國時期的少數民族新聞業》分冊撰稿。

鄧紹根　中國人民大學教授，博士生導師，中國新聞史學會副秘書長。負責全書「民國時期的外國在華新聞業」特約專題稿和《民國新聞專題史研究叢書·民國時期的外國在華新聞業》分冊撰稿。

方曉紅　南京師範大學教授，博士研究生導師。負責全書「民國時期的新聞管理體制」特約專題稿和《民國新聞專題史研究叢書·民國時期的新聞管理體制》分冊撰稿。

郭必強　中國第二歷史檔案館研究室主任，研究員，中國近現代史史料學會常務理事、副秘書長。負責協助有關史料的查閱和審核工作。

韓叢耀　南京大學教授，博士研究生導師。負責全書「民國時期的圖像新聞業」特約專題稿和《民國新聞專題史研究叢書·民國時期的圖像新聞業》分冊撰稿。

何　村　渤海大學教授。協助首席專家完成相關工作。

李建新　上海大學教授，博士研究生導師，中國新聞史學會常務理事。負責全書「民國時期的新聞教育」特約專題稿和《民國新聞專題史研究叢書·民國時期的新聞教育》分冊撰稿。

李秀雲　天津師範大學教授，博士生導師，新聞傳播學院副院長，中國新聞史學會常務理事。參加全書「民國時期的新聞學研究」特約專題稿和《民國新聞專題史研究叢書·民國時期的新聞學研究》分冊撰稿。

劉　亞　南京政治學院教授，博士研究生導師。主編《中華民國新聞史》（第4卷），負責全書「民國時期的軍隊新聞業」特約專題稿和《民國新聞專題史研究叢書·民國時期的軍隊新聞業》分冊撰稿。

劉繼忠　南京師範大學副教授，博士。南京師範大學民國新聞史研究所副所長。主編《中華民國新聞史》（第3卷）。

徐新平　湖南師範大學教授，博士研究生導師，中國新聞史學會常務理事。負責全書「民國時期的新聞學研究」特約專題稿和《民國新聞專題史研究叢書·民國時期的新聞學研究》分冊撰稿。

萬京華　新華通訊社新聞研究所研究員，新聞史論研究室主任，中國新聞史學會常務理事。負責全書「民國時期的新聞通訊業」特約專題稿和《民國新聞專題史研究叢書·民國時期的新聞通訊業》分冊撰稿。

王潤澤　中國人民大學教授，博士研究生導師，新聞學院副院長，中國新聞史學會副會長兼會刊《新聞春秋》主編。主編《中華民國新聞史》（第2卷）。

張立勤　華南師範大學副教授，博士。負責全書「民國時期的新聞業經營」特約專題稿和《民國新聞專題史研究叢書·民國時期的新聞業經營》分冊撰稿。

二〇一八年十二月

《民國新聞專題史研究叢書》序

倪延年

國家社會科學基金重大項目 2013 年度（第二批）「中華民國新聞史」自 2013 年 11 月立項以來，項目組全體同仁歷經五年奮力拼搏，終於如期完成了研究任務，交出了自己的答卷。項目最終成果可分兩個部分：即 5 卷本的《中華民國新聞史》和由 10 個專題 12 個分冊組成的《民國新聞專題史研究叢書》。本序主要就「民國新聞專題史」研究的歷史進程、研究對象、研究組織及研究原則等涉及全套《叢書》的相關問題作一個概括性介紹。

一

從孫中山領導在南京創立中華民國臨時政府（俗稱民國南京臨時政府）的 1912 年元旦，到我們撰寫定稿「民國新聞專題史」各分冊的現在（2018 年底），兩個時間點相距一百多年。回顧這一百多年「民國新聞專題史」研究的歷史進程，真是讓人感慨萬千。這一百多年的歷史進程，從大的方面可以劃分為中華民國時期（38 年左右）和中華人民共和國時期（建國已近 70 年）兩個階段；每一階段又可分成兩個小的階段——這兩個大的階段和四個小的階段，正好構成了「民國新聞專題史」研究發展的完整歷程。

一、「中華民國時期」的 38 年可以日本發動全面侵華戰爭而製造的北平盧溝橋「七・七事變」為節點劃分為兩個階段。

（一）從孫中山領導創建「中華民國」到「七・七事變」爆發是中華民國時期「民國新聞專題史研究」的第一個階段。

民國成立近十年後，中國共產黨正式誕生並迅速走上國內政治舞臺。由

於社會主義蘇聯的牽線搭橋，以馬克思主義爲指導思想的中國共產黨和孫中山重新解釋「三民主義」改組執行「聯俄、聯共、扶助農工」三大政策的中國國民黨，合作開展反帝反封建大革命運動，並一起發動了以打倒北洋軍閥、推翻北洋政府爲目標的「北伐戰爭」。就在國共兩黨合作的北伐戰爭勢如破竹推進，共產黨領導組織的上海工人第三次武裝起義成功之後，國民黨右派勢力代表蔣介石、汪精衛等從 1927 年 4 月起先後製造了上海「四‧一二政變」、「武漢七‧一五政變」，依仗軍隊血腥鎮壓曾經共同反對北洋軍閥的合作夥伴共產黨人。嚴峻的政治環境迫使共產黨人要麼是轉入地下狀態堅持反對國民黨反動派的鬥爭，要麼是到國民黨鞭長莫及的偏遠山區開展武裝鬥爭。儘管共產黨誓言要推翻國民黨政府，但共產黨領導的工農紅軍不但弱小，且處於被國民黨軍隊追擊「圍剿」狀態，難以造成對國民黨統治的直接威脅。以蔣介石國民黨集團主導的「中華民國」獲得了一個相對穩定的發展時期，經濟、文化、教育及科學技術等得到較快發展。

　　或許因爲人文社會科學研究需要一定時間積累，所以在 1937 年之前的中國學術界，傳統人文社會科學領域對當朝「中華民國」的研究似乎還沒有全面展開。但也有例外。中國學術界在 20 世紀 30 年代中期就出版了一批研究「中華民國」憲政、立法及政治生活等方面的專著。其中最早的是著名歷史學家和法學家吳宗慈所撰《中華民國憲法史》，該書對從 1913 年《天壇憲草》議定到 1923 年《中華民國憲法》正式公布的 10 年制憲歷程做了詳盡記錄，描繪了 1923 年《中華民國憲法》從起草到完成的全過程。後來又先後出版了潘樹藩的《中華民國憲法史》（上海商務印書館，1935 年版），謝振民編著、張知本校訂的《中華民國立法史》（正中書局 1937 年版），吳經熊、黃公覺的《中國制憲史》（上海商務印書館 1937 年版）及郭衛、林紀東的《中華民國憲法史料》等一些著作。儘管中國法史學界出版了多種中華民國「憲法史」或「立法史」著作，但筆者至今沒有發現當時新聞史學界出版名爲《中華民國新聞史》的學術專著或「民國新聞專題史」方面的系列研究著作。或許是因爲新聞史比憲法（立法）史距社會現實政治略遠了一些？或許是新聞史學界研究人才和學術積澱還沒具備出版《中華民國新聞史》的條件？或許是受「新聞無學」慣性思維影響，人們還沒關注到「民國新聞史」學術研究？或許是新聞學人關注點還是在新聞報刊採編發售等「實用」技術總結，而無暇關注相對「虛」一些的「民國新聞史」理論研究？或許是新聞史學界受數千

年「當代人不修當代史」文化傳統習慣制約和影響，認為不應撰寫當朝「民國新聞史」等，筆者不得而知。儘管沒有明確答案，但可以肯定的是由於上述一種或數種因素的綜合作用，才出現這一階段尚未撰寫出版《中華民國新聞史》或「民國新聞專題史」系列專著的實際結果。

（二）從中華民族全面抗日戰爭爆發，到蔣介石指揮的國民黨軍隊在抗日戰爭勝利後的國共內戰中被共產黨領導的人民解放軍打敗並播遷到臺灣諸島為中華民國時期的第二個階段。

日本軍隊在中國北平盧溝橋製造「七‧七事變」，發動了對中國的全面武裝侵略。中華民族為救民族於危亡奮起抵抗，進入以國共合作為標誌的全民族抗日戰爭階段。歷經八年的全民族艱苦浴血奮戰，中國的抗日戰爭暨世界反法西斯戰爭取得了勝利。抗日戰爭勝利後的國共兩黨關於和平建國的談判因多種因素破裂，兩黨軍隊兵戎相見，最後是國民黨的「國民革命軍」被共產黨領導的「人民解放軍」徹底打敗，一路播遷到中國東南沿海的臺澎金馬諸島。這一階段仍然沒有發現《中華民國新聞史》及「民國新聞專題史」研究系列著作問世。

抗戰時期的「中華民國國民政府」是世界大多數國家承認的中國中央政府。國共合作抗日後，共產黨領導的中國工農紅軍陝北主力部隊改編為「國民革命軍第八路軍」，南方各省的紅軍游擊隊改編為「國民革命軍新編陸軍第四軍」。共產黨在江西瑞金創建的中華蘇維埃共和國臨時中央政府長征結束後落腳的「陝甘寧革命根據地」，此時也改稱中華民國「陝甘寧邊區」。由於中華民族在奪取抗日戰爭勝利的同時也為世界反法西斯戰爭勝利做出了重要貢獻，中國的國際地位得到明顯提高，國際影響力迅速增強。在第二次世界大戰結束前由美國、英國和中國等同盟國設計新的世界秩序並成立聯合國時，國民黨主導的中華民國成為聯合國的五個常任理事國之一。抗日戰爭勝利後，全國各民主黨派和民眾希望國共兩黨能夠實現孫中山先生「和平建國」遺願。但蔣介石國民黨集團及其主導的「中華民國」政府依仗在抗戰時期撤到大後方保存下來的軍隊和美國巨額軍事援助，在自認為各項戰爭準備到位之時，撕毀了國共兩黨簽署的《雙十停戰協定》，1946 年 6 月 26 日向中原地區的中共部隊發起進攻，拉開了國共兩黨軍隊公開內戰的序幕。這場內戰一打數年，直到「中華民國」首都南京被人民解放軍「佔領」，中華人民共和國中央人民政府在北京宣告成立，並於 1949 年 10 月 1 日舉行了開國大典。抗

日戰爭前期，日本侵略軍依仗軍事優勢迅速向中國腹地推進，在佔領中國城鄉廣大地區的同時進行滅絕性的文化、文物、文獻及文人的掠奪。為了保存實力堅持長期抗戰，也為了保存數千年的文化遺產，中華民國政府在艱苦和匆忙的情況下，組織了大規模的「南遷」（從北方遷向南方）和「內遷」（從沿海遷向內地）。日本帝國主義侵略戰爭造成的巨大破壞和日本軍國主義的有組織掠奪及大規模遷移對文化、文物造成了難以估量的損失。大批年輕有為的學者作家投筆從戎與外敵血戰，大批學養深厚的專家學者失去了基本的研究條件，大批年輕學生因戰爭和逃難失去正常的求學機會，無數文獻史料由於搬遷損壞或被日本人搶掠不能為國人研究所用，包括新聞史研究在內的學術活動被迫停滯或中斷。在這種動盪和動亂的社會環境下，沒有《中華民國新聞史》和「民國新聞專題史」學術著作問世似乎也在情理之中。

二、中華人民共和國建國後的 70 年可以中共決定實行改革開放政策的十一屆三中全會召開為標誌劃分為兩個階段。

（一）從中華人民共和國中央人民政府在北京宣告成立到中共十一屆三中全會召開前的 30 年是中華人民共和國成立後的第一個階段。

在國共兩黨軍隊內戰中潰敗到臺灣的蔣介石國民黨集團，拒不承認「中華民國國民政府（總統府）」被共產黨領導的人民解放軍推翻（人民解放軍佔領了首都南京，解放了除臺澎金馬諸島以外的絕大部分國土）的現實，仍以「中華民國政府」的名義在臺澎金馬諸島施行統治。在聯合國大會 1971 年 10 月 25 日以壓倒多數通過阿爾及利亞等國提出的「關於恢復中華人民共和國在聯合國的一切合法權利，並立即將臺灣當局的代表從聯合國及其所屬機構中驅逐出去」的提案即「第 2758 號決議」前的相當長時間裏，國民黨臺灣當局在美國等西方國家的支持下用「中華民國」名義佔據中國在聯合國的常任理事國席位及合法權利。為了鞏固在臺灣地區實行的「一黨統治」，蔣家父子及國民黨集團在臺灣實施了長達 38 年的「戒嚴體制」。一方面是臺灣地區的新聞史學研究者身處「中華民國」社會氛圍中，二是當局實施「威權體制」統制和禁錮人們的思想，加上傳統的「當朝人不修當朝史」的史學傳統，因而臺灣地區不可能出現斷代史性質的「中華民國新聞史」，當然也就不可能出版「民國新聞專題史」研究方面的系列著作。臺灣地區新聞史學者如曾虛白、賴光臨、李瞻等人所著（主編）的《中國新聞（傳播）（事業）史》中關於「中

華民國時期新聞史」的有關內容則是作為「中國新聞史」的一個「時期」予以介紹，而不是作為中國歷史的一個「朝代」予以敘述。

中華人民共和國成立剛滿周歲就被迫進行抗美援朝戰爭，國民黨潰敗前潛伏的大批特務和不法地主資本家趁機興風作浪，在臺灣的國民黨當局高調宣稱要「光復大陸」並不時派遣武裝特務騷擾沿海地區；美國在侵略朝鮮的同時把第七艦隊開進臺灣海峽阻擋大陸解放臺灣，不斷在中國邊境地區和周邊國家製造局部戰爭和政治事件，企圖把人民中國扼殺在搖籃中；蘇聯的大國沙文主義做法和蘇聯共產黨在黨際關係上以「老子黨」自居的傲慢態度，使剛剛建國的新中國領導人為維護國家利益和民族尊嚴據理力爭，最後導致矛盾公開化和激烈化。共產黨領導的社會主義中國與美國等西方資本主義國家在意識形態方面勢不兩立，共產黨領導下實行社會主義制度的中國大陸與國民黨蔣介石（蔣經國）集團管治下實行資本主義制度的臺灣地區在軍事政治方面勢不兩立，社會主義陣營內部又因堅決反對蘇聯的霸權主義和蘇聯勢不兩立。階級敵人時刻虎視眈眈，新生政權時刻受到嚴重威脅。為此，共產黨在創建人民共和國後，通過鎮壓反革命、土地改革、三反五反、公私合營、知識分子改造、高校院系調整及專業改造等一系列政治和行政舉措，淡化和消除蔣介石國民黨集團在大陸統治時期的影響和痕跡，以鞏固共產黨和人民政權的執政基礎。「繃緊階級鬥爭這根弦」使一些人片面認為研究「中華民國時期」歷史是意在為蔣介石國民黨「樹碑立傳」、「鼓吹復辟」或「招魂」。在「階級鬥爭年年講、月月講、天天講」的社會氛圍中，人們對研究「中華民國時期新聞史」唯恐避之不及，生怕引火燒身，實際形成諸多學術禁區。在這種社會環境裏，中國大陸地區沒有出版《中華民國新聞史》及「民國新聞專題史」方面研究的系列著作也在情理之中。

（二）從中共十一屆三中全會召開到當前（二十一世紀前二十年左右），可暫且視為中華人民共和國成立後的第二個階段，這個階段還在繼續向前延伸。

中共十一屆三中全會後，中國大陸進入改革開放的「歷史新時期」，包括「民國新聞史研究」在內各方面的學術研究也隨之進入歷史新時期。由於數十年積壓下來的研究課題太多及思想解放的漸進性，直到 2007 年 8 月才在上海《新聞記者》（第 8 期）刊載的《研究民國新聞史的新資料——讀〈胡政之文集〉》（作者王詠梅）一文標題中出現「民國新聞史」這一名詞。儘管這僅

僅是一篇介紹《胡政之文集》的書評，但因其在文章標題中率先使用了「民國新聞史」這一學術概念，同時開始了民國新聞專題史研究（民國新聞史人物專題研究）的探索，因而在「民國新聞史」研究的歷程上具有特別的意義。2008 年 12 月，胡小平所著《民國新聞史》由青海人民出版社出版，這是 1949 年後大陸學者撰寫出版的學術著述中最早在書名中出現「民國新聞史」概念的專著。全書 27 萬字。包括「第一編　北洋時期新聞業的成長」、「第二編　國民政府時期的新聞業」、「第三編　抗戰時期的新聞業」、「第四編　內戰時期的新聞業」）等四編；每「編」設「章」。其中第一編 12 章，第二編 8 章，第三編 10 章，第四編 5 章。「章」下不分「節」，更沒「目」和「點」，全書正文除「章」標題外，以自然段方式一貫到底。附有「主要參考書目」，記載有 21 種圖書有關信息。2011 年 3 月 26 日在北京大學舉行「成舍我與民國新聞史」國際學術研討會是目前所知在中國大陸舉辦的第一個由中國大陸地區學術團體（中國新聞史學會）、臺灣地區學術團體（世新大學舍我紀念館）和美國相關學術團體（柏克萊加州大學東亞研究院）共同主辦，大陸地區高校新聞院系（北京大學新聞與傳播學院）和學術團體（北京大學新聞學研究會）協辦的民國時期重要新聞史人物「成舍我與民國新聞史」的專題學術活動，也是大陸新聞史學界舉辦的第一個由中外學術界人士參加的「民國新聞史」專題學術活動，是中國新聞史學會舉辦的以特定新聞史人物（成舍我）爲研究對象的專題學術活動，把「民國新聞專題史」研究向前推進了一大步。

自 2011 年 1 月 10 日《安徽大學學報：哲學社會科學版》第 1 期刊載《論民國新聞史研究的意義、體系和實施》（倪延年）一文後，大陸地區學術刊物不斷有研究「民國新聞史」的論文發表。儘管一些論文標題沒有出現「民國新聞史」，但研究對象、主題或內容都屬於「民國新聞史」研究，其中大部分屬於「民國新聞專題史研究」。2013 年 6 月 10 日，全國哲學社會科學規劃領導小組辦公室（簡稱全國社科規劃辦公室）宣布「中華民國新聞史研究」獲准立項爲當年度「重點項目」；同年 11 月全國社科規劃辦公室宣布由南京師範大學作爲責任單位，中國人民大學、中國傳媒大學和新華通訊社作爲合作單位，及全國 20 多個學術單位 40 多位專家學者組成團隊參加競標的「中華民國新聞史」中標立項爲 2013 年度國家社科基金重大項目（第二批）（編號 13&ZD154）。設計的項目成果包括由 10 個專題 12 個分冊組成的《民國新聞專題史研究叢書》，這似乎是大陸新聞史學界「民國新聞專題史」方面第一次

有計劃的系列研究。爲了增強學術界對「民國新聞專題史」研究的關注和重視，中國新聞史學會和南京師範大學聯合主辦，南京師範大學新聞與傳播學院和南京師範大學民國新聞史研究所承辦的「再現歷史探尋規律：首屆民國新聞史研究高層學術論壇」2014 年 5 月在南京師範大學順利舉行。會議籌辦方在所有應徵的論文中評審出 42 篇出版了會議論文集《民國新聞史研究2014》，海峽對岸的新聞史學者跨過臺灣海峽來到南京參加這次學術盛會，並以大會報告向與會同行介紹研究成果；2015 年 11 月舉辦了第二屆民國新聞史高層論壇，評審出 48 篇出版了會議論文集《民國新聞史研究 2015》；2016 年11 月舉辦了第三屆民國新聞史高層論壇，評審出 40 篇出版了會議論文集《民國新聞史研究 2016》；2018 年 11 月舉辦了第四屆民國新聞史高層論壇，評選出 42 位學者在論壇進行論文演講交流——其中絕大部分是進行「民國新聞專題（人物、事件、媒介）史」研究的論文。我們相信，隨著思想解放不斷深入和研究隊伍的不斷擴大，「民國新聞史」專題研究肯定會繼續發展，並且肯定會發展得更快更好。

二

國家社會科學基金重大項目「中華民國新聞史」研究的總體問題是對在特定國際和國內社會環境下，民國時期新聞事業孕育、產生、發展和變化的歷史進程及其內在規律和經驗教訓進行學科的研究、歷史的總結和科學的評價。主要是探討這一階段新聞業發展變化的社會背景，思考新聞業發展對社會環境改變的作用，考察新聞業和社會變革的互動關係，再現民國時期新聞業發展和變化的歷史圖景，盡可能涵蓋完整的民國時期新聞業，包括新聞報刊業、新聞通訊業、新聞廣播業、少數民族新聞業、軍隊新聞業、圖像新聞業、外國在華新聞業以及新聞管理體制、新聞業經營、新聞教育、新聞學研究等諸多側面。

爲充分發揮新聞史學界集中力量辦大事的優勢，提高研究成果的整體水平，項目組在設計了完成最終成果《中華民國新聞史》（5 卷本）研究撰稿任務的五個子課題的同時，設計了對「民國時期新聞史」進行專門研究 10 個特約專門課題即：「民國時期」的新聞廣播業、新聞通訊業、少數民族新聞業、軍隊新聞業、圖像新聞業、外國在華新聞業、新聞教育、新聞學研究、新聞管理體制和新聞業經營。之所以確定上述專題作爲「民國新聞史」的特約研

究專題，主要考慮以下幾方面因素：首先是這些「特約專題」在「民國時期新聞業」中有比較豐富的研究內容即「有內容可以研究」，它們的存在和發展對「民國新聞業」發揮社會功能具有獨特的作用；其次是這些「特約專題」的深入系統研究對構建完整豐滿的「民國新聞史」體系具有重要作用即「應當重點研究」。這些「特約專題」的深入系統研究可使這些民國時期新聞業中的重要領域得以更充分反映，展現更爲客觀全面的民國新聞史體系；三是這些「特約專題」領域已出現具有較深厚學術積澱、豐富研究經驗、較高水平成果並得到學界公認的領頭人即「有人勝任研究」，既爲深入全面研究這些「特約專題」提供了人才支撐，也使實施這一系列工程成爲可能。鑒於中國大陸改革開放後已出版如《中國近代報刊史》和《中國現代報刊發展史》等專門研究民國時期新聞報刊的著作，且作爲「民國時期的新聞報刊」在設計爲 25 萬字左右的《民國新聞專題史研究叢書》分冊中難以充分展開；再如復旦大學黃瑚教授 1999 年 8 月就出版《中國近代新聞法制史論》，主體部分內容就是「民國時期的新聞法制」；2007 年 6 月馬光仁出版的《中國近代新聞法制史》也是主要研究「民國時期的新聞法制」，2007 年立項的國家社科基金重點項目「中國新聞法制通史研究」最終成果《中國新聞法制通史》（6 卷八冊）中設有「近代卷」，也是研究「民國時期的新聞法制」（且已在 2015 年出版）。因此本項目就沒有把民國時期的「新聞報刊業」和「新聞法制」設計爲特約研究專題進行專門研究。

在國家社科基金重大項目「中華民國新聞史」設計的成果體系中，《中華民國新聞史》（5 卷本）是把「民國時期新聞業」放在當時特定的政治、經濟、軍事、科技、文化、教育等諸因素構成的社會環境背景下，探討其孕育、發生、發展、變化的歷史進程、內在規律及經驗教訓，從縱向對民國時期新聞業的發展歷程進行研究，以探討「民國時期新聞業」在不同歷史階段的發展變化及其主要特點，旨在體現新聞業與社會同進互動的思想。由 10 個專題 12 個分冊組成的《民國新聞專題史研究叢書》則是向新聞史學界集中展現民國時期新聞史中此前少有學者深入系統研究的若干側面的專門發展歷史。其研究成果首先是作爲《中華民國新聞史》（5 卷本）的學術支撐，《民國新聞專題史研究叢書》的分冊課題都是「中華民國新聞史」項目的「特約研究課題」。課題負責人角色定位首先是「中華民國新聞史」項目「特約撰稿人」，其次是《民國新聞專題史研究叢書》分冊撰稿人。「特約研究課題」成果的內容精華

將以「特約專題稿」形式納入《中華民國新聞史》各卷，以提高《中華民國新聞史》（5 卷本）的整體水平。這些「特約研究課題」負責人都是在民國新聞史研究特定側面具有領先優勢的專家學者，他們在「中華民國新聞史」整體框架下對各自優勢領域進行深入的專題研究並撰成 20～25 萬字左右的獨立專著納入《民國新聞專題史研究叢書》統一出版，爲讀者深入系統瞭解民國新聞史的重要側面提供可資閱讀的文本。

《民國新聞專題史研究叢書》各分冊從中觀的橫向層面展現民國新聞史若干側面的發展進程，《中華民國新聞史》（5 卷本）則在宏觀的縱向層面展現中華民國時期新聞事業的起源產生以及在不同階段中發展、變化的歷史進程。《民國新聞專題史研究叢書》各分冊著作者在完成分冊書稿後，把該「特約研究專題」的研究成果撰成規定篇幅的「特約專題稿」，成爲 5 卷本《中華民國新聞史》內容的有機組成部分。之所以如此設計，目的是盡可能集中專家學者的集體智慧，提高國家社會科學基金重大項目成果《中華民國新聞史》（5 卷本）的整體水平，爲達到高起點、高標準、高水平、權威性的設計目標提供保障。

三

爲圓滿實現《民國新聞專題史研究叢書》的設計功能，項目組在全國新聞史學界範圍內選聘了一批具有深厚學術積澱、良好學術道德的專家學者，組成了《民國新聞專題史研究叢書》的強大著者團隊。他們（以姓名首字漢語拼音爲序）是：

艾紅紅（《民國時期的新聞廣播業》著者）。女，博士，中國傳媒大學新聞學院教授，博士生導師，中國人民大學新聞學院博士後，兼任中國新聞史學會常務理事。已出版《中國廣播電視史初論》、《新時期電視新聞改革研究》、《〈新聞聯播〉研究》《中國宗教廣播史》及《中國民營廣播史》等著作 5 部；與他人合著《中國廣播電視史教程》、《中國廣播電視圖史》（副主編）等著作 7 部；在《國際新聞界》、《山東社會科學》等發表《從黨派「營地」到民眾「喉舌」：民主黨派報刊屬性與功能之變遷（1928～1949）》、《民國時期基督教廣播特色初探》、《中國廣播電視的歷史發展及其動因考察》等論文數十篇。參與完成國家社科基金課題 2 項，其中之一《中國廣播電視通史》獲教育部科研成果二等獎、吳玉章獎一等獎。參與完成國家廣電總局重點課題 1 項、教

育部人文社科重點研究基地重大課題 1 項。主持完成教育部人文社科項目「中國宗教廣播史研究」，參與教育部馬克思主義理論研究和建設工程第二批重點教材《中國新聞傳播史》編寫。

白潤生（《民國時期的少數民族新聞業》著者）。中央民族大學教授，兼任中國新聞史學會特邀理事、少數民族新聞傳播史研究委員會名譽會長、中國報協民族地區報業分會顧問。曾任中國高等教育學會新聞學與傳播學專業委員會第五屆理事會理事，教育部新聞學學科教學指導委員會第二屆委員，國家民委少數民族語言文字出版、翻譯專業高級職稱評定委員會委員。主持國家「十五」社科基金項目「少數民族語文的新聞事業研究」和北京市高等教育精品教材《中國少數民族新聞傳播史》項目。獨著（或第一作者）出版著作 15 部，五次獲省部級獎。《中國少數民族文字報刊史綱》1996 年獲北京市第四屆哲學社會科學優秀成果二等獎、1998 年獲教育部普通高等學校第二屆人文社會科學研究成果二等獎；《中國少數民族新聞傳播通史》2010 年獲國家民委第二屆人文社會科學成果獎著作類二等獎；2011 年獲北京高等教育精品教材；《當代中國少數民族新聞事業調查報告》獲教育部第六屆普通高等學校科學研究（人文社會科學）優秀成果三等獎。另外，2014 年出版的《守護好我們的精神家園──白凱文少數民族文化文選》獲 2016 年中國新聞史學會「新聞傳播學會獎第二屆組委會特別獎」。參與編撰的著作 14 部，任副主編的 3 部（其中有一部負責通稿）、任編委的 3 部，任特約撰稿人的 1 部、任第二作者的 1 部。發表 140 餘篇學術論文。其中《承載民族夢想：中國少數民族文字報刊的百年回望》譯成英文發表在《中國民族》（英文版）2017 年第 4 期上，這是我國學者第一次面向國外介紹中國少數民族文字報刊的歷史概況。這既象徵著白潤生治學「三十年如一日」的辛勤耕耘，更代表了一位學者在少數民族新聞傳播研究領域所能達到的學術高峰。自 1995 年開始《中國青年報》、中央人民廣播電臺、《人民日報》及《中國民族報》、《中國文化報》、人民網等國家級媒體先後發表《鬧中取冷白潤生》、《使歷史成為「歷史」──訪韜奮園丁獎獲得者白潤生》、《薪火不斷溫自升──記少數民族新聞學學者白潤生》等專訪 10 餘篇，是中國少數民族新聞史研究的開創者和帶頭人。其生平被收入《中國新聞年鑑》（1997 年版）「中國新聞界名人」專欄及《中國新聞界人物》等 20 多部辭書。

鄧紹根（《民國時期的外國在華新聞業》主編及主要著者）。博士，中國

人民大學新聞學院教授，博士生導師、中國人民大學馬克思主義新聞觀研究中心主任、中國新聞史學會聯席秘書長，長期從事中國新聞傳播史論研究，主持國家及省部級課題 10 餘項，參與重大課題 3 項；先後在《新聞與傳播研究》《國際新聞界》《現代傳播》《新聞大學》等新聞傳播學術刊物發表論文 100餘篇，其中論文《論民國新聞界對國際新聞自由運動的響應及其影響和結局》（《新聞與傳播研究》2013 年第 9 期）榮獲「2012～2013 年廣東省哲學人文社會科學優秀成果論文類一等獎」；參與的教改項目《馬克思主義新聞觀指導下新聞人才培養「六結合」模式的創建與實踐》先後獲得「2017 年廣東省教學成果獎一等獎」和「2018 年國家級教學成果獎二等獎」；出版有《新聞學在北大》（增訂本）、《中國新聞學的篳路藍縷：北京大學新聞學研究會》《美國在華早期新聞傳播史 1827～1872》等學術書籍八部，其中《中國新聞學的篳路藍縷：北京大學新聞學研究會》（清華大學出版社 2015 年）獲得「第七屆吳玉章人文社會科學青年獎」。

方曉紅（《民國時期的新聞管理體制》主編兼主要作者）。女，復旦大學新聞學院博士後，南京師範大學新聞與傳播學院教授、博士生導師，曾任南京師範大學新聞與傳播學院院長兼任中國新聞史學會常務理事、教育部高等學校新聞學學科教學指導委員會委員、中國新聞教育學會理事、武漢大學媒介發展中心研究員、鄭州大學新聞傳播研究中心研究員、江蘇省新聞傳播學重點學科帶頭人。主要從事中國新聞史、大眾傳媒與農村研究。出版有《中國新聞史》、《報刊·市場·小說》、《大眾傳媒與農村》、《農村傳播學研究方法初探》等，獲江蘇省哲學社會科學優秀成果二等獎 1 項、三等獎 2 項。在《新聞與傳播研究》、《新聞大學》、《江蘇社會科學》等發表《抗日戰爭與解放戰爭時期中國報刊事業的特點》、《論梁啟超的報刊理論與小說理論之關係》等數十篇。主持完成國家社科基金項目 2 項、江蘇省社科基金項目 2 項，目前主持國家社科基金項目和江蘇省高校社科基金重點項目各 1 項。

韓叢耀（《民國時期的圖像新聞業》主編兼主要著者）。南京大學新聞傳播學院／歷史學院教授，博士生導師；中華圖像文化研究所所長，法國歐亞印象交流協會（ISASES）顧問。長期從事圖像史學與視覺傳播領域的研究與教學工作，在國內外發表專業學術論文 100 多篇，出版學術專著 20 餘部。代表性成果有《新聞攝影學》、《圖像傳播學》、《中國近代圖像新聞史》（6 卷）和《中國現代圖像新聞史》（10 卷）、《中華圖像文化史》（40 卷，主編）。獨

立主持國家級科研項目 6 項，國際科研項目 2 項，省部級科研項目 10 項。主持完成國家社科基金項目 2 項：「中國近代（1840～1919）圖像新聞出版史研究」（07BXW007）和「中國現代（1919～1949）圖像新聞傳播史研究」（11BXW005）。國家社科基金重大招標項目「中國新聞傳播技術史」（14ZDB129）首席專家；以色列 SIP 研究項目首席專家；澳門「澳門視覺形象傳播譜系研究」首席專家。曾兩次獲得中國攝影金像獎；國家級教學成果二等獎。學術研究成果獲第四屆中華優秀出版物圖書獎、第七屆高等學校科學研究優秀成果獎（人文社會科學）二等獎。

李建新（《民國時期的新聞教育》著者）。上海大學新聞傳播系教授、博士生導師、上海大學國際新聞傳播教育研究中心主任、《棋友》雜誌社副總編、《中國新聞傳播教育年鑒》編委會副主任委員、長三角象棋聯誼會常務副主席兼秘書長、上海大學象棋協會會長。中國新聞史學會常務理事，中國新聞史學會新聞傳播教育史研究委員會副會長。工學學士、哲學碩士、教育學博士、新聞傳播學博士後，美國密蘇里大學新聞學院訪問學者。曾任太原理工大學學報編輯部主任、執行主編，兼任《中國改革報·新財富週刊》執行主編、《中國企業報·新聞週刊》副主編等職。在新聞史、新聞理論、新聞業務等新聞學三個主要學科領域有突破性、首創性研究成果，《人民日報》記者以「新聞學研究的全能專家」爲題進行過報導。學術成績被《人民日報》、新華社、《中國社會科學報》、《中國新聞出版報》、《文匯報》、《新華每日電訊》、人民網、光明網、新浪網等進行過報導。長期研究國內外新聞傳播教育，三次入選教育部新聞傳播教育研究的課題組；在新聞與哲學、新聞與社會、國家形象的塑造與傳播、中華文化的對外傳播、突發事件報導、文體報導、人物專訪、媒介戰略、新聞評論、企業媒介應對、媒介融合教育、新媒體環境下的新聞實務等方面均有獨到的研究成果。承擔國家社科基金重大子項目、重點及省部級項目多項；完成其他橫向課題 30 多項；發表學術論文 150 餘篇；獨立出版新聞傳播學專著 10 部，合作出版相關專著 9 部，在《人民日報》、《聖路易新聞報》等發表各類新聞類作品 300 多篇。獲得哲學人文社會科學省部級獎、全國優秀圖書獎、全國徵文比賽一等獎等 30 餘項。

李秀雲（《民國時期的新聞學研究》主要作者），女，歷史學博士，天津師範大學新聞傳播學院院長、教授、博士生導師、天津地方新聞史研究所所長，中國新聞史學會常務理事、中國新聞史學會地方新聞史研究委員會副會

長。天津市「131」創新型人才培養工程第一層次人選、天津市宣傳文化「五個一批」人才、天津市高等學校學科領軍人才、天津市高等學校創新團隊帶頭人。長期從事中國新聞學術史、中國新聞思想史研究。主持國家社科基金項目《以學刊爲中心的新聞學術思想史研究》、《中國當代新聞學研究範式的轉換》，教育部基金項目《中國當代新聞學術史》，天津社科基金項目《民國新聞學刊與新聞學術》、《〈大公報〉專刊研究》等 12 項。出版《中國新聞學術史（1834～1949）》（2004）、《中國現代新聞思想史》（2007）、《〈大公報〉專刊研究（1927～1937）》（2007）、《留學生與中國新聞學》（2009）、《中國當代新聞學研究範式的轉換》（2015）等五本專著，在《新聞大學》、《國際新聞界》等期刊發表《黃天鵬對中國新聞學術研究的貢獻》、《梁啓超興論觀之演變及其成因》等論文 60 餘篇。專著《中國新聞學術史》獲天津市社會科學優秀成果獎三等獎（2008）。

　　劉亞（《民國時期的軍隊新聞業》著者）。原解放軍南京政治學院軍事新聞傳播系教授，博士研究生導師。1975 年 7 月畢業於復旦大學新聞系。1984年 6 月參加軍隊新聞教育工作，致力於新聞史教學與研究。講授大專、本科、碩士和博士研究生不同學歷等級課程。作爲第四完成者的《深化軍事新聞教學改革，全面構建興論戰課程教學體系》獲國家級教學成果二等獎、軍隊級教學成果一等獎。發表《中國軍事新聞事業的產生與發展》《新中國我軍新聞事業 50 年》《加強軍事新聞宣傳的發展戰略研究》《20 世紀中國軍事新聞學研究》等 30 多篇論文。出版與參與編撰 10 部論著與教材。參加 5 項國家社科基金課題研究，主持的國家「十一五」規劃課題《中國人民軍隊新聞史研究》以全優結項。

　　萬京華（《民國時期的新聞通訊業》主編兼主要作者），女，新華社新聞研究所新聞史研究室主任，高級編輯（研究員），中國新聞史學會常務理事，長期從事新聞史研究工作。參與《新華通訊社史》第一卷、《新華社 80 年輝煌歷程》、《新華社烈士傳》、《中國名記者》叢書等重點圖書編撰。在國內學術期刊發表《毛澤東與新中國的新聞事業》、《周恩來與新華社駐外記者》、《鄧小平與新聞工作》、《解放戰爭時期新華社軍隊分社的創建與發展》、《從紅中社到新華社》等論文 140 多篇。參與國家社科基金重大項目 1 項，國家出版基金重點項目 1 項，新華社國家高端智庫重大項目 1 項。《在敵後抗日根據地創建的新華分社及其歷史貢獻》獲中直工委紀念抗戰勝利 60 週年徵文二等

獎。參與編輯製作的十集電視紀錄片《新華社傳奇》獲第六屆「記錄・中國」三等獎。參與研究的 3 項成果先後獲新華社社級好稿、新華社社長總編輯獎等。

徐新平（《民國時期的新聞學研究》主編兼主要作者）。湖南師範大學新聞與傳播學院教授，博士生導師，傳媒倫理與法制研究所所長，兼任中國新聞史學會常務理事。先後主持完成國家社科基金項目「中國新聞倫理思想的演進」、「晚清時期新聞思想研究」，湖南省社科基金項目「新聞倫理學研究」、「中國近代新聞思想史」和「中國現代民營報人新聞思想研究」等，參與教育部人文社科研究基地重大項目「中國共產黨新聞思想史」的研究，遴選爲教育部馬克思主義理論研究和建設工程第二批重點教材《中國新聞傳播史》骨幹成員。已出版《維新派新聞思想研究》、《新聞倫理學新論》、《中國新聞倫理思想的演進》等專著，在《新聞與傳播研究》《新聞大學》等學術刊物發表《晚清時期中國對外新聞傳播思想》、《論維新派新聞自由觀》、《中國新聞人才觀的變遷》等新聞學論文 70 餘篇。有關論文被中國人民大學複印報刊資料《新聞與傳播》全文轉載。專著《維新派新聞思想研究》獲湖南省第 11 屆哲學社會科學優秀成果三等獎，參著《中國共產黨新聞思想史》獲第五屆吳玉章社會科學成果優秀獎。

張立勤（《民國時期的新聞業經營》著者）。女，華南師範大學新聞傳播系副教授，碩士生導師。武漢大學文學士，復旦大學媒介管理學博士。美國北卡羅來納大學教堂山分校訪問學者，南京師範大學民國新聞史研究所特約研究員。有過近十年的新聞從業經歷，曾任《南風窗》雜誌社記者，先後出版 3 部新聞紀實作品，在《中國青年報》、《南風窗》、《南方週末》等媒體發表了數十篇深度報導。2006 年至今從事新聞傳播教學與研究，對媒介經營管理、新聞史等領域有著持久的學術興趣。主持國家社科一般項目 1 項、國家社科重大項目子課題 1 項、省部級課題 2 項，已出版學術專著 2 部，曾在《國際新聞界》、《新聞大學》等核心期刊發表二十餘篇學術論文。

上述專家學者來自北京、上海、廣州、天津、長沙、杭州和南京等地 10 多個教學研究單位，其中既有德高望重的學術界前輩帶頭人如中央民族大學白潤生教授，又有一批「70 後」的朝氣蓬勃「新生代」學者，團隊主體則是從事新聞史教學研究數十年既有豐富經驗又有豐碩成果的「50 後」學者專家；他們中間既有來自國內著名高等學院的教授，也有國家通訊社研究單位的學

者；既有擅長研究新聞廣播史、新聞通訊業史、新聞經營史、新聞學術史及新聞管理史的專家，更有擅長研究新聞教育史、少數民族新聞史、軍隊新聞史、圖像新聞史及外國在華新聞史等方面的專家，整個團隊專長互補、信息共享、精誠合作、攜手同進，爲特約專題研究順利推進及「特約專題稿」如期高質量完成和《民國新聞專題史研究叢書》分冊撰稿提供了堅實的保障。

四

在特約專題研究和《民國新聞專題史研究叢書》分冊撰稿過程中，特約專題負責人（分冊撰稿者）認眞貫徹實事求是的思想路線，堅持尊重歷史存在、尊重文化傳統、尊重不同學派的原則；遵循歷史唯物主義和辯證唯物主義原則和方法，既看到「民國新聞史上的確發生、存在過不少與現代文明和民主法制不合拍的歷史事實」，也看到「民國新聞業在科學技術普及、進步力量努力、世界民主潮流推動以及新聞事業規律的共同發力下有了長足的發展」的客觀存在；努力探尋「民國新聞業」有關側面在近四十年中的發展規律，以「新聞」、「新聞人」、「新聞媒介」「新聞活動」及「新聞事業」爲中心，突出「民國新聞史」的階段和時代特點，努力再現中國新聞業在「中華民國時期」近四十年間的發展概貌。以嚴肅認眞和對國家負責的態度，敬業踏實進行項目研究。

作爲國家社科基金重大項目「中華民國新聞史」特約研究專題負責人、《民國新聞專題史研究叢書》分冊撰稿者及項目首席專家，我們當然希望這套《民國新聞專題史研究叢書》能反映 21 世紀 20 年代新聞史學界「民國新聞專題史」研究和認識的整體水平，基本能滿足新聞史學工作者、新聞業務工作者及對這一段新聞史感興趣的讀者瞭解叢書所涉及民國時期新聞史不同側面較詳細歷史情況的需要。毋庸諱言，這套《民國新聞專題史研究叢書》肯定還有諸多不足和遺憾之處：首先是首席專家設計「特約研究專題」時考慮未必十分妥當，可能使一些更重要的民國新聞史「側面」沒有列入「特約研究專題」研究以致留下缺憾；二是各分冊由不同專家學者分頭執筆，各人表述習慣和行文風格不盡一致，整套叢書各分冊在行文及語言風格上難以完全統一；三是因爲各位執筆者的社會閱歷、學術積澱、人文素養及研究重點等不盡相同，在某些問題的認識全面性、分析科學性及表述嚴密性等難免參差不齊，甚至有些評價不一定全面正確，有些觀點不一定十分妥當；四是受各種

條件限制，儘管各分冊著者都盡了最大的努力，但還是有些原始文獻和檔案資料未能充分利用，致使有些內容比較單薄，詳略不盡得當。我們衷心期待廣大讀者尤其是業內專家學者的批評和指正，以便在有機會再版或增訂時予以修改，使之不斷趨於完善。

二〇一八年十二月二十五日

目

次

導論：民國時期少數民族新聞業研究的對象及意義

　　自 1912 年 1 月 1 日至 1949 年 9 月 30 日的中華民國時期，是中國社會發生巨大變革的時期，作爲傳播政治主張、領袖意見、社團立場言論的少數民族文字報刊也迅猛發展起來。少數民族聚居的邊疆地區，不僅成爲國內外政治勢力爭奪的軍事重地，也成爲西方民族主義思潮盛傳的重要地區，隨著外國在華勢力的侵入、中央政府民族政策的推動及少數民族先進知識分子和開明人士的努力，少數民族新聞業逐漸發展起來。中國是多民族成員和聚居區組成的國家，所以「中國新聞史」實際就是「組成中華民族的各民族新聞事業史的綜合有機體」。由於眾所周知的諸多原因，在中國新聞史上，少數民族新聞業相較於漢族新聞業起步較遲、發展較慢、規模較小、影響有限，但在中國新聞史的完整有機體中既是不可缺少的組成部分，更是不可替代的組成部分，因此有加強研究的必要和價值。

第一節　民國時期少數民族新聞業研究的對象

　　要釐清少數民族新聞業的研究對象，首先應當梳理一下「少數民族」一詞的由來。清朝末年，西方民族理論在中國境內得到廣泛傳播，受其影響中國現代民族概念開始萌芽。「少數民族」一詞最早見諸於報刊是 1905 年汪精衛在《民報》發表的《民族的國民》一文中提到「多數民族吸收少數民族而

使之同化」。[1]中華民國成立之後，民國政府先倡導「五族共和」，後又提出建立統一的「中華民族」，強調民族平等，突出民族整體性，對於當時號召全國民眾共同抵禦帝國主義的侵略有著積極的意義，因此「少數民族」的提法在當時並不多見。1924 年，中國國民黨第一次全國代表大會通過的《中國國民黨第一次全國代表大會宣言》中用「少數民族」泛指國內非漢民族，「少數民族」一詞開始被廣泛使用。1928 年 7 月，中國共產黨第六次全國代表大會關於民族問題的決議案中提到：「中國境內少數民族的問題（北部之蒙古、回族、滿洲之高麗人，福建之臺灣人，以及南部苗、黎等原始民族，新疆和西藏）對於革命有重大的意義」。[2]而我們今天所指稱的「少數民族」，是中華人民共和國成立後，經歷很長一段時間民族識別工作，在 1990 年第四次人口普查之後最終確立的除漢族之外的 55 個民族。

我們今天研究少數民族新聞業，實質是追溯考證除漢族之外的 55 個民族參與新聞活動的歷史，首先是以這 55 個民族為傳播對象的報紙、刊物、廣播的創辦歷程；其次是這 55 個民族的新聞報人的新聞活動及思想；第三是 55 個民族新聞傳播活動產生的社會背景和歷史影響。因此民國時期少數民族新聞業的研究對象應當包括以下幾個部分：

一、民國時期主要少數民族的新聞傳播史料

研究歷史，最重要的就是發掘和掌握史料。民國時期，內有不同政治派別之間的鬥爭，外有列強勢力的擴張，導致政局動盪，戰亂頻繁，致使大量的史料未能夠保存下來，因此我們目前發現的史料是極為有限的。中央民族大學出版社 2008 年出版的《中國少數民族新聞傳播通史》是目前對少數民族新聞傳播史料整理較為集中、全面的一部專著。我們依照《中國少數民族新聞傳播通史》一書，梳理了自 1912 年 1 月 1 日至 1949 年 9 月 30 日這段歷史時期的相關史料，發現這一時期參與新聞傳播活動較為活躍的少數民族主要是那些聚居在邊疆地區、民族問題較為突出的民族，如藏族、蒙古族、回族、維吾爾族、朝鮮族、俄羅斯族等。（數據見下表）

---

1 楊思機：《「少數民族」概念的產生與早期演變──從 1905 年到 1937 年》，《民族研究》2011 年第 3 期。

2 《中國共產黨第六次全國代表大會關於民族問題的決議案》，中共中央統戰部編：《民族問題文獻彙編》，中共中央黨校出版社，1991 年版，第 87 頁。

民國時期少數民族新聞傳播媒體史料分布表

媒介 ＼ 民族	藏族	蒙古族	回族	維吾爾族	朝鮮族	俄羅斯族	小計
報刊（種）	13	118	130	19	144	52	
廣播電臺（個）	2	2	1	1	5	4	

（注：以上數據主要來源爲《中國少數民族新聞傳播通史》；藏族報刊數據參照《中國藏文報刊發展史》[1]一書，回族報刊數據結合《中國回族報刊研究芻議》[2]一文整理。）

　　民國成立之後，於 1912 年 4 月成立蒙藏工作處，掌管蒙古、西藏地區的民族事務，同年 7 月改爲蒙藏事務局，1914 年改爲蒙藏院。在此前基礎上於 1929 年成立蒙藏委員會，係國民政府處理蒙藏政務的最高行政機關。民國時期蒙古族、藏族新聞傳播與蒙藏委員會有密切聯繫。1913 年 1 月 1 日，蒙藏事務局在北京創辦《藏文白話報》、《蒙文白話報》和《回文白話報》。《藏文白話報》通過郵寄遞送至西藏，《蒙文白話報》由蒙藏事務局發放至內外蒙古、綏遠、熱河、察哈爾、阿爾泰、伊犁等地，《回文白話報》則以信仰伊斯蘭教的少數民族爲傳播對象。1931 年 9 月 20 日蒙藏委員會在南京創辦《蒙藏旬刊》，同時以蒙、藏、漢三種文字出版，1934 年改名爲《蒙藏半月報》，後又改名《蒙藏月報》。

　　1912 年 2 月創辦的《新報》（又稱《伊犁新報》）是中華民國軍政府新伊大都督府的機關報。1936 年 4 月創辦的《新疆日報》曾同時出版漢文、維吾爾文、哈薩克文、俄羅斯文及蒙古文等幾種語言文字的版本，先後經歷盛世才、吳忠信、張治中、包爾漢時期之後成爲中國共產黨在新疆最重要的宣傳陣地，並於中華人民共和國成立後的 1949 年 12 月 6 日重新創刊。

　　朝鮮族在中國的族群認同經歷了自清末至中華人民共和國成立後約半個多世紀的時間。1912 年民國政府頒布《中華民國國籍法》，在移居東北的朝鮮民眾中推行「歸化入籍」政策，但直到 1949 年 9 月第一次全國政治協商會議，才確立了朝鮮族在中華人民共和國中的少數民族地位。我國境內最早的朝鮮文刊物是 1909 年由延吉「墾民教育會」創辦的《月報》。[3] 1915 年朝鮮文、漢

1　參見周德倉：《中國藏文報刊發展史》，中國社會科學院出版社，2010 年版，第 35 ～39 頁。

2　白潤生、荊琰清：《中國回族報刊研究芻議》，載《當代傳播》2009 年第 4 期。

3　參見白潤生：《中國少數民族新聞傳播通史》，中央民族大學出版社，2008 年版，第 101 頁。

文合璧出版發行的《延邊實報》。1919 年「三一」運動爆發後，一大批朝鮮文報刊相繼創刊，如《朝鮮獨立新聞》、《朝鮮民報》、《韓族新報》和《半島青年報》。隨著朝鮮人民民族獨立鬥爭不斷深入，特別是 1919 年 4 月朝鮮「上海臨時政府」在上海法租界掛牌，1921 年 1 月 10 日「高麗共產黨」創立，極大推動了朝鮮文報刊的創辦和發行。

俄羅斯族在中國的族群認同歷程與朝鮮族相似，都屬於「歸化族」。俄羅斯族進入中國的歷史已有 700 多年。民國時期東北地區俄文報刊的主辦人大都代表沙俄在華的各種政治團體，可稱之爲沙俄在華宣傳機構。如白俄領袖格里戈里・米哈伊洛維奇・謝苗諾夫支持創辦的《光明報》、中東鐵路俄國工人總聯合會機關報《前進報》等。《哈爾濱公報》俄文版則是中國人創辦並較有影響力的俄文報紙。

上述具有代表性的少數民族新聞史料是構成民國少數民族新聞業的主要部分，也是民國少數民族新聞業的主要研究對象。

二、民國時期少數民族報人的新聞傳播活動及思想

清朝政府爲滿族、蒙古族、回族等北方少數民族提供了較好的教育環境。清朝末年，一些少數民族知識分子開始通過辦報開啓民智，如創辦《大公報》的英斂之（滿族），創辦《正宗愛國報》的丁寶臣（回族），擔任《麗江白話報》主筆的趙式銘（白族）等。民國初年辦報高潮掀起後，更多少數民族報人投身辦報活動，不僅參與創辦綜合性報刊，而且還參與創辦面向單一民族並用少數民族文字出版的報刊。他們大多以編輯、訪事專員、撰稿人身份服務於民國政府、中國共產黨或其他政治團體主辦的報社，如蒙藏事務局創辦《蒙文白話報》《藏文白話報》和《回文白話報》，由總裁貢桑諾爾布（蒙古族）選聘大批蒙古文、藏文、回文編輯和錄譯員及駐西藏、內蒙古、新疆等地的訪事專員；上海《民國日報》副刊《婦女週刊》則由中共中央婦女工作負責人向警予（土家族）擔任主編。

歷史不僅僅存在於布滿鉛字的報張上，更存在於當時鮮活的人物行爲和思想中。因此民國時期的少數民族報人也是這一時期少數民族新聞史研究的主要對象。民族背景、家庭背景、教育背景及成長經歷都深刻影響著報人的辦報思想和新聞理念。我們對民國時期少數民族報人的研究應是全方位的，不僅要研究他們辦的報紙，還要研究與他們相關的人物傳記、日記家書、往來信件、後人的評論等等。

三、民國時期少數民族新聞活動發展的社會背景和歷史影響

無論是研究歷史事件還是歷史人物，對於社會背景及歷史影響的研究都是必不可少的。目前已出版的少數民族新聞史著作中，對相關事件、人物的社會背景及歷史影響的研究都有涉及，涵蓋少數民族形成及發展歷史研究、政府少數民族政策研究、少數民族科技文化發展歷史研究等多個方面。

民國時期少數民族新聞事業發展的背景因民族不同而有很大的差異。特別是朝鮮族、俄羅斯族等「歸化族」新聞事業迅猛發展的背後原因是值得深究的，這不僅涉及到當時政府實行的民族政策，還涉及國際形勢和國外政治勢力；所產生的歷史影響也不僅侷限於國內朝鮮族或俄羅斯族本身，也對同其雜居的漢族及其他民族及境外朝鮮人、俄羅斯人都有廣泛而深遠的影響，而這些都應當是民國時期少數民族新聞業研究的對象。

第二節　研究民國時期少數民族新聞業的學術意義

由於眾所周知的原因，我國新聞史學界對少數民族新聞事業史的研究起步較遲，第一本研究中國少數民族文字報紙的專著即馬樹勳所著《中國少數民族文字報紙概略》，正式出版時已是 1990 年了。至於民國時期少數民族新聞事業史的研究則至今還沒有看到有專著出版。我們認為，研究民國時期的少數民族新聞事業史具有多方面的學術意義。

一、豐富中國新聞史學和其他學科的研究

民國時期少數民族新聞史研究過程中發掘和整理的大量歷史資料，不僅豐富和充實了中國新聞史的研究，而且能夠為民國時期少數民族歷史、文化、科技等方面研究提供豐富的、具有實證價值的史料，而這些新近發掘到的歷史文獻對於還原當時的社會生活場景、再現歷史發展的原始進程以及反映社會生活進步的歷史規律等具有獨特的意義。歷史研究總能帶來令人意想不到的驚喜，那便是被發掘出來的史料，而作為曾經公開發行的報紙和刊物，上面刊載的消息、時評、通訊乃至副刊連載的小說、漫畫等等，都是極為珍貴的歷史資料。

二、少數民族新聞史料是傳承少數民族文化的物質遺存

民國時期以少數民族文字發行的報紙和刊物是與少數民族文化傳承息息相關的物質遺存。語言和文字是一個民族文化長久繁衍的載體，在民國之前，少

數民族文字多用在與宗教相關的文獻資料中，傳播範圍很有限，在少數民族群體中，能夠同時具備本民族語言聽說讀寫能力的也僅限於上層貴族。民國時期，少數民族文字報刊的大量出現，對少數民族語言文字教育和推廣起到了積極作用，也使得少數民族文字能夠以書面形式傳承下來。特別如《新疆日報》《綏遠蒙文週刊》等在西藏、新疆及內蒙古地區發行的少數民族文字與漢文對照的報刊，不僅在當時對少數民族和漢族的跨文化溝通起到積極作用，而且對於今天研究民族間的跨文化傳播及語言理解和學習都有重要作用。然而畢竟今天距民國時期已經有六七十年甚至百年歷史了。以紙質形式得以流傳下來的報刊保存極為不易，博物館和圖書館保存的歷史資料已面臨紙張變脆、墨蹟模糊等問題，散落民間的遺存文獻發掘、整理和保護更是困難重重。因此筆者認為對民國時期少數民族文字報刊的研究，能夠喚起更多考古、史學、新聞學學者及其他感興趣者對相關史料的關注，建議嘗試通過先進數字技術，為這些珍貴遺存建立數字圖書館、數字檔案等方便查閱的共享平臺。

三、對增強民族凝聚力具有重要現實意義

民國時期是中華民族團結一致共同抵禦外敵侵略的特殊歷史時期。這一時期的報刊成為諸多政治團體號召民眾民族覺醒、民族自強、民族團結的重要途徑和載體。不僅少數民族報人主辦的報紙和刊物重視團結本民族同胞，許多政治團體的機關報也以多種民族語言文字發行，注重團結全體中華民族同胞。因此，民國時期的少數民族新聞傳播業在增強民族凝聚力方面取得了非常積極的成果。研究和分析民國時期少數民族文字報紙、刊物的文本內容及少數民族報人的辦報思想和策略，對於今天的新聞工作者瞭解如何通過新聞報導消除民族隔閡，增強民族凝聚力有著重要的現實意義。

中華民國新聞史和民國時期少數民族新聞史都屬於斷代史。民國時期少數民族新聞史是中國少數民族新聞通史的有機組成部分，也是中華民國新聞史的重要組成部分。據我們所知，當前這兩部斷代史均無學術成果面世。通讀此前出版的中國新聞通史著作，在歷史分期上幾乎無一例外的，都把民國元年（1912 年）至中華人民共和國成立（1949 年 10 月 1 日）之前的民國時期分割成至少是兩個階段：1919 年（民國八年）以前為近代；之後為現代，基本上沒有將「中華民國」作為一個完整的歷史時期對待。從這個意義上說，編寫中華民國新聞史和民國時期少數民族新聞史的學術意義不言而喻。

第一章　民國孕育時期的少數民族
新聞業（1893～1912 年）

　　任何事物的發展都有其基礎，中華民國時期的少數民族新聞業也是如此。就民國時期的少數民族新聞業而言，其發展基礎就是早在民國孕育時期就已誕生並緩慢發展的少數民族新聞業。要研究民國時期的少數民族新聞業，弄清民國時期少數民族新聞業的發展軌跡，就必須首先釐清中華民國誕生前少數民族新聞業的起源和發展。有學者認為，孫中山 1893 年 7 月起在澳門參與中國新聞史上第一個反對清朝政府的新聞報刊《鏡海叢報》（漢文版）有關活動是以「反清革命」政治屬性為本質特徵的民國新聞業的起源[1]。我們贊同這一觀點。為此本書把「從 1893 年到 1912 年元旦前這一歷史階段稱之為民國新聞業的孕育時期」。

第一節　第一批少數民族報人的新聞活動

　　伴隨著漢文報刊的興起和發展，中國少數民族文字報刊也興起和發展起來。在中國少數民族文字報刊興起和發展的歷史進程中，第一批少數民族報人的辦報活動起了極其重要的先驅者和探索者的作用。

一、滿族報人英斂之的辦報活動

　　我國少數民族報人的辦報活動始於 1902 年（清光緒二十八年）在天津創辦的《大公報》。該報創刊於 1902 年（清光緒二十八年）6 月 17 日，創辦者

1　倪延年：《論民國新聞史的起源、階段及評價問題》，載《現代傳播》，2015 年。

是滿族報人英斂之。他在天主教友、資本家柴天寵[1]幫助下，以集股的形式籌集資金創辦了《大公報》。

英斂之（1867～1926 年），1867 年生於北京[2]，名華，字斂之，號安蹇，滿族正紅旗人，清末極具影響的學者，曾創辦輔仁大學。滿姓赫奢禮，本名赫奢禮·英華。「英」姓是慈禧所賜，其夫人是具有皇族血脈的愛新覺羅·淑仲。清朝滅亡後，他去掉複雜的滿族姓氏，只用本名「英華」。幼年曾為加入軍隊得養家糧餉而習武，「僕以一武夫，不屑於雕蟲刻篆，顧石可掇三百斤，弓能挽十二力，馬步之射十中其九，每藉此自豪，然此等伎倆，見遺於社會，無補於身家，遂棄之。弱冠後知耽文學，則又以泛濫百家，流覽稗史侈淵博；甚至窮兩月之目力，讀《四庫提要》一周，亦足見其涉獵之荒矣。」[3]22 歲信奉天主教，和外國神甫關係較好，因懂法文曾充當駐雲南蒙自領事館的館員。後接觸西方資產階級社會的政治學說，欣賞「民權充盛，民智開通」，主張學習西方的先進技術、民主思想，變法維新。康有為 1898 年「公車上書」，他寫《論興利必先除弊》一文予以支持，稱其變法建議「實今日之頂門針，對症藥，痛快切當，言人所不敢言」，並在文中對北京諺語「皇上是傻子，王爺是架子，官是摟子，兵是苦子」加以詮釋。變法失敗後仍支持康梁變法維新，對變法失敗感到「感痛鬱結，情不能已」，對康梁遭遇寄予深切同情，並對慈禧再度訓政既表示極大憤慨，又對國家命運和前途深感憂慮[4]。所表現出的不畏強暴，仗義執言思想，是他後來創辦《大公報》的主導思想之一。

（一）初創時期的《大公報》以「敢言」著稱

英斂之辦報宗旨十分明確。《大公報·序》稱「報之宗旨，在開風氣，牖民智，挹彼歐西學術，啓我同胞聰明……茲當出版首期，竊擬為之序曰：忘己之為大，無私之謂公，報之命名固已善矣……」。報頭上的法文「L'IMPARTIAL」，意為「公正無私」。即《大公報》是一張忘己無私的報紙。

---

1 柴天寵，字數林。天津紫竹林天主教堂總管。除進行傳教活動外，還經營建築材料，創辦有「天和號」商鋪，因承包各種建築工程發了財。《大公報》初創時期最大的股東之一。

2 據方漢奇主編：《中國新聞事業通史》第一卷，第 759 頁注釋 2，此前有關書刊均認為英斂之生於 1866 年。另見方豪《英斂之先生年譜及其思想》考證，英斂之生於同治六年十月二十八日（1867 年 11 月 23 日）。

3 英斂之：《也是集·自序》。

4 英斂之：《黨禍餘言》，載《知新報》，1899 年 8 月 26 日。

該報初創時期採書冊式，整版直排，分上下兩欄，兩欄皆加有邊框且之間留有空白，對折後可裝訂成冊。每日 8 至 16 頁，除報頭[1]、廣告[2]占 3 面外，刊登上諭電傳、中外近事、宮門邸抄、路透電報、時事要聞、論說、譯件、附件等。國內大中城市有代表處 65 個，並在南洋、美洲、日本等地設有代銷點。創刊第一天即銷售 3800 份，成為天津引人注目的重要報紙。

　　《大公報》初創之始，不僅以教育讀者、開啓民智、提倡學習西方爲辦報宗旨，而且積極反對封建專制，並以「敢言」著稱。該報創刊第二天的《大公報出版弁言》中明確表示：「本報但循泰東西報館公例，知無不言，以大公報之心，發折衷之論；獻可替否，揚可抑邪，非以挾私挾嫌爲事，知我罪我，在所不計。」接著就揭露慈禧太后等人的假變法「盱衡事實者謂此次變法，雖曰力怯偏私，實事求是；其實仍是循敷衍之故志，毫無精神於其間。……若是者，僅得以謂之變名而已，非變法也。」6 月 21 日《大公報》發表了論說《論歸政之利》，稱「歸政則中外利，滿漢利，民教利，新舊利，官闈利，草野利，君子利，小人亦无不利。」公開斥責剛毅、榮祿爲「國賊」、「小人」，多次撰文譴責告密求榮的袁世凱。

　　1905 年（清光緒三十一年），爆發了以上海爲中心的全國性抵制美貨運動，《大公報》起而響應。直隸總督袁世凱命令手下通知《大公報》不准刊登這方面的消息。英斂之認爲因爲美國禁止華工入境，我國抵制美貨是正義行爲而未予理睬。袁世凱大爲惱火，於當年 8 月間一面下令禁止百姓購閱《大公報》，一面禁止鐵路運送和郵局投遞《大公報》。直隸巡警總局的布告稱：「天津鐵路南段、天津府正堂凌、天津縣正堂唐，爲曉諭事：近來大公報所登類多有礙邦交，妨害和平，合行禁閱，以本月 17 日爲限，我津埠士商人等一體遵照，儆必究罰不貸。光緒三十一年七月十六日。」

　　對袁世凱的高壓手段，英斂之以「敢言」風格針鋒相對地刊文予以揭露：「袁世凱之開缺果何爲也？曰：怨毒之於人也深，雖閱世而不改；罪惡之所及者大，雖有功而不抵。戊戌政變，袁世凱之獲罪景皇帝深矣……設非袁世凱節變於中途，則中國今日當爲世界之第一等國矣。今中國之不能與各國比肩，袁世凱遲之也。景皇帝之憂鬱終身不得行其志，袁世凱致之也。」「據

1　報頭除法文「公正無私」字樣外，在其下邊有「天津」的英譯文「TIEN TSIN」，左邊是西曆紀年與館址，右邊是光緒紀年與期號。
2　左半部分全部刊載「本報代派處」的廣告。

吾人所見，無前日之袁世凱，今日北洋之權利未必多授外人；無前日之袁世凱，今日北洋之財政未必如此困難；無前日之袁世凱，今日北洋之冗員未必如此之多；無前日之袁世凱，今日北洋之民氣未必如此之緩。」英斂之的《大公報》與袁世凱鬥爭 10 年之久，在當時報界獨一無二。英斂之以抗官而不做官、不側身官場與其同流合污而贏得「敢言」美譽。嚴復贈他對聯曰「能使荊棘化堂宇，下視官爵如泥沙。」客觀地說，《大公報》館是設在天津法租界總領事路（又名六號路乙，現天津哈爾濱道 42 號）。清政府對租界不敢輕易涉足，也是《大公報》敢言的原因之一。

《大公報》的「敢言」還體現在大膽揭露和反對清政府殘酷迫害新聞工作者的暴行方面。1903 年（清光緒二十九年）初，清政府與俄國簽定喪權辱國的密約七條。沈藎獲悉密約後披露報端，震動了中國留日學生，推動了拒俄運動發展。沈藎由於奸人出賣被捕，被慈禧下令「杖斃」於刑部。《大公報》對這一慘無人道事件連續進行了報導。1903 年 9 月 4 日《大公報》「時事要聞」欄載：「拿刑部之沈藎，於（六月）初八被刑，已誌本報。茲閱是日入奏斬立決，因本月係萬壽月（光緒生日），向不殺人，奉皇太后懿旨，改為立斃杖下。惟刑部因不行杖，故此特選一大木板，而行杖之法又素不諳習，故打至二百餘下，血肉飛裂，猶不至死，後不得已，始用繩緊繫其頸，勒之而死。」後又連續刊登一些中外各方對事件的反響，產生了重大的社會影響。

（二）替貧苦百姓說話，同情底層人民生活境遇

《大公報》經常替貧苦大眾說話，對底層人民的生活境遇寄予深深同情。它刊載「替窮苦大眾說話」的文章，為洋車夫、受虐待的學徒鳴不平，揭露達官貴人侮辱損害下層人民的罪行。《大公報》曾直指「國家者大資本家也，政府者資本家之總理也，官吏者大資本家之代表也。」[1]一語道破官商勾結，魚肉人民的醜惡嘴臉。1907 年（光緒三十三年）江南一帶發生水災，《大公報》同仁發起募捐賑濟江南水災，並將募得的白銀及物資全部運往災區，以後數十年中，報社曾多次做過這類社會服務工作。每當遇到災害，需要募捐救災的時候，英斂之總是慷慨解囊，賑濟災民，並參加賑災義演、義賣活動，發表演講。他還拿出自己的書法作品出售，所得收入捐贈給災區，賑濟災民。

---

1 《書顏觀察世清請設勸工場稟後》，載《大公報》1903 年 1 月 3 日。

（三）推動社會進步，倡導文明新風

英斂之《大公報》大力提倡新風俗，革除舊風俗，積極參與和推動社會風俗改革。他提倡白話文，撰寫、發表白話文，刊行白話專版《敝帚千金》，以白話來探討各種社會焦點問題，向讀者宣傳科學知識，倡導移風易俗。他大力提倡剪辮易服，以徵文和連續報導等形式，向讀者宣讀「中國之髮辮有百害而無一利」，動員人們放棄「身體髮膚受之父母，不可損傷」等陳舊觀念。他特別關注婦女問題，旗幟鮮明地反對女子纏足，在該報出版第一天就刊發白話文《戒纏足說》，參與創辦天足會，推動婦女解放自己，解放自己的心靈。他還提倡並主持新式婚禮，反對納妾；支持在天津創辦北洋女子公學。英斂之的《大公報》不登黃色和刺激性新聞，當時風行的「花叢談」、「消閒錄」等均不見載於《大公報》。其副刊多用京話和天津方言，通俗易懂，受到讀者的歡迎，創刊時發行量為 3800 份，3 個月後即增到 5000 份，成為一張有影響的資產階級報紙。

（四）進步的新聞思想理念

英斂之是我國第一個少數民族報人。他的新聞思想除在《大公報序》中闡述外，後又在《新聞紙的勢力》《原報》《論閱報之益》等專論中陳述。歸納起來有：第一、報業應堅持開啓民智、興利除弊、大公無私的辦報宗旨。第二、新聞紙具有陶冶國家政治、風俗人情的功能，「非宗教之大力所能及也」，「非帝王之權所能比也。凡勢力所能及，威化所必到者，畢莫非新聞紙活動範圍之內」[1]。第三、辦報有益於國家的興旺發達，讀報有益於開發民智。《原報》認為西方報紙林立，人們「視報紙竟如性命，若與水火飲食同為養生具」，「我國也應『男女大小富貴貧賤莫不識字，莫不閱報』」。[2]《論閱報之益》中則列舉讀報的好處，積極倡導開啓民智的輿論宣傳。

辛亥革命後，英斂之隱居在北京香山靜宜園，專心於宗教、教育、慈善事業。因所居靜宜園在松樹叢中而自號「萬松野人」。著有《萬松野人言善錄》，後把《大公報》上他的文章積成《也是集》出版。1912 年（民國元年）2 月 23 日《大公報》改印「中華民國」年號起，英斂之以「外出」之由不再過問報紙具體事務。1926 年（民國十五年）初辭世，享年 59 歲。靜宜園山頂裸岩上留下「水流雲在」四個大字，出自杜甫詩「水流心不競，雲在意俱遲」，反

1　《論新聞紙之勢力》，載 1908 年（清光緒三十四年）8 月 24 日《大公報》。

2　《原報》，載 1912 年 6 月 22 日《大公報》。

映出他淡泊明志的思想境界。

二、以丁寶臣爲代表的回族報人的辦報活動

據光明日報高級編輯張巨齡考證，這一時期回族著名報人有丁寶臣、劉孟揚、張兆麟與張兆齡等。

（一）丁寶臣及其新聞活動

丁寶臣（1876～1913 年），回族，名國珍，字寶臣，經名「薩利赫」，以字行。清末民初著名社會評論家、愛國報人。出生於北京，祖籍浙江紹興，幼年曾先後從王友三、馬梅齋、馬玉麟諸回族大阿訇攻讀阿文，達到能讀、會寫、並可對話交流的程度。1898 年（光緒二十四年）左右，丁寶臣隻身遊歷山東一帶，視野逐漸開闊。光緒二十六年（1900 年）「庚子之變」後返回北京，隨時在密雲縣清眞寺任職的王浩然深造。光緒二十九年（1903 年）「蒙眾回紳贈萬名幛一軸，配幛二十餘方」卒業成名。丁寶臣目睹國弱民窮、山河破碎之景，沒有任教職，而是一面在其叔父「德善醫室」行診，一面秉筆號呼發表文論。光緒三十一年（1905 年）至西單牌樓清眞寺獨立行醫，並兼《天津商報》撰稿人。光緒三十二年（1906 年）4 月，出版《清眞啓蒙》一書，提出回族應「興工藝廠」和清眞寺應「立半日經漢學堂」的主張，被保守宗教人士斥爲「忤逆」、「反教」。不久被迫遷回「德善醫室」。此後繼續在報章上著文《盡人力就是知天命》和《回回訴委屈》等，爲振興民族及宗教，富民強國吶喊。因主張不被人理解，還曾受到恐嚇、威脅，不准「再在報上演說」。爲衝破保守意識阻撓，丁寶臣於同年 11 月憤然棄醫，在友人王子貞、楊曼青及四胞弟丁子瑜支持下，創辦了我國第一份由回族人辦的報紙──《正宗愛國報》，走上以「開通民智」、「傳達民情」、「匡正時弊」、「鼓吹愛國」爲天職的新聞道路。丁寶臣不僅擔任報館「總理」，策劃出版、發行，還兼做編採工作，撰寫大量社會評論及新聞作品，如《請看本報的章程》《大呼我國同胞》《將來之阿衡》《信》《我不由得大喊三聲》《大呼教養局習藝同胞》《醫生勸醫生》《十年之後方知我》《北京社會之糟糕》《說合群》《立憲之大紀念》《死而後已》《傳眞方賣假藥》《眼光必須放大》《救危險之要策》《請廢鴉片舊約》《再說說請廢鴉片舊約》《與客談》《錢商倒閉宜照章辦理》等，不僅膾炙人口，而且爲我們研究作者的思想及清末民初時代的回族乃至中國社會的歷史，提供了珍貴的第一手材料。

　　《正宗愛國報》是清末民初純「白話文」的綜合性報紙。光緒三十二年農曆十月初一（1906 年 11 月 16 日），由丁寶臣創辦於北京。社址初設北京東琉璃廠附近東北園。1907 年（光緒三十三年）11 月 16 日遷至前門外煤市街小馬神廟東口。1911 宣統三年（1911 年）10 月 22 日定址在北京琉璃廠西門外（即今西口）南柳巷路東之兩層樓房內。該報以喚起人們「合四萬萬人爲一心」，「讓黃臉面，黑頭髮」的中國各族人民「痛癢相關，愛國如命，保衛中華……萬萬年」爲宗旨，將「尙實」、「公益」、「勸學」、「勸工」四件事列爲辦報「六大主意」的重要內容。創刊號除刊有「牛街禮拜寺少阿訇王浩然君……打算到外洋遊歷，聽說於九月十一日（即陽曆 10 月 28 日）……到了香港，就這兩天可以到阿拉伯國」等新聞外，「演說」欄刊出「王子貞」的《正宗愛國報的宗旨》，第五版刊出丁寶臣的《請看本報的章程》，介紹該報開設的欄目及「能夠振起國民聲聵的讜論名言」「農工商礦各項技藝、東西洋教育家的新理新法」等稿約內容。

　　《正宗愛國報》除轉抄「上諭」、「宮門鈔」、「總統令」等官樣文章外，所有報導、評論、演說均以百姓口語見報，且多採用幽默、兒化音的老北京方言。該報「守正不阿」、「主持正義」，堅持 7 年之久，達 2363 期，發行最多至 4 萬份，是《京話日報》停刊後當時影響最大、出版時間最長的報紙。1913 年，該報加強了揭露時弊、抨擊袁世凱政權的力度。7 月 26 日，該報因刊出警察、士兵與議員生活及相應工資對比的「時評」激怒袁世凱，於 7 月 28 日被責令停刊。8 月 1 日，袁世凱以「惑亂軍心，收受亂黨資助」爲藉口將「總理」丁寶臣逮捕，並於 8 月 19 日晨將其殺害，《正宗愛國報》就此停刊。

　　1918 年（民國七年）4 月即丁寶臣遇害 5 週年後，有人在報紙上刊文說：「丙午秋，京話日報即停刊，即有數種白話報相繼發現，如京話時報、公益報、進化報、正宗愛國報、國民報、京都日報、北京新報等等。其中宗旨正大的，當以進化、公益、國民與正宗愛國報爲最，至於能夠維持久遠，有功與社會者，可就以《正宗愛國報》爲專了……該報處於專制政府之下，仍能保全，且能主持正論，以盡報紙之天職……自當首屈一指，其中一種旁攻側擊譏諷，不傷雅道之論調，確屬不可多得，那是鄙人最愛最崇拜的。」丁寶臣是我國新聞史上第一位被北洋政府殺害的具有民主主義思想的報人。

圖 1-1　1908 年 6 月 29 日《正宗愛國報》報頭版

（二）劉孟揚及其新聞活動

劉孟揚（1877～1943 年）原名「夢揚」，字伯年，回族，祖籍天津縣。曾和周恩來、鄧穎超同學。是我國文字改革事業的主要先驅者之一。二十二歲（1899 年）以冠軍入學，曾應大公報館之邀主持筆政。光緒二十八年（1902年）在天津創設公益天足社，一時不纏足之風大開。本年在天津創設風俗改良會，贊成者甚眾。光緒三十一年《大公報》因抵制美約過力被禁，適天津商會創辦《商報》乃約充該報經理。後任天津南段巡警總局書記官兼課長，

三年後脫離官界，於 1909 年 3 月 7 日自行創辦《民興報》，所刊廣告云「本報以正民德、開民智、達民隱、作民氣為宗旨。議論公正，詞義淺顯，新聞精確，小說新奇。」著有《庚子拳匪變亂記》（未刊印）、《警察職守事宜問答》（天津南段巡警局刊行）、《中國音標字書》（以羅馬字拼寫《中國音表學萬字》，1957 年由文字改革出版社再版）及《京音識字簡編》（已散佚）。

1912 年（民國元年）4 月，劉孟揚在天津創辦《晨報》。社址先在南市廣興大街 13 號，後遷往河東金湯大馬路。同時創辦《白話晚報》，10 月又創辦《白話晨報》，1916 年（民國五年）再辦《白話午報》（後先後改稱《天津晚報》《天津晨報》《天津午報》，總名「午報社」）。三張報紙一套人馬，根據新聞稿性質及收到時間分載於三報。劉孟揚為社長，白幼卿為經理，董秋圃為總編輯。因劉孟揚忙於其他事務，報紙編輯由其侄劉鍾望具體負責。

（三）張兆麟與張兆齡及其新聞活動

張兆麟（1865～1939 年），字子歧，回族，祖籍河北通縣（現北京通州區）。據說係晚清宮廷武官之後。幼年家道中落，1906 年（光緒三十二年）赴東北，因感於國情創辦《醒時彙報》。1908 年（清光緒三十四）赴瀋陽籌辦《醒時報》，12 月獲官署准予發行，自任社長。該報宗旨為「代表輿論，為民眾作喉舌」。聘營口塾師孫普笙為主筆，其弟兆齡（1869～1909 年），字子山，為副主筆。

張兆麟積極擁護維新變法，熱心開通民智，尤重國家主權。宣統二年（1910 年）10 月左右奉天省諮議局催開國會成立，他被舉為回民代表，去北京遞請願書。在營口目睹英國輪船「子午號」欺辱中國乘客，憤筆揭露該醜行。隔天見報後，英方向奉天省總督府提出交涉。營口警察廳傳訊張兆麟時，張以「親臨目睹」且有書證在手，使英人理屈詞窮。後來他回憶說「子歧一想，本報主張公論，正大無私，何不再接再厲，堅持到底，在報上提倡招商集股，募收股款我國自造輪船，航行海面，實行客運、貨運，抵制子午輪船，撤銷他的營業？」《醒時報》繼續報導該事，並呼籲國人自辦海運，產生強烈反響。

《醒時報》與《正宗愛國報》《竹園白話報》《民興報》並稱當時「四大回族報紙」。實際應稱「回族四大報人」。可惜兆麟之弟張兆齡著文不久便已故去，《醒時報》的經營、編輯便由其兄張兆麟擔任，所以又稱為「回族五大報人。」

三、滿族宗室和八旗子弟的辦報活動

在清末民初，滿族是我國政治生活中一個非常重要的少數民族。滿族宗室成員和「八旗子弟」創辦的報刊，也是這一階段我國少數民族新聞報刊的重要組成部分。

（一）《大同報》及其滿漢融合主張

《大同報》，月刊，1907 年 6 月（光緒三十三年五月）創刊於日本東京，社址在東京早稻田鶴巷町 493 號。創辦者爲在東京留學的滿族宗室恒鈞等人。主要撰稿人爲恒鈞、烏澤聲、穆都哩、佩華、隆福和榮陞等。由東京大同報社編印，北京發行，國內許多書店都設有經銷處。1905 年 8 月 20 日（光緒三十一年七月二十日），中國同盟會在日本東京成立。此時的中國留日學生已達 13000 人左右，[1]兩三年間，留日學生的革命報紙就如雨後春筍般發展到三四十種。[2]《大同報》即是其中爲數不多由少數民族留學生創辦的報紙。東京《中國新報》廣告稱「第一號首論中國之前途，凡外患內治人民政黨皆導以一定之方針，次論滿漢問題，凡立憲問題、種族問題，皆予以正當之解決。出現以來，尤爲海內外同志歡迎。」[3]《大同報》創辦後不久，恒鈞等人又在北京創辦了《大同日報》，與之遙相呼應。[4]

1、《大同報》的辦刊宗旨

《大同報》是宣傳資產階級立憲派政治主張的重要刊物。以「倡導立憲，融合滿漢爲唯一宗旨」，創刊號刊有楊度的題詞和《大同報序》（署名烏澤聲）。《大同報序》闡明該報的辦報宗旨爲：一爲主張建立君主立憲政體；二爲主張開國會以建設責任政府；三爲主張滿漢人民平等；四爲主張統合滿漢蒙回藏爲一大國民。[5]《大同報》倡導滿漢融合主張既受到晚清時局發展變化的影響，也與創辦者是曾留學日本的滿族知識分子之政治立場直接相關。《大同報》的創辦者之一烏澤聲明確指出：「國興則同受其福，國亡則俱蒙其禍，利害相共，禍福相倚，斷無利於此而害於彼之理。」[6]他力主民族平

---

1 方漢奇主編：《中國新聞事業通史》第一卷，中國人民大學出版社，1992 年版，第838 頁。

2 同上。

3 載《中國新報》1907 年 7 月 20 日。

4 張佳生主編：《中國滿族通論》，遼寧民族出版社，2005 年，第 902 頁。

5 烏澤聲：《大同報序》，《大同報》第一號。

6 烏澤聲：《論開國會之利》，《大同報》第四號。

等、融合，尤其重視滿、漢兩族的融合，「滿、漢風俗相浸染、文化相薰浴、言語相揉合、人種相混合程度較各族爲高，關係較各族爲切，則負救國之責任，盡國之義務，亦不得不較各族爲重。」[1]《大同報》所持立場得到了清政府的認同。該刊創刊後不久，清廷予以表揚並贊其「春懷時事，不忘在莒」，內容「誠堪嘉尚」，並要求京外各督撫將軍「飭屬購閱，以利銷行」。[2]

2、《大同報》的滿漢融合思想

《大同報》倡導的滿漢融合思想是創辦者社會改良立場在其民族觀中的具體反映，主要來源於早期立憲派的民族平等融合主張。其中著名立憲派代表人物楊度對《大同報》的影響最大。光緒三十三年（1907 年），楊度創辦《中國新報》，積極倡導君主立憲，其民族思想核心是「五族共和」，認爲「中國之在今日世界，漢、滿、蒙、回、藏之土地，不可失其一部，漢、滿、蒙、回、藏之人民，不可失其一種……人民既不可變，則國民之漢、滿、蒙、回、藏五族，但可合五爲一，而不可分一爲五。」惟有如此，才能實現「不僅國中久已無滿、漢對待之名，亦已無蒙、回、藏之名詞，但見數千年混合萬種之中華民族，至彼時而更加偉大，益加發達」的目標。楊度的上述主張在留日學生特別是滿族宗室留日學生中影響很大。以恒鈞、烏澤聲爲代表的《大同報》報人所宣傳的滿漢融合思想就是對楊度「滿、漢平等，蒙、回同化」的「國民統一之策」的繼承響應與發展。概言之，《大同報》的滿漢融合思想主要包括以下三個方面。

第一，《大同報》認爲滿漢之間並沒有界限，滿漢是同一民族。所謂「滿漢至今日則成同民族異種族之國民矣！」[3]烏澤聲根據日本學者高田早苗的民族要素觀，從言語、政治、職業生活、教育風俗、宗教、人種等諸多方面對滿漢融合爲一族的觀點進行了闡釋。如語言方面「初固有所謂滿語漢語之別，相習已久莫不講同一之語言。今且滿人居於粵者粵語，居於楚者楚語，魯者魯語，居於晉者晉語，居於何處即能操何處之土語」；在人種方面「吾中國滿漢通婚於法律上雖開禁未久，於事實上則已數百年。……人種混同早遍中國，而血胤爲組織民族之重要元素，滿漢早已□合同化，合此公例，是以滿漢至

1　烏澤聲：《論開國會之利》，《大同報》第四號。
2　參見明清檔案館藏清民政部檔案，編號 1509/489，轉引自方漢奇《中國近代報刊史》，山西教育出版社，1981 年版，第 588 頁。
3　烏澤聲：《滿漢問題》，《大同報》第一號。

今日已成一民族而不可分爲兩民族。」[1]穆都哩則認爲「中國之人民，皆同民族異種族之國民」，他在《蒙回藏與國會問題》中說「蓋民族之成，國民之合，其絕大之原因，全由於外部之壓迫及利害之均等，而他種之原因，則一緣於居於同一之土地，一緣於相安於一政治之下。至於言語、風俗習慣，雖爲成立民族及國民之要素，然有時不以此而亦能判定其爲某國之國民。」[2]從上述言論中可以看出，《大同報》報人在尋求民族振興的過程中倡導的「大民族」觀無疑是對狹隘民族主義立場的否定與超越。基於這種「大民族」觀，《大同報》雖然對「排滿」「排漢」都進行激烈抨擊，但對兩者性質的區別涇渭分明：排滿者力主共和，於「中國之前途，人民之幸福，彼未嘗一措意也。」而排漢者則是「只顧一族之私利，不問國家休戚，眞國民之蟊賊也。」[3]

第二，《大同報》把滿漢融合提高到關乎國家興衰存亡的高度。烏澤聲指出：列強「挾其殖民政策、侵略主義，以臨東亞之大陸。飲馬於長江，逐鹿於中原，割我土地，奴我人民，據我軍港，損我利權。彼惟有要求，我惟有承諾；彼惟有進取，我惟有退讓。」在西方列強的肆意侵略面前，「非合全國之人齊心一致以圖之不可。」[4]恒鈞亦持說「對外只有同心努力以攘外患，對內只有研究政治以謀改良，滿之不如漢者削之，漢之不如滿者改之。庶幾享同等之權利，服同等之義務，內力充足，百廢俱舉，外患或可不來，中國或可久保。」[5]如果滿漢兩族各持民族主義以求勝於本國，「種族之相殘，國民之崩析，將現於中國」[6]。

第三，《大同報》提出了解決滿漢問題的方案及具體措施。烏澤聲等人在主張滿漢融合的同時，也承認滿漢之間尚存在諸多問題，而根本上是政治原因。他直言「滿漢不融合即以政治不良爲之原因，欲求滿漢之融合亦當以政治改良爲之結果。然不有開國會之原因，又未有收政治改良之結果者，故吾人之所主張即以開國會爲融合滿漢惟一之利器也。」烏澤聲還提出了以君憲融滿漢的具體方案。認爲廢除八旗制度，滿漢問題就能迎刃而解，即「裁撤八旗，示滿漢以軍事上之平等，停止旗餉示滿漢以經濟上之平等，釐定法律

---

1 烏澤聲：《滿漢問題》，《大同報》第一號。
2 穆都哩：《蒙回藏與國會問題》，《大同報》第五號。
3 烏澤聲：《滿漢問題》，《大同報》第一號。
4 烏澤聲：《滿漢問題》，《大同報》第一號。
5 恒鈞：《中國之前途》，《大同報》第一號。
6 烏澤聲：《論開國會之利》，《大同報》第四號。

示滿漢以法律上之平等，改官制示滿漢以政治上之平等，則吾人主張滿漢平等之目的達矣。」[1]光緒三十四年（1908年）3月，《大同報》出至第七期停刊，創辦者回國，在北京出版《大同日報》，繼續宣傳滿漢人民平等、統合滿、漢、蒙、回、藏爲一大國民的思想。

3、《大同報》滿漢融合思想的積極影響

《大同報》希圖通過君主立憲來挽救內憂外患危局，事實證明這只是一種美好的幻想。但我們認爲《大同報》主張融合滿漢，混漢、滿、蒙、回、苗、藏諸族成「一大民族」的觀念包含了諸多合理的要素，具有積極而深遠的影響。

第一，尋歸「大同」，表明在開明滿族知識分子中形成的民族平等融合意識，受到社會各階層的支持和關注。《大同報》與楊度的《中國新報》、李慶芳的《牖報》等立憲派人士主辦的新報刊互相支持，大力宣傳滿漢融合。《大同報》第三號曾登載64個「本社名譽贊成員姓名」，其中滿、蒙旗人約占80%，另有楊度、汪康年、土爾扈特郡王等漢、回、土爾扈特等各族成員。這份名單表明「融合滿漢」的主張已贏得了一定範圍尤其滿族各階層人士的支持。《大同報》第三號出版廣告中說：「自出版以來，大受海內外同志諸君所歡迎。第一二期俱已印刷再版，而第一期銷售罄盡，爰再精印三版」，歡迎程度也可見一斑。

第二，滿漢融合主張體現了滿族知識分子對中國前途與命運的深切關注和參與社會變革的主動精神。《大同報》創辦者與主筆的滿人身份，使得他們的主張更容易爲同族人所接受，也更容易引起當時當權者的重視。據《清末籌備立憲檔案史料》載，從光緒三十三年（1907年）7月兩江總督、滿族重臣端方代奏李鴻才「條陳化滿漢畛域辦法八條摺」，提出「滿漢之界宜歸大同」主張開始，到光緒三十四年（1908年）4月，上達朝廷關於「平滿漢畛域」的專題奏摺達20條之多，上摺者包括滿族、蒙古族、漢族等不同民族近20位成員。從清廷特諭內外衙門妥議化除滿漢畛域切實辦法及各部踴躍上摺這一事實可知，滿洲統治者在日益高漲的「滿漢融合」呼聲中，對民族平等的要求已有所瞭解，並且將消除滿漢畛域作爲政治改革和民族國家建設的重要內容。我們認爲《大同報》所闡發的滿漢融合主張在某種程度上對清政府的民族政策調整產生了積極影響。

1　烏澤聲：《論開國會之利》，《大同報》第四號。

第三，《大同報》滿漢融合的政治主張對革命黨人的政治方略產生了積極影響。在某種意義上，《大同報》的滿漢融合主張是針對革命派激烈「排滿」的回應，但事實上也對革命派產生了積極影響。革命派在與《大同報》等立憲派的論爭中，逐漸認同並接受了滿漢融合的主張。因此在創設「中華民國」時，革命黨人就提出了「五族共和」的民族平等融合原則並付諸實踐。正如學者指出：「革命派的『排滿』觀念在與立憲派的論爭中不斷得到修正，並非到了辛亥革命爆發後，革命派才一下子來個徹底的自我否定，完全接受立憲派的主張。」[1]民族平等、融合理念是中華民族歷久彌新的寶貴精神財富，滿漢融合思想是具有現代意義的民族平等觀念，「《大同報》倡導的滿漢融合思想就不應該隨著立憲運動的破產而被淹沒，它值得引起人們更多的關注」。[2]

（二）《中央大同新聞》

《中央大同新聞》，日刊，宣統元年（1909 年）出版，社長恒詩峰。每份為出對開一大張，「以變通旗制，促進憲政為宗旨」，致力於君主立憲的宣傳。是在北京的八旗子弟創辦的報紙，在當時沒有《大同報》和《大同日報》的社會影響大。

《大同報》《大同日報》和《中央大同新聞》反映了一部分滿族開明人士對立憲的態度。其創辦人是受過資產階級教育的滿族中上層知識分子，在帝國主義入侵、革命情緒高漲的形勢下，他們認識到清朝的封建制度已到了崩潰的邊緣，想督促清政府採取一些改良措施，倡導建立君主立憲政體。他們的宣傳得到維新人士的支持。政聞社曾考慮為《大同報》輸送主筆，給予人力上的支持。[3]

四、白族學者趙式銘的新聞辦報活動

趙式銘（1872 年，一說 1870～1942 年）白族，字星海，號弢父，晚號僊翁。雲南劍川縣人，出身於貧苦教師家庭。7 歲隨父讀書。15 歲以第一名通過「童子試」。光緒二十二年（1896 年）應鄉試，因在試卷上「放言時務」，

---

1 黃興濤：《民族自覺與符號認同：「中華民族」觀念萌生與確立的歷史考察》，《中國社會科學評論》（香港）2002 年 2 月創刊號。
2 參見孫靜李世舉：《大同報與晚清滿漢融合思想》，載《新聞愛好者》2010 年第 10 期上半月，總第 367 期，大眾版。
3 方漢奇：《中國近代報刊史》，山西教育出版社，1981 年版，第 588 頁。

抒發愛國思想，勉以副貢[1]。後到劍川、麗江縣任教。曾創辦《麗江白話報》、
《永昌白話報》，並於宣統元年（1909年）與錢民階、由雲龍在昆明創辦《雲
南日報》，並任該報編輯。曾撰寫時事題材滇劇本《苦越南》、仿元曲形式宣
傳宗教改革的《蓮花生傳奇》、五言組詩《鴻雁來，思合群也》、《促織鳴，
勸尚武也》、《職蜂怨，講公德也》和《雕鶚恨，獎任俠也》以及麗江中學校
歌和短篇小說《並頭蓮》等。宣統元年（1909年）進京參加「全國舉貢會試」，
錄取後到四川任灌縣都江堰治河小官。其間撰寫了不少歌頌祖國大好河山的
詩歌，還撰寫了實錄性質的《考察四川灌縣都江堰工利病書》。辛亥革命後
擔任蔡鍔都督的記室兼纂光復志，加入南社、蘇州國學會。1926年再回雲南
教書，1930年任雲南通志館副館長，曾與周鍾岳等編纂《新纂雲南通志》，
任副總纂、總纂。反對蔣介石鎮壓人民、圍剿紅軍、對日本侵略採取不抵抗
政策。抗戰爆發後雖養病在家，但仍以詩文熱情鼓勵雲南健兒奔赴前線英勇
殺敵。1939年任雲南通志館館長。1941年，他以年邁多疾之軀完成省志編
纂工作後從昆明回到家鄉。1942年病逝於故里。著述有《白文考》《爨文考》
《麼些文考》及《雲南光復紀要》，還有《睫巢詩稿》《希夷微室詩鈔》《睫
巢文稿》《行年七十自述》等詩文。

（一）《麗江白話報》的創辦及辦報宗旨

光緒三十三年（1907年）創辦的《麗江白話報》，是雲南歷史上最早的白
話報，也是雲南最早的具有近代意義的報紙——《麗江白話報》創辦前，全
省只有光緒二十九年（1903年）雲南督撫衙門辦的《滇南鈔報》，但「這是一
張帶有邸報性質」的報紙（《雲南省志・報業志》）。而則是創辦於宣統元年
（1909年）10月5日，比《麗江白話報》晚兩年。

《麗江白話報》，月刊，鉛印。是光緒三十三年（1907年）由麗江府知府
彭繼志主持創辦。宗旨是以「物競天擇」、「優勝劣汰」進化論思想為武器，
宣傳變法維新、抵禦外侮、實業救國和教育救國。為創辦該報，先成立了納
西族學者和積賢擔任社長的「麗江府白話報社」；成立麗江活字板製造所（後
改為麗江印書館），從內地請來工匠刻鑄鉛字。聘請劍川名士趙式銘任主筆，
撰稿人周冠南、周謨、趙荃、習彥卿、習祚卿、王竹淇、李杏梅、楊葆光、
楊葆元等多是當地學者。該報每月中旬發行，每期十至二十頁版。初期在麗
江、鶴慶、劍川、維西、中甸等地學校發行，後在雲南提學使葉伯皋倡議下，

1　清制，在鄉試錄取名額以外列入備取的，可直接入國子監讀書，稱為副貢。

發行範圍一度由滇西北發展到全省各地。次年因彭繼志調離麗江，人去政息，《麗江白話報》遂停刊。

（二）《麗江白話報》的主要內容

《麗江白話報》儘管不是由趙式銘創辦，但他作為該報主筆（相當於後來報紙總編輯），對報紙內容導向、稿件取捨標準及新聞版面安排等擔負直接責任，實際主持報紙日常編輯工作。在趙式銘的主持下，《麗江白話報》的內容主要包括以下幾個方面：

1、號召民眾憤發猛省、團結愛國、反抗外來侵略

鴉片戰爭之後，隨著西方列強侵略的步步深入加之清政府腐敗無能，中國一步步淪為半殖民地半封建社會，維新變法又遭失敗，國家民族面臨生死存亡關頭。在這樣背景下創刊的《麗江白話報》，突出反映麗江人民團結愛國、要求富國強兵的願望，喚起民眾、反抗外敵入侵。《麗江白話報》發刊詞說：「莽乾坤是一大舞臺，是強的生殺予奪隨安排，是劣的奴隸牛馬也應該」，「只有認清形勢，憤發猛省，發展教育，造就愛國國民，才能挽救國家民族的危亡！」「如今東西洋各國，他的文明程度愈高，他的滅國手段更熟。……波蘭、埃及、土耳其、緬甸、越南、琉球各國，他那亡國的慘狀，更是不堪寓目。現下單剩下亞洲老大帝國，四四方方整整齊齊的一塊肉，也是今日嘗一臠，明日割一片；他的周圍，已割去殆盡，連那塊肉的內部也有染指的，也有垂涎的；中國若再荏苒荏苒蹉跎蹉跎，恐怕不久也就與那紅人黑人為兄弟了」。「如今中國的現象，也與那綠暗紅稀的殘春一般，但得幾個癡心熱腸的，呼號奔走，何嘗不可轉危為安呢！」第二、三、四期連載反映中法戰爭、譴責法帝吞併越南、支持越南人民反抗侵略為題材的劇本《苦越南》，第五期發表署名「周莫」旨在聲討英、法染指雲南，沙俄蠶食黑龍江大片國土的文章。

2、宣傳教育救國、實業救國，提倡發展科學教育文化和工商業

《麗江白話報》非常重視宣傳教育救國、實業救國。第一期載文說：「我們的五官百骸，同那洋人的五官百骸，俱是一樣的構造完備，何以他們如此的強，我們如此的弱？這個原因，全在有教育無教育的區別；今日開辦學堂，是要造就多數國民……國中受過教育的多數國民，鼓起愛國力與團結力來，就能戰無不勝，攻無不克。」刊文提倡發展民族工商業，主張學習西方注重發展工商業的經驗，走實業救國之路。第六期刊載《勸注重工商業》一文，

認為「這工商兩業，為我社會生活命脈，是斷斷不能緩的。如今是工商世界，外人的工商學已發達到極點：為工的日新月異，層出不窮，為商的集大公司股本鉅萬。他那紅紅綠綠的國旗所到，國力隨之，吸我脂膏，敲我骨髓，目之所觸，耳之所聞，無一不是洋貨；中國雖地大物博，為此剝削，其何以堪？」在宣傳實業救國思想的同時，該報還發表旨在促進麗江資源開發、地方工商業發展的文章，如第七期上周冠南的《礦物學課外餘談》、第八期上趙荃的《礦務淺說》等。

3、針砭時弊，反對吸食鴉片和愚昧迷信

早在鴉片戰爭前，麗江學者馬子雲在 1805 年（清嘉慶十年）的後歲試考卷就寫下了《去官邪，鋤鴆毒論》的驚世文章，明確提出禁煙主張。《麗江白話報》繼承前輩遺志，為禁絕煙毒疾呼。第四期上《論鴉片煙之害》疾呼：「曩年美國舉行聖路易博覽會，美人取中國煙槍一節，小腳鞋一雙，八股文一本，擺入陳列品中，大為全球所訕笑。所以外人對中國人民，字之曰老大帝國，兮之曰東方病夫，口角尖酸，至於此極！其實皆是我們的真正現象，何嘗有一點污蔑？所以奉勸青年同胞，有癮的急宜猛攻，無癮的勿蹈覆轍，大家做個偉大的國民，就不至貽外人口實，玷中國名譽了！」第五期上的《論迷信風水之害》一文則對愚昧迷信進行揭露和針砭，指出：「大凡人生世上，王侯將相，是在人自造的。若聽堪輿先生的謊話，今日請他尋來脈，明日請他下羅盤，把哀痛迫切的日子，匆匆的尾著師馬屁股後跑來跑去，真是呆得可笑，愚得可憐……昔孔子少孤，不知父墓……未曾聽見過孔代祖塋，是什麼『萬笏朝天』，什麼『一品當朝』……未曾聽過培根的墳地，什麼是『青龍畫岸』，盧梭的墳地，是什麼『丹鳳銜書』，孟得斯鳩的墳地，是什麼『澳翁撒網』，洛其福兒的墳地，是什麼『彌勒曬肚』……他們越不講堪輿，越國富兵強，我們越講堪輿，越民窮財盡；孰得孰失，明眼人不難了然」。

4、提倡敢為天下先、勇於開拓、犯難冒險的精神

《麗江白話報報》還載文批評當時社會上某些人的保守愚昧、因循懶惰、不思進取的精神狀態，大聲疾呼「敢闖敢冒」。在第七期《說冒險》（趙星海）一文中說：「奉勸諸君：遠的要學我先民張騫、班超，近的要學我雲南人鄭和，大夥兒鼓起精神，做出驚天動地的大事業來，這才不愧為黃帝子孫呢！」此外，《麗江白話報》還開闢類似副刊的專欄和欄目，刊登文藝作

品，通過弘揚優秀傳統文化，「喚起民眾愛國之熱力」。由此可見該報的辦報思想、風格及報紙內容不僅具有現實性，而且具有超前性，至今仍閃耀現實主義思想火花，具有一定現實意義。

在這一階段，職業的少數民族報人並不多，只有英斂之、丁寶臣等人把畢生精力獻給了他們熱愛的新聞事業。所辦報刊具有明確的政治傾向，滿族宗室留日學生的《大同報》和八旗子弟的《中央大同新聞》主張的「滿漢人民平等」「滿漢蒙回藏各民族團結」「融合滿漢爲唯一宗旨」等都是以宣傳「君主立憲」爲目的。少數民族報人從新聞活動的開始階段就意識到民族問題及民族團結的重要性，具有進步的意義。

第二節　民國孕育時期的主要少數民族報刊

由於少數民族報人的積極活動，在民國孕育時期就出現了一批較有影響的少數民族報刊。由於它們的出現、存在及不斷發展，使這一階段的中國少數民族新聞業呈現出新的氣象，也爲民國創立後的少數民族新聞業發展奠定了基礎。

一、民國孕育時期的回族報刊

「回族報刊」是特指「專門針對回族及其宗教文化進行報導與研究的中國回族穆斯林報刊」。內容以闡發伊斯蘭教義，宣傳回族歷史、文化及宗教信仰，倡導民族教育及文化交流，宣傳愛國愛教思想，團結各地回族民眾，傳達各地回族消息爲主。十九世紀末二十世紀初，中國反帝反封建鬥爭逐漸高漲，爭取民族復興、國家獨立成爲中華民族共同的歷史任務。民族憂患意識和民族責任感同樣喚醒了回族民眾的愛國熱忱。

（一）《竹園白話報》（清光緒三十三年，1907 年）

戊戌變法時期，中國近代史上出現了第一個辦報高潮，資產階級改良派的辦報活動衝破了封建統治者的言禁，報刊成爲思想啓蒙和救亡圖存的武器。戊戌變法失敗後，資產階級民族革命的輿論與日俱增，辛亥革命時期出現了中國近代史上第二次辦報高潮。在第二次辦報高潮初期，大批回族愛國團體相繼成立，多種回族進步刊物也相繼出版發行。其中最早的回族白話文報是回族報人丁子良（1872～1932 年，名國瑞，字子良，別號竹園）於 1907

年（清光緒三十三年）在天津創辦的《竹園白話報》。

圖 1-2　　《竹園白話報》創辦人丁子良（1870～1935）

《竹園白話報》，創辦於光緒三十三年（1907 年），以「注重啓迪回民」爲宗旨[1]，宣揚民主革命思想，主要刊載富有愛國愛民情感的時評、論說、寓言故事等作品，深受廣大讀者喜愛。1907 年，《正宗愛國報》開闢由丁子良（別號竹園）供稿的《竹園白話》專欄，亦莊亦諧，曾被「呈御覽」並受到光緒帝稱讚，後集成《竹園叢話》出版。丁子良在天津 35 年間著述甚富。據回族學者張巨齡統計，僅 1924 年開始成集的 24 本《竹園叢話》就收入其作品 626篇達百萬餘言。其內容包括政治、經濟、軍事、文化、藝術、教育、衛生、歷史、民族、宗教、天文、地理、水利、交通、體育、倫理道德、社會風俗等，幾乎涉及工農兵學商等各個行業，爲人們研究清末及民國時期中國的歷史和近代回族史留下了重要資料。

（二）《醒回篇》（清光緒三十四年，1908 年）

《醒回篇》，光緒三十四年（1908 年）由留日回族學生以「留東清眞教育會」[2]名義在日本創辦，爲目前所能見到的最早回族報刊。一位埃及軍官爲其題寫阿文刊名「伊斯提噶祖樂伊斯倆目」（喚醒伊斯蘭）。提倡民族團結、

1　房全忠主編：《中國回族概覽》，寧夏人民出版社，2008 年 9 月。
2　「留東清眞教育會」在清政府駐日公使楊星垣支持下，由來自全國 14 個省的 36 名回族留日學生於光緒三十三年（1907）6 月在東京集會創立，其宗旨爲「聯絡同教情誼，提倡教育普及，宗教改良」。

共赴國難。徐廷梁爲該刊物編輯長。如該刊所載趙鍾奇撰《論中國回教之國民教育》一文明確提出了「民族團結、同舟共濟」主張:「中國今日之形勢,四面皆敵,非協力同心,化除種族之界,化除宗教之界,化除疆域之界,合四百兆之腦髓而爲一大知識,合四百兆之資產而爲一大經濟,合四百兆人之體力而爲一大陸軍,否則分崩離析,帶來瓜剖豆分之患。」光緒三十一年(1906年)同盟會成立後提出反對帝國主義和滿族封建統治積極意義的「革命排滿,建立共和」口號,但也暗含了大漢族主義思想。就在一片「排滿」「仇滿」和「非我族類,其心必異」聲中,《醒回篇》作者(趙鍾奇)以少數民族身份提倡民族團結,共赴國難、同雪國恥,尤其難能可貴,表現出回族先進分子的政治覺悟和寬廣胸懷以及不拘泥民族與宗教偏見的思想境界。這種思想影響了孫中山「民族主義」思想,對其逐漸形成的「五族共和」思想起了一定的作用。[1]

《醒回篇》是我國回族歷史上第一份近代具有進步思想的刊物。雖只出了一期,但對國內回族的影響很大,不僅在喚醒回族同胞、傳播新思想方面具有重要地位,而且在回族報刊史上具有拋磚引玉作用,成爲日後回族先進知識分子和宗教開明領袖創立回族社團和報刊的借鑒模式。

二、民國孕育時期的蒙古文報刊

(一)《嬰報》(清光緒三十一年,1905 年)

《嬰報》(蒙漢合璧),光緒三十一年(1905 年)由蒙古昭烏達盟喀喇沁王貢桑諾爾布創辦於內蒙古昭烏達盟喀喇沁右旗。是內蒙古地區的第一份蒙古文報刊,也是我國歷史上最早的少數民族文字報刊。時人邢志祥稱「貢王辦教育辦報紙,不但蒙藏尚在夢中,就連熱河全省也未聞一處。」光緒三十一年(1905 年)多創刊於內蒙古昭烏達盟。以「啓發民智、宣揚新政」爲宗旨,主要刊載國內外重要新聞,科學知識,內蒙古各盟旗政治形勢的動態及針對時局的短評。主要由崇正學堂師生供稿。社址設在昭烏達盟喀喇沁右旗王府「崇正」學堂院內,曾在北京、奉天等地設立分館,以搜集有較高新聞價值的信息和素材。「報館」內設有小型圖書館,藏有《古今圖書集成》《佩文韻府》等書籍,供校內外師生和旗衙門內的行政人員閱覽。出版時間長達

---

1 參見羅章:《開通風氣　以期自強——辛亥革命爆發前民族地區的輿論總動員》,載《中國民族報》2011 年 4 月 22 日。

六、七年，辛亥革命時期終刊，對宣揚新政、啓發民智，對內蒙古地區的社
會發展、民族進步起過重要作用。

　　貢桑諾爾布（1871～1930 年）同治十年（1871 年）6 月 26 日生於內蒙古
卓索圖盟喀喇沁右翼旗（今赤峰市喀喇沁旗）蒙古貴族家庭，字樂亭，號夔
盦，後被封爲頭等塔布囊[1]、輔國公、喀喇沁郡王。家族爲成吉思汗勳臣烏梁
罕濟拉瑪後裔，其父旺都特那木濟勒爲喀喇沁右翼旗札薩克親王兼卓索圖盟
盟長。貢桑諾爾布 6 歲時師從滿族丁舉人和蒙古文學者伊成賢學習蒙滿文字。
十四五歲能熟讀四書五經和古典詩文，能寫八股文，會作試帖詩，並攻讀藏
文經卷，練習拳擊和騎射。精通蒙、滿、藏、漢等多種文字，還學過日語。
光緒二十四年（1898 年）其父病死，翌年晉京承襲喀喇沁王的爵位。光緒二
十七年（1901 年）春晉京會見北洋大臣直隸總督袁世凱，並通過袁延聘保定
武備學堂畢業生周春芳爲其訓練軍隊以保衛蒙旗治安。光緒二十八年（1902
年）創辦崇正學堂並自任校長。免費招收旗民子弟。第二年選拔 4 名優秀學
生送入京城專攻俄語。光緒二十八年（1903 年）冬東渡日本，與日本朝鮮名
流頻繁接觸並考察女子教育。回國後於光緒三十年（1904 年）冬創辦蒙古地
區最早女子學校毓正女子學堂，改建「燕貽堂」爲校址。同年冬創辦完全日
本化的軍事學校——守正武學堂，採用日本教育方式培養下級軍官，延聘日
本教官，用日語授課。貢王還偷派學生赴日留學，反映了當時比較先進的崇
拜科學技術和注重教育的思想。

　　蒙古貴族身份使他有較多機會進京觀見和値班當差，由此結識梁啓超、
吳昌碩、嚴復等民主人士，並多次會見孫中山先生。在這些人的影響下，他
的思想逐步向民主、民本化傾斜，開始信奉「三民主義」，嚮往平等、民主
自由政治制度，並毅然加入了中國同盟會。光緒三十一年（1905 年）冬創辦
《嬰報》。同時他鼓勵各校師生及旗民知識分子訂閱北京出版的報章書刊，
從王府至縣城（圍場縣的克勒溝）架設 390 華里電杆，設郵政代辦所及電報
收理處，派專人負責郵政事務。還創辦包括織布、染色、造絨氈、肥皂、蠟
燭、染料等部門的一家綜合性工廠，開設了「三義洋行」，當時喀喇沁王府
有「小北京」之稱。宣統元年（1909 年）貢王奉命進京被欽命爲「御前行走」。

---

1 塔布囊，亦作「他卜浪」「倘不能」「他不能」「他卜能」「拓不能」「倘不浪」等。
　蒙古語音譯，意爲駙馬。明代蒙古人對於同成吉思汗後裔女子結婚者的稱號，其地
　位相當於臺吉。至清代，成爲封爵之一，爲「駙馬」「郡馬」「額駙」的通稱，僅用
　以與清室通婚的喀喇沁部三旗貴族。

民國成立後因圖謀獨立被袁世凱施調虎離山計調京任命爲蒙藏事務局總裁併晉爵親王。任蒙藏事務局總裁一職至 1928 年。期間創辦蒙藏學校，並自任校長。民國初年加入同盟會，並任國民黨理事會理事。晚年生活淒慘，經濟拮据。北伐後因學生反對辭去蒙藏學校校長職。憂鬱成疾，1930 年（一說 1931 年）秋患腦溢血死於京郊，時年 59 歲。

（二）《蒙文報》（清光緒三十三年，1907 年）

《蒙文報》，光緒三十三年（1907 年）創辦於北京。主辦人是蒙古喀喇沁親王，主筆爲雍和宮喇嘛羅子珍。總館在北京，內外蒙古、奉天、吉林、黑龍江等地也設有分館。以「開通蒙人風氣，以期自強」爲宗旨。光緒三十三年（1907 年），《東方雜誌》所載《教育‧各省報界匯志》一文載「蒙古喀喇親王近就該王府創辦一蒙文報，係匯選各報譯成蒙文。總管設在京師，內外蒙古及奉天、吉林、黑龍江等處均設分館，專爲開通蒙人風氣，以期自強」。[1]

（三）《蒙話報》（清光緒三十四年，1908 年）

《蒙話報》，又稱《吉林蒙文報》，月刊，光緒三十四年（1908 年）創刊。蒙漢文對照，每月十五日石印出版，規格爲 16cm×24cm 左右。吉林省政治調查局和蒙務處編譯官書印刷局承印。每期 500～600 份，在哲里木盟各盟旗（縣）向讀者分送，不收報費。內蒙古圖書館現存該報第 7、25、27 期。前蘇聯列寧格勒（今俄羅斯彼得堡）亞洲研究所圖書館存有第 5～6、7～9、16～17 期。該刊創辦的背景，是吉林省調查局總辦、學部郎中馬瀣年稱鑒於「開通風氣，莫如報紙；白話體裁尤爲淺而易入……吉省東北長新一帶以哲里木盟爲屏藩。歷來蒙旗狃於舊習，閉塞殊甚；而文字不同，更多阻力。……欲開蒙智，當從蒙文入手。」遂「搜集資料，參仿叢報體裁，約同局員，分類編輯。先以漢文演成白話，繼以白話譯成蒙語，以便蒙漢對照。取名《蒙話報》，月出一冊。」[2]該報《簡章》稱「以開發蒙民知識爲目的，藉以疏論蒙事而宣揚上德，兼爲調查各蒙旗政俗之補助……採輯各種論說暨內政外交之有關蒙古事項，以及淺近學說，足以啓迪蒙民知識者，用通行之蒙古語編演，之間亦插入圖畫。」設有「諭旨恭錄」「聖諭廣訓」、「歷史」「論叢」「奏

---

1 見羅章：《開通風氣以期自強——辛亥革命爆發前民族地區的輿論總動員》，載《中國民族報》，2011 年 4 月 22 日。

2 忒莫勒：《蒙話報研究》，載《蒙古學信息》，2001 年第 3 期。

牘」「時事要聞」「淺近學說」「吉林省城本月內銀糧市價一覽表」「雜俎」「附錄」等欄目，「頗有些政府公報的色彩」。其目的是爲了勸導蒙古族同胞力行新政，樹立國家觀念，增強向心力，以防止俄日諸國影響和滲透，具有鮮明的政治傾向性。該報「歷史」欄曾連載《萬國近世史》，《淺近學說》欄連載《農學》，《附錄》欄連載《歐美公德美談》等，向蒙古人介紹「環球大勢」、農業知識和歐美國家的民主觀念及節約時間、遵守秩序、飲食有度、禮貌待人等優良風尙等，以「開發蒙民知識」。

該刊所載《本報特色》總結其特色爲：1. 市價揭載：「向來我們蒙古人購買銀錢物總是受奸商的欺負，都由不知道行市的緣故，這一來他們欺騙不著了。」2. 比喻分明：「報內的比喻，都是從各國的教科書上抄下來的，於民智發達極有關係，近來內地學堂的課本裏也都有的。」3. 圖畫工細：「報內圖畫，特加工細，一來使看報的喜歡他，二來使看報的容易明白。」4. 印刷精良，「本報是用石印印成的，蒙漢文雙行並列，很是清楚，看報的人也不費目力。」我們認爲該報確有以下特點：一是達到了「開發蒙民知識」的目的；二是編排以蒙漢文雙行並列，按照蒙古文排版秩序，從左至右，先寫蒙古文，後寫漢文，全卷一貫，一絲不苟。三是漢文部分「文字通俗易懂，所有文字都譯成漢文白話」。但蒙古文部分因「先以漢文演成白話，繼以白話譯成蒙語」，翻譯常有誤譯或譯成後難以讀懂。如《論蒙古實業公司之前途》一文的題目被譯成《蒙古眞實資本的公共部門道路的南面》，讓人不知所云。辛亥革命後停刊。1912 年（民國元年）秋多至 1914 年（民國三年）曾復刊。[1]停刊後其印刷設備被東蒙書局克興額接收。

《蒙話報》主辦人爲慶山、路槐卿。兼任該報漢文編輯的是曾任《吉林白話報》主編的安銘[2]。安銘採用白話文和插圖以吸引讀者，爲老百姓所歡迎。官署在盟旗各屯設立的講演所也曾將該報作爲宣講材料。[3]除安銘外，漢文編輯還有郭壽昌；蒙古文翻譯依克塔春、富泰、依克通阿。

1　怘莫勒：《蒙話報研究》，載《蒙古學信息》，2001 年第 3 期。
2　安銘（1874～1941），清末及民國時著名回族教育家、社會活動家。1907 年（清光緒三十三年）4 月應吉林馬睿年（即馬述五，任官學部郎中）之邀，赴吉林參與創辦《松濱日報》，後名爲《吉林白話報》。不久調任吉林政治考察局。民初積極擁護共和，1912 年參與發起中國回教俱進會的活動，任該會庶務部幹部，並配合本部籌組吉林支部。
3　參見黑龍江日報社新聞志編輯室：《東北新聞史》，黑龍江人民出版社，2001 年版，第 52 頁。

三、民國孕育時期的藏文報刊

這一階段的藏文報刊主要是《西藏白話報》。光緒三十三年（1907 年）4、5 月間由清廷最後一位駐藏大臣聯豫和幫辦大臣張蔭棠在拉薩創刊。既是西藏地區最早的報紙，也是我國最早的藏文報紙。第一期是駐藏幫辦大臣張蔭棠由內地帶去的一部石印機印刷。爲長期印刷出版這張報紙，聯豫還派專人到嘎里嘎達（今加爾各答）購買機器。旬刊，單面印刷，折疊裝訂。以漢藏兩種文字出版，每期約 20 頁。聲稱以「愛國尙武開通民智」爲宗旨。該報主要刊發清帝詔令、駐藏大臣衙門公文和各地興辦學堂的信息，勸告藏人團結自強以抵禦洋人欺侮。[1]

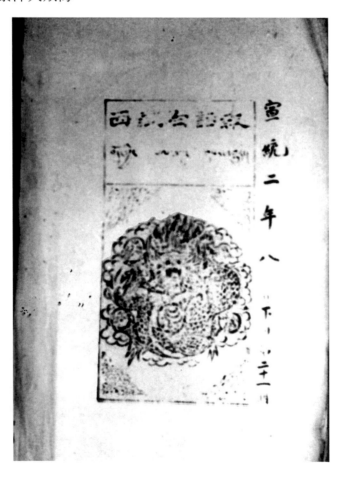

圖 1-3　宣統二年出版的《西藏白話報》

1　參見藏於札什庫倫布寺的《西藏白話報》。

　　西藏自治區文管會現存有一本宣統二年（1910 年）8 月印刷的《西藏白話報》。這本報紙用進口白色優質機製紙裝釘而成，長 34.5cm，寬 21.5cm，共 7 頁。封面正中一長方形框，框內用紅藍雙色套印。上部自左至右印有藍色的漢藏兩種文字「西藏白話報」。下部正中印紅色團龍一條，四角飾雲紋。方框右邊爲墨書漢文「宣統二年八月下旬第二十期」字樣。最後一頁是漢藏兩文說明「本報系每十日出版一本，每本藏圓一枚，每月三本，每年三十本，全年投資合藏□三十圓。此□日零買之價也。若定閱一年及半年者，每本減二分……」中間五頁爲正文，似用鋼版刻寫，黑墨油印，爲藏文行書。內容有西藏新聞、內地新聞、國外新聞及科技報導等計 15 篇。此外還介紹了開墾荒地、開闢商埠和中國手工業生產等消息和科學知識。[1]《西藏白話報》每期發行 300～400 份，深受廣大藏族同胞歡迎。清帝退位後終刊。該報的創辦標誌著西藏也是我國藏族新聞傳播事業由原始新聞傳播活動直接跨入近代報刊時代。《西藏白話報》是西藏（也是藏族）近代傳媒中唯一一種較爲成熟的新聞傳播媒介，在中國新聞史尤其是少數民族新聞史上佔有重要地位。

　　聯豫，生卒年不詳。清內務府正白旗人。原自遼東入關的老漢姓旗人。曾隨薛福成出使歐洲。光緒三十一年（1905 年）授副都統銜，任駐藏幫辦大臣。同年 10 月升任辦事大臣。在任職西藏期間多有革新之舉，編練新軍，改官制，鑄銀元，舉辦漢文、藏文傳習所，成立印書局、初級小學、武備學堂、白話報館等等。[2]之所以如此重視文化教育，是他認爲「與其開導以唇舌，實難家喻戶曉，不如啓發以俗話，自可默化於無形。」

　　張蔭棠（？～1935 年）與聯豫同爲早期少數民族文字報刊史上政府官員辦報的代表人物。廣東南海人。字憩伯。有抱負、遠見、清廉自持。光緒三十一年（1905 年）以副都統銜任駐藏幫辦大臣入藏查辦事件，參劾有泰等人昏庸誤國。第二年與聯豫共同創辦《西藏白話報》；曾向清外務部陳《治藏芻議》（19 條），其中第 7 條和第 14 條爲「廣設漢文學堂，使通祖國語言文字，兼習算學，兵式體操，教習均用南北洋蜀粵陸軍畢業生。3 年後兼習英文，6 年畢業。藏中所有官兵均由此送。」「設漢藏文白話旬報；派送各地，以激發其愛國心，而進以新知識。」隨後在藏頒發《訓俗淺言》、《藏俗改良》，命令

1　有關宣統二年八月印刷的《西藏白話報》的材料，參見《西藏日報》，1985 年 10月 19 日。

2　引自吳豐培主編：《聯豫駐藏奏稿·聯豫小傳》，西藏人民出版社，1979 年版。

噶廈設立九局，行新政。遺著有《西藏奏牘》五卷。

聯豫與張蔭棠都曾出使過歐美，通曉洋務，並具有愛國主義思想。這正是他們共同創辦《西藏白話報》的思想基礎。聯豫和張蔭棠駐藏期間試圖對西藏社會制度作深入廣泛改革，以鞏固清朝中央政府對西藏的主權，加強邊防建設，防止和反對帝國主義的侵犯，給西藏人民留下了深刻印象。作為政府官員辦報的典型，他們的開明思想和辦報觀點在當時較為先進，其歷史功績也不應忽視。

四、民國孕育時期的朝鮮文報刊

朝鮮族經歷三百多年時間，從鴨綠江、圖們江以南的朝鮮半島遷徙到了我國東北地區。公元 17 世紀初就有朝鮮難民向我國東北地區開始遷徙。光緒九年（1883 年）3 月，清朝政府同朝鮮政府簽訂《奉天東邊民交易章程》，在促進兩國邊民貿易交往的同時也方便了朝鮮平民遷入東北。歷年遷徙和經常交往使朝鮮平民同我國東北的滿、漢等民族形成了大雜居、小聚居、互相交錯居住的局面，他們在開發東北及反帝反封建鬥爭中，建立了深厚感情，並逐漸發展成一個新的民族共同體——朝鮮族。朝鮮族絕大多數使用朝鮮語文，文化比較發達。

（一）《月報》（清宣統元年，1909 年）

《月報》，延吉「墾民教育會」創刊於宣統元年（1909 年），是我國最早的朝鮮文雜誌。宗旨是向朝鮮族民眾進行反日啓蒙教育。日本帝國主義對朝鮮的入侵，激起延邊朝鮮族民眾的反日情緒，成為推動朝鮮族新聞事業發展的重要因素之一。李同春、金立等當時著名朝鮮族反日知識分子先在局子街開設光成講習所，後又成立「墾民教育會」以培養具有獨立意識的人才。李同春等創立墾民教育會的目的之一是研究中國的教育和法律，學習漢語、改善和發展朝鮮民族教育。《月報》是他們進行反日啓蒙教育的重要陣地，該刊的創辦進一步加強了雜居區朝鮮族人民之間的聯繫。

（二）《大成團報》（清宣統二年，1910 年）

《大成團報》，墾民教育會在宣統二年（1910 年）7 月 1 日創辦。發起人、創辦人是李同春、朴昌善等 23 人。宗旨是「為華韓輿論之代表作社會教育之源泉，為勸善懲惡之機關作忠言善導之神聖，為政客之顧問作社會之師表，為良民之福音潑吏之閻王，有害我同胞者以正義公道誅之斥之，有警

我同胞者以暮鼓晨鐘，鳴之醒之，有政策之失軌者面詰廷爭誓死不屈，有社會之腐敗者必顯諍徵諷遷善，乃以海外之政策隨時電聞，地方之民情無漏日載，儼然一國之干城，超然作獨步之風雷。」該報重在評論近代政治、批判舊文化、主張正義公道、斥責貪官，宣傳反日救國思想、懲惡揚善和改良社會風氣，鼓舞產業開發和振興教育、主張法律公平和政治改善。設有論說、小說、演說、教育擴張、產業開發、政治改善、法律公平、歷史地理、內報外報、官報雜報等欄目。內容廣泛，涉及政治、經濟、教育、法律、歷史、地理、國內外時事及地方新聞等。

（三）《韓族新聞》（宣統三年，1911 年）

《韓族新聞》，宣統三年（1911 年）4 月李相龍、李東寧等朝鮮族人士在柳河縣三元浦大孤山召開墾民會議，決定創立「耕學社」，由李相龍任第一任社長，同時創辦《韓族新聞》。耕學社把生計和教育視為反對日本侵略、爭取民族獨立、養精蓄銳的兩大武器。他們以開發實業、振興教育為中心任務，組織群眾開荒種地，進行軍事訓練。耕學社解散後，他們又於 1912 年（民國元年）在柳河縣成立「扶民團」。「扶民團」繼承耕學社宗旨和綱領，逐漸發展成具有朝鮮族自治性質的團體。在各地設立中小學，發展教育事業，創立新興學校，成立新興學友團。耕學社、扶民團、新興學友團等創辦的《韓族新聞》在評論時局、揭露日本侵略罪行，宣傳民族獨立和民族革命思想，介紹近代文化和啟蒙教育事業，促進朝鮮民族覺醒和團結等方面發揮了積極作用。

五、民國孕育時期的維吾爾文報刊

民國孕育時期的維吾爾文報刊主要有《伊犁白話報》和《伊犁地區報》。

（一）《伊犁白話報》（清宣統元年，1910 年）

《伊犁白話報》，創刊於宣統元年（1910 年）3 月 25 日，日刊，用漢、維、蒙、滿四種文字出版，漢文版為鉛印，滿、蒙古、維吾爾等文字版為油印，由當時在新疆地區的中國同盟會成員創辦。社址在新疆伊犁地區惠遠城北大街（今霍城縣猛進鄉），是我國新疆地區的第一份少數民族文字報紙。馮特民任主編，主要撰稿人有馮大樹、李輔黃、郝可權、鄭方魯、張愚生等。他們都是在宣統元年（1910 年）前後隨同新軍協統楊纘緒從湖北到新疆的湖北籍同盟會員。曾任伊犁將軍的長庚喜讀《大公報》，在該報創辦時曾通過

英斂之從《大公報》請來兩位排版印刷師傅，幫助《伊犁白話報》的編採出版事宜。阿力侃・定升的祖父負責過該報滿文版。

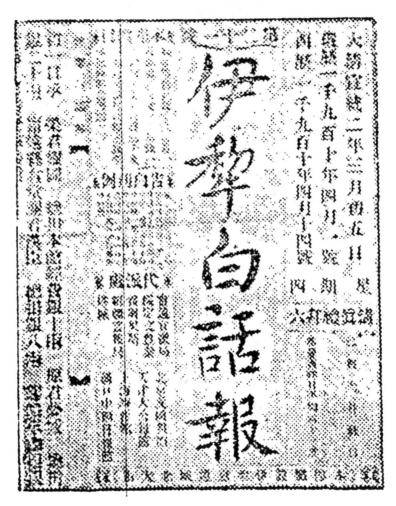

圖 1-4　宣統二年三月初五日出版的《伊犁白話報》

馮特民（？～1912 年）湖北江夏人，名一，原名超，字遠村，筆名鮮民。曾遊學海外並任《申報》記者。光緒三十一年（1905 年）他與張漢傑等在武漢接辦《楚報》，「縱論鄂省政治，不避嫌疑」。因刊張之洞與英人密訂《粵漢鐵路借款合同》而遭禁，被迫避禍新疆。光緒三十四年（1908 年）7 月隨新軍協統楊纘緒部駐紮惠遠城，任書記官。積極倡導革命，後入同盟會。宣統二年（1910 年）創辦《伊犁白話報》，宣傳革命思想，使該報成爲辛亥革命時期新疆地區最有影響的報紙。1912 年被馬騰宵刺殺於惠遠城。

圖 1-5　馮特民（1883～1913）

《伊犁白話報》，現存第 21 號，4 開小報。報頭《伊犁白話報》五個大字
爲楷體，木刻，排字格式自右向左，報頭右邊是三種日曆並行，第一排「大
清宣統二年三月初五日」；第二排「俄曆一千九百十年四月一號」；第三排「西
曆一千九百十年四月十四號」。下面印有「星期四」和「清眞禮拜六」及「己
酉上斗執日」，「寒暑表昨日平均六十三度」等字樣。報頭左邊是「本報價目」
（每張零售制錢十文，訂看一月制錢三百文，半年制錢一千六百文，全年制
錢三千文，外埠訂閱每月紋銀三錢，常年三兩郵費）另加「告白刊例」、「代
派處」等。設「摘登來函」、「轉載專件」、「演說」、「愛國話歷史」、「本省新
聞」、「譯報」、「雜俎與閒評」等七個欄目。該報內容豐富，文字新鮮活潑，
深受讀者歡迎。除在新疆發行外，還遠銷北京、天津、上海、漢口等地，設
有寧遠官鹽局、綏定文豐泰、霍爾果斯、新疆官報局及塔城、北京愛國報館、
天津大公報館、上海時報館、漢口中西日報館等代派處。影響之廣，印數之
多，在當時少數民族文字報紙中首屈一指。宣統三年（1911 年）11 月因「譏
彈時事，語涉誕謬」的罪名，被時任伊犁將軍的志銳勒令停刊。

圖 1-6　志銳（1853～1912）

　　該報注重向新疆各族人民宣傳愛國主義、反對外國侵略。在「愛國話歷史」專欄編發了各族人民愛國活動的真人真事，疾呼籌還國債，收回主權，喊出了伊犁「要爭各省之先步」的口號。該報曾重點報導馮大樹、楊瓚緒等在寧遠縣（今伊寧市）的陝甘新回族大街（又名坑鏗寺，即今新華東路人民醫院後的清真寺）召開籌還國債大會：各族群眾踴躍參加大會，下層文武官員也來參加。楊瓚緒登臺演講，慷慨激昂。回族、漢族知識分子登臺泣訴。各族群眾，紛紛解囊相助。會後新滿營、錫伯營、索倫營都致函報館表示「要是伊犁籌還國債」，他們「情願首先提倡」。蒙古族、哈薩克族等群眾也表示：「不能落在人後」。伊犁新軍炮隊排長鄧德龍還登報聲明說：「敬悉貴報關於國計民生、公害公益之事，語語痛切。為了國債早還，轉貧弱為富強……甘心將薪水捐一半……」[1]伊犁小學生也每人每天從餐費中節省幾分，交給校長匯總上交。[2]對於沙俄製造邊境事端、要求「會約定界」的挑釁，該報站在國家和各族人民的立場上大造輿論，敦促伊犁當局拒絕沙俄重新定界的無理要求。同時對沙俄不斷擴大經濟侵略、控制新疆財政金融、偷運鴉片的罪行，該報也予以無情揭露。馮特民等報社領導人懷著高度愛國熱情，在清政府一再妥協投降的形勢下喊出了中華民族的呼聲，為粉碎沙俄侵佔我國領土的陰謀大聲疾呼。

　　《伊犁白話報》重視廣告刊登與宣傳。它設有「告白」、「來函照登」、「鳴冤」等欄目，還在中縫和重要版面刊登商業廣告。比如 21 號報紙就在頭版刊載兩則廣告：一則是《京都新調名醫》；一則是惠遠城北街會芳園內新開奇珍照相館告白。後一則廣告在 23 號報紙的一版和中縫又連續刊登，廣告中詳細列出所照相片大小和加洗多少的價目表，從「電光放大」字樣中可知惠遠已有發電設備。21 號報紙中縫所刊《惠遠北街新開會芳園告白》寫道：「本園不惜資本聘請上等名師包辦滿漢豬羊燒烤全席，各樣點心，什錦蒸食，內有雅座，潔淨寬闊，隨意應時小賣，代售南京板鴨、金華貢腿、南糟鰣魚、雞、鴨、魚、肉鬆、蜜餞、蓮子、香腸、烤鴨一應俱全，貴客光顧，庶不致誤。」可知當時飲食及惠遠古城與全國各大城市信息的溝通與相互往來的情況。21 號報紙第一版顯要位置還刊出社會各界贊助該報的捐助者名

1　參見該報第 21 號一版。
2　同上。

單和捐銀數目，對贊助者表示敬佩與感謝的廣告。

《伊犁白話報》除宣傳同盟會的綱領外，還向少數民族同胞進行民族民主革命教育，號召他們與全國人民一道反對清朝封建獨裁統治。由於報紙的宣傳，新疆地區的同盟會會員日益增多，許多少數民族同胞積極投身於革命。誠如當年伊犁炮隊的鄧德龍排長所說的：「貴報關於國計民瘼，公害公益之事，語語痛切，實足以振聵起聾，開通民智者矣。」[1]該報面向各少數民族進行反壓迫宣傳。1912 年（民國元年）1 月的伊犁起義勝利就有《伊犁白話報》的功勞。起義勝利後的通電稱：伊犁「九城漢民自經同志第二年來報紙（即《伊犁白話報》）鼓吹，各部落蒙、哈（薩克）、纏回（維吾爾）亦與有情愫，同時均一律反對。」[2]

（二）《伊犁地區報》（清宣統二年，1910 年）

《伊犁地區報》，宣統二年（1910 年）創刊於新疆伊犁。週三刊。莎草紙石印。首任編輯楊唐林和阿布都克尤木‧依夫孜（漢名兵華秋）。報紙以宣傳民主革命思想為目的，除張貼在惠遠和伊犁大街小巷外，還散發到新疆各地。通俗易懂，受到讀者好評。報紙分為兩版，單面印刷，沒有寫明出版地址。報紙的版本現保存在哈薩克斯坦科學院科技中心圖書館內。名為《伊犁地區報》估計是根據 19 世紀後半葉在俄羅斯土耳其斯坦出版的《土耳其斯坦地區報》改編而來，報刊內容中常可見到俄文的「歐洲」「傳教士」「國家預算」及「公爵」等詞語，刊登地方消息少，說明伊犁地區俄羅斯人很多，俄語使用較為普遍。

該報停刊時間的說法不一。一種說法認為《伊犁地區報》於第 50 期後終刊[3]，另一種說法是宣統三年（1911 年）第 74 期後停刊[4]；第三種說法是宣統三年（1911 年）末第 92 期後停刊[5]。我國學術界一般認為其停刊時間為宣統三年（1911 年）12 月 18 日。以上幾種說法關於《伊犁地區報》終刊於宣統三年（1911 年）是一致的，只是出版多少期尚無定論。

1　參見該報第 21 號《來函照登》。
2　呂然：《辛亥伊犁起義的領導馮特民》，載《史學月刊》，1982 年第 6 期。
3　見 1925 年〔民國十四年〕3 月 8 日《貧民之聲》〔塔什干出版〕
4　見土耳其出版的《伊斯蘭百科全書》。
5　見《蘇聯維吾爾報紙的產生與發展》一書。

第三節　民國孕育時期外國人創辦的我國少數民族報刊

　　中國近代史上最早的漢文報刊是外國人於 1815 年在馬六甲創辦的《察世俗每月統記傳》。中國近代史上最早的少數民族文字報刊《東陲生活》則是由外國人於光緒年間（1895～1897 年）在俄羅斯赤塔市創辦的，又譯作《東方邊疆生活》。民國創立前外國人在我國創辦的蒙古文報刊有《蒙古新聞》。

一、《東陲生活》

　　《東陲生活》，創刊於光緒二十一年至二十三年（1895～1897 年）間。以蒙、漢、俄三種文字印刷。週五刊，共出版 450 多期。經費主要由沙俄政府提供。主辦人巴德瑪耶夫（1851～1919 年）為俄籍布利亞特蒙古人，曾以蒙藏專家身份任職於俄國外交部亞洲司。光緒十九年（1893 年）2 月，他向亞歷山大三世呈遞奏章即「巴德瑪耶夫計劃」，企圖吞併蒙古、西藏乃至全中國。

　　創辦《東陲生活》是「巴德瑪耶夫計劃」的重要組成部分。該報以刊登俄羅斯帝國的法令、制度、公文及官方活動為主，還有國際新聞、東方見聞和各種趣聞軼事等。多是俄羅斯各報紙文章的譯文，也有本報記者採訪的新聞和地方報紙內容的選譯，包括漠南、漠北、漢蒙地區的新聞報導。主要內容有：①俄國沙皇皇宮及政府公報；②從俄國電報中心發來的消息；③東部邊疆風土及地方見聞；④東方鄰國、主要是中國的報導；⑤奇珍異聞；⑥廣告等。其主要是通過俄羅斯商務機構及其商人在庫倫和蒙古西部地區發行。

　　從該報創辦人、創辦地點、辦報宗旨、讀者對象、發行範圍等方面認識，《東陲生活》不能稱作「中國少數民族文字的報紙」，只能稱為「外國人在海外創辦並發行到我國少數民族地區（蒙古地區）的蒙古文報紙」。

二、《蒙古新聞》

　　《蒙古新聞》，半月刊，宣統元年（1909 年）5 月創刊於哈爾濱。是現今可考的第一份由外國人在中國境內創辦的蒙古文報刊。該刊由蒙古國籍的海山[1]組織創辦，中期由查唐‧伊希主持，後期被逃往中國的白俄所操控。蒙古

1　海山（1857～1917）字瀛洲，內蒙古喀喇沁右旗人。精通蒙漢滿文。曾翻譯《蒙漢合璧五方元音》。1902 年（清光緒二十八年）冬海山全家逃到哈爾濱，通過關係認識俄國駐哈爾濱領事西米諾夫。在俄駐哈爾濱領事處潛居 4 年之久並學習俄文。離開《蒙

文鉛印，規格爲 32cm×16cm，後來改成 55cm×44cm 規格的週報，每期約 30
～80 頁。1918 年（民國七年）12 月終刊。該報刊由俄羅斯遠東鐵路局主辦，
哈爾濱遠東報社出版。《蒙古新聞》從內外蒙古、布利雅特蒙古等地召集了一
批有影響的學者，來自內蒙古的有海山、阿拉木斯敖其爾等；來自外蒙古的
有巴達胡巴特爾等。

　　《蒙古新聞》聲稱其宗旨爲「迅速開啓蒙古民智，協助建立一套能操控
自己政治的法律體系以及眾蒙古能夠繁榮富強。」設「首論」「評論文」「庫
倫消息」「蒙古新聞」「在中國」、「在俄羅斯」「在滿洲里」「世界新聞」「電報」
等欄目。後來又增設了「要聞」「俄羅斯古代史綱」「歐洲大戰」等欄目。依
靠先進的技術條件及各地記者提供的源源不斷消息，完成了由以評論爲主的
政論文體向以報導性新聞文體轉變。其風格與今天的時事性週報相似，內容
以時事報導爲主，體裁與形式類似於今天的消息，以簡訊爲主。

　　《蒙古新聞》的消息來源主要有兩個：一是由俄文出版物翻譯或從俄國
或中國的電報中心獲取；二是派記者到各地採訪撰寫。《蒙古新聞》外派記者
之舉是蒙古族新聞史上的首例。報社當時已使用世界最先進的印刷設備：用
電話從西方通訊社獲取消息；電動印刷機的使用大大提高了報紙的時效性；
同時還應用照片、鉛印等。發行範圍較爲廣泛，基本上覆蓋了內蒙古、外蒙
古、布里雅特等所有蒙古地區。與同期報刊相比較，出版時間最長。宣統二
年（1910 年）秋清政府明令內蒙古地區不准傳閱保存《蒙古新聞》，該刊隨之
停刊。

本章結語　中國少數民族新聞業在民國孕育時期萌生

　　以上從三個方面闡釋了民國孕育時期的少數民族新聞業：少數民族報人
的辦報活動；少數民族文字報刊的興起以及外國人在海內外創辦的中國少數
民族文字報刊。報紙與報人密不可分，辦報是這一階段少數民族報人最主要
也是最基本的新聞活動。報人的辦報思想、經營理念推動了少數民族報刊的
興起和發展。

　　我們沒有把少數民族報人的辦報活動肇始之年作爲少數民族報業興起的

古新聞》後參與了「外蒙古的獨立」運動。民國駐外蒙古官員陳籙說「如無海山來庫
（倫），外蒙或不至有獨立之事。」可見其在「外蒙古獨立運動」中所起的作用。

年代，是因爲他們所辦的報刊並不是少數民族文字報刊。創辦於光緒三十一年（1905 年）的《嬰報》是中國最早的蒙古文報紙，也是中國最早的少數民族文字報刊。因此光緒三十一年（1905 年）是中國少數民族新聞事業肇始之年。鑒於這一認識，我們把外國人創辦於俄羅斯赤塔的蒙古文報刊《東陲生活》（雖早於《嬰報》）確定爲外國人在海外創辦的中國少數民族文字報刊。

在此補充介紹較早關注我國新聞信息傳播的外國人伊・囉索欣。伊・囉索欣係俄國漢學家和滿學家。1729 年他作爲東正教駐北京第二屆傳教士團員來到北京。作爲學員，曾在國子監學習滿文、漢文和蒙古文。1741 年回國，任科學院通譯，從事了大量翻譯工作，其間他整理、翻譯了《京報》，名爲《1730年（雍正八年）京報摘抄》，對《京報》在中國的一些重大新聞進行摘錄和翻譯。該摘抄敍述了該年度的日食、月食等天文景觀，9 月 19 日大地震以及地震中死亡約 7 萬多人，黃河泛濫等重要事件。[1]

---

1 中國社會科學院文獻情報中心編：《俄蘇中國學手冊（上冊）》，中國社會科學院出版社，1986 年版，第 56 頁。

第二章　民國創立初期的少數民族
新聞業（1912～1916 年）

　　1911 年 10 月 10 日爆發的湖北武昌起義，敲響了清王朝的喪鐘。孫中山
於 1912 年元旦在南京領導創立「中華民國臨時政府」，宣告中國進入資產階
級共和國時期，中國的少數民族新聞業也進入一個新的發展時期。本章把從
孫中山領導創建民國的 1912 年元旦起，到民國南京臨時政府參議院選舉的第
二任「臨時大總統」袁世凱去世的 1916 年 6 月前，稱爲「民國創立初期」，
再分爲民國南京臨時政府時期和北京政府前期兩個歷史階段。

第一節　民國南京臨時政府時期的少數民族新聞業

　　社會生活中任何事物的發展變化都必然受到社會環境（政治、經濟、文
化乃至教育、科技等因素）的影響，民國南京臨時政府時少數民族新聞業的
發展也受到諸多因素影響。其中最重要的是民國南京臨時政府的民族政策。

一、民國南京臨時政府時期的「民族平等」政策

　　1912 年元旦孫中山在南京就任中華民國臨時大總統。《孫總統宣言書》
宣布「和漢、滿、蒙、回、藏諸地爲一國，則合漢、滿、蒙、回、藏諸族爲
一人，是曰民族之統一」。1912 年 3 月 11 日，民國南京臨時政府頒布《中華
民國臨時約法》，規定「中華民國領土，爲二十二行省，內外蒙古、西藏、
青海」；「中華民國人民，一律平等，無種族、結集、宗教區別」。「人民有言
論、著作、刊行及集會、結社之自由」。南京臨時政府還通過《南京臨時政

府公報》頒布法令宣布：禁止刑訊，禁止體罰；勸禁纏足；開放蛋戶、惰民等，許其享有公權和私權；禁絕販賣豬仔及保護華僑；不許稱老爺等。這些維護人民民主權利的措施，為民國初年新聞事業提供法律保護，促進了新聞事業的發展與繁榮。

武昌起義勝利後成立中華民國鄂軍政府就在其頒布的法令中規定：第一，宣布中國為中華民國，改政體為五族共和。第二，制定國旗為紅黃藍白黑五色旗，代表漢、滿、蒙、回、藏為一家。「五族共和」的政體促進了中國少數民族文字報刊的興起與發展。少數民族報刊也積極宣傳「五族共和」的民主思想。《蒙文白話報》《藏文白話報》等從封面到內容都體現了「五族共和」民主思想。

二、民國南京臨時政府時期主要少數民族報刊

在全新社會環境下，中國少數民族報刊如雨後春筍般發展起來。除原來就創刊的少數民族報刊外，很快出現了一批新創辦的少數民族報刊。

（一）維吾爾文報刊

1、《新報》

《新報》，1912 年 2 月 22 日創辦於新疆惠遠古城。每日出版，除出維吾爾文版外，還出漢文版。1912 年 1 月 7 日晚上，辛亥革命在新疆將軍府獲得勝利，8 日上午宣告中華民國軍政府新伊大都督府成立，結束了新疆地區幾千年來封建統治。《新報》隨之作為《伊犁白話報》的繼續和新政權機關報在惠遠古城誕生。宗旨是「開通民智，融化畛域。清除專制舊習，進策共和。」[1]該報以很大篇幅刊登新政權的革命主張，發表國內外最新消息，鼓動社會革命輿論。聯絡上下聲氣，是群眾監督政府的工具，是時代的吶喊者，是新歷史的忠實記錄者[2]。該報 2 月 29 日發表的《新論語》中引述當時清廷新疆巡撫袁大化的「三畏」：「畏民軍、畏炸彈、畏報館之言」，有力顯示了該報創刊之初的戰鬥性。該報維吾爾文版於 1912 年（民國元年）7 月暫停發行。1913 年 10 月之後改為《伊江報》。

---

1 參見 1912 年 2 月 24 日《新報》《廣徵文言》。
2 參見 1912 年 2 月 24 日社論《說新報》。

圖 2-1　1912 年出版的《新報》

　　在中華民國軍政府新伊大都督府成立之日早晨，《新報》維吾爾文版在惠遠城中心的鐘樓東門外南牆上貼出了第一張安民告示，宣布「捐助本軍款者賞項，保護社會治安者賞，保護外國人及教堂者賞，報告政情者賞；反抗本軍者殺，私通敵人者殺，強姦婦女者殺，妄殺良民者殺，搶劫財物者殺，焚毀房屋者殺。」對安定民心起了很大作用，惠遠古城很快恢復社會秩序，工商界相繼開業。該報創刊時即發表社論《敬賀新報館開幕之祝詞（白話）》，主要內容為：甲、祝賀《新報》創刊，主要是祝賀該報繼承《伊犁白話報》的辦報宗旨，「鼓吹地方文明，開導邊民知識，化除種族界限」。稱讚伊犁的

軍隊是一支紀律嚴明,有素養的部隊,受到老百姓的愛戴。乙、詳細論述了伊犁社會各界變化:政界作風有所轉變,捐建學堂、徵收糧食漸漸公平,盤剝百姓的現象有所收斂;蒙、回、纏(維吾爾族)各界同胞踴躍捐款,助立學堂,老人們紛紛把孩子送入學堂,小孩子也願意多學新知識;商界組織商務總會,嚴禁哄抬物價,調解各種銷售矛盾,公平交易。

《新報》除爲新政權的政策和策略進行輿論宣傳外,還連續刊載新政權的「告示」「電文」,發表穩定民心、軍心,加強內部團結的文章。2月19日刊載的《告各軍士六言》根據伊犁多民族聚居的實際情況,提出各民族平等的主張,「保國何分種族,舉動最重文明,漢、滿、蒙、回、維、哈,均應一視同仁,平日私仇私利,此時概勿寸心,同造共和幸福,眾志可以成誠,將來大局底定,大家何等光榮。」2月29日該報發表社論《敬告旗籍同胞》,規勸八旗子弟不要做游手好閒的廢物,應對國家社會作出貢獻。號召他們在新政權的社會裏,使出各自的本領,做個「神明華胄」把我們國家建成爲世界強國。3月5日發表社論《談建設共和應當以尚公爲第一義》,聲明新政權是代表國民行使權力的,要實行民主選舉,改革舊的政治。「一切用人行政的事,都依著國民的意見」。強調政治改革「貴乎實質」上的「循名責實」,要從本身的「利己營私」改革起,才能「適於共和」,否則共和政治的前途是不可預測的。3月8日,「本省要聞」欄刊出《新伊大都督府民政者告示》,嚴禁對少數民族的侮辱性稱呼,如稱伊斯蘭教爲「小教」,提出「應不分畛域,一律視爲齊民」,如有違者罰款一至五兩白銀,作爲「改革政治,建立共和」的措施之一。6月26日該報發表《去上海各報館電》,強烈反對袁世凱更改新疆行政區劃,破壞伊犁辛亥革命,擅自裁撤新伊大都督建制的反動行徑,逐條批駁袁世凱政府關於新疆問題的決定,表明新疆和全國各地革命黨的反袁鬥爭,遙相呼應。新政府外交總長連續十幾天登報徵求各族各界民眾對他本人的批評意見。參事院還制定《廣征人民請願書約章十條》,歡迎各族群眾向政府上書請願,提出批評建議。

《新報》爲中華民國軍政府新伊犁大都督府的機關報,主要任務是傳達大都督府的命令,讓群眾瞭解革命形勢的發展,喚醒民眾的心靈世界,使人民接受先進的革命思想。重視報紙發行,爲便於讀者閱讀報紙,在布告欄內廣爲張貼。重視現場報導、短訊、社會新聞和短評等。報社有專業記者,廣泛採寫新聞價值較高的信息;觀點鮮明,熱情宣傳新政權的重要政策和施政

綱領，以新時代新風氣的倡導者、維護者爲己任，宣傳新時代的新風氣，深受廣大讀者歡迎。

2、《伊犁日報》

《伊犁日報》，是《新報》停刊由惠遠商會創辦的一張日報，由進步人士默罕買提‧艾力‧坎吉巴依等主辦。鉛印。有8種字母體，每週兩期或三期，主要刊載社會新聞、商業信息、告示、法令等。期發量初爲 500 份，後增至 1500 份。發行範圍除伊犁地區外，烏魯木齊及其他地區也能看到此報。終刊時間不詳。

3、《覺悟》

《覺悟》，由著名的文化戰士庫特魯克‧阿吉‧先吾克於 1918 年在新疆喀什創辦。庫特魯克‧阿吉‧先吾克（1876～1937 年），生於喀什。光緒三十四年（1908 年）隨其父去麥加朝聖，朝聖後留在開羅，在艾孜艾爾大學攻讀阿拉伯語與伊斯蘭教法律法規。受資產階級改良派影響，回國後爲尋求改革之路，撰寫了一系列具有戰鬥性的文章。

《覺悟》刊載的大部分文章都旨在喚醒人民擺脫愚昧、迷信，引導他們與反動勢力作鬥爭，並引導群眾面向新科學新知識，用科學知識武裝青年一代，號召年輕人爲創造民族地區燦爛前景做貢獻。由於該報堅決抨擊地方反動勢力和保守頑固分子，揭露其奴役民眾、剝削人民的罪惡，封建衛道士們千方百計從經濟上製造困難，最後迫使《覺悟》報停刊。該報雖然出版時間不長，但在喚醒民眾覺悟、引導公眾輿論等方面起到了積極作用。

此外還有在新疆斜米出版的《自由論壇》和由華僑在塔什干創辦的維吾爾文版的《解放報》，時常刊載有關新疆官吏貪污和鎮壓地方居民的報導。

（二）蒙古文報刊

1、《新聞》

《新聞》，目前所見民國成立後最早的蒙古文期刊。報刊社設在張家口富興里。以向蒙古盟旗宣傳「共和大義」、促進共和實現爲宗旨。封面文字稱該刊「大總統批准登記在案，由內務部發行」。似應由民國政府內務部主辦，是中央政府機關刊物。創刊時間及出版週期均不詳。內蒙古檔案館存有《新聞》第 17 期。石印，線裝書形式，蒙古文出版，規格爲 22.5cm×14.5cm，每期 40 頁，現存第 17 期爲「壬子年七月十六日，陽曆八月二十八日，第十七期之刊」，

由此可見，該刊爲第 17 期，出版於 1912 年 3 月 23 日[1]。新聞來源於漢文報刊譯文，以國內新聞尤以北京新聞爲主。

《新聞》的內容大體有五類：（1）法令法規。載有《參議院議員選舉法》（第一章總則）、《新禮制已議定》等內容。（2）政治新聞。載有《要聞》《北京新聞》《首都新聞》《俄蒙協約已簽定》《張振武（音譯）獻策》等，報導了大總統袁世凱、副總統黎元洪及屬下高官會商定處理蒙藏問題及國際關係辦法，通電各省爲征討外蒙古而籌餉備兵及《俄蒙協約》內容等。（3）論述。載有《改良風尚》及《日本人的詩》等，列舉一些倡導民眾改革的不良舊俗，刊載了光緒二十六年（1900 年）八國聯軍攻打北京時某日本將軍在通州衙署影壁上寫的狂傲詩句以激勵國人。（4）異聞和故事。載有《外國異聞》《天降花雨》等。前者報導海外巨蛇、大鳥蛋等，後者簡述漢傳佛教禪宗始祖慧能的故事。（5）廣告。載有《創傷藥》《賽金化毒散》《胭脂膏》等藥品廣告。

2、《蒙文大同報》

《蒙文大同報》，半月刊，石印。由喀喇沁旗的巴達爾胡 1912 年 11 月 1 日發起創辦。社址在北京前門外（現西城區）北火扇胡同。蒙古族人特克新加布編輯。正蒙書局印刷，本報社發行。1912 年 1 月 14 日，呼倫貝爾蒙古封建上層在沙俄策動下發動武裝叛亂宣布「獨立」，成立隸屬於庫倫政府的呼倫貝爾自治政府。3 月，日本浪人川島速與貢桑諾爾佈在北京締結「契約」，約定以貢桑諾爾布爲首組織統一內蒙古各旗機關。4 月，科右前旗札薩克郡王烏泰派代表赴庫倫晉見哲布尊丹巴，表示聯合哲里木盟 10 旗起事。爲維護民族團結和國家統一，民國北京政府 5 月宣布在內務部設蒙藏事務處（7 月改蒙藏事務局），8 月 19 日頒布《蒙古待遇條件》。《蒙文大同報》在北京創辦標誌著我國少數民族新聞事業邁上了一個新臺階。

《蒙文大同報》報名「大同」是針對當時帝國主義破壞蒙古族同胞團結，搞所謂「獨立」的陰謀，強調「五族共和」「五族大同」即中華民族的團結和統一。認爲「經（欲）想知道當代地球的大勢及政治大道理，就得提高文化水平；而讀報是一種辦法。」「看懂漢文刊物的人少，蒙文刊物才有二三種，內外蒙地域遼闊，要想互通情況，就得訂閱刊物，還在寺廟及

1　忒莫勒：《民國年間的幾種蒙文舊報刊》，載《蒙古學信息》，2002 年第 3 期。經筆者查核「壬子年七月二十六日，陽曆八月二十八日」爲 1912 年 8 月 28 日，不是 3 月 23 日。

集會上，摘其要聞傳播或張貼，向廣大群眾宣傳，一傳十，十傳百，口講耳聽，互相傳達，其效不淺。」「蒙古族同胞懂得蒙文的越多越好，先學蒙文，又學漢文更好。蒙古族同胞更應懂蒙文，如若蒙古人不懂蒙文，更是欺（恥）辱」；「只有提高文化水平，才能不被外國人欺凌，不被壞人欺騙，做自己的主人，漢族、滿族、回族、藏族大同於中華民國，乃是我們五族的共同幸福。」[1]

《蒙文大同報》，為 17cm×24cm，每期 60 至 100 頁，蒙漢文對照。書冊式裝訂，印在淡黃色薄紙上。封面上方蒙古文橫排刊名，下面漢文書「蒙文大同報」。繪有漂亮的花邊框，框外寫有中華郵政特准掛號認為新聞紙類。主要刊載中央要聞包括政府法令、法規，蒙古要聞，各省要聞，國際要聞等，對與蒙古族同胞關係密切的重大事件如《哲里木盟十旗王公在長春開會反對庫倫[2]獨立》《同陶克陶[3]的和平談判條件》《外蒙古獨立析》《反對吸鴉片》等都有較詳盡報導。由於貢桑諾爾布出任蒙藏事務局總裁，也常刊登蒙藏院通告和總統給蒙藏院呈文的批示等。與以往蒙文報刊相比，《蒙文大同報》所載時事新聞比例增多。如該刊第 9 期總共 19 篇文章，其中 10 篇為總統命令，時事新聞有 6 篇。第 24 期登載 12 篇文章，其中時事新聞和評論有 6 篇，2篇為國際新聞，另外 4 篇為國內新聞。

第二節　民國袁世凱政府時期的少數民族新聞業

民國袁世凱政府時期是特指北洋軍閥首領袁世凱當政的時期，即從 1912年 4 月 29 日北遷的臨時政府參議院在北京舉行「開會儀式」，「標誌著中華民國『統一政府』正式組成，中國的歷史便進入以袁世凱為首的北洋軍閥統治

1　見該報《提高蒙古族同胞覺悟的途徑在於迅速提高文化》一文。
2　現烏蘭巴托。17 世紀中期為第一世哲布尊丹巴呼圖克圖駐地，始建城柵，蒙古族稱城圈為「庫倫」，即以為名。1924 年外蒙獨立，改為現名。
3　陶克陶（1863～1922），亦作「陶各陶」，「陶什陶」，「討各討」，「套各套」，「脫克脫」，「陶克陶胡」，「陶什托虎」，「托克托霍」等，綽號「天照應」。蒙古郭爾羅斯前旗人。蒙古破落貴族出身。光緒三十二年（1906）因該旗札薩克齊默特色木丕勒出賣旗地到王府請願，遭毒打。9 月率領 30 萬人武裝反清。宣統二年（1910）率眾逃往俄國境內。沙俄政府撥給土地還授予陸軍少尉，並拒絕引渡給清政府。宣統三年（1911）潛回庫倫，先後參加沙俄策動的外蒙古和呼倫貝爾「獨立」「自治」。曾任哲布尊丹巴的親衛隊隊長，「大蒙古國」兵部副大臣等職。

時期」[1]，到袁世凱因稱帝遭致天下共憤，面對眾叛親離、分崩離析局面，精神與身體迅速崩潰，1916 年 6 月 6 日在北京去世為止的這一階段。

一、民國北京政府前期的回族報刊

民國北京政府前期是一個特殊的時期，一方面是北洋軍閥的封建殘暴統治和對新聞業的專制摧殘，新聞業經歷了最壞的社會環境時期；另一方面由於革命黨人的力量尚強，北洋軍閥還有所顧忌，新聞輿論環境又相對寬鬆，客觀上為中國新聞業包括少數民族新聞業的發展提供了契機，使少數民族報刊有了較快發展。民國北京政府前期的回族報刊主要有《愛國白話報》《回文白話報》《京華新報·附張》《清真學理譯著》等。

（一）《愛國白話報》

《愛國白話報》，1913 年 7 月 30 日創刊，報社設在北京前門外草廠胡同路南。是《正宗愛國報》停刊後又一份由回族人創辦的綜合性日報。總經理馬太璞是中國回教俱進會會員。辦報宗旨為：甲、注意國計民生：凡關於飢寒困苦、流離失所的現象，以及鬻妻賣子、投河自縊等社會新聞「無不盡情登」，目的在於「一則警告無業的及早自謀生計；二則亦教一般闊佬知道知道」，以使「普通人民各有正當營業」；乙、提倡精神文明、道德風範：「或加以指謫，或發為評論，莊諧雜出，警勸兼施」，以期「力挽頹風，把人心風俗矯正過來」；丙、倡導慈善事業：編者「雖明知今日一般闊人物，絕不在此事情上注意」，但仍願「不遺餘力」，期冀「萬一若有被本報感動，而大發善心的，也不枉本報提倡的力量」（《出版百日紀念》）。

由於先前的《正宗愛國報》被迫停刊及總理丁寶臣被害，後出的《愛國白話報》不似前者那樣棱角分明，公開表示不談「政黨」，針砭時弊也不如《正宗愛國報》尖銳深刻。所以雖然出報時間較前者多了近 4 年，但影響力卻遠不及《正宗愛國報》。報頭部分除標出每天的陽曆（如「大中華民國二年陽曆七月三十號」）與陰曆（如「陰曆歲次癸丑六月二十七日」）日期、星期（「星期三」）及總期序號（如「第一號」）等字樣外，還專門標出「清真禮拜五」「清真禮拜日」字樣，以顯示該報係回族人創辦的特點。1923 年左右停辦。

---

1 邱遠猷、張希坡：《中華民國開國法制史：辛亥革命法律制度研究》，首都師範大學出版社，1997 年版，第 666 頁。

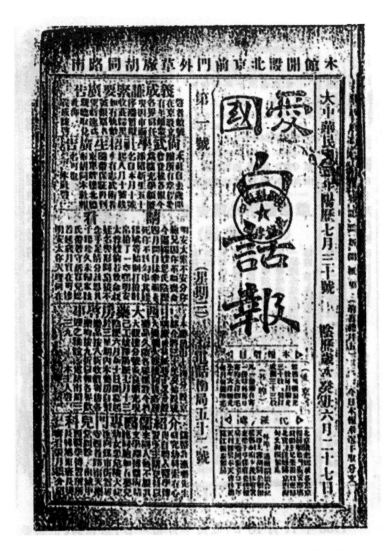

圖 2-2　1913 年 7 月 30 日《愛國白話報》創刊號

（二）《回文白話報》

　　《回文白話報》，月刊。1913 年 1 月由蒙藏事務局創辦。主筆王浩然，編輯主任張子文。1914 年 5 月停刊，共出版 16 期。阿漢雙文排版，16 開本，每期封面印有交叉擺放的兩面五色民國國旗。由於當時封建初傾，共和方興，「邊務吃緊，外人干涉著著進行」，「英俄等國窺伺」，「均有白話報暗為傳佈」，所以《回文白話報》以「開通邊地風氣，聯絡感情」，「講解共和之真理，消弭昔日之嫌疑，使其傾心內向，以杜外人覬覦之漸」，「以中華民國優待蒙、回、藏，與以前君主專制時代不同；蒙藏事務局優待蒙、回、藏，與以前理

藩部時代不同，取其施行政令，公布周知，免致傳聞失實」，並期冀「蒙、回、藏同胞以中華民國為前提，合力並進」。可知這是一份面對全體回族特別是邊疆信仰伊斯蘭教的回族民眾宣傳國家統一，抵制英俄等國分裂活動的雜誌。因蒙藏事務局財務負擔過重，《回文白話報》與《蒙文白話報》《藏文白話報》同時休刊。1915 年 4 月復刊，更名為《回文報》，編輯部主任改由王朝尊（王浩然過繼之子）擔任，馬善亭任編輯。

圖 2-3　1913 年《回文白話報》第 4 號封面

　　王浩然（1848～1919 年），清末民初回族伊斯蘭教界泰斗式人物，清末以來回族教育的先驅和奠基人之一。與張子文同是回教俱進會的領導者。他們

一面擔任會務和阿訇等繁重的社會工作，另一方面操辦《回文白話報》，不辭辛苦，不僅使這個刊物受到回族和邊疆伊斯蘭教少數民族讀者的歡迎，而且榮獲國民政府頒發的最高嘉獎——嘉禾章。《愛國白話報》的報導稱：「回教大阿訇王浩然先生，對於宗教國事，非常熱心，以蒙藏事務局聘充《回文報》主筆，自此報出版後，西北邊事，頗受好影響，大總統甚為嘉許，特獎給五等嘉禾章，以示優異。又以張子文阿訇，襄助王浩然君，不無微勞，亦蒙獎給七等嘉禾章。按：回教阿訇中，素稱開通著，固不乏人，然王、張二君之品學兼優，洵屬首屈一指。今特獎徽章，可為回教前途賀。」

《回文白話報》設有圖片（照片）、法令、論說、要聞、文牘、雜文、問答、小說、文件等欄目。創刊號刊載「聯合五族組織新邦，務在體貼民情，敷宣德化，使我五族共享共和之福」的「臨時大總統令」及《論五族共和之幸福》《蒙藏事務局沿革記》《中國改稱中華民國是何意》《合群思想》《猛回頭》《記飛行艇》等文章。在「文牘類」發表了王振益（友三）、王寬（浩然）、張德純（子文）、安禎（靜軒）四位教長領銜，安鏡泉、丁慶三等二十四位回族群眾共同簽名的「全體回族」上「大總統」之呈文，稱「共和政體宣布，億眾歡騰」，「五大族為一家」，是「千古未有之美舉」！這些文章與其後陸續刊出的《說回教教規暗合共和真理》《回族宜講求地利說》《論回族贊成共和方與教旨不悖》《回族纏民亟宜求學以其進化論》《伊犁屯田宜變通並勸回民興農業芻言》《回文須廣譯書籍說》等論說，為後人研究民初回族社會的思想、文化及回族人心理提供了第一手原始資料。

該刊很受邊疆信仰伊斯蘭教少數民族人民喜愛。《新中國報》1913 年 8 月20 日報導說《回文白話報》「不惟可以增長該三族人民知識，並且曉然共和統一系為四萬萬同胞謀幸福」；藏族「柯春科寺大喇嘛香輩奉讀之下，視為神奇世寶，日與大眾講說，且供奉殿中，漸次影響傳播民間；而林蔥各土司群詣辦公長官行署，多方要求，電達中央添賞數份」。《回文白話報》在轉載這則報導時稱「本報出版以來，雖承蒙、藏、回三族人民之愛讀，然不敢以之以自信」，「區區之意不過欲我五族人民共和一軌道，進化於大同耳。」（1919 年第 9 號）

（三）《京華新報・附張》

《京華新報・附張》，1914 年 1 月 4 日正式推出，是民初《京華新報》的副刊。著名回族伊斯蘭學者、社會活動家張子文主持。「以宗教維持社會風俗」

為宗旨。出刊「啓事」稱「歷代專制國，不准人民著作出版，未能將清眞經史，早用中國文字語言，翻譯成帙，是以互古正教，卒不免庸俗人之訾議」，而「自共和成立，信教自由，研究清眞教者，既日益加多，而回教未曾習經，只知當然而不知所以然之人，亦恒不少」，因此「將吾教天經史傳中，有關當今世道人心者，譯成普遍官話」，「籍以新聞報諸君之眼目，而期正教之昌明」。

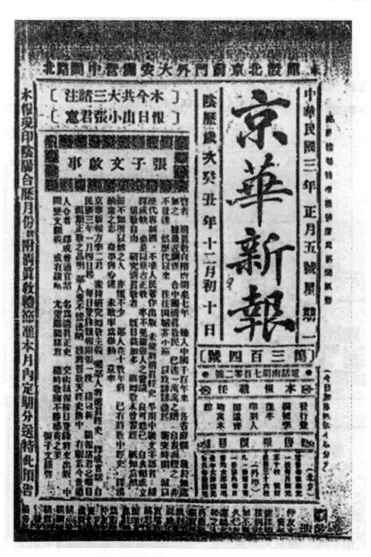

圖 2-4　1914 年 1 月 5 日《京華新報》報頭版

　　《京華新報・附張》設兩個欄目，一欄爲「清眞正史」，主要內容是介紹「上古經典，編譯漢文……以備研究宗教之考證，籍以開通清眞教民深悉本

教歷史之沿革」；另一欄為「雷門鼓」，主要內容是「編譯經典中有關政治、法律、軍學、教育、商賈、農工等故事，及本教古今通俗各禮節暨中外歷代君王重視本教之紀實」。該刊出版時間雖不長但影響頗深，直到 1930 年還有人在《月華》上連載文章「分段追述回憶」自己讀該報之經歷及感受。

圖2-5　1914年1月4日《京華新報》附張

　　張子文（1875～1966 年）回族，名純德，字子文，經名艾布‧伯布爾。是中國伊斯蘭教大阿訇、教育家、社會活動家。祖籍族望河北滄縣，為「兆河張氏」譜記之第十六世。生於遼寧本溪。幼習儒書，16 歲中秀才。先後投於海思福（海大爺）、李希真、劉玉堂（劉二爺）、馬玉麟（馬大爺）等大阿訇門下。光緒二十六年（1900 年）穿衣掛幛。歷任保定西、北、東各寺及定興、易縣等地，經漢兩通，精通阿、波、德、俄四國語言。光緒二十九年（1903年），應王浩然之邀到北京西單牌樓清真寺為首任教長。清光緒三十四年（1908年）牛街清真公立第一兩等小學堂成立，與達浦生、李雲亭等北京多名阿訇共兼阿文教學。宣統元年（1909 年）參與創辦北京「清真教育會」，擔任該會《清真雜誌》《清真白話報》《北京民報》總發行人，期間赴任馬甸清真寺，創辦北京第一所經儒學校（亦稱「經漢大學」）。1912 年 2 月攜弟子馬松亭、楊明遠、張鴻韜等赴花市清真寺，提出回族子弟應「多讀中外文，將來才能立大事業」的主張，認為一「應由各寺院阿訇掌教，極力勸導」，二「更宜稍加強迫」，並身體力行，先後招收學生馬善亭、李廷相、趙銘周、朱開祺、張

耀亭、王敬一等共 18 名，親授阿、漢兩學，改「清眞第五學堂」爲「清眞文化小學校」。7 月與王友三、王浩然、安靜軒、王丕謨、穆子光等發起創辦中國回教俱進會。9 月參與組織該會歡迎孫中山先生大會並與之會見，親聆關於「五族共和」、「振興中華」的重要講話，並與馬鄰翼、王浩然等 7 人同中山先生合影。是年底，應召與王浩然同往蒙藏事務局組織創辦《回文白話報》兼編輯主任。

（四）《清真學理譯著》

《清眞學理譯著》，1916 年 2 月 22 日由北平清眞學會創刊於北京。創辦經費由北京荣、果兩行商會回族群眾資助。中國回教俱進會屬「教務討論會」編輯出版，「清眞學理譯著」社自辦發行。編輯主任王友三，編輯王靜齋、李雲亭、王浩然、王振海、張子文、沙峨亭，經理人安靜軒、王子馨、馬乾三。僅出版 1 期。聲稱「純係宗教性質，決不涉及政治，以明政教界限」，以「闡揚教理，發揮學術」爲宗旨。目的是「將經典中之各學理，撿有功於社會進益者，擇要譯著，使教法日漸燦爛於天下，且可供研究學理者之一助也」。該刊設有「論說」「天經譯解」「至聖訓語」「清眞典禮」「教務紀事」「至聖實錄」「列聖歷史」「清眞衛生」「清眞通詮」及「中央政聞」「談叢」「來稿」「附件」「答問」「問答」等十餘個欄目。第一期除有各界人士「題詞」「弁言」「祝詞」及張子文、李雲亭的 2 篇「發刊詞」外，發表了孫繩武、王靜齋、王浩然、李雲亭、張子文、趙斌（以目錄順序）及軍官學校回族學員馬德乾等 15 人有關經卷的譯著和文稿。有人指出「雖然只出版了一期的創刊號，但對以後回族報刊的發展產生了較大的社會影響。」「它是應時代需要而誕生的，爲推動各族穆斯林文化的進步發揮了積極作用」，是「早期回族報刊中較有代表性的一份刊物」[1]。

這一時期的回族報刊儘管是在受到國內各種政治派別報刊的影響，並在社會經濟、交通運輸、電報及印刷技術得到較快發展的環境中出現的，實際仍處於摸索階段，或由於缺乏經驗，或由於短缺資金，或由於缺少採編人員，又或由於受社會政治因素限制，出版時間都很短。但它們都是因中國社會歷史大環境和回族社會歷史小環境的時代需求而產生的，爲推動回族及穆斯林文化的進步、推動各民族團結發揮了積極作用，爲後來回族報刊發展奠定了基礎。

---

1 李習文：《立足學術問題，面向穆斯林大眾》，載《回族研究》，2000 年第 3 期。

二、民國袁世凱政府時期的蒙古文報刊

民國袁世凱政府時期的蒙古文報刊主要有《蒙文白話報》和《蒙文報》等。

（一）《蒙文白話報》

《蒙文白話報》，月刊。民國北京政府前期的蒙藏事務局創辦。1912 年 9 月開始籌備，1913 年元旦正式出版。1914 年 7 月停刊，共出版 18 期。辦報人由時任蒙藏事務局總裁的貢桑諾爾布選聘。第一位總編纂徐惺初。設有專職辦報處，設總編纂、總經理、漢文主任、蒙古文主任、藏文主任、回文主任、漢文編輯、蒙古文藏文回文編輯和錄譯員及庶務員、繕寫、校對等編制達 29 人，還在西藏、內蒙古、新疆、甘肅等省區選聘訪事專員 21 名（內外蒙 9 名、西藏 8 名、回疆 3 名、甘肅 1 名）。

《蒙文白話報》採用蒙、漢兩種文字同時印刷，書冊式裝訂，大小相當於現在發行的 16 開本的書刊，每期 90 至 100 頁。每頁 10 行。封面最上方有交叉的中華民國「五族共和」國旗兩面。中間豎行書寫「蒙文白話報」五字。右邊有「中華民國二年三月出版第三號」字樣，左邊有「中華民國郵政局特准掛號認爲新聞紙類」17 字。這三行字下邊左右兩側分別有「本期奉送」由右至左橫寫。封面字句以漢蒙兩種文字書寫。

《蒙文白話報》設有圖畫、法令、論說、要聞、答問、文牘、專件等欄目。其中法令報導民國總統的各項法令、執政方案、法律法規、官吏任免及其他重要事項。如民國二年（1913 年）第 8 期刊登賓圖王貢楚克蘇榮在外蒙古逝世的消息。論說報導政治、文化、教育、經濟等多方面的內容，其中以宣傳民主共和制及民國國策的報導居多。要聞報導外交、內政、重要會議之與蒙事有關的內容，如東蒙王公會議將在長春召開等。答問以問答形式用通俗易懂的語言介紹民國的國體、國情、民主共和制等，以提高蒙古族同胞對中華民國的瞭解。如問：爲何稱漢民國爲中華民國？答：漢滿蒙回藏五大族的界限合起來稱之中華，民國爲尊重民權的意思。文牘主要刊載蒙藏事務局關於蒙事的呈文咨文等，內容較爲寬泛。專件多爲有關某項蒙事的文件或公函等，如該刊第 3 號載有關於藏蒙學校的一組文件，內有呈大總統合併咸安宮學、唐古特學、托特學等三學及前理藩部之蒙古學，擴充改名爲蒙藏學堂的報導，有蒙藏事務局關於三學學生限期入校補習啓事和蒙藏學校章程；第 10 號載有一組關於資助蒙古族學生求學的呈覆函件等。還刊登關於畜牧業、

農業方面的科學知識，指導廣大農牧民的生產、生活。如 1913 年（民國二年）第 8 期，便刊載有關蒙藏畜牧業改良的文章。各欄所載內容均由漢蒙兩種文字書寫，豎行排列，先蒙文後漢文，無句逗，更無新式標點。通俗易懂，是少數民族同胞關心的內容。

圖 2-6　《蒙文白話報》（現藏中央民族大學圖書館）

該刊以贈閱為主，分發給北京各機關、駐京蒙古王公和內外蒙古、綏遠、熱河、察哈爾、甘邊寧海、阿爾泰、伊犁等地，「有沿邊各路將軍、都統轉送各盟旗；並有少量『京外訂閱』」。[1]出版初期僅駐京蒙古王公每期發送 29

1　忒莫勒：《民國初期的〈蒙文白話報〉和〈蒙文報〉》，載《內蒙古師範大學學報》，2002 年第 1 期。

份、內外蒙古 820 份、綏遠 70 份、熱河 70 份、察哈爾 70 份，總計 1059 份。
「如有蒙族喇嘛廟及蒙藏文學堂，即請照舊地本報處具函索寄，務須開明住
址及如何寄遞法，以副先睹爲快之望」。據統計，僅駐京蒙古王公、內外蒙
古、綏遠、熱河、察哈爾就總共發放該刊 21812 冊。[1]

（二）《蒙文報》

《蒙文報》，月刊，漢文鉛印，蒙古文石印。民國北京政府蒙藏院於 1915
年 4 月在此前停刊的《蒙文白話報》基礎上創辦。由蒙藏院辦報處編輯發行，
京師第一監獄印刷。第 1 期載《本報緊要廣告》稱「本報原名《蒙文白話報》，
前因內部改良，暫停止發行。現在組織完竣，改易今名，自本年四月起仍舊
出版，照常郵遞。」期次每年獨立計算。當年（1915 年）出刊 9 期，1916
年（民國五年）出刊 6 期後停刊，總共出刊 15 期。規格 25cm×17.5cm。封
面爲暗色，無圖案；蒙漢文分別寫在左側和右側。內容按蒙漢文統一分列，
改變了以往各欄目內蒙漢文分列的做法。

創刊號載有《本報體例釋略》稱「在昔京報邸抄，詔誥章制是紀。於今
公報官紙，亦條教號令焉。無非傳遞四方，使知中央之正事。惟荒漠邊陲，
絕域徼外，語言文字，既屬不同，政府意旨，苟（疑爲『苟』之誤）不能達，
則中央之法律命令及關於邊疆之政治計劃，恐惑莫知其所歸。此本報之所以
譯蒙、譯藏、譯回，宣傳政令於遐方，使知政府對於邊境之意旨」；「前此新
所撰纂，頗病蕪雜。自本期始，刷新面目，削繁就簡，崇實黜虛，以適於用。
夫掌故存於篇籍，政教見於典章，蓋當代之制，實經世之猷也。故後此之所
記載，惟以朝章國故是講，即有所稱述，亦以是爲準繩。」[2]與《蒙文白話
報》相比，該刊不再設圖畫、要聞、答問等欄目，所載幾乎盡爲政府公文，
論說也多爲政論，政府公報性質更爲突出。且所載盡爲與蒙事有關者，較從
前更爲精約。在體例上則將法令欄分爲法規、命令，更爲合理且便於查閱。

《蒙文報》發行範圍依舊，仍免費寄贈。僅駐京蒙古王公、內外蒙古、
綏遠、熱河、察哈爾就每期共發送 1163 份。自 1915 年 11 月起，每期經費由
2000 元減至 1000 元，印數顯然減少。因供不應求，該刊不得不刊出《本報緊

1　忒莫勒：《民國初期的〈蒙文白話報〉和〈蒙文報〉》，載《內蒙古師範大學學報》，
　　2002 年第 1 期。
2　以上內容均轉引自忒莫勒：《民國初期的〈蒙文白話報〉和〈蒙文報〉》，《內蒙古師
　　範大學學報》，2002 年第 1 期。

要廣告》，聲明：「本報經費有限，各處來函索閱者甚多，只好按照發行額數分配寄贈，尚希原諒。」[1]

三、民國袁世凱政府時期的藏文報刊

民國袁世凱政府時期出現的藏文報刊主要是：

（一）《藏文白話報》

《藏文白話報》，民國北京政府蒙藏事務局於 1912 年 9 月開始籌備，1913 年元旦創刊。石印，漢藏兩種文字印刷，漢文在先，藏文在後。幅面 23.7cm×16.5cm，開本大 32K，訂口在上，上下翻動（中央民族大學圖書館、西藏檔案館藏有此刊）。設圖畫、法令、論說、要聞、文牘、小說、遺補等 7 個欄目，後附廣告。欄目名稱以漢文楷體橫書，下印藏文，紅色印刷。正文皆墨色印刷。封面彩色印刷，圖案設計，報名書寫與《蒙文白話報》相同。

據 1913 年七月第七號《藏文白話報》知，該刊欄目的主要內容是：圖畫刊一大幅五種繪畫，折疊裝訂於冊頁之中。題名為「蒙回藏王公等爵圖章」，分別為紅色嗣王爵章，藍色親王爵章，白色貝勒爵章，綠色貝子爵章，藍色輔國公爵章。色澤豔麗如初，極具文化、社會價值。目錄豎排，標明七個欄目的先後次序幾個欄目的頁碼。法令刊載《臨時大總統令（中華民國二年五月二十一日）》。論說即今之「社論」，刊長篇說理文《辯惑》一篇，主要談論中央與西藏地方之關係，主旨在於維護藏漢團結，強調國家統一。內容涉及民國治藏、佛教、文成公主和金城公主進藏等內容。立論深遠，篇製宏大，取義積極，內容豐厚，表明政府民族政策，力求主導全國輿論將該欄置於全冊之前說明主辦者對於言論的重視。要聞刊《印花稅之作用，續第六期》《印花稅法實施細則》（第五條～第十八條）、《財政部通告》等，其內容為當局有關財政政策的連載。因新聞性不突出於民國四年（1915 年）取消。文牘刊《蒙藏事務局呈/大總統開單代遞西藏旅京同鄉會代表江贊桑布等貢品請鈞鑒並 / 批（附單）》。此為西藏旅京同鄉會給蒙藏事務局並中華民國大總統的上行文。呈文稱為彌補國會獨無西藏人民代表之缺憾，由西藏方面羅布桑東珠爾等成立西藏旅京同鄉會，作為西藏選舉機關之事，「黽勉從公，竭力傳佈五族共和之大旨，解釋西藏同胞之誤會，同享五族共和之幸福。」呈

---

1 以上內容均轉引自岆莫勒：《民國初期的〈蒙文白話報〉和〈蒙文報〉》，《內蒙古師範大學學報》，2002 年第 1 期。

文強調爲向大總統表示「服綏之德」，呈上西藏地方之特色禮品一批——哈達一方，鍍金搭一座，藏紅花成匣，藏香成匣，五色氆氌各一疋。小說刊《合力原理》一篇。故事情節是一位教師以生活中生動事例勸說一位性格孤僻的學生，指出「蓋天之事，獨立者難成，合力者易舉，未有不藉人力而能自己有成者」，學生幡然悔悟。藉此告誡人們知「合力之利益」，毋「自處於孤立」。全篇以師生對話形式，用淺顯文言文寫成。後和「要聞」欄一同取消。遺補刊有《中華民國國會組織法》。廣告刊二則類似公益性的「招商廣告」，特別聲明「概不收費」，意在鼓勵邊疆與內地人民開展貿易交流活動，促進相互瞭解，共同繁榮，體現了編者對少數民族地區經濟發展的關注和倡導民族平等的意向。該期還載「編輯說明」一則。內容爲「本報特別啓事：本報原爲答問雜錄專件三門，只因限於篇幅皆缺，第八期補空，閱報諸君諒察是何此啓。」（標點由作者所加）

圖 2-7 《藏文白話報》

《藏文白話報》已具有近代報刊的「論說」「新聞」「副刊」與「廣告」四大要素，當屬少數民族文字的近代化報刊。從欄目設置和內容來，《藏文白話報》更像民國時期蒙藏事務局的「政務公報」。藏漢兩種文字印刷，擴

大了報紙的影響範圍。該報總纂徐敬熙稱：「發刊以來，邊陲各界大受歡迎。刊發請益之文電絡繹不絕於道，益堅邊民內鄉之心」。「其文字收功，遠軼於武力」。當時北京有報紙說《藏文白話報》郵寄至四川西部，轉發到喇嘛廟和當地頭人。喇嘛在閱讀後視之為「神哥世寶」，不僅讀給大家聽，還供奉殿中，影響力擴大到民間。地方官員還向蒙藏事務局呈文要求「中央添賞數分以備觀覽」並獲得了批准。

　　研究《蒙文白話報》《藏文白話報》及《回文白話報》給我們最深的印象是：我國少數民族文字報刊開始由近代報刊向現代報刊過渡了。

四、民國袁世凱政府時期的朝鮮文報刊

（一）《新興學友報》

　　《新興學友報》，1913 年創辦於吉林柳河縣三元浦大花斜。遷居我國的朝鮮族民眾於 1912 年在柳河縣成立了「扶民團」。扶民團繼承耕學社的宗旨和綱領，逐漸發展成為具有朝鮮族自治性質的團體，並在各地設立中小學，發展教育事業，創立新興學校。扶民團本部和新興學校後來遷往通化縣哈尼河。1913 年新興學校第一期畢業生金石、姜一秀等人提議由畢業生和在校生組成新興學友團。學友團本部設在柳河縣三元浦大花斜，同時創辦《新興學友報》。

　　耕學社、扶民團、新興學友團等創辦的《韓族新聞》和《新興學友報》旨在評論時局、揭露日本侵略罪行，宣傳民族獨立和民族革命思想。致力於介紹近代文化和啟蒙教育事業，為促進民族覺醒和團結進行宣傳。

（二）《延邊實報》

　　《延邊實報》，愛國知識分子王德化於 1915 年在吉林延吉創辦。該報主張「保證人權」，宣傳「共和國家民為主體，國之強弱民智攸關」，「聯絡華墾[1]兩種人，使其感情日漸親密」。此報用朝、漢兩種文字出版，與日本侵略者的御用報刊抗衡，受到朝鮮族和漢族同胞的熱烈歡迎。

五、外國人創辦的我國少數民族文字報刊

　　這一階段外國人創辦的少數民族文字報刊主要是 1913～1914 在庫倫創辦的《新陶利》和《首都庫倫報》。

1　華墾：指漢族和朝鮮族。

（一）《新陶利》

《新陶利》，月刊，蒙古文鉛印。布利雅特蒙古人（俄羅斯籍蒙古人）策翁 1913 年 6 月在庫倫創刊，俄蒙印刷處出版發行（該處有俄蒙工作人員 10 餘名、印刷機若干臺，掌握蒙古文鉛印印刷術）。前 4 期於 1913 年出版，規格爲 23cm×15cm，50 至 60 頁，月出一冊，所載文章一般較長，少有時事新聞。因此前 4 期應屬於雜誌。後 16 期於 1914 年出版，規格 34cm×26cm，6 至 10 版，半月出一期，以新聞報導爲主，當屬報紙。該報免費贈送給國家機關，通過專門的售報鋪賣給普通讀者。該報和《首都庫倫報》都是策翁在外蒙古創辦的兩份蒙古文報刊。蒙古國學者戈・德力克在《新陶利》文中說「利用 1912 年創建的俄蒙印刷機構，蒙古第一份定期出版物開始刊行。」日本學者田中克彥在《草原革命家》文中稱「1913 年俄國使者從俄羅斯帶一座活字印刷機到蒙古。從此，蒙古第一份定期出版物——《新陶利》開始出版。」[1]

策翁（1881～？年）幼年在赤塔讀書三年，後到彼得堡念中學。在彼得堡大學任教期間開始對蒙古族文化進行研究並取得成果。曾經翻譯馬克思的《資本論》，在哈爾濱的《蒙古新聞》報當過編輯，以翻譯身份參加了簽訂《中俄蒙協議》的談判。關注蒙古地區經濟及財政發展，反對帝國主義和封建主義，關心人民群眾知識水平及蒙古民族文化事業的發展。

《新陶利》聲稱不屬於任何黨派或政治勢力。沒有明顯的政治傾向性，能較客觀地反映當時蒙古地區的情況。封面有「振興萬物，溝通各學」的辦刊宗旨。欄目有科學、覺醒、歷史、政治等。所載學術論文或篇幅較長的文章（譯文）由策翁執筆，大眾性文稿由博迪編輯，政府消息和上下議會的文件由巴達日胡巴托報導，新聞報導由時任司法部秘書的贊散三寶撰寫。該刊經常刊登揭露博格多汗[2]政權的文章，尤其是連載政治評論《在十字路口》一文，諷刺當時外蒙當局、漢族軍閥、沙俄政府欺壓百姓的政策，遭致外蒙古各派勢力不滿。爲此當局以策翁曾爲《恰克圖三國協議》談判作翻譯爲由於 1914 年 8 月查封了《新陶利》。

（二）《首都庫倫報》

《首都庫倫報》，策翁 1915 年創辦於庫倫。1915 年至 1920 年（民國四年

1　田中克彥，「草原の革命家たち——モンゴルの獨立への道」，中央公論社，1990 版。
2　博格多汗，外蒙獨立時期的活佛，外蒙獨立後被舉爲日光皇帝。

至民國九年）間出版。《新陶利》被查封的次年，策翁與幾位蒙古知識分子另辦《首都庫倫報》，實際是《新陶利》的繼續。1915 年（民國四年），策翁以翻譯身份參加簽訂《中俄蒙協議》談判，使他瞭解了「蒙古的國際地位」，意識到弱小民族悲慘的命運。回到庫倫後，爲了喚醒蒙古人民的民族責任感，遂與人共同創辦了《首都庫倫報》。[1]該報以喚醒蒙古人的覺悟爲宗旨，以大力發展蒙古經濟提高人民的生活水平爲重點，宣揚民主政治。除策翁外，博迪也常在《首都庫倫報》上發表一些有份量的文章。

本章結語　政局動盪中的少數民族報刊特點

隨著民主思想的傳播，封建統治的衰落以至最後滅亡，特別是辛亥革命勝利、共和政體的確立，少數民族人民的政治、經濟、文化權利較先前有了很大改觀，少數民族報人創辦的回族報刊、藏文報刊、朝鮮文報刊以及蒙古文報刊等逐漸表現出一些較爲明顯的特點：

一、少數民族報刊內容顯示少數民族參與社會、關心國家的精神

少數民族報刊的興起顯示少數民族開始從閉關走向開放，表現了少數民族同胞對社會的參與精神。比如，辛亥革命不久，孫中山先生辭職，袁世凱竊國時，曾有少數民族報刊連續四天刊出署名文章，對其在用人、立法、理財等方面的腐敗現象予以強烈批評，表現了作爲國家主人翁的責任意識。涉及到民生、反對帝國主義侵略等問題，不少少數民族報刊也發表態度鮮明、措詞嚴正的評論。這些都表明作爲中華民族重要組成部分的中國少數民族已從先前的自在狀態逐步走向自爲的行列。

二、少數民族報刊爲少數民族的自我教育及提高民族素質提供了條件

在少數民族報刊興起之前，其自我教育、提高民族素質的活動，往往是通過開明宗教人士的譯經講教宣傳進行且主要囿於寺廟之內。儘管在杜絕醜惡行爲方面也能收到一定效果，但從形成一種全社會威懾力角度來說，其力度遠不如報刊。少數民族報刊的興起，拓寬了少數民族同胞進行自我教育、

1　同第 63 頁注釋 1。

提高民族素質的空間，有利於提高民族整體素質、形成社會認同，也為少數民族報刊的發展奠定了基礎。

三、少數民族報刊的興起豐富了當時的報刊事業，推動了新聞事業的發展

少數民族報刊事業是中國新聞事業不可或缺的有機組成部分。進步的少數民族報刊與當時進步的漢語文媒體是同聲相應、同氣相求關係，與整個中國的進步新聞事業的發展同呼吸、共命運。

四、少數民族報刊發展初期出現的職業少數民族報人不多

政治家的辦報活動佔據相當份額，辦報只是他們革命活動一個組成部分。如1917年（民國六年）初在上海創辦《斯覺報》的安健（1877～1929年，彝族，字舜卿，貴州郎岱羊場巡檢司凹烏底人）就是一生從事革命活動，但在1917年初在上海與余達文共同創辦以宣傳三民主義、鞭撻軍閥為主要內容《斯覺報》。既是一個革命者，同時也是以報刊為陣地，宣傳孫中山的革命思想、推動革命事業的少數民族報人。

五、外國人在海內外創辦的我國少數民族文字報刊具有雙重性特點

應當如何認識評價外國人在海內外創辦的中國少數民族文字報刊呢，如以蒙古文報刊為例，我們贊成內蒙古大學蒙古學學院青年學者寶文的分析：

首先，這些外國人（主要是俄國人和日本人）創辦蒙古文報刊的目的在於為其侵略製造輿論。19世紀末20世紀初，帝國主義列強瓜分中國，同時加強對蒙古地區的爭奪，尤其是毗鄰蒙古地區的沙俄和日本相繼加快對蒙古地區侵略和瓜分的步伐。帝國主義列強在實施政治壓迫、軍事佔領、經濟剝削的同時，還大力興辦報刊，進行文化滲透和輿論宣傳，以配合其侵略活動。這類報刊在本質上是帝國主義侵略蒙古地區的工具。

其次，帝國主義俄、日辦的蒙古文報刊也曾發表一些主張「開發蒙古民智」「復蘇蒙古經濟」「振興蒙古民族」的文章，具有一定「啟蒙性」和「民族性」：一是對蒙古民族現實情況的披露與批評。如《東陲生活》在「在報刊頁面」一欄曾以具體數字反映當時廣大牧民交納的沉重稅收；《蒙古新聞》設「在滿洲里」「庫倫消息」「蒙古新聞」等欄目較廣泛反映了蒙古地區的現實

情況。二是對當時中央政府的腐朽統治及中央政府駐蒙官員腐敗行為的揭露。《東陲生活》設有「東方鄰國」等欄目，以大量篇幅揭露清政府駐蒙古官員醜聞。但外國人在所辦蒙古文報刊發表這類報導，是為了煽動「反滿、反漢」民族情緒；「開啓民智」、「宣傳民主思想」是為「蒙古獨立」製造輿論。《蒙文報》創辦人中島眞雄毫不隱晦地宣稱該報「啓發蒙古人置於自己的勢力範圍（筆者按：「蒙古獨立」的另一說法）與俄國的《蒙古新聞》的目的無疑是一致的。」因此帝國主義者「開啓蒙古民智」、「振興蒙古民族」只是一個幌子，是為實現其吞併蒙古地區的根本目的服務的。我們還應看到俄日等帝國創辦報刊需借助蒙古族知識分子。如《東陲生活》的編輯人布丹諾夫和烏尼巴爾、《蒙古新聞》的主持人海山、《蒙文報》的編輯博彥滿都等。這些人經歷、思想相當複雜，不同程度都帶有民族主義思想傾向。他們不願將蒙古民族置於帝國主義控制之下，試圖借助帝國主義報刊陣地發出自己的聲音。尤其是博彥滿都在《蒙文報》上發表一系列言論，對蒙古現狀的揭露和對蒙古地區當局腐敗的譴責帶有另一種意義的「啓發蒙智」，體現出一定的民族性，並在蒙古族民眾產生過一定的影響。

最後，必須承認外國人創辦的蒙古文報刊物質條件優越，基本上具備了現代報刊的技術特徵和要求。《東陲生活》和《蒙古新聞》都採用當時最為先進的印刷機、電報、鉛印等技術，報刊的時效性增強，及時滿足廣大讀者對新聞的需求。如民國五年（1916年）2月19日《蒙古新聞》報導了第一次世界大戰中德軍攻打羅馬尼亞首都，「敵軍兵臨城下，決意佔領」布加勒斯特城，羅馬尼亞當局不得不決定「遷都到茄斯城」。查閱《羅馬尼亞人民史》得知，這一新聞發生在1916年2月6日。《蒙古新聞》是一份週刊，在12天內就報導了這一消息，可見新聞報導時效之快。[1]

六、民族地區的漢文報刊也是少數民族報刊事業的組成部分

這個時期在內蒙古地區出版的漢文報刊有內蒙古西部地區最早的報紙《歸綏日報》（1913年創刊）。1914年（民國三年）王定圻創辦《一報》（4開鉛印日報）以及1916年夏天由夏康侯、張煥亭等創辦《綏報》（日報）。其中《歸綏日報》和《一報》等報刊是由王定圻主持創辦的。

---

1 參見白潤生主編：《中國少數民族新聞傳播通史（上冊）》，中央民族大學出版社，第138～141頁。

　　王定圻（1874～1917年），字平章，號亞平，原名維圻。老同盟會員，祖居內蒙古包頭，世代爲農。後來其父送他到塾師馬根培處讀書。光緒三十二年（1907年）王定圻轉入由綏遠古豐書院改組的中學堂學習，成績優秀。因代表學生就改聘教師一事與學校督辦吳學宸交涉，被學堂當局開除學籍。他改名王維圻考入山西優秀師範學堂。1912年（民國元年）因「既不愛官，也不愛錢，願意興辦地方教育，參加議會鬥爭」[1]堅辭閻錫山任命「歸化關監督」官職。先後在呼和浩特市任中學教員、歸綏中學校長，被選爲第一屆國會議員。參加總統選舉，不顧袁世凱威逼利誘投了廢票。北京國會解散後回到綏遠，繼續主持歸綏中學校務。1913年王定圻接辦周頌堯的《歸綏日報》，這是內蒙古最早的鉛印報紙。該報設有社論、社說、論說、時評等欄目。該報反袁態度堅決、言論激烈；同時重視實業信息，重視內蒙古地區新聞報導，服務內外蒙古商業貿易。因與內外蒙往來商人聯繫密切，消息靈通，報導及時，時效性強；該報辦有畫刊，時常刊載當地的圖畫，是內蒙古地區最早的畫刊。1914年停刊。王定圻不久又創辦《一報》，委託李正東任社長，李笑天任總編輯，總務與發行人爲卜瑞兆、元錦榮，鄧西峰、董偉然、榮祥等爲特約撰稿人。[2]該報宣傳同盟會革命主張，報導革命黨人活動。揭露政治黑幕，言論犀利，引起官僚政客不滿。1916年夏季，袁世凱陰謀稱帝，王定圻一方面在報紙上載文公開反對，並多方聯絡本地和外地同志舉起討袁旗幟。因與上海討袁同志聯繫的信件被郵局查獲被捕。1917年1月5日被害，終年33歲。是民族地區爲我國新聞事業獻身的主要報人。

　　雖然西藏地區自《西藏白話報》之後長達40餘年沒有報刊出現，但這一階段在西藏地區傳佈的報刊還有不少，藏文報刊如《鏡報》[3]、《各地新聞明鑒》等。目前所知的漢文報刊則有《交通旬報》。該刊創辦於1912年12月，石印，月出三次，由蒙藏交通公司主辦。主要介紹蒙、藏兩地的交通狀況、內地通往蒙藏兩地路線及途經的重要城鎮等。該報每期流入西藏的極少，估計爲該線路的運輸車隊帶到西藏。這一刊物現藏於中國社會科學院圖書館。

1　參見張麗萍：《內蒙古民國報刊史研究》，內蒙古大學出版社，2014年版，第21頁。
2　參見張麗萍：《內蒙古民國報刊史研究》，內蒙古大學出版社，2014年版，第24頁。
3　《鏡報》《各地新聞明鑒》後有專目介紹。

第三章 民國北京政府時期的少數民族新聞業（1916～1928 年）

民國北京政府時期是特指自 1916 年 6 月 6 日袁世凱病死北京、黎元洪接任民國大總統後始，至北京「中華民國軍政府」大元帥張作霖之子張學良宣布擁護三民主義、改旗易幟的 1928 年 12 月 29 日止的這一歷史時期。本章主要講述民國北京政府時期少數民族新聞業的發展情況，分析少數民族新聞業興起的歷史淵源並進行簡略的總結。

第一節 民國北京政府時期的朝鮮文報刊

民國北京政府時期是中國少數民族報刊發展比較迅速的一個歷史時期，其中又以朝鮮文報刊的發展速度更為明顯。這一階段的朝鮮文報刊主要包括：

一、「三一」運動時期關外的朝鮮文報業

宣統二年（1910 年）8 月 22 日，朝鮮淪為日本殖民地，朝鮮半島陷入黑暗的殖民統治時代。「三·一」運動就是朝鮮人民在俄國十月革命影響下，反對日本殖民統治、爭取民族獨立的一場愛國運動1。

---

1 爆發於 1919 年 3 月 1 日。這天漢城 30 萬市民手持太極國旗，舉行大規模示威遊行，高呼「朝鮮獨立萬歲」等口號。全國各地紛起響應，相繼舉行罷工、罷課、罷市和示威遊行，許多地區迅即轉為武裝起義。旨在推翻日本帝國主義的殖民統治，爭取民族解放和國家獨立，後終因力量懸殊，被日本帝國主義殘酷鎮壓。史稱「三一運動」。

　　隨著反對日本侵略和殖民統治、爭取民族獨立鬥爭不斷深入，旨在反對日本侵略和殖民統治、爭取朝鮮族獨立的朝鮮文報刊也雨後春筍般發展起來，成爲不可缺少的鬥爭武器。此處先介紹東北（關外）地區（北間島和西間島）的朝鮮文報刊，關內的朝鮮文報刊在本節後邊「上海臨時政府時期的朝鮮文報刊」介紹。

（一）北間島地區的報刊

　　這一階段在北間島創辦且有較大影響的朝鮮文報刊主要有：《朝鮮獨立新聞》，1919 年 3 月 8 日在延吉縣龍井村秘密創辦。該報由設在局子街朝鮮國民議事會主辦，總編柳河天，依靠捐款出版，發行 1500 份左右。《我們的信》，同年 4 月由韓族獨立期成會的通訊部長李弘俊等人創辦。韓族獨立期成會是在「三・一三」鬥爭爆發期間組成的團體。《大韓獨立新聞》，大韓國民會的會長具春先和李翼燦、尹俊熙等人在《我們的信》創刊不久，又在延吉縣龍井村創辦了小型週刊《大韓獨立新聞》。該報在英國人馬丁經營的濟昌醫院地下室用謄寫版秘密印刷。設「內外傳書鳩」欄登載海內外獨立志士們的活動情況和海外信息。這三種報刊發行範圍較大，在武山及朝鮮半島都能讀到。

　　在此期間北間島的朝鮮文報刊還有 1919 年 5 月由金炳合等人在和龍大立子組成的新國民團創辦的《新國報》，由金尚鎬等人在龍井組成的猛虎團創辦的《猛虎團》，1919 年 3 月 13 日金永鶴在局子街創辦的《朝鮮民報》以及 1919 年 4 月間島正義團創辦的《一民報》和 5 月創辦的《國民報》等。

（二）西間島地區的報刊

　　《韓族新報》，韓族會[1]機關報，創刊於 1919 年 3 月。總編李時悅。後來報社遷到通化縣倍達村並更名爲《新倍達》。以評論政局、揭露日本帝國主義罪行、宣傳近代文化爲主要內容。同年 6 月安東的大韓獨立青年團機關報《半島青年報》創刊，朝鮮文油印，總編由團長咸錫殷擔任。1920 年元旦，官田縣洪通區大韓青年聯合會創辦了油印報刊《大韓青年報》。

（三）關外（北間島、西間島）地區朝鮮文報刊的特點

　　關外朝鮮文報刊的共同明顯特點是具有強烈的反對日本侵略和爭取民族獨立的政治意識，主要表現在：

　　一是把揭露日本帝國主義的罪行列爲主要內容。如《大韓獨立新聞》在

1　該會是 1919 年 3 月 13 日在柳河縣三元浦以扶民團爲基礎組成的團體。

《謹告海外同胞兄弟》中說「被無視正義人道的日本鬼子殺害的不只萬人、受傷的不知有幾十萬人、被囚禁監獄的不只有幾百萬人」；該報 1919 年 5 月 8 日報導「據漢城傳教士的通訊，日寇的淫亂行為越來越嚴重，如在街道抓住一名女學生先把衣服扒光，受審時圍觀的日本兵可隨意玩弄，判決後在獄中被強姦的暴行更是慘絕人寰，難以言表。」

二是號召人民大眾與日寇作戰，爭取民族獨立。如《我們的信》在 1919 年 4 月 3 日登載的社論《萬歲，萬歲，朝鮮獨立萬歲，我們的民族萬歲》中疾呼「警醒吧，同胞們最後的一個人也要主張人道，最後的一個人也要為了驅逐魔鬼的勢力而奮鬥。世界的輿論會加上同情的力量，現今是民本主義、民族自決主義戰勝的時代，擁有悠久歷史的神聖民族的此義舉怎會不能成功！奮鬥吧，同胞兄弟們！我民族萬萬歲！」號召人們拿起武器投入到民族獨立的潮流中。

三是對日本帝國主義的走狗進行揭露和譴責。《大韓獨立新聞》在《消滅四個大獵狗》的文章中指出：「龍井魔鬼頭目李熙真，頭道溝首領金明藝，龍井日本領事警夫玄時達，局子街日本領事館警夫李景在是四個走狗。他們是阻止間島獨立軍前進的，比倭寇更嚴重的障礙物，必須盡早處理掉。」並懸賞「一人一千元」砍掉四條走狗的頭顱。儘管這些報刊呈現的思潮表現較為明顯的複雜性，但以強烈的反對日本侵略、爭取民族獨立的意識為主流。

二、上海臨時政府時期的朝鮮文報刊

1919 年 4 月中旬，聚集在我國上海的朝鮮資產階級民族運動上層人物在法租界成立「上海臨時政府」，積極號召人民反抗侵略，進行民族獨立運動，使祖國從日本帝國主義鐵蹄下解放出來。早期的朝鮮共產主義者 1921 年 1 月 10 日在上海創立共產主義團體——高麗共產黨，社會主義革命思潮迅速傳播到各朝鮮族聚集地。1927 年 9 月，上海成立江蘇省範南區朝鮮人支部。在「上海臨時政府」和「高麗共產黨」成員的經辦或領導下，出版了一大批朝鮮文報刊。

（一）《獨立新聞》[1]

《獨立新聞》，朝鮮臨時政府機關報。1918 年 8 月 21 日在上海法租界勒路同益里 5 號創刊。油印，週三刊。前身為《我們的消息》，週二、四、六隔

1　該報與 1896 年 4 月 7 日旅美醫學博士徐載弼創辦的《獨立新聞》同名。徐氏的《獨立新聞》是朝鮮歷史上第一份現代意義的民營報紙。

日發行。23.4cm×33.5cm 的四開報紙。每版 41 行容納 34600 多字。有時也成
51 行容納 45000 多字。長篇報導或重要言論常占幾個版面。最初報頭只書「獨
立」二字，內容爲朝鮮文與漢文混用。自第 22 期改稱《獨立新聞》，第 169
期改爲純朝鮮文出版。從創刊到 80 期設有短評欄，如時事漫評、時務感言、
閒話、哭中笑、實話、時事短評等。1925 年 11 月 11 日因日本帝國主義迫害
和經費困難被迫停刊。1943 年《獨立新聞》漢文版在重慶復刊時仍爲臨時政
府機關報。1922 年 8 月左右《獨立新聞》漢文版發行，主編朴殷植。在中國
記者張黑地幫助下散發中國各省的機關公署、學校等社會團體，介紹朝鮮族
獨立運動情況。1924 年被迫停刊。此外該報還出版過英文版、俄文版和法文
版。

1、《獨立新聞》的辦報宗旨及報人隊伍

《獨立新聞》的辦報宗旨主要體現在創刊詞中，可概括爲「五大使命」：
第一、宣傳群眾，團結國民共同奮鬥。「一心一意構築堅固而統一的大團結，
這比財力、兵力等更爲重要，這才是我們事業的基礎和生命；爲達這一目標
建立健全的言論機關，鼓吹同一的主義，提出同一問題而個人與團體之間有
待於疏通意見。鼓吹思想統一民意是本報使命之一。」第二、向民眾宣傳我
們的事業和思想。「雖然外國報紙有千百種，但沒理由談論我們，他們很難瞭
解我們的情況和思想，所以無法向韓國民眾傳達韓國國土上發生的大事情，
他們也有可能誤解我們的主義和行動，我們的事業和思想要用我們的嘴說，
這便是本報使命之二。」第三、發揮輿論監督力量，正確引導國民。「在分歧
的路上，一方面抵擋前面的強敵，一方面通過世界輿論，聚集我們能夠聚集
的意見，發揮我們國民最高的能力；喚起可信而有力的輿論，督促激勵政府，
指導人民的思想和行動，喚起輿論是本報的使命之三。」第四、介紹新學術
和新思想，同時滿足讀者的需求，介紹新思想、新知識。「一直在異族的控制
下，被迫與世隔絕的大韓民族，從此，開始作爲獨立的人民參與文明生活。
爲此，作爲文明的人民必須有知識準備，我們要通過我們的眼睛，吸收對我
們的有價值的新學術和新思想。介紹新思想便是本報使命之四。」第五、繼
承民族優良傳統和高尚精神，培養和造就新國民。「我國人民在過去擁有光榮
的歷史，具有高潔而勇敢的人民性，日本的暴行使這種人民性消滅了很多，
有形的國土能夠失去，祖先的精神能失去嗎？未能受到健全教育的不幸使我
們面臨著困境。但是在我們的精神中還存在高貴的萌芽，一風一雨足夠使其

蘇醒，所以鼓吹國史和人民性，並吸取新思想，努力培養改造復活的新人民是本報的使命之五……」[1]

《獨立新聞》社長李光洙。朝鮮著名文人。曾留學日本。先在《少年》、《每日新報》等報刊發表文章，後因長篇小說《無情》、《開拓者》等作品揚名於世。1919 年 2 月 8 日起草著名的《朝鮮青年獨立團宣言書》（即「二八獨立宣言書」），以極高威望贏得《獨立新聞》社長職務。該報創刊詞是由李光洙寫的擬古體文章，闡明該報是溝通個人與團體間的言論機關，鼓吹完整主義。宗旨爲：民族思想的鼓吹與民心的統一；自主經營新聞機構，正確傳播新聞信息和思想；督勵政府、指導人民的思想和行動方向，喚起輿論；介紹作爲文明人民必備的新學術與新思想；繼承光榮的歷史和清高勇敢的國民性，並培養新國民性。李光洙實際承擔該報主編。朱耀翰任出版部長，李英烈任營業部長。《獨立新聞》的重要社論，第 94 期之前由李光洙負責，第 160 期後主要由金奎植負責。在李光洙離任期間，由李英烈、尹海任主編，金希山負責經營管理。後來由尹海主編。

2、《獨立新聞》的宣傳內容

（1）闡明獨立意志、揭露日本侵略罪行，喚起國民覺悟

《獨立新聞》重視通過社論闡明其政治立場和救國方略。如在社論《所謂朝鮮總督的任命》以犀利的語言指出「或說朝鮮人的本位，或說參政權，或說自治，只是你們的自由，對我們來說都是馬耳東風，這只是日本人哄小孩的手段，想說服韓人，這只是徒勞而已。」爲駁斥韓日民族的同化論，1919 年 11 月 11 日發表社論列舉日本爲稱霸全球而制定的五個目標，譴責日本否定韓國獨立的行爲。11 月 20 日社論中指出「現在韓國國內的運動將繼續到日本承認韓國獨立的那一天爲止，我們希望如此並爲此而努力」。指出「儘管日本以兵力鎮壓了韓國的獨立運動，但是韓國民族對日本的仇恨永遠不會消滅，韓國的獨立運動具有歷史意義。」它的意義「超過了日本民族的道德、人道的層次問題，他會對韓國的遠大的前途有深遠影響。」該報社論內容是臨時政府瞄準日本的殖民政策，揭露其兩國合併的侵略性和日本任命朝鮮總督的殖民政府實質，同時闡明臨時政府的施政方略，在內政、外交、軍事上揭露日本的侵略性，促進國內同胞的覺醒，爭取獨立戰爭的勝利。該刊在 1920 年 6 月 10 日的社論中提出「拒絕日本的統治，排斥日語，拒絕納稅，同盟

1　（韓國）柳丁仁：《上海〈獨立新聞〉述評》（未刊稿），上海復旦大學碩士論文。

罷工，遊行示威」，號召在爲日僑服務的官吏退職，嚴格貫徹臨時政府的施政方略。爲爭取民族獨立，曾任臨時政府國務總理代理和內務總長的安昌浩號召實施國民皆兵、國民接納、國民結業，每個國民團結在臨時政府周圍。1920 年 2 月 14 日，該報以《國民皆兵》爲題發表社論；並在 3 月 23 日第二版報導組建國民軍隊的消息，稱國務總理以下的政府要員都參加訓練，學習軍事，樹立國民皆兵的榜樣。4 月 1 日再次發表社論《血戰的時機是完成準備的那一天，年內應完成準備》。

（2）重大新聞事件報導與評論

該報結合呂氏渡日事件、太平洋會議等重要新聞發表評論，爲獨立運動指明路線與方向。呂氏渡日指的是上海居留民團長呂運亨應邀訪日這一事件。該報以《呂運亨渡日》爲題就此發表評論，指明呂氏渡日的目的。認爲應防止敵人用反間計引起獨立運動內部的激變。太平洋會議是第一次世界大戰後帝國主義爲了對戰後世界和太平洋殖民地和勢力範圍進行再分割的國際會議，1921 年 11 月 12 日～1922 年 2 月 6 日由美國總統哈丁主持在華盛頓召開。臨時政府認爲解決韓國獨立問題的時機來了。《獨立新聞》刊登了韓國代表團致美國代表團的信，列舉日本違反天道，以武力侵略韓國，強迫韓日合併的罪行，籲請美國認識自己的責任，提出解決韓國問題的要求。但會議結果令人失望，因爲太平洋會議的實質是列強各國權利的再調整，並不是也不可能解決弱小民族的獨立問題。

3、《獨立新聞》的新聞、副刊及編排業務

《獨立新聞》是大韓民國臨時政府的機關報，同時帶有政府公報性質，經常刊載國務院令、軍務部布告、總統詔令、臨時議政院開院等政府公報。

該報設有本國消息、遠東形勢、歐美電報、平壤通信、吉林通信、桓仁通信、光復軍營通信、北陸通信、上海消息等欄目，分別報導國內外消息。新聞信息的來源有二：一是從朝鮮半島或其他地方來到上海人員獲取新聞素材；二是轉載上海或其他地區出版的漢文報刊的新聞，如《申報》等。關於國內外的消息，如滿洲、西伯利亞、美洲等朝鮮愛國志士的活動，大多是間接取材；而關於上海發生的重大新聞、臨時政府的重要活動的報導，大多是實地採訪第一手新聞。這其中有許多新聞報導曾爲廣大讀者所關注。副刊設有文藝欄、詩世界。共發 50 多首詩和 2 篇小說，其中《血淚》（第 1 期至第 12 期第 4 版連載）、《李舜臣》（第 104 期至第 143 期連載，未完）。第三十四

期新年紀念號載有《獨立宣言》、5 首詩歌、李東輝和安昌浩的語錄；第八十九期載有李光洙的詩歌《元旦三曲》及其他知名人士的詩歌。其他新年紀念號也都以詩歌、賀詞、新年感言等爲主要內容。一百期紀念號第 1 版刊有紀念社論《致本報一百期》，回顧該報從創刊到今天艱難曲折的出版歷程，並發有詩歌和臨時政府政要、上海僑民團等社會團體的賀詞。

　　《獨立新聞》的創刊號、新年紀念號、三‧一革命節紀念號、一百期紀念號、國恥日紀念號、殉國諸賢追悼號等以特輯發刊，精心製作，贏得了讀者歡迎。「三一」革命節紀念號、新年紀念號都是彩色印刷，青色、綠色、紅色。第八十九期選用質地好的道林紙在淡紅色彩頁上用黑色油墨印刷，非常鮮豔；第九十六期用綠色油墨；第一百期和第一一九期、第一三八期、第一五〇期、第一五六期、第一六九期、第一七二期等用紅色油墨印刷，這些紀念號在頭版以一號字體印有《謹賀新年》《獨立宣言》《百號紀念》等，兩側從右至左以花紋裝飾並印有兩面交叉的太極旗圖案，給讀者留下鮮明印象。

　　《獨立新聞》最早配發照片是在第三期第 1 版。這期刊有《日兵的一樁罪行》一文，配發的照片是在日軍燒毀的家園前，面對被日寇刺刀殺死的姐姐屍體哭泣的兩個孩子的畫面（該照片在第 49 期第 17 版又被刊用）。第 12 期 1 版刊有一張在通往京城外某村的路上，韓國女學生被敵人刺刀殺害悲壯而死的照片。第 117 期上刊有一幅題爲《因喊萬歲之罪》的被砍斷耳朵、受拷打男人側臉的照片。在紀念號等專輯上也經常刊有韓國國旗－太極旗。但這些圖片大多不是記者拍攝，而是從其他刊物上剪輯後複製的。

4、《獨立新聞》的特點與作用

　　首先是忠實履行臨時政府機關報的職責。及時公布臨時政府的法令、公示事項等，上情下達，加深了政府與國民之間的聯繫。其次言論旗幟鮮明地揭露日本帝國主義對韓國的殘酷統治和其扭曲的殖民史觀，宣傳了韓國的獨立意志。再則通過形式多樣的新聞報導和文藝作品，激發韓國國民爲爭取民族獨立，光復祖國的自豪感和愛國心。如屢次刊登「三一」獨立宣言和獨立軍歌，介紹韓國獨立運動的進程和各國獨立運動的經驗，宣傳李舜臣、安重根等傳奇人物，以及以詩歌、小說等文藝形式鼓勵讀者，投入到民族獨立的運動中去。最後是以客觀報導和公正言論批判政府的失職和不正之風，宣傳臨時政府合理的存在方式和正確的方針策略。另外，雖然報社承受來自臨時

政府內部違約和經營困難等壓力，但堅持客觀公正報導思想，編輯思想有創見，介紹新學術、新思想，努力培養新國民。[1]

（二）其他具有進步傾向的朝鮮文報刊

1、《新大韓》週報

《新大韓》，1919 年 10 月 28 日創刊，由申采浩任主刊，金抖奉為編輯長。其政治觀點與《獨立新聞》對立，旗幟鮮明地批駁李承晚等人向列強請願、請列強託管等主張。影響廣泛。共出版 16 期。

申采浩是當時反對李承晚的代表性政客。在《新大韓》上發表文章猛烈攻擊李承晚的委任統治論和臨時政府的維持現狀政策，主張廢除華盛頓歐美委員部，與《獨立新聞》展開論戰，是一份社會影響力比較大的報刊。一個日本警察在資料中稱「《新大韓》……，其言論非常尖刻，諷刺了臨時政府的行動，且隨意刊登主義薄弱的論調和說明行為，成為別人的眼中釘，他們想使之停刊，惟獨保留自己的機關報《獨立新聞》。」可見兩張報刊尖銳對立。[2]

2、《新韓青年》

《新韓青年》，在滬朝鮮民族青年團體新韓青年團機關刊物。1919 年創刊，李光洙主編。僅存一期。宗旨是「增進一般國民的常識，只憑藉獨立宣言，手裏拿太極國旗喊萬歲，不能使韓國得到獨立。唯一的方法是培育實力，其實力要發揮大韓民族獨特的民族性，介紹世界的大勢所趨和新思想。只要有助於一般國民文化提高的萬一，本報的使命就算完成了。」認為要光復就必須提高文化實力。

1920 年 3 月 1 日增出漢文版。創刊詞強調通過對韓國獨立運動的宣傳，爭取中國人民的同情和支持。指出日本帝國主義不滿足於吞併韓國，蹂躪韓國人民，剝奪他們最基本的人權，使他們連溫飽也得不到保障，不允許他們使用本國的語言文字，這是有違天道的行為。他們還闖入中國，凌虐中國人民，闖入西伯利亞，因此韓國、中國、俄羅斯人民要團結一致反抗日本帝國主義的侵略行為。創刊號刊載了《韓國獨立宣言書》等文獻，轉載各國社會團體支持韓國獨立運動的新聞，還有對中國「五四」愛國運動表示同情的報

1　《獨立新聞》取材於復旦大學韓國留學生柳丁仁撰寫的碩士論文：《上海〈獨立新聞〉述評》（未刊稿）。

2　《偉大的韓國人申采浩》，太極出版社，1975 年版，第 280 頁。

導。李光洙等出版漢文版是為了向中國人民尤其是廣大青年知識分子宣傳韓國獨立運動。「自宣言獨立以來，有幾種報紙之行於各處者，而均以國文為主，為供我人之覽也。惟中國與吾韓極有密切之關係，古今圖獨立運動之影響，觸其腦筋者尤深，而學界之青年要得其詳細者多，而非行漢字之報不可。」[1]

3、《震壇》週刊

《震壇》，朝鮮族愛國者 1920 年 10 月 10 日在上海創刊。4 開 8 版，漢文週刊，部分文章由中國人撰寫。設有社論、朝鮮消息、世界消息、傷感之語、名人傳記、社會問題、時事論評、滿洲朝鮮民族反日部隊戰鬥消息等欄目。在北京、常州、無錫、南京設立代理銷售處，在蘇聯、法國、德國、英國、美國等地設有通訊處。

《震壇》週刊通過報導日本帝國主義蹂躪和殺害朝鮮人民的滔天罪行，記錄朝鮮人民的悲慘命運，表達憂國憂民的情懷。1920 年 9 月，日本帝國主義製造了「琿春事件」。該刊連續發表《為了製造侵略藉口引起的琿春事件》（第 6 期），《延吉、琿春的日軍駐紮地和兵力》（第 9 期）等文章揭露「琿春事件」的陰謀。所刊登的《為何對琿春問題聽之任之？》一文指出：「我們看到 21 條以及山東問題而激發的中國人民的愛國熱情……可誰知山東問題並未解決之前國民就早已遺忘，所以對琿春問題就更聽之任之了。就因為琿春遠在邊疆就可以不管了嗎？」「對主權有絲毫損害者，對動搖國家一根草一棵樹的人必須極力反抗，不能失去勇氣或者怠慢。」以激昂文筆對日本侵略中國的行徑表示了深切的關注，號召國民積極抗日。同年秋天，日本侵略者以「琿春事件」為藉口調動軍隊對朝鮮人和中國人進行野蠻大屠殺（史稱「庚辛年大屠殺」）。該報連續發表文章揭露和譴責日本侵略者的滔天罪行，如《延吉、琿春一帶日軍的暴行》《汪青日軍暴行報告書》《活埋女孩子，燒毀房屋食糧》《從日本人口中得知的日軍暴行》《憤怒的外國傳教士的宣言》等。該刊還載文揭露和譴責反動軍閥政府與日本侵略者相互勾結，在「庚辛年大掃蕩」中殺害朝鮮和中國人民的罪行。如第五期刊載的《中日聯合掃蕩的真相》《世界民族民主革命運動潮流誰也無法阻擋》《自決潮流和中日軍閥》等。這些文章把軍閥的野蠻放在世界革命背景下進行分析，增強了人民對民族解放運動的信心，對軍閥發出了警告。

1　參見《新韓青年》韓文版之創刊詞。

《震壇》週刊還載文探索民族解放運動取得勝利的渠道和方法。指出：「野心勃勃的日本帝國主義不考慮功利和人道，因此我們韓民族存在的方法只能是舉起刀槍與敵人決一死戰。」主張用武裝鬥爭反抗日本侵略者。為鼓舞人民的革命精神，該報設立了專欄報導「三一」運動以來朝鮮獨立運動和埃及、愛爾蘭等國家的民族獨立運動情況，謳歌滿洲朝鮮民族武裝部隊打擊日本侵略者的作戰成果和鬥爭業績。尤其是該刊還專門刊載文章論評和宣傳社會主義。指出「只有社會主義才能給予人生幸福，現實生活才能得到快樂，消除和預防一切社會弊端。」肯定和讚美社會主義。

《震壇》週刊還刊登中國人民對朝鮮人民表示同情、支持、聲援的文章。比如在第六期的評論《我對韓人的感想》中寫道：「時時刻刻銘記韓人面臨的處境……不能只掉同情的眼淚，要團結同情的力量幫助我們最親密最要好的兄弟姐妹。」在《各界聯合會關於援助韓人的致電全國》中號召國民採用寫文章或遊行或求助於國際聯盟等方式幫助朝鮮人民爭取民族獨立。

4、《上海倍達商報》

《上海倍達商報》，朝鮮人駐滬倍達貿易公司於 1922 年 3 月 1 日創辦的商業報紙。王觀彬任編輯和發行人。社址在上海福煦路愛仁里。銷售處設在京城府樂園洞。《告顧客書》稱「倍達公司純粹是我們倍達人經營的。它是倍達人從事國際直接貿易唯一理想的機關。營業目的有二，一為在外國市場上營利，圖謀自體的利益。一為對本國兄弟義務經商。勸獎和指導本國兄弟從事海外貿易的試驗。雖然吾人的智力淺短，經歷泛少，但唯一希望兄弟們能過上富裕的生活。」主張發展朝鮮民族經濟，表達了使朝鮮人共同走向富裕生活的願望。

5、《宣傳》週報

《宣傳》週報，1923 年 10 月 19 日創刊，係太平洋會議外交後援會的宣傳工具。創刊詞稱「倘欲光復吾族之事業，擴張吾族之地位，對內須振興充沛之民氣，激進猛烈的運動，對外要建立圓滿之國交，遂興公正之判斷。」太平洋會議外交後援會係 1923 年 9 月 14 日由亡命上海的朝鮮民族獨立運動上層人士中一些把光復國家希望寄託在太平洋會議的親美派創立。

6、《奪還》

《奪還》，前身是 1924 年由李會榮、李正奎、鄭賢燮、白貞基等人發起組織的在華朝鮮無政府主義者聯盟主辦的《正義公告》。該聯盟 1923 年 3 月

在上海由柳子明、李正奎、安恭根等人組建，同年 7 月加入南京的無政府主義聯盟。1930 年 4 月改爲南華韓人青年聯盟（實際由朝鮮、日本、中國、印度、越南等國無政府主義者組成），同時發行《東方雜誌》和《南華通信》。1937 年與中國無政府主義者聯合組成韓中青年聯合會，創辦《抗戰時報》。宣傳無政府主義，主張喚起民眾，擴大抗日民族獨立運動聲勢。

上海還有《大韓獨立報》（1920 年創辦，後由《新生活》取代）、《三一革命》報（1922 年 3 月 2 日創刊）、《上海評議報》（1924 年 12 月 27 日創刊）、《臨時時報》（1927 年創辦刊）、《青年前衛》（1927 年 11 月 8 日創刊）及《革命之友》《新上海》等報刊。雖然政治傾向不完全一致，但都反映了朝鮮淪爲日本殖民地後在華朝鮮人的社會生活及思想情緒。

（三）北京、天津、廣州等地的朝鮮人辦的進步報刊與革命報刊

在北京有《天鼓》，漢文，1921 年（1 月由沈彩浩和金昌淑共同創刊，發行 7 期；《不得已》（獨立運動者韓永福等主辦）和《北京獨立報》（由在京朝鮮族留學生主辦），創辦於 1921 年；《新光》和《荒野》創辦於 1924 年；《先導者》創辦於 1925 年；《促成報》由 1926 年 11 月 14 日創立的北京韓國唯一獨立黨促成會主辦，主要負責人曹成換；《革命行動》約 1926 年創辦，由韓國革命青年聯盟的倡導者金忠昌主編。

在天津有《韓民聲》1921 年 12 月 13 日創辦；《正理報》和《晨光》（朝鮮文、漢文）由朝鮮獨立者人士 1921 年創辦；《革命青年》，獨立運動人士 1926 年創辦；《朝鮮之血》，1930 年 6 月 15 日創刊，大韓獨立黨主辦的韓文週刊。朴容太任主編，柳恭錫任顧問，吳植、金東友、梁吉胞、李光、韓思良擔任記者。在天津發行。

在廣州有 1921 年 12 月 1 日創刊的《光明》，月報，中國進步人士和報紙編輯共同創辦。《發刊宣言》指出「我們這個月報，是平民的，是公正的，不同於有產階級的報紙。有產階級的報紙是拿言論機關名義擴充勢力來換金錢，那裡講什麼公理，什麼人道主義……我希望世界文學家，都拿點材料供給這個唯一的言論機關（報紙）擴大解放全世界人類的不平，促進解放全人類的光明事業的實現。」又指出：「今日之東亞，強權一日不滅，則東亞不得一日之平和……（光明）月報，綜世界革命大家之意見，講究撲滅強權之方法。」該報第一號探討了被壓迫民族特別是朝鮮民族從強權抑制中解脫出來爭取自由獨立的途徑。多數人主張從今開始革命的目的應是「社會革命」即

「社會主義革命」。認爲「社會革命運動，是謀人類的共同幸福，是打破私有制度之下的一切組織」，無產階級要從社會底層躍居爲社會的主人地位。生產者——即勞動者亦即無產階級，一定要掌握經濟命脈，掌管一切政權。

以上朝鮮文報刊大都由流亡上海的不同政黨、不同團體創辦，以《獨立新聞》影響最大，特色突出。各自背景、目的不同，主張與傾向也不相同，但都不同程度體現了民族獨立意識。漢文報刊《天鼓》同樣刊登不少充滿獨立思想和民族主義的時事論文，也有關於朝鮮歷史的論文，比如《朝鮮獨立及東洋和平》《日本有罪惡而無公德》《日本帝國主義之末運將至》等，宣傳並提倡獨立思想和武裝鬥爭的必要性。該刊創刊詞及《新年新刊祝詞》爲題寫道：「天鼓啊！敲一次雷聲響，敲兩次氣勢洶湧，敲三四次勇士眾志成城，敲五六次敵人的腦袋紛紛落地……」體現了反日獨立運動者的憤怒、英雄氣概和對勝利的堅定信念。但實現民族獨立的力量在民眾之中這一點，他們都沒有看到。[1]

（四）關內的朝鮮文共產主義報刊

民國北京政府時期，即 20 世紀 20 年代，關內共產主義者也辦了不少革命報刊。主要分布在上海、天津、廣州等地。

上海有：《高麗共產黨》，1921 年由李東輝等共產主義者創建的高麗共產黨主辦的刊物；《火曜報》，由朝鮮共產主義者安秉瓚等於 1922 年 6 月 6 日創辦；《共產》，1922 年創辦；《列寧》，1930 年由安光泉、金元風主辦；《太平洋勞動者》1930 年創辦，是以太平洋勞動組合秘書部名義出版的雜誌。

天津有：《曉鐘》，1921 年由天津法租界共產主義者主辦；《鬥報》，1922 年在法租界出版的月刊等。

廣州有：《先驅》，1921 年創辦；《階級鬥爭》（梁明編輯）和《現階段》，1928 年創辦。

三、關外東北地區的朝鮮文報刊

這時期，民族獨立運動者在我國東北地區創辦的報紙有四五種。如《愛國申報》，1921 年在延吉龍井發行的油印小報，由金元墨主辦。後因金元墨被捕而停刊；《戰鬥報》，1921 年 2 月 17 日在延吉以朝鮮獨立軍名義發行，宣傳

1　以上朝鮮文報紙史料取自崔相哲：《1919～1937 年朝鮮人民在上海辦的朝文報》，載《新聞研究資料》，總第 43 輯。

並提倡反日民族獨立思想；《愛國新聞》由金立、金夏錫等人在延吉縣河馬湯村創辦，宣傳抗日思想；《間島通信》，1925 年 12 月 20 日在龍井創刊，第一期剛出版就被日本領事館沒收。

（一）南滿地區的朝鮮文報刊

這一階段在南滿地區的朝鮮文報刊有十多種，它們是：《警鐘報》，1921 年創辦，社址在興京縣（今新賓縣）二道溝，油印。該刊由統一府[1]主辦，主編金履大。該報弘揚民族精神，宣傳民族獨立。1924 年 11 月在磐石縣改名《大東民報》。由上海獨立報社負責印刷，積極宣傳正義府制定的「振興產業，普及教育，實施自治，培養實力」的政治綱領。1925 年，吉林高麗革命黨人遭到監禁，正義府的大部分元老也被牽扯進去，《大東民報》不得不停刊。正義府本部遷到華甸後出版石印雜誌《田雨》。《同盟》由 1924 年 11 月在磐石縣呼蘭集廠子建立的南滿青年總同盟會創辦發行。該報主張朝鮮青年運動，培育同盟會會員團結一致的革命精神。該報在刊登同盟會聲明中指出：爲了集中革命總力量，竭力主張與一切革命者聯合起來，組成民族唯一黨。《勞動報》1924 年 12 月，由金應燮等人，由在磐石組建的韓族勞動黨創辦發行。1925 年 9 月 1 日刊登社論《在堅強的組織領導下》，表達了該報主張階級鬥爭、嚮往共產主義的政治思想。《農報》，由 1927 年 5 月在磐石、伊通等地區組建的滿洲農民同盟創辦發行。其前身爲《勞動報》。該同盟還發行《農民運動》。《青年同盟會》，由 1928 年 5 月 28 日在磐石縣呼蘭集廠子組建的中韓青年同盟創辦，不定期刊物。崔煥爲總編輯兼發行人。發行地點設在上海。《學海》，由 1926 年 6 月吉林毓文中學、第一師範大學，各中學朝鮮族學生組建的旅吉學友會創辦發行。

（二）北滿地區的朝鮮文報刊

這一階段北滿地區的朝鮮文報刊有：《前衛》，1923 年由寧安縣寧古塔的赤旗團創辦。宣稱「不拘泥於民族革命或者無產階級共產主義革命。第一目標是爲了韓民族的解放。」《信達公論》，1924 年 9 月 1 日創刊，月刊，油印，由位於中東路的信達公論社主辦。《創刊辭》指出：爲了民族的前途，剷除「異論，妄論，遷論」，開展「正論，直論，快論，公論」。由於該刊以養育朝鮮

1　統一府是由滿洲（東北地區）南部各反日民族獨立團體互相合併形成的，遷往盤麗後，與各團體合併更名爲正義府。

民族獨立精神爲使命，受到海外獨立人士的好評。《新民報》，1925 年 3 月，由在寧安的獨立運動者反日武裝團體新民府主辦。4 月 1 日在韓人村發行，4 開 4 版，旬刊。主編許星。《勞力青年》，創刊於 1925 年 12 月。由朱東振、崔昌益、李哲等人在中東鐵路聯合大振青年會創建的北滿勞力青年總會主辦。《農軍》，1926 年 5 月創刊。由北滿朝鮮人青年總同盟會主辦。同年在海林一帶還辦有《農民益報》。

（三）關外報刊的特點

這一時期關外朝鮮文報刊的共同特點是揭露日本帝國主義的侵略罪行，報導在日本帝國主義侵略者鐵蹄下的朝鮮人民的悲慘生活，號召人民起來爲民族獨立而勇敢鬥爭。另一突出特點是出現了一批共產主義者創辦的報刊。主要的如：《霹靂》，1923 年 2 月受共產國際民族部工作的李東輝派遣到寧安組織赤旗團的崔溪和莫斯科東方大學畢業的吳成侖共同創辦；《火焰》，1926 年 10 月，朝鮮共產黨滿洲總局派遣組織部長崔元澤到龍井創辦；《布爾什維克》，1929 年 3 月由易滋榮、朱建等人在敦化建立朝鮮共產黨地方委員會時創辦；《神鐘》，1926 年～1927 年由金京國、金勳、吳日成、崔英正等人創辦於北滿依蘭縣依蘭街日光學校；《東滿通訊》，1928 年 10 月由中共滿洲臨時省委派遣幹部到延邊建立的東滿區委創辦的黨內刊物。《鼓聲》，1930 年 5 月 10 日中共延邊特別支部主辦發行。《革命》，1928 年 4 月由朝鮮共產黨滿洲總局主辦發行；《火花》，1928 年 4 月由共產主義者青年團主辦；《噴火口》，1928 年由朝鮮共產黨滿洲總局主辦發行；《共產青年》，1928 年高麗共產主義青年團主辦，社址設在磐石；《少年探險隊》，1928 年高麗共產主義青年團主辦；《滿洲勞動新聞》高麗共產主義滿洲再建部主辦。該組織創建於 1929 年，主要領導有朴一波、金松烈、宋鳳有、金舜基、李元芳等；《火前》，1929 年高麗共產主義青年團滿洲總局主辦。

第二節　民國北京政府時期的俄文報刊

從 13 世紀到 20 世紀，中國俄羅斯族有著 700 多年的演變歷史。直到 20 世紀 20 年代始有大量俄羅斯人加入中國國籍成爲中國公民。雖然作爲一個民族被正式列入中華民族大家庭是在 20 世紀 30 年代，但中國俄羅斯族的歷史還是應從 20 年代算起。

一、關於中國俄羅斯民族和俄文報刊的說明

中國出現的第一份俄文雜誌是清光緒二十四年（1898 年）底創辦的《哈爾濱》，第一份報紙是清光緒二十五年（1899 年）在旅順創辦的《新邊疆報》，但是它們不是中國俄羅斯族的俄文報刊，而是沙俄在華新聞工具。中國俄羅斯族的新聞事業開始於 20 世紀 20 年代。

由於大部分中國俄羅斯族人直接來源於報業發達的俄國，所以中國俄羅斯民族的新聞事業一誕生就在較高的起點。20 世紀二三十年代，當我國其他少數民族報刊還處於萌芽和雛形階段時，俄羅斯族的俄文報刊就已呈現出繁榮的景象。

二、我國境內的俄文報刊簡介[1]

對俄羅斯族的俄文報刊的發展歷程，中國人民大學新聞學院趙永華教授作了全面的研究並出版了專著《在華俄文新聞傳播活動史（1898～1956）》。這一階段的主要俄文報刊有：

（一）《光明報》

《光明報》，1919 年 3 月 5 日在哈爾濱創辦，主編是在中俄文化交流史上具有重要影響的著名西伯利亞報人薩托夫斯基－勒熱夫斯基。因該報是在白俄頭子謝苗諾夫支持下創辦，所以公開反對布爾什維克，口號是「全力支持謝苗諾夫的事業」。《光明報》銷量最大時達 8000 份，在當時哈爾濱是前所未有的。瞿秋白 1920 年採訪薩托夫斯基－勒熱夫斯基後說：「《光明報》是謝苗諾夫的機關報，他（注：指薩托夫斯基－勒熱夫斯基）聽我問到謝將軍，他說『呀，謝將軍是真正的俄國民主主義者，可恨社會黨、過激黨胡鬧。現在日（本）謝（苗諾夫）同盟仍舊很鞏固。謝苗諾夫民主國，如其成立之後，希望中國瞭解遠東問題的重要，能和《新俄》及日本結三國同盟，抵禦美國的侵略。』他說到『三國同盟』的時候，笑嘻嘻臉，放出油光閃閃的狸貓眼睛，不斷地看著我。」[2]瞿秋白惟妙惟肖地為其畫了一幅肖像。中東鐵路接管儀式 1924 年 10 月 2 日在哈爾濱舉行。頑固反蘇的《光明報》10 月 3 日停刊。

1　主要參考中國人民大學新聞學院趙永華教授《在華俄文新聞傳播史（1898～1956）》。
2　瞿秋白：《瞿秋白文集（第一卷）》，人民文學出版社，1954 年版，第 42 頁。

（二）《上海生活日報》

《上海生活日報》，1919 年 10 月在上海創刊，是最早的俄文日報。地址在仁記路 35 號（今滇池路），內容主要涉及社會政治與工商。初期的業主兼總編爲札安，聘古爾曼爲主筆。1920 年起，業主改爲謝梅什科，主編梅利尼琴科。1923 年 11 月 1 日改名爲《上海新生活日報》。主筆先後爲：1922 年利休京、1923 年鮑里索夫、1924 年涅斯瓦德卡。該報原是反蘇的報紙，但在 1923年～1924 年間蘇聯政府發出大赦白黨令時，主筆轉入了蘇聯國籍，報紙言論開始傾向蘇維埃。並受理代辦所有蘇聯報刊的徵訂工作，還代爲讀者從莫斯科和列寧格勒等地買書。同時零售蘇聯出版的《眞理報》、《消息報》、《工人報》、《經濟生活報》《紅旗報》《汽笛報》和《火星》雜誌等，每天登出蘇聯報刊和圖書的啓事。[1]1926 年 9 月 24 日被上海公共租界總巡捕房控以「擾亂治安罪」，被會審公廨查封。[2]

（三）《前進報》

《前進報》創刊於 1920 年 2 月 14 日，是中東鐵路俄國工人總聯合會的機關報，戈爾恰科夫斯基任社長。同年 2 月，俄共在哈爾濱召開鐵路職工代表大會，成立中東鐵路俄國工人總聯合會，戈爾恰科夫斯基任會長。下設 50多個分會，有會員 15000 多人。《前進報》銷量有 1500～2000 份。[3]戈爾恰科夫斯基年富力強，很有作爲。白黨勾結在哈日本人多次暗殺他均未果。反蘇報紙《俄聲報》和謝苗諾夫的《光明報》幾乎每天都刊登誣陷、詆毀《前進報》的文章，《前進報》與他們進行了激烈論戰。1921 年 3 月，張作霖統治下的東省特別區警察總管理處頒發《管理報紙營業規則》。4 月 18 日該管理處以「宣傳過激主義」的罪名逮捕了《前進報》主編海特。該報於 1921 年 6 月 5日被迫停刊，共出版 370 期。

（四）《霞光報》

《霞光報》，由著名報人連比奇與記者希普科夫於 1920 年 4 月 15 日在哈爾濱共同創辦，地址在埠頭（今道里區）中國大街（現中央大街）5 號，連比

---

1 Войцех Залевский, Евгений Голлербах, *Распространение русской печати в мире1918～1939.* Санкт-Петерб.1998 г. C.143. 札列夫斯基，《1918～1939 年遍及全世界的俄文報刊》，第 143 頁，聖彼得堡，1998。

2 汪之成：《上海俄僑史》，三聯書店上海分店，1993 年版，第 567 頁。

3 Мелихов Г. В. *Российская эмиграция в Китае（1917～1924 г. г.）*—М.,1997, C.79. 梅利霍夫，《俄國僑民在中國（1917～1924 年）》，莫斯科，1997，第 79 頁。

奇自任主編。自稱是「獨立的民主日報」，創刊初期只是一家小報，但發展很
快，曾是當地俄羅斯人中影響最大的俄文日報。1923年4月10日，開始發行
哈爾濱《晚霞報》。1924年2月2日，「霞光」（或稱「柴拉」）出版股份公司
正式成立，連比奇任公司法人兼《霞光報》主編，稍後成爲該報獨立業主。
1925年（民國十四年）7月22日，《晚霞報》刊出最後一期，被東省特別區
警察總管理處勒令停刊。從1920年到1935年《霞光報》總共出版了5270期。
戈公振在《中國報學史》中稱：「每日發行二次，晨刊名曰朝霞，夕刊名曰晚
霞。昔在哈爾濱最占勢力，在上海亦設有分館。以其消息靈通，議論精闢，
爲俄人所愛讀。」[1]1942年，經歷日僞當局幾次新聞整頓後，哈爾濱只剩下兩
份大型俄文日報，一份是《霞光報》，考夫曼任經理，責任主編是薩托夫斯基；
另一家是日本人古澤幸吉主編的《哈爾濱時報》。根據日僞當局的新出版法，
《霞光報》於1942年8月20日被強行併入《哈爾濱時報》，成立以古澤幸吉
爲首的《時報》出版公司。

（五）《俄聲報》（後改爲《俄語報》）

《俄聲報》，原俄國立憲民主黨議員沃斯特羅金於1920年7月1日在哈
爾濱創辦。編輯部內設政治、經濟、社會等部，各部負責人多爲沙俄時期的
公爵、教授等白俄分子，以保護白俄利益爲己任。初期每日四版，期發1500
～2000份，很快增加到2500～3000份。[2]該報極端反蘇反共，鼓吹復辟，在
反對布爾什維克陣營中僅排在《光明報》之後。中東鐵路實行中蘇共管後，
蘇方接管了鐵路財政。1925年11月，鐵路印刷廠向《俄聲報》索要虧欠的印
刷費，該報賴帳不還，印刷廠將其告到地方審判廳。1926年1月底，該報發
表聲明「特區政治狀況現已變動，本報已無發刊之可能，故自元月三十一日
停止發刊。」然而這是《俄聲報》逃避債務耍的把戲。該報原班人馬即於1926
年1月31日創刊《俄語報》，主編斯巴斯基。9月2日後主編爲科羅博夫，斯
巴斯基任經理。後來幾易主編。《俄語報》版面略小於對開，後縮小爲4開，
讀者越來越少，1934年最大期發數只有千份。[3]哈爾濱淪陷後，反蘇反共的《俄
語報》投靠了日本侵略者。1934年11月，在日本特務機關的操縱下，該報成

---

1 戈公振：《中國報學史》，中國新聞出版社，1985年版，第76頁。
2 黑龍江省地方志編纂委員會編：《黑龍江省志·報業志》，黑龍江人民出版社，1993
　年版，第258頁。
3 黑龍江省地方志編纂委員會編：《黑龍江省志·報業志》，黑龍江人民出版社，1993
　年版，第262頁。

爲白俄團體俄羅斯全體軍人聯合會的機關報。期發量降到五、六百份。1935
年9月23日「奉僞滿警察署令停刊」。

（六）《露西亞回聲報》

《露西亞回聲報》，索洛維約夫1920年7月在上海創刊，以社會、政治、
工商、文學爲內容，是反布爾什維克的民主日報。1921年起業主兼主編是申
德里科夫。1922年7月1日起改爲週報。

（七）《俄羅斯言論報》

《俄羅斯言論報》是天津的第一份俄文報紙，創辦於1920年10月。主
編兼社長是天津大型英文報紙《華北每日郵報》的業主菲舍爾。4開4版，主
要編輯人員有斯克利亞爾斯基和莫斯科大學法律系畢業生姆尼舍克。言論帶
有明顯反蘇色彩。發行量只有300份，基本上是靠廣告收入維持，不支付稿
費。後來，阿爾特諾夫上校成爲該報主編，也是報社唯一的工作人員。《俄羅
斯言論報》沒有什麼影響，只存在了一年或一年半，就停刊了。

（八）《俄羅斯報》

《俄羅斯報》，中東鐵路俄國職工聯合會1921年6月14日在哈爾濱創
辦的俄文報，主編斯米爾諾夫。1922年7月5日，東省特警處又以「宣傳
過激主義」的同樣罪名爲由查封該報。編輯部第二天出版了《工會委員會通
訊》。在告示中聲明「鑒於《俄羅斯報》被封，訂戶大多數是工會成員，工
會委員會主席團認爲，不能使被組織起來的工人得不到緊急的信息，決定出
版本通訊。本通訊爲不定期刊物，將偶有發行，持續到日報得以順利出版爲
止。」[1]

（九）《魯波爾報》

《魯波爾報》，又譯《傳聲報》，當時哈爾濱影響最大和刊行時間最長的
俄文晚報。俄國猶太人考夫曼等人於1921年10月在哈爾濱創辦。首任主編
阿雷莫夫，出版人格澤爾。1922年5月1日，主編一職改由曾當過20多年
記者的米勒擔任，考夫曼任經理。1925年1月26日以後，考夫曼兼任主編。
從1933年開始，主編是傑伊奇。該報形式活潑，內容豐富，開闢了很多專
頁和副刊。編輯部與《霞光報》同在一座樓，並在《霞光報》印刷廠印報。

1　《Заря》，6.7.1922, №150, C.2.《霞光報》，1922年7月6日，第150期，第2版。

日本滿鐵情報機關稱其為「《霞光報》的別動隊」，「消息靈通，記載翔實，對於蘇聯赤色帝國主義攻擊不遺餘力，頗受白俄僑民之愛護。惟赤俄黨人則恨之刺骨，除本埠及東路（中東鐵路）沿線外，僑居歐美各國之白俄亦皆訂閱，故銷路頗廣」。[1]創辦初期發 1000 至 2000 份，1930 年增至 5000 多份，訂戶多為俄羅斯人婦女。為擴大發行，曾每週開列背叛丈夫的妻子名字之黑名單以及舉辦「選美」活動。後期辦報風格逐漸嚴肅，開始關注社會問題。除政治新聞外，主要報導俄羅斯人的文化生活，刊登戲劇和音樂劇的劇評，藝術家和文學家的肖像照片。哈爾濱淪陷後，《魯波爾報》成為法西斯組織猶太人復興會機關報。1938 年 2 月 20 日，在日偽強化「新聞統制」時停刊。

（十）《上海新時報》

《上海新時報》，日報，1921 年在上海創刊的。這是一家晚報，沒有明顯黨派傾向，發表獨立見解，以保護俄羅斯人的利益為宗旨，1930 年停刊。主編是女報人、詩人格德羅伊茨，常用筆名茲韋茲季奇，最初作品曾發表在彼得堡的蘇沃林《新時報》上。第一次世界大戰時，格德羅伊茨在前線做護士。後來到了高爾察克的軍隊。民國九年春天流亡到上海。格德羅伊茨抵滬兩周後，在一家英文報紙上主編俄文專欄，和巴黎的許多俄文報刊合作，向他們供稿。1924 年至 1925 年，獨立出版《軍旗》雜誌和《田地》雜誌，自任主編兼社長。

（十一）《論壇報》

《論壇報》，中東鐵路俄國職工聯合會在《俄羅斯報》被查封後於 1922年 8 月 16 日創刊。首任主編切丘林。有說切丘林是位「看門人」，眞正主編在幕後，以便報紙被罰、被禁或主編入獄時能繼續出版。1923 年 3 月職工聯合會被解散後仍堅持出版。1924 年 5 月中蘇建交後，發行量由初創時 800份上升到 7000 多份。訂閱者中多數為中東鐵路職工。辦報經費來源於當地工會組織，通過登載少量廣告以補償資金不足，廣告主通常是蘇聯駐當地經濟組織和公司企業。蘇聯駐哈爾濱總領事格蘭德稱《論壇報》是「代表蘇聯人民民意及力謀中蘇兩國親善之報館」。哈爾濱當局則多次以各種理由處罰《論壇報》。僅 1924 年 5、6、8、9 月就以「侵害宗教自由，偏祖鐵路職工，侮辱他人名譽，及極力傳播過激主義」等罪名對該報實行告戒 3 次、處罰 2

1　《濱江時報》，1930 年 6 月 12 日，第 10 版。

次、法院傳訊 1 次。[1]1925 年 4 月 26 日被特警處以「破壞登載條例」爲由強令停刊。[2]

《論壇報》此前已登記獲准出版另一份報紙《遠東生活報》，當時沒有正式出版。當警察於 1925 年 4 月 26 日查封《論壇報》時，發現先前登記的《遠東生活報》剛出版第一期。警察在第二天上午又查封《遠東生活報》。蘇聯駐奉天總領事要求准予復刊，被張作霖以「共產宣傳，協定所禁」拒絕。

（十二）《風聞報》

《風聞報》，1924 年 8 月 11 日在哈爾濱創刊，初爲週報，1925 年起改成日報，每日 4 版。期發 900 多份。主編是曾在《論壇報》供職的涅奇金。該報是《回聲報》被查封後唯一一份較有影響的「紅黨」報紙。1928 年 11 月 1 日特警處勒令該報停刊，並沒收其財產。《風聞報》不顧禁令繼續出版。12 月 9 日，哈爾濱白俄分子與電車司機發生衝突，以罷乘電車來威脅。《風聞報》發表言論抨擊罷乘行爲，指出「司乘衝突主要原因是白俄蔑視華人，視華人爲下等民族」。1929 年 1 月 5 日，特警處再次下令查封《風聞報》。

（十三）《羅亞俄文滙報》

《羅亞俄文滙報》，日報，1924 年在上海創辦，出版人兼主編爲科列斯尼科夫。報社在北四川路 40 號，後遷至文監師路（今塘沽路）47 號。戈公振《中國報學史》稱該報「爲前皇族尼可來公（注：即科氏）等所組織，專事鼓吹復辟。執筆者多武人，持論頗激。又以張宗昌及張作霖之收容白黨要人，故推崇備至」[3]。科列斯尼科夫係舊俄總參謀部陸軍上校，著名俄國軍事科學家，俄國皇家軍事歷史協會正式會員，撰寫了 35 本軍事科學與文學書籍，其中部分被譯成法語、英語、日語和捷克語。1924 年 11 月 15 日在該報社內組建了在中國的第一個俄國軍事科學協會，自任主席。

《羅亞俄文滙報》星期天增加英語欄目。1925 年起星期天附出畫報副刊，還辦有青少年讀物《神聖俄羅斯》（俄文）月刊及《俄國年鑒》。曾任該報編輯的有莫伊謝耶夫、索科洛娃等。因軍事科學協會在 1928 年遭受嚴重財政困

---

1 黑龍江省地方志編纂委員會編：《黑龍江省志·報業志》，黑龍江人民出版社，1993 年版，第 260 頁。

2 轉引自黑龍江日報社新聞志編輯室編：《東北新聞史》，黑龍江人民出版社，2001 年版，第 177 頁。據黑龍江省檔案館藏 1925 年 4 月 28 日東省特警處具報查封《特利布那報》（注：《論壇報》的音譯）等情況的呈文。

3 戈公振：《中國報學史》，中國新聞出版社，1985 年版，第 77 頁。

難而不再資助，《羅亞俄文滬報》於 1931 年停刊。

（十四）《回聲報》

《回聲報》，（音譯《愛和報》）。1925 年 5 月 6 日在哈爾濱創刊，主編利特曼。1926 年 9 月，利特曼回國後由馬利茨基任主編。起初是晚報，從第 10 期起改為日報，每天 8 版，期發 6000 多份。戈公振在《中國報學史》中稱《回聲報》「屬於紅黨。為俄（蘇聯）政府在東三省之機關報。注意俄人在東三省之生活。宣傳共產，不遺餘力。凡中東路職員之隸白黨者，一律送閱不取費，以期轉移其意志」[1]9 月 11 日該報第 99 號載文指出「中國民眾的真正敵人是帝國主義列強和地主、軍閥與資本家」。東省特警處傳訊利特曼，警告此種文章不能在中國出現報端，罰款 50 元以示告戒。

1925 年 11 月 7 日為紀念十月革命八週年，《回聲報》把版面增到 12 版。第 1 版上畫著蘇聯工人手持紅旗前進，隨後是各國工人，紅旗上寫著「全世界無產者聯合起來！蘇聯工人首先與中國工人聯合！」在該期報紙上還寫到「友黨與我等前進，若狗若豬行將就斃之資本主義，無論如何不能阻擋我們前進」。特警處再次傳訊利特曼，以違反《限制俄報登載條例》為由勒令停刊 1 個月。1926 年 11 月，俄文《回聲報》又因刊載紀念十月革命九週年的文章和照片被罰停刊 14 天。最終，《回聲報》於 1926 年 12 月 10 日因「宣傳赤化」罪名被特警處取消出版資格。

（十五）《上海柴拉報》

《上海柴拉報》，日報。1925 年 10 月 25 日創刊，當時遠東唯一出早、晚報的俄文報紙，也是俄羅斯人在上海創辦的最主要的俄文日報。初期社址在公共租界百老匯路（今大名路）125 號。創辦人是遠東俄羅斯人報業巨頭連比奇，主編是白俄著名報人、漢學家阿諾爾多夫。創辦初期日出 8 頁至 16 頁，銷數 1500～2000 份。1931 年前後銷數 1500～2000 份。1932 年起附有夕刊，晚報每日銷數約 2000 份[2]。1932 年 11 月年僅 41 歲的連比奇因病去世，其夫人出任報紙發行人，請考夫曼任常務董事，主管社務。在此前後報社遷到霞飛路（今淮海中路）。該報在巴黎、東京、哈爾濱、北京、瀋陽、大連、天津、青島等地設有特派記者，採用英國路透社、日本電報通訊社及中國的國民通

1　戈公振：《中國報學史》，中國新聞出版社，1985 年版，第 77 頁。
2　趙敏恒：《外人在華的新聞事業》，中國太平洋國際學會，1931 年版，第 473 頁。

訊社電訊。該報 1936 年每日平均銷數在上海各主要外文報中僅次於英文《字林西報》及《大美晚報》，名列第三。[1]大約在 40 年代後半期因俄僑離滬返鄉或遷入他國而停刊。

（十六）俄文版《公報》

《公報》，《哈爾濱公報》的俄文版。《哈爾濱公報》創刊於 1925 年 12 月 1 日，用中、俄文同時出版的政府機關報，關鴻翼主辦。俄文版第一任主編是魏斯。俄文版《公報》是哈爾濱俄文大報之一，看上去與俄羅斯人的報紙沒什麼兩樣，言論有反共傾向。在日偽 1937 年 10 月第二次新聞整頓中，被日本人的俄文《哈爾濱時報》以收買方式吞併。

（十七）《邊界》雜誌

《邊界》雜誌，不定期刊，1926 年 8 月 22 日創辦。從總第 102 期成為文藝週刊。總辦事處設在哈爾濱，在上海和天津同時印刷。每週六出版，每期 24 頁，節日增版至 30～34 頁。並有附刊《邊界的青年讀者》（1930 年 1 月至 1931 年 12 月間的 22 期由考夫曼主編）。圖文並茂，深受讀者喜愛。1928 年雜誌社改為《邊界》股份公司，考夫曼任經理。1929 年第 7 期考夫曼兼該雜誌主編。在哈爾濱文學生活中所起作用很大，一度是哈爾濱唯一一本俄文文學雜誌，幾乎所有在哈爾濱的俄羅斯作家都在《邊界》雜誌上發表過自己的作品。

《邊界》設有詩歌、小說、外國小說譯作、小說連載、書評等欄目。還有通俗讀物、地方新聞、國際要聞、評論、傳記及生活專欄、婦女專頁（保健、婦女化妝）、評選美麗兒童、填字遊戲等。遠銷世界各國，在全世界俄羅斯人中間流行。30 年代初發行量最高達 7000 冊。1934 年後發行量下降到 3500 冊。日本佔領東北後推行法西斯新聞統制，出版前須經日本當局檢查，被迫增加「偉大的日本」欄目。紙張供應不足，雜誌開本縮小，印刷質量明顯下降。1942 年 8 月 20 日，根據日偽當局新的出版法改為旬刊。1945 年 8 月 10 日，蘇聯紅軍進入哈爾濱時停刊，共刊行 862 期。

（十八）《我們之路》

《我們之路》，大型俄文日報，1926 年秋開始在天津出版，編輯工作由伊萬諾夫和拉祖莫夫主持。約在 1928 年秋停刊。

1　汪之成：《上海俄僑史》，上海三聯書店，1993 年版，第 573 頁。

（十九）《燕子》

《燕子》雙週刊，1926 年 10 月 15 日由布伊洛夫在哈爾濱創辦，1931 年被考夫曼收購，該雜誌插圖很富有想像力，是哈爾濱最受歡迎的兒童雜誌。《燕子》雜誌刊登詩歌、童話、小說，設有專欄《為什麼？》，告訴小讀者一些有益的知識；《好好想一想！》，猜謎語、畫謎、字謎；《我們的讀者——就是作者》，登載小讀者自己的作品，主要是詩歌。《燕子》雜誌上的話劇和詩歌常被孩子們運用到兒童劇裏和新年晚會上，活躍了俄羅斯孩子的文娛生活，許多的俄羅斯孩子是讀著《燕子》雜誌長大的。發行到 20 世紀 40 年代中期，是一份在華出版時間較長的俄文兒童雜誌。[1]

（二十）《陸海軍》

《陸海軍》，月刊，大型軍事科學雜誌。1926 年科列斯尼科夫創辦。聘用許多有威望的軍人和教授來編輯部工作，享有世界聲譽。1936 年終刊，共出版 48 期。[2]

（二十一）《俄文霞報》

《俄文霞報》，週六報，即《天津柴拉報》，連比奇 1928 年 4 月 8 日在天津創辦。由連比奇的弟弟主持社務，主編是原《上海柴拉報》編輯部主任米勒，俄國猶太人。地址在天津英租界河壩 302-4 號大來泰大樓。除星期一外每天出報，對開一到兩大張，日出 4 版至 8 版，每逢節、假日增加到 14 ～18 版。行銷華北，覆蓋北京、天津、瀋陽各地，日發行量 1500 份左右。連比奇去世後，其妻子奧莉加主管《俄文霞報》，主編仍是米勒。1937 年底，主編米勒離開天津回上海，報紙領導權落入原哈爾濱《霞光報》主編希普科夫手裏。1939 年迫於日本人壓力終刊。

（二十二）《時報》

《時報》，又譯《弗里美報》。蘇沃林於 1929 年 8 月 7 日在上海創辦，

1　Таскина Е. Неизвестный Харбин.—М.,1994 г.　C.70. 塔斯金娜，《鮮為人知的哈爾濱》，莫斯科，1994，第 70 頁。

2　А. С. Ипатова, Российская эмиграция в Шанхае: эмигрантские благотворительные и общественные организации（20—30-е гг.）// Восток-Россия-Запад. Историческое и культурное исследование. К70-летию В. С. Мясникова. М.，2001. С.193. 伊帕托娃，「俄國僑民在上海：20～30 年代的僑民慈善組織和社會機構」，《東方——俄國——西方。歷史和文化研究。紀念米亞斯尼科夫誕辰 70 週年》，莫斯科，2001，第 193 頁。

自任該報主筆。辦公室、編輯部與印刷所均在霞飛路（今淮海中路）651 號。每天發行 4 開 6～8 頁，廣告占篇幅極多。第 1 頁爲「專欄評論」，第 2 頁爲「蘇聯新聞」，第 3 頁爲「國際新聞」，第 4 頁爲「上海新聞」，第 5 頁爲「外埠新聞」及「蘇聯新聞」，第 6 頁爲「副刊」。該報主編蘇沃林是俄國報業大王阿‧斯‧蘇沃林之子。宣統三年（1911 年）起在其父《晚時報》任主筆。1912 年接替父親任《新時報》主筆。第一次世界大戰爆發後在莫斯科創辦大型晚報《時報》。十月革命後在白軍中辦報，後流亡法國繼續從事新聞工作。1928 年 9 月起僑居上海，曾應邀擔任《上海柴拉報》總主筆 9 個月。1929 年夏，蘇氏應許多俄羅斯社會活動家之請出任上海《時報》總編輯。由於該報質量日益下降，且每天 8 頁的報紙中廣告時常占 5～6 頁，其餘又多爲俄國法庭的案件、盜匪、屠殺、謠言等，時人稱爲「聳人聽聞的報紙」。每天銷數僅 400～500 份，至多不過 1000 份。1931 年 7 月 3 日《時報》與另一家晚報合併出版《晚時報》（音譯《弗里美晚報》），社址遷至霞飛路 551～553 號[1]。蘇沃林仍是總編輯，主筆是彼得羅夫，斯塔爾科夫任經理。1932 年 11 月 22 日停刊。

（二十三）《通訊》

《通訊》週報，天津俄羅斯民族社區於 1928 年 8 月 13 日開始出版，前 27 期主編是謝列布連尼科夫。之後改爲每年出兩次。1934 年改出報紙《俄羅斯通訊》。

（二十四）《俄羅斯生活》

《俄羅斯生活》雜誌，從 1929 年一直出版到 1937 年，是天津俄文報刊中出版時間較長的雜誌。聲稱是具有獨立的民族思想的刊物。

第三節　民國北京政府時期的蒙古族時政報刊

和漢文報刊一樣，早期的少數民族新聞報紙和期刊也很難區分，我國最早的少數民族報紙大多是書冊狀，有的雖稱爲「報」實則爲「刊」；報刊內容以人文社會科學爲主。如本節將要介紹的《內蒙古週報》，雖稱作「報」卻是書冊狀裝訂。下面對這一時期的主要時事政治類蒙古文報刊作簡單介紹。

---

1 這是《上海柴拉報》的地址。也許是兩報在同一地址編印。由於缺少史料，其中原委待查。

一、《朔方日報》

《朔方日報》，1920年6月至1920年11月出刊，規格23cm×29cm，每日出6版，共出153期，蒙古文鉛印。創刊時預定「漢蒙文對照出刊，漢文印刷機尚未到達，因此，暫單用蒙文出版」（該報1920年7月年4日廣告欄），由段祺瑞政府西北籌邊使署[1]主辦。頭版左上角分別用石印蒙古文和書寫體漢字印有報名。花紋邊框外面用蒙古文記載報紙的出版日期。創辦該報旨在宣傳中央政府的政策法令。蒙古國學者戈‧德力克在《朔方日報》文中稱該報「以宣傳侵略軍（指徐樹錚的軍隊）政策規定為目的。從不報導蒙古及其他國家的新聞。」該報版面不大，設有「廣告」、「指令」、「本府指令」等欄目，很少刊登新聞，2/3版面刊登商業廣告。其餘則刊載民國總統命令、政府官員任免、商品價格等內容。「類似於廣告傳單，主要在（庫倫）市資本街區發散」。

二、《蒙旗旬刊》

《蒙旗旬刊》，蒙漢合璧，1924年4月1日由東北政務委員會專門辦理蒙古族事務的蒙旗處創辦的機關報。社址在瀋陽，鉛印16開本。免費贈送各機關、學校、各旗縣。張學良將軍為其封面題字。以「牘啓蒙民知識，促進蒙旗文化」以及和蒙古民族與政府「同事合作，共同奮進」，警惕日本帝國主義侵略，實現「五族一家，天下為公，和衷共濟，促進大同」為宗旨。六期為一卷，關有近10個欄目，主要內容為社論、新聞、論著、調查等，著重報導各蒙旗改良事宜，蒙古族教育設施，辦實業，興交通，啓發民智，興修寺廟，保護宗教信仰自由等蒙古族同胞關心的重大事件。無專職採編和譯員，全部事務由蒙旗處人員兼任，蒙古文由克興額譯校後交東蒙書局印刷，漢文由遼寧萃賦閣印刷。1931年終刊。

三、《綏遠蒙文週刊》[2]

《綏遠蒙文週刊》，1925年8月1日由綏遠墾務總局附設蒙文週刊經理處發行。石印，1張2版，紙幅較4開為大，版框規格約為42.6cm×56cm。署

---

1 西北籌邊使署：於1919年6月中華民國段祺瑞政府的督辦參戰（第一次世界大戰）事務處成立，後改西北邊防籌備處為西北邊防司令部。1919年8月北京政府決定進駐外蒙古、穩定局勢、加強邊防的同時，力促外蒙古取消自治。11月22日，外蒙古正式取消自治，仍歸屬中國。

2 該刊由內蒙古圖書館研究館員忒莫勒發現。

有「中華郵局登記掛號認為新聞紙類」字樣，表明該刊經過中央政府批准出版並以新聞紙類的價格郵寄。除報名、期次、發行者、欄目及文章標題係蒙漢文對照外，其餘內容幾乎均為蒙古文。

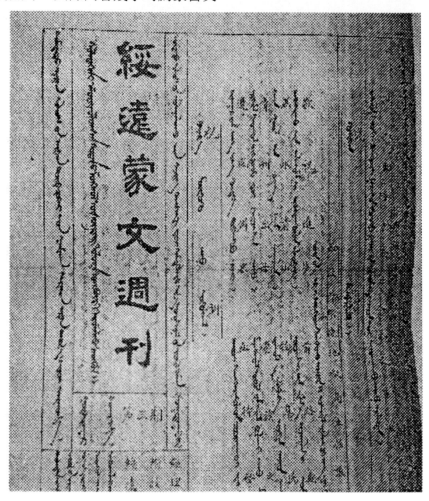

圖 3-1　1925 年 8 月 15 日出版的第三期《綏遠蒙文週報》

1、《綏遠蒙文週刊》的內容

《綏遠蒙文週刊》現存第 3 期，出刊日期為 1925 年 8 月 15 日。該期內容分祝詞、淺論、命令、政務、蒙事、新聞、漢課、插畫、特載、格言諸欄。詳情如下：**祝詞**欄載堪放土默特地畝局主任張植炳祝詞曰「邊風僻塞，亟待啓揚，貴刊出世，蒙族之光，青山黑水，物阜民康，敬祝進步，前路無疆」。**淺論**欄載《馮督辦對於西北人民之盼望》文，是西北邊防督辦馮玉祥將軍關

於做人行事之道的講話。**命令**欄載有命令一則，係 8 月 6 日臨時執政段祺瑞令拉什那木吉勒多爾濟代理烏蘭察布盟副盟長。**政務**欄載有《道尹通令剪髮，以重國體》《當局開發蒙旗之著手，擬調查戶口、出產、風俗，預備進行之三辦法：培人才，布政令，聯婚姻》《綏遠物產管組織忙：實業廳內物產館，各處多送陳出品，望蒙旗速送》《墾局重申私墾禁令》《墾政進行質疑訊：四子王報東新地，曾訂派員再接洽，昨又文催迅速派來》。**蒙事**欄載有《昭烏達盟反對庫倫胡鬧：外蒙青年受社會黨煽惑，宣布改建民國，昭盟電京一致反對》《達旗蒙眾請劃留地段之結果：河套地內蒙眾請求，定無償劃給周召三里，每名牧廠[1]二頃則扣價》《烏伊兩盟參政派定》等。**新聞**欄載有《青海將改特別區》《（歸綏）民樂社之設置積極建築》《察哈爾新設縣治》等新聞消息。**漢課**欄載有「學習漢語文之第三課」，內容是蒙漢文對照的單字和短句。附有蒙古文稱「吾蒙古兄弟們若能識漢字一千，即可用漢文寫信，與漢人交談。閱課之民眾對此要有決心」。**插畫**欄僅載一幅宣傳畫，蒙古文說明文字稱該報是破除文化、語言、習慣諸隔閡，開通環境閉塞之蒙地的津梁。**特載**欄連載有《畜牧概論》，講解選種的必要。**格言**欄僅載格言一則「心大則百物皆通，心小則百物皆病」。

2、對《綏遠蒙文週刊》的初步認識

①創刊時間：從該報刊期和本期出版時間來看，其創刊時間應是 1925 年 8 月 1 日（星期六）。

②報紙性質：該報是綏遠最高當局對蒙旗宣傳的機關報。由墾務總局來負責辦理，是因其常與蒙旗打交道，既熟悉蒙情，又有通蒙漢語文人才，編輯或發行都比較方便和得力，且墾務亦實為綏遠當局開發地方的核心內容。

③出版背景和宗旨：該報的出版背景和宗旨與當時察綏地區最高統治者西北邊防督辦馮玉祥的志向和大政方針有關。馮玉祥是具有強烈民族主義意識的愛國將領，推崇孫中山先生融合五族為一大中華民族的大民族思想，在治理察綏期間力圖以放墾設治和同化蒙人來達到開發西北、鞏固國防的目標。1925 年 4 月 26、28 兩日，馮氏得力干將綏遠都統李鳴鐘曾在歸綏召集烏伊兩盟十三旗王公代表集會，要求各旗提供疆界圖和人丁戶口冊，多送子弟入綏遠五族學院，剪髮以重國體，為將要組織的物產館提供天產、工藝、歷

1　「每名牧廠二頃扣價」，「廠」疑為「場」之誤，前「名」改為「個」或改「廠」為「人」。

史及宗教物品，提倡並獎勵各族通婚，以融洽種族界限等。[1]因蒙旗對當局充滿疑慮，大部分要求遭到搪塞推託和消極抵制而遲遲不見結果。綏遠當局要想使政令通達和開啓蒙旗智識，創辦該報是必然選擇。政務欄中對那次會議要求的重申即是例證。所以《綏遠蒙文週刊》以大民族主義的國家觀念和漢族文化來「啓蒙」蒙旗，消除其民族意識，以到達統治的一體化和「國族」形成爲宗旨。

④社會影響：因目前對該報出刊多久和期數、印數的詳情還一無所知，故無法瞭解和判斷該報當時的實際影響。能明確的是，它是目前所知綏遠當局用報刊影響蒙旗的先導。繼其後者是由李培基主政的《綏遠蒙文週報》（1928 年冬至 1929 年，出版近一年）[2]和《綏遠蒙文半月刊》（蒙漢合璧期刊，1929 年～1832 年）、傅作義主政時的《綏遠蒙文週報》（蒙漢合璧期刊，1933 年～1934 年）、《新綏蒙》（蒙漢合璧月刊，1945 年創辦）、《新蒙半月刊》（蒙漢合璧，由《新綏蒙》改辦，1945 年創刊，卷期續前）。

四、《蒙古農民》

《蒙古農民》，半月刊（一說週刊），農工兵大同盟的機關刊物，由 1923 年冬北京蒙藏學校成立的中國共產黨第一個蒙古族黨支部在李大釗的直接領導下於 1925 年 4 月 28 日[3]北京創刊，既是蒙古民族第一個革命報刊，也第一次國共合作時期出版的少數民族刊物，具有鮮明時代進步性和革命精神。用蒙漢兩種文字刊發，64 開，鉛印，每期 15 頁左右[4]，裝幀精巧。出版期數說法不一。蒙漢兩種文字刊名印在封面中心，封面左邊是目錄，右下方注明「七天出版一次（期）」。封面注每期售價 2 枚銅元，農民優惠半價。通信地址是北京蒙藏學校。聯繫人是蒙藏學校奎璧、崇善等。該刊遠銷呼和浩特、錫林郭勒和烏蘭察布地區。目前在中央檔案館存有一、二期。第 1 期 16 頁，第 2 期 24 頁。

---

1 內蒙古檔案館：《1925 年烏伊兩盟十三旗王公代表會議錄》，載《內蒙古檔案史料》1993 年第 1 期。

2 關於該報的記載，僅見於《綏遠蒙文半月刊》創刊號《發刊詞》；實物至今未見，不知是否存世。

3 還有一種說法是創辦於 1925 年 5 月 20 日；再一種說法 6 月 26 日創刊。

4 吳豔在其撰寫的《生生不息的種子——追記誕生在蒙藏學校的第一個少數民族黨支部》（載 2011 年 6 月 3 日《中國民族報》）中寫道：「這份 32 開 16 頁的刊物」「只出過 4 期」。

圖 3-2　1923 年 11 月在北京蒙藏學校學習的土默特旗學生合影

（前排左二爲多松年，前排左五爲烏蘭夫，二排右一爲吉雅泰，三排左五
爲奎壁，後排右一爲榮耀先。）

1、《蒙古農民》的宣傳內容與辦報宗旨

《蒙古農民》設有「政論」、「訴苦」、「醒人錄」、「好主意」、「蒙古曲」、
「外蒙古人民的生活」等欄目，內容豐富，主題鮮明，體裁多樣，新穎感人，
通俗易懂，具有蒙古民族文化特有的風格。以辛辣、通俗、流暢的文筆向廣
大蒙古族勞苦大眾宣傳黨的民族政策，指出蒙古民族求解放的正確道路。除
刊載宣傳馬列主義思想的文章外，還以歌曲、漫畫等形式向讀者宣傳蒙漢團
結思想，鼓勵蒙古族和其他民族聯合起來，反抗軍閥、帝國主義、王公貴族
的壓迫，在共產黨的領導下，走武裝鬥爭的道路，奪取社會主義的勝利。1926
年被迫停刊。

《蒙古農民》的辦刊宗旨非常明確，即結合內蒙古的實際，宣傳中國共
產黨的反帝反封建民族民主革命綱領。

第一期《開篇的話》（類似《創刊詞》）只用 16 個字即「蒙古農民的仇
人是——軍閥、帝國主義、王公」，開宗明義宣布《蒙古農民》的辦刊宗旨
爲揭露軍閥、王公對內蒙古人民的壓迫剝削和帝國主義的侵略，一針見血地
指出這三者是蒙古農民的仇人。內容重大深刻，表述簡潔鮮明，實爲絕妙之
作。

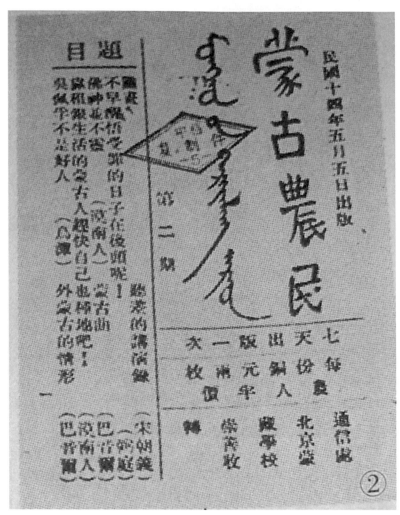

民国十四年（1925年）《蒙古农民》第二期　　　　　　　　　　资料照片

圖 3-3　《蒙古農民》封面

　　第二篇文章以《爲什麼出這個報？》爲題，具體而深刻地闡明軍閥、帝
國主義、王公是蒙古農民的仇人。以「三個壞命運」爲內容訴說了內蒙古人
民的悲慘處境，揭露了軍閥、王公的壓迫和帝國主義的侵略。第一個「壞命
運」就是軍閥壓迫掠奪給內蒙古農民造成的苦難。該期所載的第三篇《直奉
大戰內蒙農民遭殃》一文，分戰前、戰時和戰後三個階段揭露軍閥對蒙古農
民的掠奪、踐踏和屠殺。1924 年（民國十三年）第二次直奉戰爭前夕，奉系
軍閥爲備戰，內蒙古東部熱河一帶「滿田的高粱、穀子，全讓大兵給喂馬或
踐踏了，農民受盡一年血汗痛苦，結果一粒未得，但舊有的糧草，尚不能自

用，全讓支應局（爲軍隊預備糧草的機關）給號去，爲兩方軍隊預備糧臺。」
糧草被搜刮殆盡，「地方官又下派官人官車的命令，逃亦不能脫。人攤官差，
就給軍隊運糧運草，擔的擔，抬的抬，甚至拉農民來掘戰壕，在前線做苦工。
要是攤官車，更需自備草料，往前線運大兵，運糧草。」總之，農民「就得
老老實實受軍閥的宰割」。戰爭爆發後，前線的「男女老幼，全棄家逃走。留
下的家宅，有的變爲兵營，有的被炮火毀掉，有的被大兵燒成灰土。」即使
離前線稍遠的地方，糧草被大軍吃盡，農民飢餓而死者遍地，壯年被拉去「與
軍隊運子彈，掘戰壕」，甚至發給一支槍驅上前線打仗，其實「無所謂打仗，
只是送死」而已。戰後農民苦不堪言。熱河變成奉軍的地盤，就連當地民團
也被以助直打奉的罪名，「將民團團丁殘殺很多，將團丁槍械又收爲己有」，「又
強迫多種鴉片，多收煙捐，以圖肥己。」除奉軍踐踏之外，直系降軍萬餘「沒
有軍餉，所以散佈各農家，養著這些降隊，每家至少養著三五個兵。」農民
自己衣不遮體，食不果腹，何以養得起這麼多大兵？由於戰亂所致，金融紊
亂，亂發票紙，物價飛漲，商業倒閉，給農民帶來的痛苦更是驚人的。「強而
且壯的男子，即鋌而走險，聚而爲土匪。婦人孺子，飢餓而死或自殺的，更
是多而且多。」爲了讓人們思考，還以標題字號醒目地單獨提出一個問題：「現
在聽說熱河地方，一棵樹上弔死了七個人，這是因什麼緣故？」爲了揭露奉
直軍閥一丘之貉的本質，第二期發表了《吳佩孚並不是好人！》一文，指出
「這次吳佩孚打了敗仗，熱河歸了奉天管轄，聽說現在熱河的百姓很盼望吳
佩孚來趕奉天，嚇！錯了，吳佩孚並不是好人！也是壞東西！上次打仗糟蹋
熱河，吳佩孚就是一個大罪人，」「熱河地面還在吳佩孚手中的時候，他就是
加重釐稅苦害百姓的東西！我們早已嘗試過他的利（應寫作「厲」）害。因此，
我們才說吳佩孚並不是好人。」文章還指出：「我們應自己聯合起來要求取消
一切不正當的釐稅，才是好主意呢！」「所以說百姓自己聯合起來幹吧！」《蒙
古曲》是以打油詩形式幽默而生動地揭示問題的欄目。其中一首詩寫道「張
（作霖）才去，吳（佩孚）又來，街上死人無人埋！張又來，吳又去，前後
唱的一臺戲！盼星星，盼月兒，盼人不如盼自己！」鮮明、生動、準確地揭
示直奉軍閥混戰的本質及其給內蒙古人民帶來的災難，指出號召蒙古農民團
結起來打倒軍閥得解放。蒙古農民的第二個「壞命運」指的是蒙古王公的專
制。在《爲什麼出這個報？》中指出：「蒙古農民對於土地，只有使用權，沒
有所有權，只有王公是第一號的大地主，所有農民，都是王公的農奴。」蒙

古王公是全旗的專制統治者，但這時已不完全是全旗土地的所有者。由於清末和北洋軍閥大興蒙墾，蒙旗大半土地已墾種，許多耕地的所有權已落入漢族地主、軍閥和墾務公司之手，當然蒙古王公仍然佔有大部分。不管由誰佔有，他們都是相互勾結，共同剝削蒙漢各族農民。《蒙古農民》第 1 期發表了《可憐的蒙古「奴才」的談話》，以揭露王公的特權統治。這個奴隸一開口就心酸地訴說：「咳！我是一個孤苦伶仃，給王公作牛馬，受專制壓迫的蒙古人。我所受的痛苦……告給你們，並告給同我一樣受罪的蒙古人。」他講述世代受王公壓迫的苦難史。他父親是王爺的奴隸，聽人說在他 5 歲的時候，他父親失手打碎王爺的一個茶碗被王爺活埋了，母親悲痛不已，不到半年就死了，後來他又淪爲王爺的奴隸，有一天晚上，他給王爺脫鞋子，用勁稍大一些，「王爺就大怒起來，照我臉上打了一個抖嘴說：你不用當我的奴才了。第二天就派了些如狼似虎的一班奴才，去我家中將我的牛羊盡行趕走，又把我的房子土地也歸公了。我搬了好些人給王爺講情，王爺一聲一個不成，我知道是無望了！只好再尋生活吧。」從此他醒悟了，說他「居然把從前甘心受王爺壓迫的頭腦換過來，才知道蒙古人不應該受王公的專制壓迫！」他說：「我想蒙古人中，像我一樣受苦的人很多，我很盼望你們快些醒悟，一同聯絡起來打倒王公！得到平等的快樂！起來幹呦！」短短數百字的文章，通過一個奴隸的訴說，把王公與蒙古族人民的階級關係講得十分透徹，寓道理於故事之中，而故事又那麼逼眞，凡受過王公壓迫，或目睹過王公壓迫的蒙古人，讀了這篇文章沒有不動心的。爲了破除迷信，衝擊神權，還以《佛神並不靈》[1]爲題講了一個蒙古人「拉了 20 頭駱駝，帶了 430 兩白銀」，到五臺山磕頭拜佛，「磕完頭把一切牲畜銀兩都施了佛爺，回家沒有盤纏不得不討吃了」的故事，說明佛神不但不靈，而且「馬上就讓你當乞丐」。同時，又以《喇嘛應該娶媳婦》[2]一文，猛烈抨擊了喇嘛教對蒙古民族的毒害。總之，從各方面像王公封建勢力挑戰，向束縛蒙古族人民的封建思想和舊禮教進攻，以喚醒內蒙古人民的革命意識。蒙古農民的第三個「壞命運」是帝國主義的侵略和掠奪。在《爲什麼出這個報？》中指出「近年來外國資本家與教徒勾結本國士紳與王公，組織大墾務公司，霸佔國土……」帝國主義對內蒙古的侵略並非近年來的事，侵略內容也並不限於掠奪土地。但侵佔土地，最終要把內蒙古吞併，是其最

---

1 載《蒙古農民》報第二期。
2 載《蒙古農民》報第二期。

主要的目的。國土淪亡，一切權利喪盡，這是蒙古農民三個「壞命運」中最壞的一個。爲了進一步說明問題，又以《聽差的講演錄》爲題補撰了一篇短文。一個知識分子模樣的職員，站在街頭大聲疾呼，發表反帝救國的演講，他回顧了「五四」時期在街頭向市民宣傳反帝愛國的情景，熱情鼓勵掀起新的反帝鬥爭高潮。他大聲呼喚：「此次『五七』（日本侵略者向袁世凱提出滅亡中國的『二十一條』的日子）快到了，遊行，如同長蟲一樣，學生在前頭，市民在後頭，學生不怕，學生不走，鄙人敢代表。」「學生，在校是學生，到了街上，是教市民救國的好教員，千斤重任，在學生身上，光市民不行，光學生也不行（人少）。如此看來非學生教市民不可，好在不忙，也別停著，一點一點的幹，國一定是救得了的。」其實《蒙古農民》的創辦者就是學生，就是「五四」衝鋒在反帝愛國鬥爭前線的學生。他們講的就是自己的事情，講的就是自己的心裏話，講的如此樸實無華，感人至深，實在難能可貴！《蒙古農民》通過講訴蒙古農民的三個「壞命運」，生動地宣傳了黨的反帝反封革命綱領，最後以《蒙古曲》中的一首詩形象概括了這三個「壞命運」：「天光光，地光光，軍閥不倒民遭殃！天光光，地光光，王公不倒民悲傷！天光光，地光光，列強欺壓哭斷腸！」

《蒙古農民》正確地闡述了蒙古族和漢族之間的關係和共同的命運、共同的使命。在《爲什麼出這個報？》中指出：內蒙古的農田，「現在有蒙漢人民在那裡共同的耕種著。這個地方的蒙漢農民是很可憐的，用血汗種出來的糧米，每年被軍閥分肥一大部分，還有被蒙古王公分肥一大部分，農民剩下的不夠吃穿。」《蒙古曲》中還有一首詩，把蒙古族漢族人民的共同命運、共同任務作了更加形象生動的描述「從前是：窮蠻子（指漢族），富韃子（指蒙古族），現在窮成一家子。蒙古蠻子一家人，親親熱熱好兄弟！來！來！來！蒙古蠻子成一氣，共同打倒大軍閥！共同打倒帝國主義！共同打倒王公們！平平安安過日子。」這既是內蒙古蒙漢民族關係的寫照，也是對未來處理民族關係問題的正確指導。

《蒙古農民》設有「外蒙古人民的生活」欄目，主要介紹人們關注的外蒙古革命後的情況。這兩期共發表了兩篇文章。在第一期《外蒙古情形的開篇話》中，首先把革命勝利後的外蒙古人民當家作主的情形，與「正受軍閥、王公和洋人的欺負」而處在苦難中的內蒙古作了對比，後指出：「這裡面沒有什麼奧妙的道理……內蒙古人受苦，並不是內蒙古人民的命運不好，更可知

道外蒙古的人得享福,也不是上天的什麼神什麼佛爺王爺賜給他們的。」在
《外蒙古情形》一文中回答:外蒙古從前像我們內蒙古一樣,受王公的欺壓,
中國軍閥的欺壓,後來更受俄國白黨的欺壓,外蒙古幾個志士跑到蘇維埃俄
羅斯去求救,蘇俄容許了他們的請求,出兵把白黨打平,支助蒙古的革命黨,
組織了一個獨立政府。這就是答案。內蒙古人民也要打倒軍閥、帝國主義和
王公,也要走這條路。這就是出路。

2、《蒙古農民》的總負責人(兼主筆)多松年

圖 3-4　多松年(1905/1906～1927)

　　多松年,(1905～1927 年,一說 1906～1927 年),又名多壽,蒙古族。1905
年生於內蒙古土默特旗(今呼和浩特附近)麻花板村。少時家鄉讀私塾,後
升入歸綏中學,投入五四運動並接受了新思想。1923 年在榮耀先幫助下,同
李裕智、烏蘭夫、奎壁、吉雅泰等蒙古族青年一起來到五四運動發祥地北京,
進入蒙藏學校學習。李大釗、鄧仲夏、趙世炎經常來學校宣傳革命真理,引
導他走上了革命道路,1924 年參加社會主義青年團,翌年加入中國共產黨。
刻苦學習科學文化知識,閱讀大量進步書籍,並把進步刊物《中國青年》雜
誌、《二七紀念專刊》等寄給內蒙古的同學、朋友,傳播革命思想。曾任蒙藏
學校社會主義青年團支部書記、中共北京西城區宣傳員等職。為完成黨交給

的任務，他勤奮苦練，學繪畫、刻鋼板，練習寫漢字。在校內參加並領導了反對校長王維翰倒行逆施的鬥爭；在校外參加並領導了反帝愛國學生運動。經過一個月的準備在北京創辦了第一個少數民族馬克思主義刊物《蒙古農民》，並任總負責人（主辦者除多松年外，還有雲澤即烏蘭夫負責約稿、編輯；奎璧負責排版、印刷、徵訂和發行等人）。他以其敏銳的觀察力，緊密配合國共合作條件下的中國革命運動迅猛發展的形勢，積極傳播馬克思主義的革命道理和共產黨的方針、政策，揭露帝國主義、封建軍閥和地主王公對蒙漢各族勞苦大眾的奴役與壓迫，報導內蒙古地區廣大農牧民處在水深火熱中的苦難生活，「替蒙古這些可憐的農人，想一個死裏逃生之道」。1925 年 3 月李大釗在《蒙古民族解放運動》一文中深刻分析了蒙古族錯綜複雜的經濟矛盾和民族矛盾之後，明確提出了蒙古民族求得徹底解放的革命之路。文章的發表為其創刊奠定了堅實的思想基礎。當多松年把該刊創刊號送給李大釗時，後者十分驚喜地說：「真想不到，你能搞得這樣漂亮！完全像一個老手辦的！」[1]趙世炎看過後很高興地對多松年說：「不錯不錯，既有理論，又有事實，內容充實，戰鬥性強。」並指著一個標題說：「這幾篇很有號召力，標題也起得好；這篇簡直是發重炮！就這樣辦下去吧。」

　　1925 年秋，多松年被派往蘇聯，進入莫斯科中山大學學習。1925 年末，中國共產黨駐第三國際代表瞿秋白轉告組織決定讓他提前回國。回國後，在內蒙古擔任中共察哈爾工委書記。這期間，他把張家口、察哈爾特區的工農運動和學生運動搞得轟轟烈烈。1927 年 4 月，他作為察哈爾、綏遠兩區代表，到武漢參加中國共產黨第五次全國代表大會。會後，再返回綏察時途徑張家口正準備傳達「五大」精神時，被奉系軍閥逮捕。在敵人面前，他立場堅定，大義凜然。敵人又採取引誘軟化的策略，把它帶到張作霖豪華的宅院。張作霖奸笑著說，「多先生，想不到你這麼年輕。眼下正是動亂的時候，英雄豪傑正可大顯身手，可惜你未遇明主。你願意和大元帥我一塊幹，現在還不晚」多松年以藐視的眼光，笑道：「張作霖，你是我們兇惡的敵人。我們和你們有血海深仇。你們的屠刀可以殺害我，但是我的血可以喚醒更多的人起來反抗你們，讓人民認清你們這些豺狼，共同把你們徹底埋葬！不必耽擱時間，下

1　吳豔在其撰寫的《生生不息的種子——追記誕生在蒙藏學校的第一個少數民族黨支部》一文是這樣記述李大釗讚美的話語的：「好啊，同志，真想不到，那麼短的時間能搞出那麼好的刊物的，真是辛苦了！」

手吧！」敵人的軟硬兼施都沒有征服他。最後用 3 根 1 尺多長的鐵釘，把他活活地釘死在大鏡門前的城牆上，年僅 22 歲。當晚，同志們取下多松年的屍體，將他埋葬在萬泉山下。

五、《內蒙國民旬刊》

《內蒙國民旬刊》，旬刊，1925 年 11 月 16 日創刊於張家口。內蒙古人民革命黨[1]中央機關刊物。中國少數民族新聞史上是最早以少數民族文字宣傳革命的期刊。石印，大 16 開。蒙古文、漢文標明刊名、出版日期及冊序，封面上以蒙古文寫有「內蒙古革命黨為群眾謀福利。十天出版一次」字樣。封面上半部分繪有漫畫。斯琴畢力格圖（斯‧寶音那木呼）任編輯部主任。金永昌負責刊物出版發行。宣稱「我們現在刊行蒙古自己的報刊，一要保護和發展廣大蒙古人民的生計利益；二要忠實報導真實的情況，以清除廣大人民的糊塗認識；三要以廣大人民的自由和提高文化知識等為主。」每期篇幅不一。免費發送，由識字者讀給家鄉人聽，宣傳革命思想，擴大影響。

內蒙古人民革命黨十分重視加強對刊物的領導，發布專門文件《中央三個部門的指示規則》。該《規則》要求《內蒙國民旬刊》盡快建立廣泛搜集信息的通訊組，組建其編輯隊伍，實行編輯部領導獨立負責制，明確刊物的宗旨與性質。創刊號《開篇的話》明確指出「報刊在世界各地如此普及，是人類社會的重要組成部分。報刊可以改善世界，也可成為禍患世界的罪魁禍首。如果報刊成為攻擊謾罵政敵的場所，或刊登不實消息的陣地，報刊就成為禍患，成為迷惑人民頭腦的統轄之具；如果報刊提供知識，增長智慧，宣傳善惡是非，就可為人民的思想找到出路，成為人民『每日的學校』。現在我們要創辦自己的蒙文報刊，一方面是為了保護和發揮蒙古民眾的生活利益，為民眾解疑釋惑，提供準確的新聞和正確的道路；另一方面是為了發揚民眾的自由，提高民眾的知識。因此，熱情勇敢的蒙古兄弟應好好鑒別報刊，知道《內蒙國民旬刊》是蒙古民族民眾自己的報刊，記住旬刊的出版時間、主動尋找

---

1 內蒙古人民革命黨，簡稱「內人黨」。又稱「內蒙古國民黨」「內蒙古國民革命黨」「內蒙古平民革命黨」「內蒙古民族黨」等。1925 年 10 月成立於張家口。早期是中國共產黨團結內蒙古各族人民進行革命鬥爭的帶有政黨性質的統一戰線性質的組織，以李裕智、吉雅泰等共產黨人為核心，團結蒙古族廣大革命青年和農牧民運動骨幹組成左派，堅持反帝反封建軍閥反蒙古王公的革命綱領，堅持民族平等，大力傳播革命思想，組織和發動各階層人民開展革命運動，並組建軍隊開展武裝鬥爭。

閱讀旬刊，將它作為自己的良師益友，這樣才能不枉費我們創刊的一份熱情，也能團結一心，解救被各種勢力欺壓的人們。」

《內蒙國民旬刊》設有「政治」「黨務」「文化修養」「文藝」「財政」「民生」「軍事」「重大新聞」「零星新聞」等欄目，內容豐富。**政治欄**發表評論，著重報導十月革命，工農群眾推翻沙俄政府，建立人民當家作主，民主自由的社會主義國家。簡要、廣泛地報導國內外時政新聞，介紹國內外政治形勢，提出建立人民政府的設想，抨擊北洋軍閥政府。如《中國的情況》寫道「至今的中國已經是混亂破碎的時期，佔領各省的軍閥們廝殺混戰，用武力搶奪人民的財富、死傷的漢人不計其數。」認為軍閥混戰背後是帝國主義國家間的相互爭奪，他們相互挑撥，彼此殘殺，目的是借軍閥之手控制中國，消滅中國的地方勢力，佔領中國的土地。《紀念十月革命》一文說「這十一月七日是俄國十月革命勝利八年的紀念，不僅是俄國革命紀念日，也是全人類被欺壓的人民以及弱小國家的紀念日」，「十月革命的紀念日也是被欺壓的內蒙古人民的革命紀念日。」《想讓全球弱小國家與被欺壓人民得到自由的列寧導師的自傳》中讚揚列寧「不僅俄羅斯，海內外成千上萬的各國人民都佩服列寧。列寧同志不可能親自參加全球各個被壓迫民族的解放，但是各民族人民必須學習列寧作風，消滅欺壓人民的統治者。」該刊還發表《蒙古人民稅務減輕的情況》《外蒙共和國情況》等文章，回答了人們普遍關心的問題。**黨務欄**主要報導國際政黨政治的現狀以及內蒙古人民革命黨的章程、目標和思想風貌，報告該黨成立以來的政治活動。該欄目發表的《中國人民黨》《日本地下共產黨》《在張家口黨員隊伍正在擴大》以及《內蒙人民革命黨傳達了兩種重要文件》等文章，報導內蒙革命黨的目標與戰略，綱領及領導機構，並報導了建立地方黨委，吸納底層群眾，壯大隊伍的情況，簡明扼要的刊登內蒙人民革命黨第一次全國代表大會召開的消息以及參會嘉賓的賀詞。**文化修養欄**報導各國教育新聞，介紹有關教育方面的知識。**財政欄**探討改善社會經濟的措施，介紹人民公社，揭穿資本剝削的本質。**民生欄**探討解決民眾生活困苦問題的途徑。**軍事欄**介紹國內外軍事動態和常識。**重大新聞欄**報告內蒙古革命黨重要公告和國際公約。**文藝欄**登載詩歌、評論、小故事等文學作品，曾發表《內蒙古民歌》《應該學習蒙古國人民軍紅旗之歌》《召喚的號角》《內蒙古紅旗之歌》《慶未來之事》等詩歌作品和《懶惰婦女的故事》《官人先生的故事》《烏仁高娃姑娘的故事》等小說；該刊每期配有漫畫插圖數幅，內容反

映蒙古社會的主要矛盾,揭示該刊物反軍閥、反王公、反帝國主義的主旨及親蘇的政治傾向,以蒙古民族的傳統文學形式,深入淺出地宣傳脫離苦海,擺脫軍閥欺壓,趕走帝國主義的主題。《內蒙古國民旬刊》是當時社會生活的一面鏡子,是向蒙古族等各族群眾宣傳革命思想的重要陣地,同時及時報導發生在中國以及周邊國家,如俄國、日本等國的新聞事件,也是歷史事件的紀錄者。[1]

六、《農工兵》

《農工兵》,1925 年多在張家口出版發行,是內蒙古農工兵大同盟機關刊物。由內蒙古農工兵大同盟的書記李大釗同志主持,北京大學、北京美術專科學校的學生參加編輯。該刊係通俗讀物,以農民、工人和士兵爲讀者對象,結合廣大勞動群眾實際宣傳農工兵大同盟綱領和主張,以通俗易懂文字和百姓喜聞樂見的形式(如漫畫)宣傳反對軍閥、反對帝國主義,揭露內蒙古地區社會黑暗,爲農工兵的解放而吶喊。因李大釗遇害,該刊停刊。約出版 3 期。[2]

第四節　民國北京政府時期的回族報刊與著名回族報人

民國北京政府時期的少數民族新聞事業中,回族報人的新聞活動及其創辦的報刊也是重要的內容之一。這一階段的主要回族報刊及著名回族報人有:

一、劉中儒與《新天津報》

《新天津報》創辦於 1924 年 9 月 10 日,後又出版晚報。社址設在天津意租界大馬路。劉中儒任社長。

劉中儒(髯公),河北省武清縣楊村人,回族。「九‧一八」後懷有強烈的愛國主義情感大力宣傳馬占山等抗日將領的事蹟。日軍佔領天津後堅持辦中國人自己的報紙,不刊發日方稿件。日方一再要他出任僞職堅決不從。該報的新聞來源較多,既有通訊社供稿,又有南京等地記者站拍發的電報或通

1　《內蒙國民旬報》,據張麗萍:《內蒙民國報刊史研究》第二章第五節改寫。

2　參見張麗萍:《內蒙古民國報刊史研究》,內蒙古大學出版社,2014 年版,第 38 頁。〜39 頁。

訊，並在北京派專人打電話提供消息，各小城鎮區縣通訊員也投寄當地的新聞。在河北省各縣鎮以及山西、陝西、綏遠、熱河、河南、山東、福建各地，都有《新天津報》的通信員及記者。創刊時正逢直奉大戰，劉中儒瞭解天津普通市民對奉系軍閥的厭惡，在報紙上大罵奉系軍閥爭取了大量讀者，並借鑒日本通俗報紙的經驗，在報紙上發表《雍正劍俠圖》《五女七員》《明英列傳》《大宋八義》《三俠劍》等評書，並先在晚報上刊登，第二天又挪到日報刊載，對提升日報和晚報的銷路都起到很好的推動作用。在一次募捐救濟難民時被日軍劫持到憲兵隊，遭致毒打致使腿骨被打斷。劉家被迫以報紙附敵出版爲條件加上天津各大清眞寺阿訇聯合擔保，才換得劉中儒出獄。劉中儒回到家時已奄奄一息。堅持到 1938 年春逝世。《新天津報》報社社長由其弟劉渤海繼任。

　　《新天津報》在劉中儒之弟劉渤海主持下於 1939 年夏改出每日 8 開 4 版。一版爲廣告，二版爲國際新聞，三版爲本地新聞，四版爲小說連載。當時逢天津大水，該報連續報導洪水漲落情況，疫情發展態勢，社會各界防災防疫情等等，主動捐款並專門載文呼籲參與募捐救災活動：「津市此次洪水爲災，流離失所之災民，難以數計。意租界……組織水災難民救濟會，收容難民數千人，供給食宿，各界慈善人士，紛紛捐款，襄此義舉。本社當仁不讓，於本月八日用全體同仁名義捐洋一百元，並在廣告欄內，每日開出數十方寸之廣告地位，義務刊登該會之一切公布事項。區區微意，並非自炫，實藉此代災民呼籲，希望各界踊躍捐助，俾災民多沾實惠云。」[1]同年 10 月洪水退出，該報宣布增張出版「啓者，天降洪水，三津被溺，凡百事業，均呈休眠狀態，直接受害者則蕩產亡家，顛沛流離，間接影響者亦無不蒙相當損害。若我新聞業者，即其一也。紙張來源斷絕，需要頓起恐慌，是以各報紛紛減張，以支持於一時，我報亦不得不恝然爲之也。然水災間，讀者之所以需要，若水象日漲落，救災實施，以及國際間歐局變換之翔實報導，本報均一一盡其最大使命。本報自九月以還，力謀革新工作，對於事業之管理，新聞之發展，以及編輯、印刷、廣告各部之劃一步驟，戮力邁進，明德若我報讀者當無不洞見矣。現本市洪水已退，復興大天津之計劃，正在實施，讀報人之需要，當隨市政之安謐而擴大其期。是以本報爲滿足讀者欲求計，故定了雙十節（十月十日）起增刊半頁。」[2]增張後的《新天津報》除了原有的

1　參見《救濟災黎》，載 1939 年 9 月 13 日《新天津報》。
2　參見《本報增張緊要啓事》，載 1939 年 10 月 8 日《新天津報》。

國際新聞、本市新聞、著名小說等內容外，恢復了省區新聞、體育新聞、經濟、副刊遊藝等內容。淪陷時期的《新天津報》，除重點報導本市新聞外，還重點報導了二戰歐洲戰場情況。該報二版國際新聞的頭條消息都是有關戰場最新動態的報導，如《法軍突入德境挺進中》（1939 年 9 月 8 日）、《英軍已實施對德作戰》（1939 年 9 月 13 日）、《摩塞爾河畔法軍總政》（1939 年 9 月 16 日）、《德俄間開始割波交涉》（1939 年 9 月 20 日）等。

二、王靜齋與《伊光》月報

《伊光》月報，1927 年 9 月創刊，社址在天津清真北大寺前。4 開 4 版，每期 10 多萬字。[1]由王靜齋任總經理兼編譯。據現存 1936 年 4 月至 1937 年 5 月共 11 期《伊光》月報影印本[2]（缺第 90 期）可知：報頭正中是以阿拉伯文和漢字書寫的「伊光」二字，報頭右側印有出版時間、期數、發行方式、負責人及社址等信息；左側為廣告或啓事。該報涉及面較寬，主要刊載阿拉伯文典籍，《古蘭經》、《聖訓》、教義、教法、教史等，還有討論、述評、遊記、人物介紹、訪問記、信息報導、各地教務活動、答讀者問等方面文章。發行量為 1000 至 2000 份，全國發行。由於條件所限，《伊光》月報難以逐月發行，脫期現象時有發生，如 1932 年只有 4 月份一期，但報紙順序號沒有中斷。1939 年 2 月終刊。

王靜齋（1880～1949 年）回族，天津市人，中國伊斯蘭教阿訇，1921 年朝觀麥加，就讀於埃及愛資哈爾大學，並先後在土耳其、印度等國進修。回國後，在天津創辦中阿大學。該刊純係個人創辦，其中大部分文章是由王靜齋編譯、撰寫，並常附有按語。他常常蜷曲在自己的小屋裏翻譯編寫稿件，晚上一寫就是數小時，並經常以記者身份到各地採訪、考察，尤其注意採訪教務和穆斯林的真實情況。其文章開門見山，引經據典、擺事實講道理，通俗辛辣，愛憎分明，富有戰鬥性。抗日戰爭爆發後，他輾轉流亡於豫、鄂、皖一帶，過著「高等乞丐」的生活。在河南鄲城，他編發了最後兩期刊物。此外，尹伯清、陳鷺州、張石麟、王輝庭等人也先後擔任過該刊的編輯、發行和會計工作。王靜齋之弟王濟民和兒子王寶琮也參與過辦報活動。王靜齋

---

1 南開大學歷史學院在讀博士（中東史方向）馬潔光（回族）和中央民族大學 2015 年畢業生馬丹羽碩士（女，回族）從《伊光》月報收藏者處得到 1936 年四月至 1937 年五月共 11 期《伊光》月報影印本。

2 《伊光》的資料由馬潔光博士、馬丹羽碩士提供。

創辦該刊是鑒於「現今的世界，非從前可比，東西洋如同裏外屋，種種的消息時發時到，所以國際間相需互助，各施其發展國權的巧妙手段。獨有我國的同仁，對於國外本教的消息，茫然無知」，「本報願做國人的耳目，按期將本教各國的近聞，介紹給大家」，「作各方穆民同胞研討學問，互換智識的小機關（園地）」。

　　《伊光》月報的內容重點是傳播伊斯蘭教，爲伊斯蘭教教眾答疑解惑，被許多知名阿訇和關心教門的鄉老譽爲獲悉伊斯蘭教和國內外教務信息的主要媒介。1936 年十月出版的第 85 期刊載的《本報十年之回顧》，中稱「在此十年以內，本報所介紹的教義，完全取材於各項經典。論道這一點，尚堪自慰。」《伊光》月報沒有涉及政論、時事的內容，主要是報導、譯介、傳播伊斯蘭教教義、經書等。除相對固定的「問答」欄目外，沒有固定的版面，因此嚴格說並不是一份眞正意義上的「新聞紙」。「問答」欄目除回答讀者來信中的問題之外，還有根據埃及刊行的阿拉伯文《伊光》月報翻譯的內容，1936 年 4 月出版的第 81 期「問答」欄目的內容均「譯自埃及刊行阿文伊光月報」，1936 年 6 月出版的第 82 期「問答（二）」中有「答安徽金茂如老先生來函」，「問答（三）」則是「譯自埃及阿文伊光月刊」。《伊光》月報翻譯和解析了大量的伊斯蘭教經典，是瞭解和研究這一時期國內伊斯蘭教的寶貴資料。該刊廣告也都與伊斯蘭教經文、書籍以及禮拜用品等相關。報頭左側常設廣告，向讀者廣而告之《伊光》月報社印行的書籍，「本社印行之中阿雙解大字典，每部一元。批發以十部起碼，特別減價。均賣現矣。」「本社印行之一二集《偉嘎業》每集一元。多購以各二十集起碼，亦可減價。空函購書，既不奉答。」1937 年 2 月出版的第 89 期中有爲天津張記皮襪靴鞋莊做的廣告，「諸位所需的嘍嗍哈您知道是誰家的最好最適宜嗎？就是創作二十餘年之經驗皮襪專家在天津針市街西路南張記皮襪靴鞋莊。」1937 年 4 月出版的第 91 期中有爲上海穆民經書公司做的廣告，詳細介紹了公司的業務內容，地址以及負責人。該報還開展承辦廣播、兼營國內外出版的經書並代購國外原版經典等項業務。

三、著名的回族報人伍特公、沙善餘

　　說到這一階段比較著名的回族報人，似乎不應忽視曾參與過上海《申報》編輯工作的伍特公和沙善餘。儘管他們沒有獨立創辦過新聞報刊。

　　伍特公，（1886～1961 年），回族。曾參加蔡元培、章太炎主持的愛國學

社活動。1905 年入復旦公學。1907 年起在上海《申報》任英文譯員。曾對《申報》當時固步自封不求進取的辦報風氣撰文給予尖銳批評：「滬上各報之主義亦隨風氣而變異。獨本報（《申報》）則固步自封，力排新學。猶憶余入閱報室時，各報輒一紙而數人聚閱，獨《申報》常被閒置案上，苟有取閱者，同學輒以頑固、腐敗等名詞詆之。」[1] 1912 年曾被路透社聘爲英文譯員，以英文拍發全國各報駐北京記者報導袁世凱稱帝的消息，衝破袁氏的新聞封鎖。1938 年《申報》復刊時，他擔任代理總編輯。1939 年撰寫社論《回教與抗戰》一文，引證古蘭經教義號召回民團結禦侮，此文曾由上海愛國教胞秘密印刷成小張，用不同信封作爲賀年卡形式分寄京津各地教胞，廣爲宣傳。此後他又陸續在報上發表抗戰社論多篇。1940 年 3 月汪僞下令通緝，《申報》經理鑒於不少記者遭敵僞殺害，力勸伍特公去香港暫避。他未去香港而是隱居沙善餘家中，只是託上海伊斯蘭學生在雜誌上發布「伍特公先生已赴香港」的短訊，以作掩護。抗戰勝利後，伍特公本可回申報館工作，但因國民黨接收大員安排親友而被拒之門外。遂到正言報館任職，兩年後任法新社英文翻譯，直到上海解放。

沙善餘，回族。袁世凱竊國稱帝之時，僞詔封他三品正授校長。他憤而棄職回滬，從事新聞工作，先後在《民報》《神州日報》《申報》任編輯，編寫國際新聞。第一次世界大戰後期至 1941 年末，他在路透社擔任外文電訊的漢譯工作，譯文確切，悉符原意。現用世界人名、地名，不少出自於當年他的譯筆。公餘時間，他致力於民族宗教教育文化事業，數十年如一日，成績斐然。

第五節　少數民族女報人與婦女報刊的興起

在這一階段我國少數民族報人隊伍中，少數民族女報人也是一支重要的力量。她們和男性少數民族報人一起，爲我國少數民族報業的興起和發展做出了重要的歷史性貢獻。

一、我國最早的少數民族女報人葆淑舫、愛新覺羅・淑仲

據現有資料，我國在清朝末年已出現少數民族的女報人。目前發現有文獻記載的如葆淑舫和愛新覺羅・淑仲等人。

1　《墨衢實錄》，載《申報最近之五十年》紀念冊。

　　葆淑舫（？～？年），滿族，歷史文獻中稱之爲「肅親王府之郡主」。這位「肅親王府之郡主」曾任淑範女學堂教員，創辦過淑愼女學堂，是當時婦女界的知名人士。光緒三十一年（乙巳年）七月二十日（1905 年 8 月 20 日），《北京女報》在北京創辦。該報是我國第一份婦女日報。[1]該報由張展雲主編，其母張老太太爲報館館主。該報以「開女智」，「開民風」爲宗旨，以激勵婦女愛國，提倡男女平權，宣傳婦女自主，提倡女子教育，推動移風易俗爲主要內容。該報結合婦女特點設置了論說、女界新聞、時事要聞、京外新聞、西學入門、家政學、小說等欄目。以白話寫作，文字通俗易懂，連慈禧太后都愛看。該報第 1067 號「女界新聞」專欄有「本館名譽主筆葆淑舫郡主」的記載。她不僅爲《北京女報》寫過文章，擔任過主筆，而且該報還對她有所報導。

　　愛新覺羅‧淑仲（？～？年），滿族，中國近代著名報人英斂之的夫人。因是皇族，經常往來於宮廷之間，「時侍慈禧太后，屢爲《大公報》寫宮廷通信，頗爲精彩。」[2]早期《大公報》上關於宮廷新聞報導大多出自淑仲之手。根據這些資料，可以確認葆淑舫、愛新覺羅‧淑仲是我國最早參與報刊活動的少數民族婦女。

　　我國少數民族女性從事新聞工作的時間與漢族婦女幾乎是同步的。我國最早從事報紙工作的女性是裘毓芳[3]。她於光緒二十四年（1898 年）5 月在其叔父裘廷梁創辦的《無錫白話報》任主要編輯人，曾以「梅侶女史」的筆名在該報上發表大量譯介文章。這個時期還有一些婦女界知名人士也擔任過報紙主筆，或者從事報業活動。比如康同薇、李蕙仙及辛亥革命時期的秋瑾等。他們宣傳變法維新，倡導女學，主張婚姻自由，男女平等，爭取女權，要求婦女參政，反對封建迷信，反對陳規陋習等等。滿族婦女葆淑舫、愛新覺羅‧淑仲等人在此期間也加入我國最早一批女報人的行列，跟漢族女報人一起從事婦女解放，要求婦女參政，爭取女權，其積極意義不應低估。

1　方漢奇主編：《中國新聞事業編年史（上）》，福建人民出版社，2000 年版，第 351 頁。

2　張逢舟：《大公報大事記（1902～1966）》，載《新聞研究資料》第 7 輯。

3　裘毓芳係我國第一位女報人，是戈公振在《中國報學史》中最早提出來的，以後史家均沿用此說法。近有宋素紅博士論文《中國婦女報刊與女新聞工作者研究》提出康同薇早在 1897 年參與《知新報》的譯報工作，應爲我國第一位女報人。

二、向警予與少數民族婦女主辦的第一個婦女週刊

由少數民族女性主持創辦第一個「婦女週刊」是上海《民國日報》出版的副刊《婦女週刊》。該週刊由上海《民國日報》原來的《婦女評論》和《現代婦女》兩個副刊於 1923 年 8 月 22 日合併改組創辦。時爲中共中央婦女工作負責人向警予是前期的主編之一和主要作者。

圖 3-5　向警予（1895～1928）

向警予（1895～1928 年），女，土家族。中國無產階級革命家，中國共產黨的早期婦女運動領導人之一，著名婦女報刊活動家。原名俊賢，筆名警予、振宇等。湖南漵浦人，出身於商人家庭，青少年時代經常閱讀《民報》《新民叢報》等進步報刊。1919 年底與蔡暢及蔡暢的母親葛健豪等九人一起赴法勤工儉學，並與周恩來、蔡和森等發起成立旅歐共產主義小組。在法留學期間不僅讀完法文版《共產黨宣言》《家庭、私有制和國家的起源》等著作，並爲《少年中國》等報刊寫稿，開始用馬克思主義觀察婦女問題，並曾計劃組織通訊社「以通全國女界之聲氣」。1920 年 6 月與蔡和森結爲終生伴侶。1922年初加入中國共產黨。回國後在中共「二大」當選爲候補中央委員，任中央婦女部部長。積極爲黨中央刊物《前鋒》《嚮導》及《婦女雜誌》《民國日報·覺悟》等撰稿，促進婦女運動開展。所寫文章密切聯繫實際，充滿戰鬥精神。中共「三大」「四大」連續當選爲中央委員，任中央婦女運動委員會書記，參與國民黨上海執行部工作，主編上海《民國日報》副刊《婦女週報》，面向無產階級婦女群眾，支持婦女運動和女工的罷工鬥爭。1925 年底去蘇聯莫斯科

東方勞動大學學習。1927 年初回國，同年 4 月參加中共「五大」。不久被分配
到漢口市委宣傳部工作，後又調到漢口總工會。大革命失敗後，負責湖北省
委工作。秘密主編黨內刊物《長江》和通俗油印小報。1927 年 11 月桂系軍閥
胡宗鐸進入武漢瘋狂鎮壓革命，發動大規模的清鄉、清黨運動，對共產黨人
實行殘酷捕殺。向警予在《長江》上發表散文憤怒聲討反動軍閥的倒行逆施，
號召人民群眾團結起來與敵人鬥爭。1928 年 3 月被漢口法租界巡捕房逮捕，
引渡給國民黨當局，同年 5 月 1 日英勇就義。

　　向警予主編下的上海《民國日報》副刊《婦女週刊》具有密切配合當時
政治鬥爭和聯繫實際的特點。如《發刊辭》稱「應用我們所信仰的主義」，「批
評社會上發生的一切與婦女問題有關的事實」，是當時能夠反映全國婦女運動
全貌的婦女刊物。出至 100 期後曾停刊月餘，1925 年 11 月 4 日復刊。復刊出
至第 85 期後又停刊近 2 個月，1926 年 1 月 6 日繼續出版第 86 期，同月 27 日
出版的第 89 期是已見的最後一期。後期因《民國日報》被國民黨右派把持，
不能貫徹中國共產黨的婦女運動的路線與政策。向警予也退出了該報的領導
班子。[1]

三、劉清揚與我國現代第一個婦女日報

　　天津《婦女日報》，是由少數民族婦女創辦並以婦女為讀者對象的第一份
現代日報，也是當時唯一一份專門討論婦女問題的報紙。1924 年元旦在天津
創刊。劉清揚任總經理（劉清揚不在報社時由鄧穎超代理總經理），李峙山任
總編輯。鄧穎超、周毅、諶小岑負責發行，曾聘李雲裳為第 4 版編輯主任。4
開 4 版，多側面、多角度地反映婦女的現狀和願望、討論有關婦女種種問題
的報紙。欄目眾多（有 70 多專欄），先後開設言論（一版），中外要聞、世界
電訊、婦女世界、中國婦女地位寫實、婦女勞動界、女子教育界、民眾運動、
各地瑣聞、婦女運動行進的路上、天津新聞、零碎消息、讀者之聲（二、三
版）、講演、討論、常識、通信、自由論壇、雜著、兒童園地、小說連載、詩
歌、雲裳式漫談、新格言、特別調查、特載（四版）等欄目。第二次世界戰
爭爆發後又增設「戰訊」「悲哀痛苦的婦女界」等欄目，在南京、上海設有分
理處。該報深受廣大婦女歡迎，對全國婦女運動的深入開展有很大影響。著

1　方漢奇主編：《中國新聞事業編年史（上）》，福建人民出版社，2000 年版，第 979、
　　980 頁。

名「九葉詩派」代表人物穆旦（1918～1977年）[1]，7歲時就在該報兒童欄目發表《不是這樣的講》。全文百餘字，通過小女孩與母親的對話，「隱含著對能坐汽車的有錢人家的譏諷」。中共中央委員兼中央婦女部長向警予曾寫文章讚頌該報「是沉沉女界報曉的第一聲，希望《婦女日報》成爲全國婦女思想改造的養成所」，開闢「中國婦女宣傳運動的新紀元」。

（一）《婦女日報》總經理劉清揚

圖 3-6　劉清揚（1894～1977）

1　穆旦（1918～1977），生於天津，本名查亮錚。乃江南查家之後，論輩分，是武俠大家金庸的堂哥。11歲時考入南開中學，在校刊上發表詩文時始以「穆旦」（有時也寫作慕旦）爲筆名，即將「查」拆成「木」「旦」兩部分，並易「木」爲穆。1935年，同時被三所大學錄取，他選擇了清華大學地質系，半年後改讀外文系。在西南聯大，穆旦所代表的「九葉詩派」轟動文壇。1940年留校任教。一年後加入杜聿明的遠征軍，奔赴緬甸。第二年自印度飛回，一度在中央政治學校任教，因與民國政府教育部副部長董顯光大吵一架，拂袖而去。爲紀念死難戰友，1945年寫作詩作《森林之魂》。1949年自費赴美留學。1953年回國在南開大學外文系任副教授。自此把每個晚間和節假日都用於翻譯工作，不斷推出譯作。署名查良錚。1955年因遠征軍，曾在FAO等歷史問題，成爲「審查對象」。詩作也受到批評，他只好埋頭翻譯。1958年他被判管制三年，翻譯工作被迫中斷。1977年2月26日凌晨，因心臟病發作逝世。1979年被平反，1981年葬於萬安公墓，在他的骨灰旁放著終於能出版的《唐璜》。（參見《穆旦：「九葉詩派」代表人物》，載《文摘報》2016年5月19日總3681期，第8版「人間萬象」）

劉清揚（1894～1977年），女，回族，天津人。中國共產黨最早的女黨員之一，中國婦女運動的先驅，與鄧穎超一起被譽爲「中國婦女界的一面旗幟」，中國少數民族報刊活動家。1905年入平民女子小學讀書。辛亥革命爆發後，在直隸第一女子師範學校加入同盟會，積極贊助灤州起義領導人白雅雨、李運清等。1912年從女師畢業後在其兄劉孟揚資助下創辦「大同女校」。因閱讀《新青年》《少年中國》和《新潮》等進步刊物，1919年五月組織「天津女界愛國同志會」積極聲援「五四」運動，帶領婦女進行示威遊行和演講，宣講「外抗強權、內懲國賊」「拒絕巴黎和約」「爭取婦女自由平等權利」等主張，成爲婦女運動的代表人物。1919年6月26日被推舉爲天津各界聯合會反對巴黎和會簽字赴京請願代表，與北京、直隸（今河北）、山東等地代表一起向當時民國大總統徐世昌請願。後與周恩來、馬駿等發起成立覺悟社。1920年2月曾受全國學聯委派赴南洋宣傳，組織募捐。同年11月23日爲尋求救國救民道路赴法勤工儉學。1921年1月在巴黎由張申府介紹加入共產主義小組後，與張申府一起介紹周恩來參加共產主義小組，後又吸收趙世炎、陳公培等加入「小組」。中國共產黨成立後參加中國共產黨海外支部。1922年3月從巴黎赴德國，1923年11月回國。曾一度與黨組織失去聯繫但一直堅持政治信仰。1924年8月《婦女日報》的銷額已過3000份，其影響不僅在天津，並已擴展全國甚至蘇聯。同9月（一說10月1日）《婦女日報》被軍閥查封。在國共合作期間，劉清揚受北方區委指定加入國民黨，在李大釗的領導下參加大革命鬥爭。1924年6月17日至7月8日她隨李大釗等人一起參加在莫斯科召開的共產國際第五次代表大會，撰寫的中國婦女參加革命活動的報告受到共產國際東方婦女部的讚揚。後當選上海女界國民促進會主席及國民黨左派領導的國民黨婦女部長，受宋慶齡委託作過「打倒帝國主義」的演講。國共合作破裂後退出了國民黨。「九‧一八」事變後不顧軍閥政府通緝和監控，在中共北平黨委領導下參加北平婦女救國會和北平各界救國會並擔任領導職務。此間曾被捕入獄，經受住了鐵窗生活考驗。「七七」事變後奉北平黨組織之命到南方爲冀東游擊隊募集資金。在武漢、重慶發起組織戰地兒童保育會，擔任常務理事兼輸送委員會主任。和鄧穎超等中共各地婦女代表80多人參加宋慶齡召集的廬山婦女談話會，商討發動婦女投入抗戰的議題。抗日期間擔任以宋慶齡爲指導長的新生活運動促進總會婦女指導委員會訓練組組長，任用「一‧二九」學生運動骨幹、北平婦救會副主席、中共黨員郭見恩爲主要助手，吸收了一批中共黨員參加工作。婦指會訓練組

成為以中共黨員為主體的婦女幹部訓練班，在皖南事變之前一直保持著統一戰線組織性質，開辦了 5 期訓練班，培訓抗日婦女、抗日幹部近千名，其中絕大多數走上了革命道路。「皖南事變」後在香港、桂林等地積極反蔣抗日活動。抗戰勝利前夕在重慶加入中國民主同盟，並被選為民盟中央委員兼婦女委員會主任。抗戰勝利後擔任民盟北平市支部主任，到天津開展民盟河北省支部籌建工作，輸送進步青年到解放區工作和學習。中華人民共和國成立後歷任政務院文化委員會委員、全國婦聯副主席。1961 年重新入黨。曾任第一、二、三屆全國政協委員，第四屆全國政協常委，河北省政協主席，北京市婦女聯誼會主席，中國紅十字會副會長，中國民主同盟中央常務委員。「文化大革命」中受迫害於 1977 年 7 月 19 日在北京逝世。劉清揚同志追悼會 1978年 8 月 3 日在北京舉行，全國婦聯主席康克清在悼詞中對她的一生作了高度評價。

（二）《婦女日報》的主要內容

作為由女性報人創辦且讀者對象也主要是婦女的《婦女日報》，其最主要的內容是關注婦女問題，倡導女權運動。

首先該報從婦女根本利益出發，把婦女問題與社會問題結合起來，引導廣大婦女關心國家和社會重大問題，喚醒婦女大眾覺醒。誠如向警予在《中國婦女宣傳運動的新紀元》[1]一文讚譽《婦女日報》是「全國難找的一種徹頭徹尾婦女主辦的宣傳物」，她為「中國婦女開墾了一條大路」，「喚醒沉睡麻醉的朋友」。文章指出「婦女解放不但是做婦女運動所能辦到的，婦女真正徹底的解放卻必在勞動解放，亦即人類總解放之後。」即只有推翻舊制度，婦女才能徹底解放。

其次，以大量篇幅論述與婦女有關的各種社會問題，突出反映各界人民反帝、反軍閥和爭取權利的鬥爭，報導和指導天津愛國群眾反帝集會和遊行、進步學潮及上海等地工人尤其是女工的罷工運動。積極報導社會進步社團的重要政治活動，並經常配發評論性文章。比如配合天津學生聯合會等團體紀念「五四」運動，該報發表《五四與婦女運動》；配合天津 30 餘個團體和各女校集會紀念「五七」國恥日配發《婦女與愛國運動》，闡發愛國運動與婦女運動的關係，號召婦女「努力參加愛國運動，打倒外國人的侵略，推翻頑固黨與軍閥合組的政府，置中國民族於自由、平等的社會裏，則婦女參政、婦

---

1 載 1924 年 1 月 2 日《婦女日報》。

女解放等問題將不難迎刃而解。」[1]

　　第三，該報十分重視從廣大婦女的迫切要求和願望出發，把宣傳婦女自身解放與民族的和階級的解放結合起來。劉清揚指出開展婦女工作「固然要有根本久遠的切實之計，但也不要忘了目前的切實之計，著眼大處，不忽小處，腳踏實地的做事。」[2]在論述女子職業問題時明確指出「女子解放，包括女子的經濟獨立」，「要求得完全地、徹底地解決，乃是根基於全社會的組織。所以現在社會制度一日不推翻，女子問題便一日不能得到解決。」[3]這些論述促進了婦女的覺醒，引導廣大婦女首先著眼於整個社會制度的變革。1924 年4 月中旬後，劉清揚在上海、廣州、北平組織愛國婦女團體時，仍在《婦女日報》上介紹這些地區的婦女運動情況。該報還用很多篇幅討論有關婦女切身利益的各種問題，如婦女的天職是什麼？婦女參政議政等問題，都在報上展開了較長時間的討論。紀念湖南勞工執行委員黃愛[4]、龐人銓[5]遇害兩週年時，《婦女日報》特闢紀念專刊，發表鄧穎超的詩[6]和李峙山的長篇紀念文章。文章指出：「必須組織堅固的女子團，向壓迫我們的敵人做激烈的戰爭，如對付有產階級則和無產階級的勞動者攜手，做各種抵抗運動；對男子把持的各種生活職業，要求其即時開放；對男子特享的教育機關要求容納女子；對於壓

1　胡藹之、殷子純：《我國早期婦女運動的出版物——〈婦女日報〉》，載《天津文史資料選輯》總 89 輯。

2　胡藹之、殷子純：《我國早期婦女運動的出版物——〈婦女日報〉》，載《天津文史資料選輯》總 89 輯。

3　胡藹之、殷子純：《我國早期婦女運動的出版物——〈婦女日報〉》，載《天津文史資料選輯》總 89 輯。

4　黃愛（1897～1922），字正品，別號建中，湖南常德人。早期工人報刊編輯、撰稿人。五四運動爆發後任天津學生聯合會會刊編輯。1920 年底回到長沙與龐人銓組織湖南勞工會。1921 年元旦以該會名義創辦《勞工》雜誌，同年 10 月 20 日又創辦《勞工週刊》，年底加入社會主義青年團。1922 年湖南第一紗廠工人為爭取年假雙薪舉行罷工，和龐人銓一道以湖南勞工會名義出面和廠方交涉，為工人爭取權利。同年 1 月 27 日清晨被捕遇害。

5　龐人銓（1898～1922），字愛淳，號龍庵，湖南湘潭人。湖南甲種工業學校染織科畢業。1918 年與夫人楊佩歧參加驅張運動。1920 年與黃愛組織湖南勞工會任出版部主任。同年底參加社會主義青年團。1922 年 1 月 27 日，他和黃愛一起在領導長沙紗廠罷工中被軍閥趙恒惕逮捕殺害，時年 24 歲。

6　鄧穎超的詩，題為《復活》。全文如下：誰在瀏陽們的他倆/沉默默地睡著/於今兩年了！/他倆的身體腐化了/他倆的生命喪失了/他倆靜沉沉地睡著/於今已兩年了！/但是活著的我們呢？/親愛的同志們！/記著：他倆的精神仍在著/他倆的血仍赤著/準備著罷——/使著無數的他復活呀！

迫女子的封建禮教做徹底的革命，打破男系制度下的家族制度；打破孝敬翁姑事奉教子的惡習……對種種壓迫女子的制度和習慣，一概要猛烈的攻擊。凡和壓制我們的敵人作戰的個人，都由我們堅固的團體做相當的援助；而且努力奮鬥的個人都要以這個堅固的團體做大本營。」相信「只有偕同無產階級的勞動者」，就能「把有產階級打倒，打破私有財產制度。」[1]這篇紀念文章其實就是討伐舊社會舊制度的檄文。專刊還發表了諶小岑撰寫的《紅色與中國婦女》，號召廣大婦女起來進行革命，「做一次紅色的大示威運動，流幾堆鮮血，以洗幾千年來女子所受的恥辱。」[2]

第四，報導無產階級革命，宣傳馬列主義，也是《婦女日報》的重要宣傳內容。劉清揚在主持《婦女日報》期間撰寫稿件宣傳馬列主義，在《致沈克思君》一文中說「做事必須腳踏實地。真正的共產主義者必須是一個切實主義者……現在中國的經濟狀況是與歐洲大不相同，解決現在中國問題，必須是中國現狀的特別方面結合。」列寧去世的第二天，《婦女日報》發表《世界無產階級革命導師列寧逝世》的消息。1月26日又發表鄧穎超的《悼列寧》一文，稱列寧「確爲人類創了一個新革命，開了一個新領域」，堅信列寧和他的事業與精神永垂不朽，號召中國人民和全國婦女做列寧的後繼者。該報還報導了天津14個團體發起召開追悼會的情況。劉清揚在會上發表《列寧的精神》的演講，熱情讚揚了列寧和列寧主義。24日和25日第一版刊登了她的演講詞。該報積極報導第三國際、蘇聯黨和政府的活動。半年內刊登宣傳馬列主義重要言論和消息近50篇，在社會各界引起強烈反響，爲傳播馬列主義發揮了重要作用。該報還積極宣傳計劃生育。1月2日發表劉清揚的《我主張限制生育的一個理由》，認爲「救治中國根本的方法，當然不外從老民族裏造出一個新民族。換言之，就是須改良人種。今日科學，雖然幼稚得很，但如一好而能的政府，改良人種，並非不可能的事。今日的中國，自說不上這個，我以爲也是可以從目前小處做了去的。不能潔流，莫如清源。因此，我主張限制生育是應與整個家庭並行的事。與其所生而不能養，不能教，不如生得少，養得好。能如此，體格知識兩方面都可以有長進。」《婦女日報》反對歧視私生子，在《自由論壇》專欄裏，連續發表曹錫松的《中國私生子問題》，文章認爲「私生子的產生是由於男女婚姻不得自由的結果。」「私生子也是人，

1　見1924年1月17日《婦女日報》。
2　見1924年2月8日《婦女日報》。

應與其他『官生子』平等看待」，並強調『私生子』及其生母都「勿受人家的魚肉」，應受到社會的尊重。

四、郭隆眞和她主持的《婦女之友》

《婦女之友》，1926 年 9 月 15 日創刊於北京。名義上由國民黨北平黨部婦女部主辦，實爲中國共產黨北方區委負責。共出版 12 期，其中特刊兩期（第 9 期「本社成立特刊」，第 12 期「國際婦女特刊」）。1927 年 3 月下旬終刊。劉清揚回憶說「《婦女之友》是國民黨北京市黨部婦女委員會負責編輯的。該婦女委員會由 11 人組成，其中共產黨員 6 人（繆伯英、劉清揚、郭隆眞、夏之栩、鄭德音、彭慧）；國民黨員 5 人（呂雲章、黎傑、皮以書、王東珍、劉菊全）。實際上，《婦女之友》的主要領導人是劉清揚和郭隆眞。」

（一）《婦女之友》主要領導人郭隆眞

郭隆眞（1894～1931 年），女，回族。原名郭淑善、別名郭林一，曾用名郭林逸等。著名的中國共產黨早期女革命家，北方婦女運動先驅和工人運動卓越領導人及新聞工作者。1894 年（光緒二十年）4 月 1 日生於直隸省（今河北）元城縣（今大名縣）金灘鎭開明知識分子家庭。自幼性格倔強，富有反抗精神。自幼跟隨父親讀書識字，1909 年（清宣統元年）父女合辦河北省第一所農村女子小學。1913 年離開家鄉，到天津直隸第一女子師範學校讀書。1919 年（民國八年）五四運動期間發起成立天津女界愛國同志會，被推選爲評議委員兼演講隊長。她廣泛團結婦女，宣傳救國眞理，爭取婦女解放，男女平等，開展救亡運動。9 月 16 日她與周恩來等人成立「覺悟社」，並爲該社核心領導成員。爲安全化名石珊（代號 13 諧音），故人稱石大姐。在反對賣國賊馬良[1]的鬥爭和赴南京請願中始終站在鬥爭前列，三次鬥爭，三次被捕，堅貞不屈，是「五四」運動的女闖將。

---

1 馬良（1875～1947），字子貞，回族，河北清苑人，畢業於北洋武備學堂，1911 年 6 月任北洋第五鎭第九協協統。辛亥革命後任第五師九旅旅長、山東第四十七混成旅旅長。1916 年升任濟南鎭守使。1918 年任參戰軍第二師師長。1919 年 7 月任濟南戒嚴司令。在濟南鎭壓群眾愛國運動，派兵搗毀濟南回教救國後援會並逮捕了會長馬雲亭和朱春濤、朱春祥等三位回族愛國志士。8 月 5 日以「煽惑軍警，危害治安」罪名下令將馬雲亭、朱春濤、朱春祥槍殺，世稱「濟南血案」。其暴行轟動全國，激起各地群眾極大義憤。1920 年 7 月直皖戰爭兵敗下野。1925 年任段祺瑞政府軍事顧問。抗戰時期投敵，任山東濟南維持會會長、日僞山東省省長、日僞華北政務委員會委員等職。

圖 3-7　郭隆眞（1894～1931）

　　1920 年 11 月（一說 1921 年初）與周恩來等赴法勤工儉學。被分配巴黎一個雲母廠做工，十分艱苦。在法留學期間她親眼看到並親身經歷國內反動軍閥政府對國外留學生的迫害，悲憤交加，她咬破中指寫了《人道血書》，向國內各界控訴並請求支持。1921 年 12 月 22 日上海《時事新報》把她的血書附簡信加按語公布報端。又寫了《人道淚書》進一步揭露西方資本主義社會的腐敗黑暗和中外反動勢力互相勾結迫害勤工儉學學生的事件，並分析造成這類事件的原因。天津《益世報》用 4 行通欄大標題刊發了消息，在國內引起強烈反響。1923 年（民國十二年）經周恩來介紹加入中國共產黨，1924 年結束勤工儉學赴蘇聯東方大學學習。

　　1925 年夏奉調回國。在李大釗直接領導下在國民黨北京市黨部婦女部工作，並在香山慈幼院從事黨的地下工作，創辦主持縵雲女校（中等職業學校），以此為掩護發展黨團組織。1926 年 9 月 15 日在北平創辦以婦女為讀者對象的《婦女之友》。因環境險惡，在北平找不到印刷廠印刷，她每月把編好的稿子用蠅頭小楷寫在極薄的紙上送往天津，在劉清揚三哥所辦印字館印好後，再由她用大網籃裝起來，加以偽裝後當作行李帶回北平發行。該刊能在白色恐怖中堅持出版 12 期，與她的堅強勇敢和機智靈活分不開的。

　　1927 年 4 月 6 日奉系軍閥張作霖以突然襲擊方式逮捕了李大釗和郭隆眞等數十人。郭隆眞被判 12 年徒刑。經黨組織營救於 1928 年底出獄。出獄後任中共滿洲省委委員和省職工運動委員會書記。「中東路事件」發生後被派往哈爾濱 36 棚總工廠擔任黨支部書記。同年 11 月 14 日，她幫助工人們組織工

人委員會並創辦了週刊《火車頭》報，與黃色工會進行鬥爭。據《哈爾濱市志・報業廣播電視》記載，《火車頭》報由中東路總工會籌備處主辦，停刊時間不詳。

　　1930年秋，被組織派往山東省委工作，化名郭林逸，任青島市委常委兼宣傳部長。此間創辦《紅旗報》《海光報》等革命刊物。後因被暗探跟蹤不幸被捕投入濟南第一監獄。1931年4月5日與22名共產黨人一同被韓復榘下令槍殺於千佛山下。臨刑前她高呼「革命勝利萬歲！」口號，高唱《國際歌》，年僅37歲。鄧穎超讚揚說：「她用火一樣的熱情愛護著國家民族，亦同樣以火熱的高度憎恨著當時的親日賣國賊」，「五四運動中，在她一生的革命工作中，都證明她是一位堅決勇敢、不顧一切、專誠不懈的奮鬥者！」

（二）《婦女之友》的宗旨和主要內容

　　《婦女之友》在其《本刊啓事》中宣稱：「本刊以提高婦女文化爲宗旨，凡有關於婦女各種問題的論文，婦女生活狀況和婦女運動的各種報告以及新舊文藝等稿相賜者，均極歡迎。」該刊《發刊詞》闡述其辦刊目的爲「欲自救，必先尋得光明的道路。」《婦女之友》是中國廣大受壓迫婦女的「良友」，「她能爲你們分憂；爲你們造福；爲你們抵抗敵人的壓迫；爲你們創造新的生命」，「使將來全國全世界的婦女們，都由這位『良友』的介紹而一一握手。然後用我們最大的努力，來創造花一般的錦繡乾坤；把醜的惡的勢力，一起拋到地球以外去；這才是婦女運動的成功，亦是本刊最終的目的。……婦女的解放運動，並不絕對是婦女專有的工作，而是時代的歷史使命。……所以我們要和我們遇同樣悲慘境遇的困苦兄弟們聯合，和全世界被壓迫民眾聯合。」

　　圍繞辦刊宗旨，《婦女之友》開展了形式多樣、內容豐富的宣傳。主要內容有揭露中國婦女被奴役和受壓迫的情況，探討中國婦女受壓迫的原因和婦女解放的道路，論述婦女解放必須組織聯合戰線，提倡知識婦女和工農勞動婦女結合，擁護國共合作的南方革命政府和支持北伐，介紹蘇聯婦女的生活，推崇蘇聯、主張男女教育平等、職業平等，爭取婦女經濟獨立，主張婦女有遺產繼承權，改革舊的婚姻和家庭制度等十個方面。該刊剛一出版，北京《晨報》就在報導中說《婦女之友》「內中言論，純爲婦女運動的理論與實行的方法，並附文藝詩歌及各地婦女之狀況調查，半月一刊……」[1]第一

1　參見《〈婦女之友〉已出版》，載1926年9月30日北京《晨報》。

期的文章就被北京《世界日報》的《婦女週刊》轉載，《時代婦女》轉載時加編者按語稱：《婦女之友》「規模也很大，北平各書店均有出售，每期月銷五千餘份。一方面宣傳婦女運動，一方面積極反對政府，當時北平婦女多受其感動而參加革命。」[1]很快得到婦女界和思想界的重視與好評，在當時奉系軍閥嚴密控制下的北京猶如「一粒光輝絢爛的星火」[2]出現在黑暗的夜幕。同時也引起反動統治者的仇視，比如當年西城某女子中學校長竟將這個刊物視為洪水猛獸，叫喊禁止出售。因宣傳婦女解放、男女平等及革命的婦女運動，該刊引起奉系軍閥的敵視，他們認為該刊「對北京治安妨害甚大，不能不設法取締」。該報主編、主要撰稿人接連被捕，漫雲女校、婦女之友社不久也被查封，《婦女之友》被迫停刊。1936 年出版的《中國婦女運動通史》有關章節對其作了介紹和評價，可見影響之深遠。

向警予、劉清揚、郭隆真等少數民族女新聞工作者都是堅定的馬克思主義者，她們為發展我國以少數民族婦女為對象的報刊做出了突出貢獻，是我國第一批無產階級少數民族女報人。

第六節　水族報人鄧恩銘與《勵新》雜誌

在我國 55 個少數民族中，有些人可能對水族的瞭解比滿、蒙、藏、回等人數較多的少數民族要少一些。但在這一階段水族同樣出現了革命報人鄧恩銘。

一、水族革命家與報刊宣傳工作者鄧恩銘

鄧恩銘（1900～1931 年，一說 1901～1931 年）。原名鄧恩明，字仲堯，曾用名堯欽、建勳、黃伯雲等。貴州荔波人，中國共產黨創建初期的革命活動家和報刊宣傳工作者。家境貧寒。1911 年入荔波縣桂花書院高等小學，品學兼優。1917 年就讀山東濟南省立第一中學讀書。富於愛國熱情，接受民主思想，帶頭宣傳新思想，積極投身社會活動。1919 年被推選為學生自治會負責人。在「五四」運動中組織學生罷課、遊行示威，表現了卓越的宣

1　友梅：《北平婦女刊物的史的調查》，載《時代婦女》創刊號｛1933 年（民國二十二年）5 月｝。轉自《1905～1949 北京婦女報刊考》，光明日報出版社，1990 年版，第 234 頁。
2　引自《婦女之友》第一期《發刊詞》。

傳、組織才能。撰寫的《災民之我見》已能用馬克思主義的階級觀點分析中國窮人與富人之間的矛盾，鼓勵窮人起來推翻剝削者的統治。他號召各族人民起來「揭露豺狼似的軍閥、官僚、政客、資本家，否則沒有苦人過的日子」。《新青年》等進步報刊宣傳的馬克思學說對他影響很大並開始接受馬克思主義。1919 年 11 月組織「勵新」學會，出版《勵新》半月刊，宣傳馬克思主義。1920 年 9 月與山東省第一師範學校學生運動負責人王盡美一起成立「馬克思學說研究會」。1921 年春組織山東共產主義小組並成為領導人之一。7 月出席中共一大，時年 20 歲，是 13 名代表中最年輕的一位，也是唯一的少數民族代表。會後回到山東組建了中共山東支部，任支部委員。翌年 1 月作為中國共產黨代表團成員赴莫斯科出席遠東各國共產黨及民族革命團體第一次代表大會，受到列寧接見。回國後滿懷激情從事革命活動。在中共「二大」上應邀彙報共產國際大會的精神，並參加制定黨的民主革命綱領。會後深入淄博地區開展工人運動，組建「淄博礦業工會」，建立了淄博礦區第一個黨支部——洪山礦區黨支部。年底以小學教師身份作為掩護在青島深入工廠發展黨團員。1923 年初組建中共青島支部。1924 年改為青島市委員會，任第一任青島市委書記，並擔任《膠澳日報》記者。

　　青島《膠澳日報》每週出版 1 至 2 期，鄧恩銘撰寫的文章筆鋒犀利，戰鬥性強。在該報上發表《今日的西藏》一文認為「處在這雙重壓迫下的中國人民……隨時隨地都感到國破家亡之將至。」「數次的熱血與頭顱換來的民國……給人民的是什麼？不過兵災匪禍與橫征暴斂罷了。」尖銳指出「一班強盜更變本加厲地乘（趁）火搶掠，臨案通牒（牒），鐵路共管，長江聯合艦隊與廣州海軍示威。」「現在一班軍閥官僚都是滿清的忠臣，民國的罪人。」[1] 以調查得來的大量事實寫成《青島勞動概況》（發表在《十日》第 24 期和第 25 期上）分析了青島工人階級的構成狀況，介紹了工人生活的悲慘處境，分析了 1924 年前後罷工成敗的經驗與教訓，號召「被壓迫的兄弟們，努力團結啊！我們要團結才有力量，有力量然後才能與資本家抗爭啊！」[2] 指出「勞農的俄國是全國無產階級打下來的，獨立的土耳其是全土國人民打出來的」，「中國的和平統一獨立除了全中國被壓迫人民起來向本國的軍閥與外國強盜一齊

1　荔波人民政府網，中共「一大」代表鄧恩銘。
2　同上。

進攻以外沒有第二條生路」。[1]「只有推翻軍閥政府，建立真正的人民政府，只有真正的人民政府，才會給人民以平等自由……軍閥是和洋強盜互相勾結的，所以我們不僅要推倒我們罪惡深重的政府，我們同時還要打倒帝國主義列強，這些惡棍一日不滅，不但中國永無和平希望，世界也一樣永無和平的日子呵！」[2]告誡人們「切不可拿成敗論人，更不可拿成敗論國利民富的主義」，[3]拋棄「讀書救國」「改良救國」空想，中國革命的根本問題是政權問題，革命對象是帝國主義和反動軍閥，革命要成功必須走「十月革命」的道路。

在五卅運動前後多次領導青島地區的工人罷工運動。他的革命宣傳活動使敵人膽顫心驚，對他四處通緝搜捕。親朋好友告誡他要小心，他卻說：「不怕，人是要死的；有的人不做甚麼事情，還不是也死了。」不久被捕入獄，在獄中患了淋巴結核，病情急劇惡化，經黨組織營救被保釋就醫。在療養期間經常到工廠、學校從事革命活動。1926 年 6 月，他不顧親友勸阻，秘密回到青島著手恢復黨組織工作，使青島黨的組織再次組建起來，並在青島主編出版了《紅旗》和《鐵路工人》等雜誌。1927 年 4 月出席在武漢舉行的黨的「五大」。王盡美病逝後接任中共山東省委書記。1928 年 12 月，因叛徒出賣在濟南被國民黨反動派逮捕。在獄中先後兩次組織越獄均未成功。1931 年 4 月 5 日凌晨 6 時，英勇就義，年僅 31 歲。臨行前賦有訣別詩一首：「卅一年華轉瞬間，壯志未酬奈何天。不惜唯我身先死，後繼頻頻慰九泉。」

二、《勵新》雜誌的創辦

《勵新》，半月刊，1919 年 11 月 21 日創刊於濟南，勵新學會的會刊。由鄧恩銘和王盡美共同創辦。勵新學會是山東省立一中、一師、育英中學、工業專科學校、商業專科學校部分師生共同創立的進步學術團體，以「研究學理、促進文化」為宗旨，通過舉行學術談話會、聘請名人講演來提高會員的思想水平。《勵新》是宣傳新文化、新思想、傳播馬列主義的陣地。作為創辦人之一的鄧恩銘，他除忙於會務外，還積極參加學術座談會，發表演說，撰

1　參見唐建榮：《簡論鄧恩銘愛國思想的發展》，載《中南民族大學學報》（人文社會科學版），2003 年第 2 期。

2　參見唐建榮：《簡論鄧恩銘愛國思想的發展》，載《中南民族大學學報》（人文社會科學版），2003 年第 2 期。

3　唐建榮：《簡論鄧恩銘愛國思想的發展》，載《中南民族大學學報》（人文社會科學版），2003 年第 2 期。

寫見解卓越獨到、充滿戰鬥性的文章。

　　《勵新》是當時意識形態領域、新舊思想激烈鬥爭的產物，也是「五四」運動反帝反封鬥爭的產物。為宣傳「五四」運動的成果——科學社會主義發揮了積極作用。鄧恩銘在所撰寫的著名評論文章《災民之我見》中指出「世界上的人，無論哪一種，哪一位，彼此都是一樣的人，富貴貧賤等也沒有不一樣的。……人人都有衣穿，有飯吃才對」。在回答為什麼會出現災民這一問題時，他說：「災民生下來就是災民嗎？不是，是替一般軍閥、官僚、政客、資本家受害罷了……就是一般軍閥、官僚、政客、資本家橫征暴斂，窮奢極欲，才有災民。」作者指出了產生災民的根本原因，關鍵要「設法救他們的將來」，災民要「徹底覺醒」，要「設法子對付他們這一班豺狼似的軍閥、官僚、政客、資本家」。並且提出了治理國家的若干設想：「組織農團」，「設立農事事務局」，「設立鄉村醫院」，「求農業上的知識」，「要有一個國家的觀念」，「打破部落思想」，「不繳納不正當的稅」，「不當野心家軍閥派的兵」[1]等等。這都表達了他渴望國家統一，用知識和技術救國的理想，顯示了他的愛國主義和國際主義情懷。在另一篇評論《改造社會的批評》一文中，鄧恩銘指出，「社會是人創造的，……凡不根據社會情形而產生出來的改造，在社會的另一方面，絕不會產生什麼的效果，不但沒有效果，而且一定要失敗的。……世間的事情多的很，有好的，有壞的；……我們倘若不加一番研究，難免不走入盲途的。」故此改造社會「總要多多注意實際才好」。中國社會「定要改造的，但我們去改造非腳踏實地從事不可」。[2]文章強調改造社會要從實際出發，脫離時代特點、脫離實際的社會改造是注定要失敗的。為了實現這一目標，鄧恩銘懷著對馬克思主義的堅定信念，為中華民族的獨立解放奉獻了自己年輕的生命。

第七節　少數民族地區的漢文報刊

　　這一時期的漢文報刊主要在內蒙古地區，有《青山報》、《商報》、《西北實業報》、《西北民報》和《綏遠月刊》等。

1　以上引文均見黔南州概況編寫組編寫的《鄧恩銘烈士專集》（地方志資料彙編歷史部分總第13期），黔南布衣族苗族自治州。
2　以上引文均見黔南州概況編寫組編寫的《鄧恩銘烈士專集》（地方志資料彙編歷史部分總第13期），黔南布衣族苗族自治州，1983年。

一、《青山報》與《商報》

《青山報》，1917 年創辦，4 開鉛印，主辦人張焰亭。出刊數月，因經費困竭停刊。

《商報》，由天津人李錦堂、河北人孟瑞升租用《青山報》機器和社址創辦的，4 開鉛印，創刊的具體時間不詳。

二、《西北實業報》

《西北實業報》，1918 年創刊，由綏遠總商會支持營辦，主辦人孫雅臣。主筆爲福建人楊既庵，以「山椒後人」爲筆名寫作社論，膾炙人口。該報對開鉛印，報頭爲手寫楷體，其下爲印刷體英文字母報名「The indushstrial newe of North-west」。旁注「本館開設歸化文廟街，電話**號」，「中華郵務局特准掛號認爲新聞紙類」。設有社評、命令、電訊、實業紀要、實業談叢、國內外要聞、本區新聞、本區公文、小說、新劇欄、文苑、講壇、筆記、名著雜葅等欄目。廣告版大於新聞版。第一、四版盡爲廣告，各版中縫也有廣告。遇有廣告較多，一、四版不敷應用時，二版也酌量刊載。該報創刊初期每份零售五枚銅元，每月大洋七角，半年四元；本區之外即各省區每月大洋八角六分，半年五元一角，全年十元。國外每月大洋每月一元九角，半年十一元二角，全年二十二元。該報國內外發行在內蒙古報業史上是罕見的。1925 年零售價爲每份由銅元五枚提高到七枚。該報遇重大節日（紀念日）停刊，比如該報 92 號記載：「明天（26 日）雲南起義反對洪憲帝制 4 週年紀念日，特停報一天，以示祝賀。」

（一）《西北實業報》的主要內容

《西北實業報》的內容主要體現在二三兩個版面。第二版的欄目有啓事、社評、政府公文、國內外新聞和專論。如第 409 號第二版載有綏遠豐業銀行王贊廷啓事、社評、命令（大總統令 1 則）、電訊（5 則）實業紀要（《綏遠墾務民國五年調查記》、實業談叢（《中國農業改良談》）、國外要聞（《東西兩洋殺人術之進步》）、國內要聞（《國際聯盟與我國》《琿春出兵交涉仍不易解決》《王正廷請以馮旅援庫》《黔省各團體宣布劉顯治罪狀電》《滇黔關係》）。第 1941 號第二版除 3 條廣告外，刊有綏遠乾豐銀行啓事、綏遠李都統裕國便民之德政、臨時執政令一則、事業專載（《綏遠農業問題管見》）、中央要聞（《日紗廠繼續與工部局交涉》《七省九省聯防與吳佩孚》《農工商

學大聯合消息》《反清大同盟應聲四起》《美報對中日俄大同盟之推測》《孫繁錦部退甘肅》《英館罷工人員日內瓦無復工希望》）。該報第三版的欄目有本區新聞、本區公文、文藝性欄目等。如第 409 號第 3 版有本區新聞（《蒙旗地畝之爭執》《蒙商經營之失敗》《鹽務要訊之再誌》《商民請願之預聞》《債務緩期》《亂黨集會之查禁》《外人接踵來綏》《〈塞北關〉新監督之蒞綏》《道署人員告假回里》《知事查辦之再誌》《教士之籌賑》）、本區公文（《綏遠實業籌備處訓令》）、專件（《綏西包鎮流民賑濟分會各部辦事細則》）、小說（《象麓潮》第十二章）、文苑（《疊秋興韻》《和槐樓瓶中芍藥即用原韻》）、講壇（《布爾塞維克之思想》）、幽閨遺稿（《斷腸詩》《讀斷腸詩偶作》《歸綏人物考》）、筆記（《山西遊記》）名著（《青冢志卷六》）、雜俎（斷腸詩徵題），另有通俗衛生白話、漫畫 1 幅。第 1941 號第三版載有各省要聞（《山西學聯會之重要函電》《川人援助滬案之熱烈》）、本區新聞（《五原更調知事》《考試稅務講習學生揭曉》《已取未取的稅務講習生注意》《公宴鐵路人員誌盛兩則》《城南的一帶的村子還有鬧旱的哪》《捉姦案果然消災啦》《又一出野臺戲》）、本區公文（《綏遠都統署訓令兩則》《綏遠道行政公署訓令》《綏遠救孤院總辦布告》）、新劇欄（《上海大流血案續》）、小說（《刀筆地獄》）、文苑（《恭和鄧觀察詩》）、綏遠實業廳農事試驗場觀察所報單。

（二）對《西北實業報》的幾點認識

前人對《西北實業報》的研究成果主要有弋莫勒的《〈西北實業報〉初探》[1]等論文。結合本人的思考，筆者認為：

1、《西北實業報》是一份注重實業的信息類報紙。該報一半以上篇幅為廣告，另有國內外重要新聞、本地新聞、政府公文等內容豐富。每期報紙大約刊登國內新聞 8～10 條，本區新聞也有 10 條左右，信息量較大。新聞內容側重經濟活動。報社規模有限，記者數量不多，國內外新聞可能剪摘平津大報。對於開通本地風氣，加強國內外信息傳播起到了積極作用。

2、《西北實業報》與當局間是合作而不是對立的關係。綏遠總商會作為行業工會的管理機構，是清末民初資本主義經濟發展、行業變遷加劇及民國政府制定新商會法的產物，一頭聯接企業與市場，一頭聯接政府。該報是綏遠總商會支持營辦的報紙，以其信息溝通職能服務於綏遠的商業貿易活動，也服務於政府對商業的管理。該報社評雖「多有警言，頗能膾炙人口」，但多

1　見內蒙古區情網，2008 年 5 月 20 日 04：30：00。

出自楊既庵之筆，而楊既庵是當時綏遠道尹周登皞的幕僚。因與政府的特殊關係，儘管其社評多有警言，但不會站在政府對立面。特別是馬福祥都綏後，該報評論大多剪自平津大報，內容與綏遠關係不大，更談不上批評當地政府。該報所刊本區公文（如綏遠都統署訓令、綏遠道行政公署訓令）、命令（如臨時執政令）、布告（綏遠救孤院總辦布告）、通知等，既方便了實業界及時瞭解政府政策，也起到了政令傳達的功效，從一個側面說明該報與政府間的關係。該報對政府官員的政績多有褒揚，如第1941號第2版登載《綏遠李都統裕國便民之德政》等與當時的《一報》揭露時弊、抨擊官吏的辦報宗旨明顯不同。該報還經常刊載專家學者關於發展實業、開發西北的專論，代表了當時社會的主流論調。

3、該報副刊是綏遠地區最早的副刊。先出過4開一張的副刊，由周頌堯主編。周頌堯曾任《歸綏日報》主筆，是一位很有才氣的綏遠通，著有《綏遠河套紀要》和《綏災視察記》，對綏遠地區的歷史、文化和經濟多有研究。由於他辦報經驗和學識，使《西北實業報》副刊頗有聲色，爲一些文人墨客提供了寫作素材。張鼎彝所編《綏乘》中有關古蹟、疆域、人物等之考證大都取材於此。馬福祥都綏後周頌堯離開報社，副刊隨之停刊。之後，該報改由第3版部分版面刊載副刊，設有小說、新劇欄、文苑、講壇、筆記、名著雜葅等各種欄目。既有歷史考辯、地方掌故等內容，考證精密，趣聞軼事引人入勝；也有對不久前因上海五卅血案激發的反帝愛國運動抱以同情和支持的時政新劇《黃埔潮》。「文苑」「筆記」中既有舊詩詞和筆記小說，如「幽閨遺稿」欄目中的《斷腸詩》、《讀斷腸詩偶作》等，也有新文學形式，綏遠中學師生爲其提供來搞。楊令德曾以「園叟」筆名發表過文言筆記體小說《捉鬼記》。還依據在北京讀書的綏遠藉學生白映星的筆記刊登過羅素在北京女高師的演講「布爾什維克之思想」。可見當時社會思潮和文化形態對該副刊的影響。

4、該報語言通俗易懂，用白話文行文。1919年12月25日第92號就是採用白話文行文。第1941號「本區公文」的綏遠救孤院總辦布告寫道：「我們這個救孤院設在歸綏縣西茶坊，已經三個多月了。……是馮督辦、李都統拿出錢來辦的，專爲收養貧苦無父母的孤兒、啞子，只要是沒有人撫養的，均可以送到院裏邊來。經費是很充足的，教養的法子是優備的，量其個人智識，分別授以技能，或學手工，或教給識字。飲食是潔淨不過的，空氣亦極

新鮮的，並且設有遊戲室，活潑兒童的天機，將來長大成人，女的代爲擇配，男的代謀生活。像這樣辦法就是親生父母對待他那兒女，也沒有這樣優厚。」通過這段以白話文寫作的布告，不僅明確無誤地瞭解到孤兒院的創辦時間、地點、目的、合辦院條件等，而且能夠感受到「基督將軍馮玉祥對社會慈善事業的關注。

5、《西北實業報》重視廣告，報紙的廣告版面大於新聞，廣告收入成爲報社的主要經濟來源。該報 92 號、409 號及 1941 號第 1 版和第 4 版全是廣告。以 409 號爲例，有本報廣告價目一覽表、義聚成飯店廣告、交通部通告、歸化交通銀行廣告、文豐泰廣告、綏遠豐業銀行招股簡章、歸綏中國銀行股份有限公司廣告（三則）、蘇州源豐永新記綢緞莊廣告、永玉成首飾金店廣告、綏遠豐業總銀行開始營業廣告、張家口交通銀行廣告、忠義橫經理美孚煤油公司洋布綢緞莊廣告、綏遠平市官錢總局廣告、翠文齋刻字石印局、歸綏閻記號鮮貨露酒莊廣告、增盛魁綢緞洋貨莊廣告、金威庭偵查所廣告、歸綏電話股份有限公司招股廣告、收買各種舊石圖章廣告、天義澡堂廣告、萬順澡堂新張廣告、共和醫院特別啓事、西北汽車公司特別廣告、本城商務行情（銀錢行市）、諸糧行市、絨毛牲畜皮張、共和醫院廣告、清眞南古豐軒飯店廣告等近 30 條。其他「號」廣告版面比如 1941 號也基本如此。每期廣告條數均在 20～30 條。反映了這個時期綏遠地區商業的繁榮景象。

（三）《西北實業報》的停刊

1920 年，該報逐漸衰頹，周楊二人離開報社後，規模逐漸縮小。到 1921 年，編輯部只有一兩個人。這種苟延殘喘的局面，延至 1926 年夏停刊。究其原因主要是財力不支，加之新文化運動日益興盛，僅靠剪摘平津報紙難以滿足讀者需求。再加上 1925 年《西北民報》創刊後傳播新文化、新思想，使該報失去競爭優勢；1926 年，晉軍聯合奉軍打敗國民軍接管綏遠政權，閻錫山將晉軍改爲晉綏軍，綏遠特別區的政務、軍務等均聽從山西督軍署。政局混亂、政權更迭也是該報停刊的原因。《西北實業報》爲當時綏遠地區獨家報紙。也是內蒙古地區出版時間最長的報紙。該報有三份存世，即 1919 年 12 月 25 日的 92 號；1920 年 11 月 28 日的 409 號和 1925 年 8 月 20 日的 1941 號，1941 號藏上海圖書館[1]。

1　參見張麗萍：《內蒙古民國報刊史研究》，內蒙古大學出版社，2014 年，第 26 頁。

三、《西北民報》

《西北民報》，日報，1925 年 10 月創刊於內蒙古包頭。4 開 4 版，鉛印，日出一大張。西北印刷局承印。社長蔣婷松。以馮玉祥西北邊防督辦公署機關報名義創辦，實際由中國共產黨人編輯出版，主要宣傳反帝反封建的愛國思想和傳播文化。社址包頭東河區，發行約 1 萬份。

（一）《西北民報》負責人蔣婷松和胡英初

蔣婷松，浙江人。受李大釗委派擔任包頭《西北日報》社社長時不過 30 歲。白話文寫得又快又好，該報社論大多出自他的手筆。後任《西秦日報》社社長，國民軍聯軍總部《革命軍人朝報》總編輯。時在《西北日報》社的胡英初也執筆撰寫社論。胡英初是江西人，生卒年不詳。早年在天津國民生計學校任教。1924 年加入中國共產黨，任天津《救國日報》編輯。曾因營救同志被捕。保釋出獄後，先在北京大學工作，後由李大釗介紹到《西北日報》任職。他的白話文社論也寫的流利暢快。

（二）《西北民報》的主要內容

《西北民報》採用白話文，思想敏銳，文筆犀利，在當時的西北地區是一張有影響的新興報紙。除刊登國內外大事外，對馮玉祥在包頭訓練軍隊、整飭社會治安，反對封建勢力、移風易俗，發展農工商業、改善市容、興辦平民教育、開展掃盲活動等內容獨有報導。該報是最早在內蒙古西部地區傳播五四運動、五四新文化運動的報紙。國共合作後，察綏地區蓬勃發展的革命形勢推動了新文化運動發展。該報曾發表紀念李卜克內西、盧森堡和反帝反軍閥、反對舊禮教、打倒孔家店的文章，成為在內蒙古西部積極宣傳新文化運動，傳播新文化、新思想的先驅。該報還辦有取材於《嚮導》等刊物的副刊《前鋒》，共青團員馬蔭良主編。另闢有「餘興」專欄，刊登綏遠中學學生作品，趣味高雅純潔。

《西北民報》的另一副刊《火坑》，週刊，1926 年 3 月楊令德自費出版單行本。撰稿人除時任《西北民報》外勤記者楊令德外，還有霍世休、李記今、馬映光、劉洪河、陳永森、王佐興、陶慧影、霍嘉賓、朱子平等。單行本 32 開本，每期 14 頁左右，在北京印刷，售價每份銅子 10 枚，外埠 3 分（含郵費）。是內蒙古地區第一個進步文藝期刊。《西北民報》停刊後繼續出版若干年。公開申明「我們出這個小小的刊物，並沒有什麼大的期望和野心，只是因為我們的父兄們在火坑里弄得焦頭爛額，呼告無門。我們的滿腔怒

火，忍無可忍；所以便趁著，我們有氣的時候，打起喉嚨替我們小老百姓在
黑暗中做希望光明的喊聲！」在綏遠，《火坑》提倡白話文，歌頌戀愛婚姻
自由，題材有隨筆、小說、詩、翻譯、通訊等，促進了地方文化發展，深受
青年學生歡迎。1932 年停刊，出至第 28 期。

四、《綏遠月刊》《綏遠教育季刊》《通俗畫報》《綏遠演講月刊》

　　《綏遠月刊》，1925 年 2 月由綏遠教育廳在歸綏編輯出版。鉛印，16 開。
設有命令、民政、教育、實業、司法、警務、論著、講壇、公牘、記載、要
聞、文苑、雜萣、附錄等。雖由教育廳主辦，但實為國民軍綏遠都統署的機
關刊物，是具有政府公報性質的刊物。「以記載本區軍政民治之實況為主旨」。
自從教育廳著手編輯《綏遠教育》月刊後，其他各廳道亦擬各出月刊，因材
料互相錯綜且耗費經費，都統署會議決定合出該刊公布各項政令，由教育廳
負責編輯。大南街路西慶隆齋南紙局印刷，《綏遠月刊》經理處發行，代售處
為綏遠教育廳、通俗講演所、慶隆齋南紙局、綏遠西北教育書社等。各官署
每月五日前將稿件送交編輯處，出版後分發各機關。創刊號刊有《臨時執政
令》《綏遠都統署令》《嚴禁自造槍械子彈》和《嚴禁通費庇匪濟匪》等政令。
次年因晉軍進逼綏遠，局勢大變而停刊。[1]

　　作為國民軍綏遠都統署的政府公報，《綏遠月刊》與國內這一時期其他省
份的情形大體一致，既是清末政府公報的延續，也是北洋政府公報體系中的
一分子。作為面向社會公開發行的政府出版物，在傳達政令、宣傳政策、指
導工作、服務社會方面具有積極作用。該刊內容涉及民政、教育、實業、司
法、警務等方面，為我們研究這一時期綏遠當局的內外政策提供了豐富的史
料。

　　《綏遠教育季刊》，1925 年 2 月創刊，鉛印，16 開。初為季刊，後改為
月刊和教育公報。刊行教育月刊之議發軔於 1924 年教育廳長郭象伋任內，
次年沙明遠任教育廳長賡續前議，目的是公布教育法令規制及報告綏遠教育
狀況，促進地方教育之發展與革新。1926 年因晉奉合作驅逐國民軍，局勢動
盪而停頓。1927 年春短暫復刊。1941 年 2 月該刊在陝壩復刊更名為《綏遠
教育》半月刊。新 2 卷 3 期起改為月刊，卷期另起。該刊欄目頗豐，分為命
令、公牘、規程、專刊、記載、計劃、報告、調查、講壇、附錄等項。《綏

<hr>

1　參見忒莫勒：《建國前內蒙古地方報刊考錄》，內蒙古自治區圖書館編，1987 年，
　　第 26 頁。

遠教育季刊》擔負著推行國家政策、提高民眾文化素質、倡導良好的社會風氣等重要職責。

《通俗畫報》，日刊，每日兩大張。1925 年創刊，由綏遠通俗教育演講所創辦。時任綏遠教育廳長的沙明遠爲使識字無幾的鄉民「明瞭大事，洞開心懷」而創辦該報，以開通風氣爲宗旨。主要內容爲宣傳戒煙、戒賭、放足、識字等。畫面生動，附有簡要白話說明。綏遠通俗教育演講所工作人員一面在界面上張貼，一面在講演時向聽眾散發。1926 年初因時局動盪停刊。1928 年陳志仁任通俗教育講演所所長後復刊，不久改爲《通俗日報》，4 開 1 張，由華北印刷局承印。

《綏遠演講月刊》，創刊於 1927 年 1 月。32 開，鉛印。主要刊發綏遠通俗教育講演所人員的講演詞。以擁護晉軍治綏，讀書識字，移風易俗等爲主要內容。每期印 100 冊，除少數留存外大都贈閱。出版總數不詳。[1]

本章結語 民國北京政府時期少數民族報刊興起的 歷史根源

作爲歷史現象的中國少數民族報刊誕生、發展和興起並不是歷史老人的「一時興起」，而是有其產生的歷史根源，並遵循其規律繼續發展和壯大。我們認爲，民國北京政府時期中國少數民族報刊興起的歷史淵源和社會背景因素主要有以下幾個方面：

一、「五四」新文化和「五四」運動促進我國新聞事業迅速發展

首先，報刊數量急劇增長，形成我國又一個辦報高潮。維新變法出現我國第一次辦報高潮，顯著特點就是報刊數量迅速增加。自清光緒二十二年（1896 年）8 月《時務報》創刊到光緒二十四年（1898 年）9 月戊戌政變發生的兩年零一個月時間內，全國創辦報刊達 70 餘種，比此前 20 多年國人所辦報刊的兩倍還多；與此同時，除綜合性報刊外出現了專業性報刊、商業性報刊、文藝娛樂性報刊及以青年、婦女、兒童等不同社會群體爲對象的報刊、圖畫報刊、白話報刊，其中不少是我國新聞史上第一次出現的報刊類型。比

---

1 本節據張麗萍：《內蒙古民國報刊史研究》（內蒙古大學出版社，2014 版）第二章第三節、第六節、第七節相關內容編寫。

如 1898 年康同薇、李惠仙等在上海創辦的《女學報》，是我國最早的由婦女主編、以婦女爲讀者對象的報刊。辛亥革命前後形成我國第二次辦報高潮，主流是資產階級革命黨人所辦的報刊。這一時期新創辦的報刊，光緒二十七年（1901 年）爲 34 種，光緒二十八年（1902 年）爲 46 種，光緒二十九年（1903 年）53 種，光緒三十年（1904 年）爲 71 種，光緒三十一年（1905年）爲 85 種。光緒三十二年（1906 年）爲 113 種，光緒三十三年（1907 年）爲 110 種，光緒三十四年（1908 年）爲 118 種，宣統元年（1909 年）爲 116種，宣統二年（1910 年）爲 136 種，宣統三年（1911 年）爲 209 種。[1]出版地點已波及到邊遠地區，如東北地區的奉天（今瀋陽）營口、海城、大連、長春、吉林、哈爾濱、齊齊哈爾、黑河；還有當今的西部地區，如成都、重慶、貴陽、桂林、蘭州、伊犁、西藏等。五四運動前後出現的第三個辦報高潮同樣以報刊激增爲其鮮明標誌。1919 年底，漢文報紙由 139 種增至 280種，到 1926 年底達到 628 種，各地新出版的報刊約 400 種之多。標誌著我國又進入了一個報刊大發展的時期。

其次，在新文化運動的百家爭鳴中，我國的報刊越辦越好，出現了著名的四大副刊[2]，並進行突破性革新。廣泛採用了白話文和新式標點符號，倡導新文風。從這個時期開始較普遍地設置國外特派員（駐外記者）。瞿秋白在蘇聯的兩年採訪活動和周恩來的旅歐通信，深刻報導了第一個社會主義國家初期的狀況，加深了國民對「十月革命」、蘇維埃政權的瞭解；深刻反映歐洲的革命形勢，旅歐華人的鬥爭和中國留學生的艱苦生活。版面分配形式更加多樣，一些重要的專輯採用了通欄大標題，編排形式和標題製作更加生動和多樣化。

再則，一批無產階級報刊脫穎而出，是這一階段中國報刊發展最明顯也是最重要的特點。中國共產黨成立後，中國革命出現了嶄新的面貌，工人報刊、青年報刊、婦女報刊和軍隊報刊的創辦與發展，顯示了無產階級報刊的強大生命力。1924 年 1 月中國國民黨第一次全國代表大會的召開標誌著中國革命統一戰線的正式建立，中國革命出現空前高潮。國共合作的實現，促進了革命報刊的發展。中國共產黨的報刊大張旗鼓地宣傳民主革命綱領和民族

1　據黃瑚：《中國新聞事業發展史》，復旦大學出版社，2001 年版，第 61 頁。
2　四大副刊指《時事新報・學燈》、北京《晨報》副刊、《民國日報・覺悟》和《京報副刊》。

革命統一戰線政策,反映了人民群眾的呼聲和要求,從而推動了中國革命的進程。共產黨報刊和國民黨左派報刊在第一次國內革命戰爭中發揮了重要作用。毛澤東在《新民主主義論》中說得好:「以共產黨的《嚮導週刊》,國民黨的上海《民國日報》及各地報紙爲陣地,曾經共同宣傳了反帝國主義的主張,共同反對了尊孔讀經的封建教育,共同反對了封建古裝的舊文學和文言文,提倡了以反帝反封建爲內容的新文化和白話文。在廣東戰爭和北伐戰爭中,曾經在中國軍隊中灌輸了反帝反封建的思想,改造了中國的軍隊。在千百萬農民群眾中,提出了打倒貪官污吏打倒土豪劣紳的口號,掀起了偉大的農民革命鬥爭。」[1]在無產階級報刊成長壯大過程中,中國共產黨的辦報傳統已初步形成,其辦報思想也有了進一步發展。就是在這樣的歷史背景下,我國現代少數民族文字報刊在民國北京政府時期開始進入一個新的發展階段。

二、對民族問題認識的昇華是少數民族報刊事業發展的重要因素

1905 年 8 月 20 日,在孫中山倡導下,以興中會和華興會爲基礎聯絡光復會成員在日本東京組成中國資產階級政黨—中國同盟會,確定以「驅逐韃虜,恢復中華,建立民國,平均地權」爲革命綱領,提出「民族、民權、民生」三民主義學說。儘管「驅逐韃虜,恢復中華」是因襲明太祖朱元璋北伐檄文「驅逐韃虜,恢復中華」的傳統民族意識,但孫中山把「民族革命」與推翻封建帝制、創立民國、平均地權、解決民生問題結合起來了。雖然以推翻滿族貴族統治作爲「民族革命」的目標,但卻並不排斥滿族及其他少數民族。

中華民國建立後,中央政府一再宣告漢、滿、蒙、回、藏「五族共和」。孫中山 1912 年元旦宣誓就任中華民國臨時大總統時發表的《臨時大總統就職宣言書》中提出臨時政府的任務是「盡掃專制之流弊,確定共和」,實現民族統一、領土統一、軍政統一、財政統一,鄭重宣告「國家之本,在於人民。合漢、滿、蒙、回、藏諸地爲一國,即合漢、滿、蒙、回、藏諸地爲一人。──是曰民族之統一。」強調「五族共和」,即「五族」和諧同處於統一的中華民國。並指出各族間不允許互相「牽制」尤其是不可仇視滿族。1924 年 1 月 20 日至 1 月 30 日,孫中山在廣州召開國民黨第一次代表大會,實現第一次國共合作,改組國民黨由原來混雜的官僚政黨變成爲工人、農民、小資產階級和民族資產階級的革命聯盟。23 日大會通過的《中國國民黨第一次代表

---

1 引自《毛澤東選集》第二卷,人民出版社,1966 年版,第 661～662 頁。

大會宣言》重新解釋了三民主義。在談到民族主義時明確指出「國民黨之民族主義，有兩方面之意義：一則中國民族自求解放；二則中國境內各民族一律平等。」這裡的「中國民族」是指中國各民族之總稱即「中華民族」，闡明了中華民族反對帝國主義以求獨立解放，和國內各民族一律平等兩個方面的區別與聯繫。所謂「自求解放」即是「免除帝國主義之侵略」，使中華民族獨立於世界；所謂「中國境內各民族一律平等」即反對民族壓迫。說明孫中山先生對中國民族問題已有深層次的思考，在認識上有了新的飛躍。

　　1911年，外蒙古哲布尊丹巴八世在沙皇俄國策動下乘辛亥武昌起義後清政府身處自顧不暇之際宣布「獨立」，自稱「大蒙古黃帝」，年號「共戴」。哲里木盟10旗王公等於1912年10月和1913年10月兩次在長春舉行東蒙古王公會議，商討贊成五族共和、擁護民國，反對外蒙古「獨立」。1913年初又在歸綏（今呼和浩特市）召開西蒙古王公會議，內蒙古西部34旗王公一致決議「聯合東盟，反對庫侖」，並通電聲明「蒙古疆域與中國腹地唇齒相依，數百年來，漢蒙久成一家。我蒙同係中華民族，自宜一體處理，維持民國。」[1]這是我國少數民族代表人物共同宣告中國少數民族是中華民族一部分，我國少數民族也認識到中華民族是一個統一整體。

　　「十月革命一聲炮響，給我們送來了馬克思列寧主義。」[2]中國共產黨成立後，以馬克思主義的階級鬥爭理論和列寧關於殖民地人民革命的理論指導重新考慮和研究中國革命的出路問題，其中也包括中國的民族問題。中國共產黨「一大」通過的綱領是「以無產階級革命軍隊推翻資產階級」，「採取無產階級專政，以達到階級鬥爭的目的——消滅資本私有制度」，以及聯闔第三國際。中國共產黨在其創立之始就明確認為解決中國民族革命的手段是以武力推翻資產階級，實現無產階級專政。「二大」通過對中國政治經濟狀況的分析，揭示出中國社會的半殖民半封建性質。黨的最高綱領是實現社會主義、共產主義，但在現階段的革命綱領應當是：打倒軍閥，推翻國際帝國主義的壓迫，統一中國使它成為真正的民主共和國，也就是孫中山主張的「中國民族自救解放」。中國共產黨在中國民族問題上也提出了適合中國國情的綱領和路線。「九一八」事變後，在中華民族面臨生死存亡的關鍵時刻，毛澤東指出：

1　參見《西盟會議始末記》，轉引自費孝通主編：《中華民族多元一體格局》（修訂本），中央民族大學出版社，1999年版，第349頁。

2　引自毛澤東：《論人民民主專政》，載《毛澤東選集》第四卷，人民出版社，1991年版，第471頁。

「帝國主義和中華民族的矛盾，乃是各種矛盾中的最主要的矛盾。」[1]這說明以毛澤東爲代表的中國共產黨人已意識到在帝國主義面前中華民族是一個整體，在中華民族內部，各民族之間應當廢除民族壓迫，促進國內各民族的平等、聯合。因此解決中國民族問題的總綱領是：「對外求中華民族的徹底解放，對內求國內各民族之間平等。」這一主張與孫中山在《中國國民黨第一次代表大會宣言》中所闡述的思想是完全一致的。中國共產黨在實踐中逐漸摸索出較爲系統的在國內各民族間廢除民族壓迫、民族歧視以及加強民族團結、民族區域自治政策。這一時期，國人對民族團結的認識不斷昇華，無疑對中國少數民族報業的發展至關重要。[2]

三、馬克思主義的傳播促進少數民族進步報刊發展

「十月革命」、「五四」運動尤其是中國共產黨成立後，隨著馬克思主義的傳播和中國共產黨民族平等與民族團結政策的深入人心，使各民族人民從半殖民地半封建社會的桎梏中覺醒。從 1911 年武昌起義到五四運動前夕，中國新聞業經歷了複雜而困難的時期，但總趨勢是由政論時代向新聞時代演變，新聞事業職業化進程加速。不僅加強了新聞報導工作，而且湧現一批著名的記者。經李大釗、羅章龍介紹，邵飄萍於 1925 年成爲中國共產黨員。他以《京報》爲陣地，宣傳孫中山先生的聯俄、聯供、扶助農工的三大政策，在《京報》刊載《紀念馬克思誕辰專號》、《列寧特刊》、《支持「二七」罷工》等，支持「五卅」運動和「三·一八」愛國反帝運動，協助《嚮導》、《政治生活》出版，支持黨的工作。於 1926 年被奉系軍閥以「勾結赤俄，宣傳赤化」爲罪名誘捕入獄，4 月 24 日被殺於北京天橋。無產階級報刊誕生後更以傳播馬克思主義和蘇聯「十月革命」爲己任。中國共產黨黨報系統的建立使馬克思主義宣傳更爲廣泛、深入，湧現了一批像李大釗、毛澤東、蔡和森、瞿秋白、惲代英、蕭楚女等「眞理的戰士」，「革命的煽動家」。他們的文章「渾身就像火燒一樣發熱」。隨著無產階級報刊的產生與發展，無產階級新聞學也應運而生。

中國共產黨對黨報黨刊的創辦和出版發行十分重視。自 1921 年「一大」

1　毛澤東：《中國革命和中國共產黨》，載《毛澤東選集》第 2 卷，人民出版社，1991 年版，第 631 頁。

2　參見費孝通主編：《中華民族多元一體格局》（修訂本），中央民族大學出版社，1999 年版，第 348～350 頁。

起，到 1927 年 4 月以前，由中共中央發布的有關文件就有 11 件[1]，強調辦好黨報黨刊的重要意義及其對革命的影響。這不僅推動了黨的新聞事業和無產階級新聞理論的創立和發展，也為創辦和發展少數民族新聞事業提供了指導思想。尤其是 1922 年在中國共產黨提出實行民族區域自治政策後，少數民族報刊和黨的少數民族文字報刊更加迅速發展。

四、少數民族報人對少數民族報刊發展的歷史性貢獻

少數民族報業在民國北京政府時期的興起再次證明我國少數民族的聰明才智，他們在轟轟烈烈的辦報活動中為革命報刊的發展貢獻了力量。在「十月革命」影響下，我國少數民族知識分子中湧現出一批傑出的新聞工作者。

趙秉壽（1896～1931 年），壯族，廣西田東人。又名趙璧，號如洋。1926年（民國十五年）入廣州農民運動講習所學習，加入中國共產黨。後在全國總工會省港罷工委員會工作。1929 年 12 月參加百色起義，曾任紅七軍機關報《右江日報》編輯、紅七軍一縱隊宣傳科長。參加北上，任湘贛邊區工農民主政府宣傳部長。1931 年在戰鬥中犧牲。

高孤雁（1898～1927 年），壯族，廣西龍州人。記者、作家、詩人。原名為高炳南，字文客，筆名冥飛。1919 年畢業於滇南道立中學。1923 年起任龍州下凍高初兩等小學教師（該校在其倡議下改名赤光學校）。他倡導學生訂閱《嚮導》《新青年》《中國青年》等革命刊物。1924 年 12 月後在惲代英指導下成立讀書會。1925 年「五卅」運動後編寫《官僚末日》、《告勞動者》等革命話劇和詩詞，學生上街演唱，遊行示威。同年初冬在廣州加入中國共產黨。1926 年初夏受組織派遣回南寧工作，任中共廣西省委籌備小組組長、後在國民革命軍第七軍政治部主任黃日葵主辦的《革命軍人》任編輯。1927 年 3 月主編中共南寧地委文藝刊物《杜宇》。1927 年 4 月 25 日被捕入獄。在獄中寫有《讀魯迅〈吶喊〉四首》《中元節》《和春泥詩意》等詩詞。9 月 26 日被殺害。遺作有《寒灰室詩集》《落葉》詩稿和手絹詩共百餘首。

張報（1903～1996 年），壯族，廣西扶南（今扶綏）人。原名莫國史，又名莫震旦。先加入美國共產黨，曾任美共中央中國局書記、中央宣傳委員會委員等職。1929 年至 1932 年任美洲華僑反帝大同盟常委及機關報紐約漢文《先

1　參見中國社會科學院新聞研究所編：《中國共產黨新聞工作文件彙編（上）》，新華出版社，1980 年版（內部發行），11 份文件均收入其內。

鋒報》週刊常委兼主編，因宣傳革命兩度入獄又兩度獲釋。1932 年 10 月抵莫斯科，更名張報，轉爲中國共產黨黨員。1935 年 5 月創辦共產國際中共代表團機關報《救國報》週刊任副主編，年底改爲《救國時報》，行銷 43 個國家。後與美國《先鋒報》合併，1936 年改爲日報。1938 年 2 月因蘇聯肅反擴大化而被捕入獄，後被流放近 18 年。1955 年 11 月獲平反。1956 年回到北京，在新華社對外部俄文組任組長。1963 年調到中共中央馬恩列斯著作編譯局，翻譯《毛澤東選集》及其他重要文獻。1982 年 11 月離休後任野草詩社社長、中華詩詞學會副會長。

　　金劍嘯（1910～1936 年），滿族，瀋陽市人。原名金承栽，號培之，又名夢塵，劍嘯原是筆名，其他筆名還有健碩、巴來等。1910 年出生於瀋陽一個刻字工人家庭，3 歲隨父移居哈爾濱。自幼酷愛藝術並開始發表文學作品。1928 年 12 月 12 日《晨光報》復刊，副刊《江邊》的主編陳凝秋從來稿中發現了時年不足二十歲的金劍嘯，於 1929 年推薦他擔任哈爾濱《晨光報》副刊《江邊》編輯，並在《國際協報》文藝副刊《薔薇》上發表作品（《薔薇》第 2 期載有他的《敵人的衣囊》等作品）。20 世紀 30 年代到上海新華社藝術大學學習，後轉入上海藝術大學，積極參加黨領導的各種文藝革命活動。1930 年加入少共組織，1931 年加入中國共產黨。「九‧一八」事變後回到東北，組織「天馬」廣告社，維納斯「畫會」，團結左翼文人，擴大陣地，開展抗日救國宣傳活動。1933 年打入敵人的報界，在長春《大同報》出刊《夜哨》，在哈爾濱《國際協報》創辦《文藝週刊》，在擴大抗日宣傳的同時培養了一批革命文化工作者。1936 年在哈爾濱被日本帝國主義逮捕後遇害，年僅 26 歲。

　　「五四」運動後尤其是中國共產黨成立後，少數民族創辦的報刊也跟漢族革命報刊一樣，宣傳十月革命，宣傳馬列主義和中國共產黨的主張。由中國共產黨主辦的以宣傳黨的婦女解放、宣傳馬列主義理論的婦女報刊，最早始於土家族向警予、回族劉清揚、郭隆眞主持創辦的《婦女週刊》《婦女日報》和《婦女之友》等報刊。這些婦女報刊是當時宣傳馬克思主義和共產黨政治主張的重要陣地，明確指出了婦女解放必須從根本上解決社會制度的道理。從這個意義上說，少數民族辦報活動走在了時代的前邊，爲我國新聞事業特別是婦女報刊的發展提供了新鮮經驗，是我國報業的寶貴財富。

第四章 民國南京政府前期的少數 民族新聞業（1929～1937 年）

　　民國南京政府前期是特指從張學良宣布遵守三民主義，改旗易幟後的 1929 年 1 月開始，到國共兩黨軍隊真正結束敵對狀態進入合作抗日的 1937 年 8 月底為止。[1] 這一章雖然主要探討的是民國南京政府前期的少數民族新聞業，但有的報刊（如《新疆日報》）雖也創辦於該時期，但其主要業績在民國南京政府中後期，為敘述方便在本章進行全面介紹，以給讀者一個較為完整的印象。

第一節　民國南京政府前期的朝鮮文報刊

　　「九‧一八」事變之後，短短 3 個月東北地區淪陷，日本不費一兵一卒佔領了延邊地區。英勇的朝鮮族人民在中共延邊區委（1930 年 8 月改為東滿特委）領導下，積極投身於抗戰洪流，和東北各族人民一道，不僅以刀槍為武器與敵人浴血拼搏，而且也通過創辦報刊譜寫一曲鼓舞人民勇往直前的戰歌。現代朝鮮文報刊興起並蓬勃發展起來了。

1　1937 年 8 月 22 日，南京國民政府軍事委員會發布將紅軍改編為國民革命軍第八路軍；委任朱德為總指揮、彭德懷為副總指揮的命令。中共中央軍事委員會於 8 月 25 日發布紅軍改編為八路軍以及朱德、彭德懷等任職的命令，標誌國共兩黨軍隊由十年內戰時期的敵對狀態正式進入合作抗日階段。因此我們把這一歷史階段的下限確定為 1937 年 8 月底。

一、關外的《民聲報》《兩條戰線》及其他中共報刊

（一）《民聲報》

《民聲報》，1928 年 2 月 12 日在延邊龍井村創刊[1]。首任總編輯爲國民黨員安懷音，朝文版總編輯尹華秀、金成龍，文藝版主要編輯周東郊[2]，辦報人員大多都是中共黨員。同年 9 月 1 日始出漢文版和朝文版。在朝鮮漢城設總分社，在羅南設有分社。係由延邊地區（時稱間島）四縣（延吉、琿春、和龍、和清）和龍井的教育與工商人士集資創辦，影響擴大到朝鮮半島。該報宗旨是「藉言論以喚醒同胞」，「以代表民意，爲民族喉舌爲己任。」報紙設有「文藝」「工人園地」「婦女」等專欄，爲滿足工、農、商、學及婦女兒童等不同讀者需要還辦了各種專版。文藝副刊連載蘇聯文藝作品，如《鐵流》等，也報導蘇聯文藝動態。期發量 2000 份。讀者稱該報是「延邊人民的引導者」。因日本帝國主義迫害被迫於 1931 年 12 月停刊。《停刊詞》宣告：「同人等志在寧爲玉碎，不求瓦全，決不甘心俯首事敵也」[3]。

《民生報》朝文版文藝副刊發表最多的是詩歌。如反映朝鮮族人民背井離鄉、控訴日寇侵略中國的罪行、憧憬未來的《流浪民》和《白色恐怖》等。同時還發表文藝評論，就民族文化和傳統、文藝的本質與技巧等文藝理論問題展開論爭。在國家遭難民族遭殃的嚴峻環境中高舉反帝反封建旗幟，有力地推動了民族解放運動和工農革命運動。該報還經常刊登社論與深度報導揭露日寇侵略罪行，號召漢、朝等各族人民團結一致，共禦外辱。1928 年，該報曾載文聲援延邊人民反對日寇鋪設鐵路和購買鐵路運營權的鬥爭。還爲發展延邊的中小民族工商業，維護其合法權益大聲疾呼。提出「抵制舶來商品，挽回我國權益」的口號。

《民聲報》是延邊地區一面反帝反封建的旗幟。1930 年春以反對舊禮教、提倡新文化、寫白話文爲主題，在文化戰線開展了一場論戰。這次論戰以崇尚孔子還是反對儒教爲焦點，前後持續了三個月。最後以反孔派的勝利而告終。論戰取得了實際效果：婦女紛紛剪短頭髮，要求參政議政；男女同

---

1 《東北新聞史》稱該報創刊於 1928 年 1 月。參見《東北新聞史》，黑龍江人民出版社，2001 年版，第 215 頁。

2 周東郊係中共延邊第一個黨支部的創建者。有資料說，他後繼任總編輯。著有《鐵窗內外》。

3 《民聲報》的報史，1930 年 12 月 3 日《吉林時報》的《1930 年東三省民國報紙調查》（署名无妄生）一文也有過介紹，譯文載吉林《新聞研究》。

校上課，實行婚姻自由，並不斷付諸行動。《民聲報》朝鮮文版重視教育方面的報導。當封建軍閥頒布取締與驅逐朝鮮族的訓令和《廢除東邊道所屬各縣鮮人學校條例》時，該報發表社論反對所謂的朝鮮語禁用會宣布在延吉縣六校禁用朝鮮語的命令，要求朝鮮語禁用會糾正錯誤，恢復停辦的朝鮮族學校。

（二）《兩條戰線》

《兩條戰線》，中共東滿特委 1932 年後創辦，油印，用朝鮮文和漢文兩種文字出版，以報導政治時事爲主要內容。曾在朝鮮民族聚居區內廣泛流傳。該刊通過登載黨的指示、文件和言論，重點宣傳黨的方針、政策，強調在抗日救國運動中，反對黨內左右傾主義，鞏固黨的統一，形成廣泛統一戰線。

（三）其他中共報刊

中共地方黨委創辦的報刊還有：《青年鬥爭》《東滿洲報》《赤鬥消息》《解放戰線》《赤旗報》《東滿民眾報》和《戰鬥》等 10 餘種。在這裡重點介紹《青年鬥爭》。

《青年鬥爭》，由中共延吉縣委於 1933 年在頤宮區南洞創辦。以報導共青團如何面對當前的鬥爭和縣內新聞爲主。1933 年 3 月 7 日該報第 6 號刊登的《少先隊當前最主要任務是什麼？》《勞動青年同志們，怎樣進行英勇鬥爭？》就是根據該報的宗旨刊發的重頭稿件。該報還及時報導了朝鮮族人民，特別是青年在反擊日寇侵略鬥爭中進行每一戰役（戰鬥）以及游擊隊每次戰鬥所取得的戰果。該報所載「奉天 28 日消息」還報導了張學良部隊沉重打擊日寇，造成日寇重大損失的新聞。《伽倻哈蘇維埃的最新消息》說「當地自從建立紅色政權後，游擊隊、赤衛隊、少先隊等不分晝夜地加緊防禦工作。儘管環境惡劣，糧食已儲存了夠 1000 多人生活七八個月的。新年即將到來，喜上加喜，老百姓情不自禁地唱起了喜悅的歌。他們將團結起來，進行土地革命，發展蘇維埃政權。」繁忙熱鬧的景象躍然紙上。

《青年鬥爭》等十多種報刊在這個時期創辦，是因爲這個地區群眾基礎比較好。1931 年 12 月，中共東滿特委曾召開東滿各縣黨、團積極分子會議。這個會議決定首先在群眾基礎好、敵人勢力相對薄弱的地區入手加強黨的領導，創建游擊隊和開創新的游擊區。根據會議決定，延吉、和龍、汪清、琿春四個縣先後在 1932 年夏季和秋季創建了游擊隊，開創了游擊區，還創立了

蘇維埃政權。報刊是宣傳黨的政策和各個歷史時期中心任務最爲有力的武器。這些朝鮮文報刊一個共同特點就是集中力量宣傳馬克思主義，宣傳中國共產黨的路線、方針、政策及黨的抗日主張，揭露日寇侵略東北的陰謀，並號召各族人民結成統一戰線，與日本侵略者作殊死的鬥爭。

二、朝鮮共產主義者創辦的朝鮮文報刊

20 世紀 20 年代末，朝鮮共產主義者開始創辦報刊，其中主要的有《曙光》《布爾什維克》《農雨》[1]等。

（一）《曙光》

《曙光》，1928 年 1 月 15 日創刊於吉林省武松縣。1927 年冬曙光少年同盟在吉林省武松縣成立，翌年 1 月即創辦《曙光》報。該報以向廣大青少年和群眾宣傳抗日愛國思想、進行無產階級思想教育爲己任，號召他們參加到抗日革命鬥爭中來。該報以大量報導揭露日本侵略軍的殘酷罪行和掠奪政策，號召全體朝鮮人民爲國家獨立和人民自由與日本帝國主義戰鬥到底。

（二）《布爾什維克》

《布爾什維克》，由吉林省卡倫朝鮮革命軍和反帝青年聯盟於 1930 年 8 月聯合創辦，金赫任主編。油印，初爲月刊，發行兩期後改爲週刊。該刊認眞貫徹執行 1930 年在卡倫召開的共青團及反帝青年聯盟領導幹部會議提出的革命路線和方針政策爲指導思想，以增強報紙的民族性和階級性。佔據報紙篇幅較多的是蘇聯建設社會主義和中國革命的消息，還有世界時事及文化啓蒙，反封建，破除迷信的報導。

（三）《農友》

《農友》，月刊。吉林省淮德縣吳稼子村農友會於 1930 年 10 月改辦，原爲農民聯盟時創辦的大眾性政治刊物。以向農民朋友宣傳解釋抗日武裝鬥爭路線，使之與日寇及其走狗鬥爭到底爲己任。同時也刊登朝鮮消息和分析世界形勢的文章。

到了 30 年代後半葉，朝鮮共產主義者又先後又創辦了《三·一月刊》《華甸民》《曙光》《鐘聲》《鐵血》等報刊，一邊積極宣傳抗日民族獨立運動和無產階級革命，一邊進行艱苦的抗日武裝鬥爭。

1　李應弼：《朝鮮報刊百年史》，金日成綜合大學出版社，1985 年版，第 92～129 頁。

（四）《三・一月刊》

《三・一月刊》，1936年12月1日出版，是吉林省武松縣東江區機關刊物。主要在朝鮮人民革命部隊和長白山區發行，並遠銷朝鮮國內。該刊創刊詞稱「朝鮮人民雖然淪為亡國奴，但並未向強盜和倭寇低頭，他們的鬥爭給予敵寇以沉重打擊」，強調指出受到國內外愛國人士和同胞們支持和擁護的「祖國光復會十大綱領」是祖國光復會勝利完成任務的指導思想。該刊根本任務是結合當前形勢和朝鮮人民的生活習俗，系統通俗地宣傳解釋「十大綱領」。既有鮮明的政治宣傳色彩，又理論與時事兼顧，受到讀者歡迎。

（五）《華甸民》《曙光》和《鐘聲》

《華甸民》，1937年1月創辦。朝鮮民族解放聯盟機關報。以《三・一月刊》為榜樣，經常轉載和摘發「月刊」的文章。《曙光》，1937年5月創刊。「曙光」寓意朝鮮革命即將迎來黎明曙光。《鐘聲》，朝鮮人民軍主力部隊機關報，1937年12月在吉林省孟江縣麻唐溝營寨軍政訓練期間創辦。

三、朝鮮人在上海創辦的朝鮮文報刊

一些朝鮮獨立運動上層人物在上海創辦了一批朝鮮文報刊。主要的如《上海新聞》《上海韓報》《醒鐘》週報、《震光》《朝民》及《韓國青年》等。

（一）《上海新聞》

《上海新聞》，1931年3月在上海創辦。由安昌浩、李東寧成立的韓國獨立黨主辦。宗旨是與韓國獨立運動者同盟唱對臺戲。李裕弼負責編輯和發行。車利錫、李秀峰、朴昌世、李基成等參加該刊工作。

（二）《上海韓報》和《醒鐘》

《上海韓報》於1932年出版。《醒鐘》週報由上海韓人青年黨人於1932年4月17日在上海創辦。

（三）《朝民》

《朝民》，一譯《韓民》，1936年3月15日創刊。係金九派人士在上海創建韓國國民黨的機關報。該黨創建於1936年年初，不久即創辦該刊為機關報。1943年3月1日在重慶出版漢文版，由金九題寫刊名。發刊辭指出：「中韓兩國在面臨共同的敵人、共同的目的的前提下，結成了唇齒相依的關係，因而緊密團結、相互幫助，是極為自然的事情，同時這也是我們必須做到的事情。

本刊基於這種宗旨創辦，其同人也將爲實現以下三點而不懈努力：甲、向韓國民眾詳細報導中國英勇抗戰的事實與頑強的精神；乙、揭露日本對韓國進行軍事高壓、政治專制、經濟剝削以及教育限制等所有惡劣的手段及其惡果；丙、向親愛的中國戰友介紹似於無聲處聽驚雷般沉蘊著的韓國光復運動的怒濤。」

（四）《韓國青年》

《韓國青年》，月刊，1937 年 8 月在上海創刊。以朝文、漢文、英文等三種文字刊出。係韓國國民黨組建的青年團機關刊物。該團創建於 1937 年 7 月 11 日。

（五）《吉林新聞》

《吉林新聞》，由居住在吉林省牛馬行的權守貞等人於 1936 年 6 月籌辦。朝、漢兩種文字，據說因滿洲事變而流產。

四、淪陷區的朝鮮文報刊

「九一八」事變後，日本帝國主義瘋狂推行殖民地奴化政策，剝奪朝鮮族人民的政治、言論、出版、結社的自由。他們搜羅親日派分子和民族敗類創辦御用報刊，宣揚日本帝國主義的大陸政策和「八紘一宇」「日鮮一體」等反動理論，推行「皇民化」措施，鼓吹「王道樂土」的協合精神。

（一）「九・一八」事變前的親日報刊

淪陷區朝鮮文報刊多是日本帝國主義侵略中國的輿論工具。這些親日報紙有的是日寇直接出面創辦，有的由其幕後操縱並補貼大量資金，由日寇控制的御用工具，成爲其推行奴化政策的輿論工具。

1、《滿洲日報》

《滿洲日報》，1919 年 7 月創刊於奉天。是在中國創辦的第一個親日朝鮮文報刊。由原總督府機關報《每日信報》記者鮮于日負責發行。上海《獨立新聞》曾發消息預告其出版發行。以居住在滿洲的朝鮮人爲讀者對象，同時面向朝鮮國內讀者。在漢城設有京畿支局，並聘有特派員和廣告、業務銷售業務員。當時除《每日信報》外就只有這張報紙，因而發行量較多。但是「其言論醜惡至極，引起了讀者的反感。」[1]由於讀者抵制和經濟困難，該報連續

1　載 1919 年（民國八年）9 月 2 日《獨立新聞》（上海）。

休刊。1920 年（民國九年）3 月 17 日第一次休刊；勉強復刊後又在與《朝鮮日報》、《東亞日報》、《時事報》等民間報刊競爭中再次失利第二次休刊。由鄭斗和擔任社長後，曾試圖組成擁有 10 萬元的合資公司並多次努力試圖復刊，最後仍未能復刊。

2、《間島新報》、《間島日報》

《間島新報》，其前身係 1910 年 2 月 24 日創刊於龍井的《間島時報》，時為日文，週刊，後改為週二刊。1921 年 4 月改為《間島新報》。朝、日兩種文字出版。李教一任朝鮮文版總編輯（原為日本駐漢城《國民新聞》通訊員）。朝鮮文版初期以日文報紙附錄形式發行，在延吉、圖門、牡丹江、漢城等地設有支社。朝鮮文版於 1924 年 12 月 2 日獨立發行並改名為《間島日報》。不久《朝鮮日報》編輯局長鮮于日來到龍井，投資 3 萬元後任社長兼營業部長，另有派康元鐸負責週刊，金亨任編輯局長，李寶燮任廣告部長。職員 10 人，工人 20 人。《間島日報》名曰「日報」，實則晚報。由四個版組成：第 1 版政治版，第 2 版地區社會新聞版，第 3 版地區經濟版，第 4 版學藝版。每月訂價七毛五。除本社外，在漢城、咸興、淮嶺、琿春、頭道區、延吉等地設有 23 個支社，有較大的影響力。

3、《滿鮮日報》

《滿鮮日報》，晨報，1924 年 5 月 31 日在奉天（瀋陽）信濃町創刊。小型 4 版報紙。報社社長係日本人，採編業務和管理工作由朝鮮人擔任。訂費每月兩毛五，期發量約 1500 份。

（二）「九・一八」事變後的《滿蒙日報》

「九一八」之後影響最大的日本人御用報刊是《滿蒙日報》和《滿鮮日報》。其影響與漢城總督府機關報《每日新聞》滿洲版和日本關東軍機關報不相上下。

1、《滿蒙日報》的歷史變遷

《滿蒙日報》，1933 年 8 月 25 日在新京（長春）創刊。是日寇推行侵略政策的重要輿論工具。該報不以贏利多少為目的，堅決站在日寇立場宣傳國策，最終目標是霸佔全中國。在東北地區設有幾個支社，安英均任延吉支社社長和特派員。該報原名《東明日報》。財政資源雄厚，初期投入資本 30 萬。1934 年（民國二十三年）報社職員 38 人，工廠職工 36 人。期發量 38000 份。

社長李庚在，編輯局長李金晚（一說金祐杸[1]）。1936 年由李金晚接李庚在任社長。11 月兼併《間島日報》出版《滿蒙日報》間島版。日本人爲擴大輿論宣傳，達到進一步控制滿洲，使朝鮮成爲侵略大陸的兵站，實現稱霸全球的野心，把該報更名爲《滿鮮日報》，並將間島的滿蒙日報社支社併入該報。

《滿鮮日報》，1937 年 10 月 21 日由原《滿蒙日報》更名後創辦。社址仍設在長春。任務是「指導在滿鮮人」。社長爲創立間島林業公司等實體的實業家李容碩，副社長李性在，編輯局長爲廉尙燮。主幹爲日本人山口源二。日偽爲進一步加強新聞統制，展開所謂「思想戰」以「辟除」反日之「邪說」，兩次實行新聞整頓。該報作爲偽弘報協會第一批加盟社的朝鮮文報紙得到扶持。第二次新聞整頓後依然在長春出版。李容碩任社長時，把社團法人改爲股份公司，日本當局每年給予 6.4 萬元補貼。招聘漢城記者加強陣容。1937年報社有職員 95 人，職工 57 人，期發量達 2 萬份。

《滿蒙日報》和《滿鮮日報》均爲日刊。發行過晨報、晚報，也發行過綜合版、間島東滿版和朝鮮版。出版過《間島》《北滿》《南滿》等專集。設有《家庭文藝》（或《家庭》）《學術》《時事解釋》《星期日兒童節目》（或《兒童》《兒童讀刊》，日文）等專欄。刊登短篇小說、長篇連載、詩等文藝作品，也經常刊日本產品廣告，如雷恩洗顏霜、萊恩齒磨等等。

2、《滿蒙日報》的宗旨與使命。

《滿蒙日報》和《滿鮮日報》都是日寇和偽滿政府的代言人。以「五族（日本人、朝鮮人、滿洲人、蒙古人和中國人）協和」加強在滿朝鮮人「國民自覺性」，積極推動朝鮮人「皇民化」，實現「王道樂土」作爲自己的使命。

首先，《滿蒙日報》和《滿鮮日報》極力讚揚日寇的大陸侵略政策。1931年日本帝國主義者製造了「九一八」事變，佔領東三省；1937 年發動「七七」事變，企圖達到吞併中國的目的。《滿蒙日報》和《滿鮮日報》竭力美化其殘忍的罪行，並重點報導所謂後方軍民支持侵略戰爭的詳細情況，誘導廣大讀者支持日寇的侵略戰爭，動員朝鮮青年成爲他們的炮灰，爲其賣命。1938年末至 1939 年春天，日寇調動十萬大軍向東邊島和我國東三省大舉進攻。《滿蒙日報》和《滿鮮日報》極力爲這些侵略活動大唱讚歌，在報上刊登了《反滿抗日共產匪徒總司令楊靖宇在通化縣蒙江縣城西南部被刺殺》的報導；還在 1940 年 2 月 25 日的新聞報導中醜化抗日將士，讚美日寇的侵略。

1　參見《新聞總覽》，電報通訊社，1934 年版，第 513 頁。

其次，《滿蒙日報》和《滿鮮日報》積極宣傳日本帝國主義提出「農業滿洲，工業日本」的口號。企圖把東北地區變成侵略中國的糧食基地。日本制定了移民計劃，向東北地區移民日本人 100 萬，僅 1939 年～1941 年移民朝鮮人 2322 農戶，強迫他們到北滿、內蒙等地開墾荒地、種植水田。報紙的相關報導掩蓋了日寇的侵略本質，為把滿洲變為侵略中國大陸的糧食基地製造藉口。

再則，《滿蒙日報》和《滿鮮日報》都是日寇愚民政策和民族同化政策忠實的吹鼓手。散佈「五族協和」、「同源分流」的輿論，欺騙群眾，消磨人民群眾的反日鬥志，進而製造「日鮮同祖」、日語和朝語「同系論」。1938 年日寇頒布《朝鮮教育令》，禁止在滿洲朝鮮族學校使用朝鮮人從事教育教學工作；1939 年又頒布《創氏改名法》，強迫朝鮮人改用日本姓名。《滿鮮日報》刊登不少相關報導和文章，為日本侵略者實行法西斯的愚民政策和民族同化政策製造輿論，博得其主子的賞識。

總之，無論是《滿蒙日報》，還是更名後的《滿鮮日報》，作為日寇的御用工具，為宣揚其主子的「王道樂土」，鞏固其殖民統治，實現其稱霸世界的野心搖旗吶喊。1945 年 8 月日本投降，該報也隨之停刊。要說明的一點是雖然該報整體上為偽滿的喉舌，但報社內有一些具有正義感的進步編輯，有意識發表了不少朝鮮族作家的進步作品，背離了日偽新聞機關的意志。

偽滿洲國成立後，日偽政權除了大量創辦御用報刊外，還不斷加強新聞統制，設「弘報處」監控書刊和民眾輿論。但淪陷區內的人民沒有屈服，他們除利用一些官辦報刊發表揭露黑暗、歌頌光明的文字外，還創辦了自己的文藝刊物。如朝鮮文版的《北鄉》（1935～1936 年，共出版 4 期）和《天主少年》1936 年創刊，共出版 8 期等。

第二節　民國南京政府前期的蒙古文報刊

這一階段的我國蒙古族報刊主要是由蒙古族留學生、國民黨地方黨組織、南京國民政府及敵偽政權創辦的。下面分別予以介紹。

一、蒙古族學生和留學生會主辦的刊物

（一）《綏遠旅平學會學刊》

《綏遠旅平學會學刊》（原名《綏遠旅平學會會刊》），月刊，1919 年創刊。16 開鉛印。係綏遠旅平學會會刊。以民眾喉舌為己任。綏遠旅平學會是

在北京求學的綏遠青年學生的組織。初名綏遠旅京學會，以聯絡旅京綏遠青年學生感情為宗旨。1929 年起更名為《綏遠旅平學會半月刊》，自第 2 卷起又更名為《綏遠旅平學會學刊》，自 7 卷 1 期（1936 年 11 月）又改回《綏遠旅平學會會刊》（又名《綏遠》月刊）。被稱為「全綏遠省的重要喉舌和轎子」。該刊編印在北平，發行主要在綏遠。經費來源主要由政府撥款、募捐、文藝演出籌款。當時政府和民眾都比較重視和支持。政府所撥經費多由傅作義主席簽批，所以經費不很窘迫。[1]1937 年因時局緊張停刊。

（二）《蒙古》

《蒙古》，蒙漢文合璧。不定期刊。1929 年創刊於北平。原名《蒙古留平學生會》，自第 2 期後更名《蒙古》，由蒙古留平學生會主辦，16 開鉛印，由蒙文書社承印。該刊以號召成吉思汗的子孫團結起來，「反對帝國主義及大漢族主義的壓迫，復興蒙古民族」為宗旨。內容有論說、評論、文藝、新聞等。1934 年 1 月改為《蒙新月刊》（一說《新蒙古》）[2]，1937 年終刊。

（三）《祖國》

《祖國》，蒙漢合璧，日本東京蒙古留日學生會 1929 年創辦。這一年北平蒙藏學校[3]因任命雅林沛勒為校長而激起學潮。該刊為聲援北京蒙古族學生而出版。該刊出版反映了旅居日本的蒙古族同胞關心國內民族振興，反抗壓迫的熱情。

（四）《蒙古前途》

《蒙古前途》，蒙漢合璧，月刊。南京蒙藏學校的綏遠籍學生於 1933 年創辦。主要刊登研究有關蒙古政治、軍事、文化、社會等問題的文章。經費來源主要是南京蒙古官員捐助、社內同學交納以及國民黨中央宣傳部補助，蒙古各盟聯合駐京辦事處、章嘉活佛駐京辦事處也固定給予補助。百靈廟蒙古地方自治正午委員會也資助過該刊。每期印數初為 500 份，後增至 1000 份。主要分送察綏各盟及南京、北平等地的蒙古族人士和蒙古族學生。

---

1 參見張麗萍著《內蒙古民國報刊史研究》，內蒙古大學出版社，2014 年版，第 78～79 頁。

2 張麗萍著《內蒙古民國報刊史研究》，內蒙古大學出版社，2014 年版，第 80 頁。

3 北平蒙藏學校又稱「蒙藏學堂」。1913 年由北洋政府建立，校址在北京西單小石虎胡同，始稱蒙藏專科學校，為我國最早開辦的民族高等學校。上世紀 20 年代改為中等教育學校。新中國建立後在舊址開辦過中央民族學院附中。

國家圖書館現藏有 1936 年出版的一期《蒙古前途》。其要目爲：《本刊二十五年之顧望》《復興蒙古民族與蒙古青年心裏之改造》《現代青年應有的條件》《綏境各盟旗設自治政委會》《對綏境蒙政會設立之意見》《九個蒙文習見名詞詳釋》《獨非蒙古民族之損失亦中華民國之損失》《漂泊者的漫寫》。可大致瞭解該刊的內容。該刊蒙古文部分常有漫畫刊載。[1]

這一時期由蒙古族學生、留學生主辦的刊物還有《寒圃》（1932 年）、《固陽》（1932 年）、《西北青年》（1932 年）、《綏遠青年》（1932 年）、《綏鋒月刊》（1933～1935 年）、《新綏遠》（1935 年）、《東北蒙旗師範學校校刊》（蒙漢合璧，1930 年）、《漢聲》（蒙漢合璧，1935 年）等。

二、國民黨及民國南京政府創辦的蒙古文報刊

這一時期在由國民黨及民國南京政府創辦的蒙古文報刊中，曾產生較大影響的主要有三種：《民眾日報》《綏遠蒙文半月刊》和《蒙藏旬刊》。

（一）《民眾日報》

《民眾日報》，1929 年 7 月 1 日由國民黨綏蒙黨務特派員辦事處創辦，4 開 2 版，以蒙漢兩種文字石印刊行。主要報導綏蒙抗戰動態及淪陷區的情況。

（二）《綏遠蒙文半月刊》

《綏遠蒙文半月刊》，蒙漢對照，石印。1929 年 11 月 15 日在歸綏創刊，綏遠省政府秘書處主辦。16 開本。以「傳達政令、溝通蒙漢之間的聯繫」爲宗旨，設有新聞、講演等欄目。約在 1932 年停刊。

（三）《蒙藏旬刊》

《蒙藏旬刊》，南京國民政府蒙藏委員會於 1931 年 9 月 20 日在南京創刊。前身是 1929 年 9 月創刊的《蒙藏週報》。上翻式裝訂，16 開，石印本，以蒙、藏、漢三種文字出版，主要讀者對象是廣大蒙藏同胞。每期封底均有藏文和蒙古文的刊名。刊址設在南京絨莊街 31 號、26 號。1934 年改名爲《蒙藏半月報》，同年 4 月又改名爲《蒙藏月報》，卷期另起。現館藏中央民族大學圖書館。

1　張麗萍《內蒙古民國報刊史研究》，內蒙古大學出版社，2014 年版，第 81～82 頁。

1、《蒙藏旬刊》的宗旨和創刊背景

由克興額撰寫的發刊詞稱「我們總觀蒙藏地位處境之危險，與赤白帝國主義者利用其侵略先鋒之反宣傳的『新聞政策』毒辣，我們真不寒而慄！我們再一檢查我們對蒙藏宣傳之刊物，寥寥無幾！本國人竟因此受了外人的欺騙蒙蔽，這無非是可憐可笑亦大滑稽事體嗎？我們要打破這種障礙，剷除這種礁石，惟有將本黨的王道的主義與政策，及中央造福於五族的政令與計劃，用相當的刊物，多多地傳播灌溉，予這舶來的反宣傳迎頭痛擊，搗其陰謀，破其詭計，使被麻醉的人們轉換到清明的意識，來促成一團結的整體的中華民族……這種宣傳的使命和責任，本刊矢志在中央訓導之下，負擔起來努力去做的……意志猶存的蒙藏同胞，接受我們的貢獻，向新的方向轉換，而予我們以步伐的一致，共同攜手，向三民主義的大道前進！」[1]東蒙歷來是日俄兩國爭奪之地。「十月革命」後，蘇聯廢除了帝俄在中國享有的特權，日本勢力在內蒙古佔據了主要地位。1931 年 7 月，日本在東北地區製造了挑撥中朝民族關係的「萬寶山事件」，「九一八」事變後又佔據了我國東北和內蒙古的呼倫貝爾、哲理木兩個盟。西藏地區一直是政治形勢比較複雜的民族地區。由於英國人的干涉挑撥，西藏的政治形勢、民族矛盾日益嚴重。藏族和蒙古族地區交通不便，消息閉塞，國民教育普遍落後，廣大牧民大多信仰佛教，對外界接觸極少。因此有必要對他們進行教育和宣傳。在這種形勢下，國民政府蒙藏委員會創辦了《蒙藏旬刊》。《蒙藏旬刊》立足孫中山的三民主義思想，向廣大蒙藏同胞闡明中華民族當前的危機和帝國主義侵略的本質，宣傳「只有實行三民主義才能救蒙藏同胞」的政治主張。一方面報導國內外大事及蒙藏重要消息；另一方面選載有價值的講演論著、評論及蒙藏地方文藝和通信。

2、《蒙藏旬刊》的欄目和主要內容

《蒙藏旬刊》設有社評、言論、蒙藏時文、國內紀要、國際紀要、一旬大事日誌、黨義、調查、轉載、大漠等欄目。其中社評主要刊載對蒙藏及國內外時事問題理論探討性與事實批評性文章，提高蒙藏民族對當前所發生事件的認識水平。如《亟待舉辦之蒙藏學校》（第 1 期）一文談了三個問題：（1）在蒙藏民族地區設立國民學校。指出蒙藏教育當務之急不在於專重培養高級人才，而是使人民知識程度得到普遍均衡的發展，使人民文化水平普遍得到

1　參見徐麗華：《藏學報刊匯志》，中國藏學出版社，2003 年版，第 59、60 頁。

提高。（2）中央、北平兩大學開始成立蒙藏班。（3）應立即籌備成立南京、康定兩蒙藏學校。又如《揭破日人所謂滿蒙中和國之酷辣陰謀》（第 4 期）一文則揭露日本侵略者所謂「滿蒙中和國」的本來面目與野心，引導蒙藏同胞認清日本侵略者意圖，團結一致抗日。言論擇優選輯有關中國國民黨、南京國民政府內容先進的講演，國內外著名人士的講演與評論，介紹給蒙藏人士的思想與行動。該欄文章包括大類：（1）弘揚民族主義、愛國主義精神，號召各民族人民團結起來抵抗外國侵略。如邵力沖的《一心一德共救國難》（第 2 期）和《救國禦侮與發揚民族精神》（第 4 期）和蔣中正的《誓死以赴國難》（第 1 期）等，強調抗日救國是每個中國國民義不容辭的責任。（2）關於中央治邊政策的文章。如《由新疆事變說道困難中治邊政策》（第 49 期）、《西北教育問題》（第 43 期）等文章宣傳了國民黨在西北地區和邊疆的政策。**蒙藏時聞**該欄主要介紹中央對於蒙藏地區施政及蒙藏地方的社會情況，如《青海之天災與改制》（第 1 期）、《北京設立喇嘛職業學校》（第 1 期）等文。**國內紀要**選登比較重要又有普遍意義的黨務、政治軍事、外交方面的新聞、信息等。**國際紀要**將國際上發生的一些事件介紹給蒙藏讀者，幫助他們瞭解世界，認識國際形勢。如《英工黨內閣之更迭》、《國際兩大會議同時舉行》和《日本對東省態度依然強硬》等文。**一旬大事日誌**選載一旬間發生的國內外重要新聞。**黨義**介紹「三民主義」提要、中國國民黨政策及孫中山先生的生平事蹟、遺教等。**調查**選載蒙藏地區的社會、政治、經濟、制度、文物、風俗習慣等方面的實地調查，作爲建設新蒙藏的參考資料。**專載**隨時轉載中央重要法令、章制、文告及革命紀念宣傳大綱介紹給讀者，以資認識。**大漠**這是一個較活潑而自由的文藝園地，刊載蒙藏地方具有先進思想的文藝作品（詩歌、散文）和國內外具有科學價值的珍聞、常識、還選載讀者的通訊，同時給予答覆。

3、《蒙藏旬刊》的時代特色與民族特色

首先，該刊具有很強的政治傾向和時代特色，號召中國各民族尤其是蒙藏同胞認清日趨嚴重的國內外形勢，團結一致共同抗日。這一特徵貫穿在每個欄目、每篇文章中。該刊出版週期較短，時效性快，具有內容新穎，及時反映最新政治動態和信息的優點。它是國民政府蒙藏事務委員會重要的宣傳陣地。

其次，該刊主要選登反映蒙古、西藏、青海、新疆等少數民族地區社會、

政治、經濟、文化教育風俗習慣、名勝古蹟等內容的照片、素描等。一方面反映了少數民族特有生產和生活方式以及獨特的風俗等；另一方面也體現了南京國民政府對少數民族地區、邊疆地區實施的政策。作為民國南京政府的宣傳工具，《蒙藏旬刊》的內容體現了國民黨的政治主張，因讀者對象主要是蒙藏王公、喇嘛等上層社會或少數文人，所以反映蒙藏普通牧民、平民百姓生活和疾苦的文稿較少，因而就失去廣大生活在底層的少數民族讀者。儘管如此，它在當時仍是一種有積極意義的新聞傳媒。

再則，《蒙藏旬刊》連載國內外有識之士的講演、論述以及來自蒙藏地區的具有進步思想的文藝作品，激發少數民族同胞的覺醒，號召他們團結起來捍衛自己的故鄉和祖國，向蒙藏同胞灌輸了愛國意識和進步思想。一些欄目選登的文章，如《亟待舉辦之蒙藏學校》（第 1 期）、《北平蒙藏學校添班招生》（第 2 期）《蒙藏教育最近之設施》（第 6 期）、《蒙藏教育概況》（第 8 期）等提出了改善和提高蒙藏地區少數民族教育的一些具體措施和方法，對蒙藏民族和邊疆地區少數民族地區的教育改革和建設有一定的作用。

總之，《蒙藏旬刊》是我國 20 世紀 30 年代具有一定的民主思想和啓蒙意義的進步刊物，社會價值和積極作用應予以充分肯定。

（四）《綏遠蒙文週報》

《綏遠蒙文週報》，蒙漢合璧，傅作義主政的綏遠省黨部 1933 年 6 月 30 日創辦於歸綏。16 開，漢文鉛印，蒙古文石印。社長陳國英、編輯主任張登魁。宣傳五族共和、民族平等思想。發刊詞稱「蒙古民族亦軒黃子孫，與漢民族同一宗祖」，而「外人視蒙古為俎上肉，均欲取而啖之也。其中最顯著者，以日俄兩國為甚，日本之侵略滿蒙，已成其國內傳統政策；蘇俄之經營蒙古，業多歷年所，現在滿洲歸日本掌握，外蒙早已經赤化，今圖攫取著，謹內蒙古領域矣，故今年以來，日俄爭逐內蒙，愈行緊急……鑒於蒙胞強敵之壓迫，處境之惡劣，深恐墜入奸殼，復演滿洲之醜劇」。因而該刊以「宣傳黨義，灌輸民治，喚起蒙胞，誠心內向，增厚感情，共同衛國」[1]為宗旨。設有「論壇」「蒙事紀要」「蒙旗地方通訊」「黨義」「專載」等欄目。除社長和編輯主任外，另有編輯 2 人，翻譯、訪員各 1 人。1934 年仍在出版，終刊時間不詳。

1　引文轉引自張麗萍：《內蒙古民國報刊史研究》，內蒙古大學出版社，2014 年版，第 135 頁。

三、敵偽創辦的蒙古文報刊《蒙古新報》和《蒙疆日報》

據文獻記載，從 1937 年至 1949 年蒙古文報紙有 22 份[1]。其中絕大多數是進步報紙，但也有敵偽創辦的、旨在鼓吹侵略政策的反動報刊，如《蒙古新報》《兒童新聞》《蒙疆日報》和《蒙古週刊》。

《蒙古新報》，週刊，1937 年 4 月創辦於新京（長春），蒙古文，對開 4 版，鉛印。由蒙古會館主辦。蒙古會館是偽滿洲國當局支持設立的「滿洲國內全蒙古民族為體現民族協和之大精神，痛感首先自身向上發展之必要所成立的文化促進機關」和「民族互相親善機構」，其宗旨名為「提高蒙古族的文化，使之正確認識其他民族」，實際上是為其反動的民族思想作宣傳。《蒙疆日報》，蒙古文，鉛印。德王蒙古聯盟自治政府機關報，由日本顧問杉古善藏奉日軍之命創辦，1937 年 10 月 16 日出版發行。4 開 4 版。以加強「加強蒙日合作，共建大東亞共榮圈」為宗旨。社址設在厚和（即呼和浩特）。

這些由敵偽出資支持或直接創辦出版的蒙文報刊，目的是妄圖通過輿論宣傳「奴化」、「同化」中國人民，實現其長期佔領內蒙古地區、進行殖民統治野心。但一些報刊雖然也是由日偽所辦，但是具體辦報人思想較為進步，報刊內容也就具有知識性和啓發性，如青旗報社創辦的《青旗》和《大青旗》等報刊。

第三節　民國南京政府前期的俄羅斯族文字報刊

由於歷史和政治的原因，這一階段在中國出版的俄文報刊主要集中在上海和哈爾濱兩地。20 世紀 20 年代，在哈爾濱曾出現過一個俄文報刊出版熱潮。日本佔領東北後俄羅斯人南遷，俄文報業日漸蕭條。與此同時，俄羅斯族的新聞傳播業卻在上海逐漸繁榮起來。這一時期在中國出版的俄文報刊主要有：

一、《斯羅沃報》

《斯羅沃報》，俄文，日報。1929 年 1 月 7 日創刊於上海，是上海地區唯一可與《上海柴拉報》相匹敵的第二大俄文日報。社址在亞爾培路（今陝西南路）238 弄 1～2 號。業主為阿爾塔杜科夫，主筆為記者、社會活動家札

1　內蒙古圖書館編印：《建國前內蒙古地方報刊考錄》，1987 年 3 月印刷。

伊采夫。通常為 4 開 8～12 頁。每日銷數從 1932 年僅為 2000 份到 1934 年後增為 5000 份，在上海各主要外文日報中排第 5 位。其中 75%銷上海，25%銷往外地。1937 年 9 月 23 日，札伊采夫聲明退出《斯羅沃報》後由業主阿爾塔杜科夫任主筆兼社長。1938 年起由瓦爾出任主筆。從 1932 年起開始出版週刊《探照燈》。

《斯羅沃報》在辦報宗旨中聲稱「絕不向共產主義及其活動家妥協，不論他們披著怎樣的外衣，不論他們怎樣活動。《斯羅沃報》致力於號召俄羅斯人與各國外僑，在與世界『傳染病』——共產主義的鬥爭中聯合起來。《斯羅沃報》的唯一動力是與共產主義鬥爭；與一切有損俄國國民事業的言行鬥爭」。1929 年至 1930 年間該報主辦過一次「詩人大獎賽」。1930 年還組織過小說比賽，該報在 6 月 15 日刊登的消息中稱：「為顯示青年俄羅斯人的文學力量，鼓勵俄羅斯人作家，本報編輯部將舉辦『小小說競賽』。1、參賽者不包括蘇聯國籍的公民；2、選題範圍從下列三個方面選擇其一：俄國僑民以及俄國北方的、沿海的遠東居民的生活和心理；遠東的俄國僑民生活；遠東和西伯利亞白色運動；3、自由題材的特寫也可參賽；4、不接受有共產主義傾向的小說；5、參賽的作品必須完整，不得待續；6、規定字數不超過 1000 報紙行；7、由三人組成評委。一等獎 100 美元，二等獎 40 美元，三等獎 20 美元，另評出 10 篇優秀作品。」由此可見其堅決的反蘇反共政治傾向。該報在太平洋戰爭爆發前夕的 1941 年 11 月 25 日宣布停刊。次年 7 月 27 日起，阿爾塔杜科夫在《上海柴拉報》上刊載了關於轉讓報社印刷廠及全部設備之聲明，《斯羅沃報》至此完全結束。

二、俄文版《東華日報》

《東華日報》，俄文，1930 年 6 月 24 日在哈爾濱創刊。是薛子奇 1929 年 11 月 14 日在哈爾濱大安街 44 號創辦的漢文《東華日報》的俄文版。聘俄羅斯記者彼得羅夫做主編，還從《魯波爾報》聘請了一些記者。每日對開一大張。1930 年起改為晚報。

薛子奇，原名薛大可，字子奇，化名薛醒吾。曾任袁世凱御用報紙《亞細亞報》社長。因與袁克定一起偽造專供袁世凱一人「御覽」的《順天時報》，成為中國新聞史一大醜聞。北洋軍閥集團覆滅後化名薛醒吾潛逃至哈爾濱。1930 年 7 月 8 日，在《東華日報》上發表《新聞記者之品格》，盛讚歐美及日本記者品格高尚，貶低我國輿論幼稚，狂言辱罵哈爾濱新聞記者，引起哈

爾濱報界極大憤怒，紛紛刊文批駁，共斥「洪憲餘孽」「臣記者」「罪在不赦」。
10 月 12 日，東省特警處奉張學良之令查封了漢文《東華日報》。薛大可在「九
一八」事變後離哈南去。俄文版《東華日報》繼續出版至 1932 年 2 月 21 日
停刊。

三、《晨報》

　　《晨報》，俄文，日報，創刊於 1931 年 3 月，社址在天津英租界。由貝
霍夫斯基編輯出版。該報對外稱「猶太——俄羅斯」報紙，實際具有蘇聯機
關報的性質。貝霍夫斯基在《致讀者的信》中特別強調該報將「大規模報導
世界猶太人的生活」。實際上該報大量轉載蘇聯報紙上的內容，報導蘇聯國內
取得的成就，只是手法上較隱諱。被當時某俄羅斯人稱爲「是布爾什維克的
報紙，是《消息報》和《眞理報》在天津的翻版。」[1]貝霍夫斯基在創刊之初
曾吸收幾個當地猶太人到報社工作，當《晨報》蘇聯傾向越來越明顯時，猶
太人紛紛離開報社，並向外界宣揚《晨報》與猶太社會沒有任何關係。該報
發行量很小。當《哈爾濱先驅報》因宣傳共產主義被中國地方當局查封後，《晨
報》上來自哈爾濱的稿件越來越多，並開始刊登鐵路消息。鐵路沿線訂戶逐
漸增多。約 1932 年停刊。

四、《新道上海俄文日報》

　　《新道上海俄文日報》，出版人兼經理爲巴洛德，主筆爲謝戈洛夫。社址
在霞飛路 706 號 1 室，該報創刊時間有二種說法：一是羅文達稱其於 1931 年
創刊；二是《上海市年鑒》記載該報於 1935 年 8 月在滬創刊。該報宗旨是：
「獻身於遠東俄僑事業」。每日發行 6～8 頁，銷數在初期爲 1500 份，後增至
2000 份左右。出版日報的同時還出版《新道》週刊。

五、《東方新聞報》

　　《東方新聞報》，1932 年在哈爾濱創刊，是一家傾向蘇聯的報紙。因當
時哈爾濱日僞統治的嚴酷社會環境，該報經常以普通僑民身份出面創辦，且
用各種各樣的報名出版。不過，日僞當局還是沒有忽略這份蘇聯報紙的存
在，千方百計予以摧殘和迫害。當時哈爾濱漢文報紙曾經報導：「昨日（七
日）晨，本埠之責任當局，將道里八道街俄文報《東方新聞》百餘人，加以

1　《俄文霞報》，民國二十年（1931 年）9 月 5 日，第 1067 期，第 5 版。

檢查。被檢索者乃係有反滿（注：偽滿洲國）行動，其與中國共產黨，暗中互相聯絡，並與政治匪人互通聲息，有此數種嫌疑，故關係者責任當局，為求明瞭真相計，現正嚴重調查中。」該報發行至 1935 年 10 月。

六、上海《戈比報》

上海《戈比報》，1932 年底前後從哈爾濱遷至上海發行。社址在西愛咸斯路（今永嘉路）11 號，每日 8 版，主編是奇利金。1934 年每日平均銷數達 4500份，80%在上海發行，20%銷往外地。該報主筆奇利金原是莫斯科記者。十月革命前，奇利金在莫斯科的《俄羅斯晨報》等幾家報館工作。1918 年跑到海參崴。1921 年來到哈爾濱，當過幾家報社的主編和出版人。1926 年 9 月到上海創辦了一家印刷廠，先後做過《晨報》和《戈比報》的主編和出版人。

七、《亞洲之聲報》

《亞洲之聲報》，俄文，由日本人出資支持的俄國人帕斯圖欣於 1932 年在天津日租界海光寺創刊，自任主筆。1936 年防共委員會成立後，《亞洲之聲報》改名為《興亞新報》繼續出版，報紙版面擴大，並接管了白俄施布闊夫在英租界所辦俄文報紙《路報》。帕斯圖欣曾在俄國白軍中當過準尉。此人原本就是個流氓，1920 年來津時身無分文，一貧如洗，和日本浪人鬼混在一起。在日本人的支持下創辦報紙，專為日本侵華、反蘇反共製造輿論。[1]後因日本管理俄羅斯人「俄國僑民事務局」在天津設立了分局，取代了防共委員會，《興亞新報》停止出版。

八、上海《俄文每日新聞報》

《俄文每日新聞報》，1933 年 3 月 23 日從哈爾濱遷到上海出版。社址原在霞飛路 785 號，1935 年夏遷至福煦路（今延安中路）620 號。主筆為原《戈比報》主筆奇利金，經理為彼得列茨，副主筆為謝爾庫諾夫，晚報主筆為科列斯尼科夫。社內設有廣告部、會計部、營業部和印刷部等。該報每日發行 8 頁，每日均銷數在 4000 份左右。版面一半以上為俄文及英文廣告，其印刷之精美居上海俄文各報之冠。奇利金的思想在 1936 年發生轉變，開始傾向蘇維埃，為此曾多次遭到白俄和日本人的恐嚇。1937 年，該報被暴徒擲彈，

---

1 杜立昆，「白俄在天津」，《列強在中國的租界》，中國文史出版社，1992 年版，第 177 頁。

傳係日方所爲。[1]1940年8月2日，上海著名俄羅斯人士梅茨勒慘遭殺害，該報刊文譴責暗殺案與虹口日本人組織的新白俄團體有關。奇利金爲此又接到揚言危害其生命的恐嚇電話。1949年7月1日《俄文每日新聞報》改名爲《蘇聯公民報》繼續出版。

九、《我們之路》

《我們之路》，大型俄文日報。1933年10月3日以英國人Atkins的俄文《我們之報》爲基礎在哈爾濱創刊。是日本軍國主義積極支持和操縱的俄國法西斯黨的機關報。主編羅札耶夫斯基。《我們之路》的發行量只有4千份。辦報風格過於張揚，大吹大擂，招搖過市，只代表一少部分與俄國法西斯黨有瓜葛的俄羅斯人的立場。[2]該報第1期創刊號社論說自己是「境外俄羅斯民族思想的日報，口號是：上帝、民族、勞動。團結一致、健康組織、喚醒民衆。俄羅斯人彼此互爲朋友和兄弟。」[3]作爲俄國法西斯黨的機關報，《我們之路》刊行到1938年4月。

羅札耶夫斯基，（？～1946年），1925年18歲時從布拉戈維申斯克越境潛入哈爾濱，後在當地大學法律系學習。日本佔領哈爾濱後，在日本人的支持下組織法西斯黨從事反共活動。1945年8月蘇聯紅軍進入哈爾濱時，羅札耶夫斯基逃至北京。爲使他繩之以法，蘇聯駐北京領事假裝答應他回國後給他一份工作。10月飛回莫斯科後立即被逮捕，投入盧卞卡監獄（注：蘇聯專門關押政治犯的監獄）。1946年8月與謝苗諾夫一起被處死。[4]

十、《新世界報》

《新世界報》，英俄文合刊，1934年4月開始在上海發行，每日6頁（俄文4頁，英文2頁）。該報爲蘇僑創辦，新聞消息特別注重於蘇聯的建設與遠東關係。創刊後不久停刊，很快又復刊。1936年6月23日改名爲《中國導報》後繼續出版。改名後的《中國導報》仍爲俄、英文合刊，平時出版8頁，星

1　《申報》，民國二十九年（1940年）8月8日，第7版；8月9日，第7版。

2　Таскина Е. *Неизвестный Харбин.* –М., 1994 г. С.62.（塔斯金娜，《鮮爲人知的哈爾濱》，莫斯科，1994年版，第62頁。）

3　*Великая маньчжурская империя: к десятилетнему юбилею.* –Харбин, 1942г. С.350.（《偉大的滿洲帝國：十週年紀念》，哈爾濱，1942年版，第350頁。）

4　Бобин О.Б., *Прощание с русским Харбином.* –М., 1994 г. С.14～15.（博賓，《告別俄羅斯的哈爾濱》，莫斯科，1994年版，第14～15頁。）

期日爲 12 至 20 頁，平均銷數約 2000 份。報導重點仍是蘇聯國內建設及與蘇聯有關的遠東問題。該報同時增加漢文版，每週發行一次。該報雖傾向蘇聯，但自稱政治獨立，資金自給，客觀報導，公正評論。

十一、《亞細亞之光》

《亞細亞之光》，月刊，由俄羅斯人 1934 年 8 月創辦於哈爾濱。主編韋列熱夫。該刊在當地曾產生很大影響，後被日本人操縱下的俄僑事務局霸佔接管，把大量篇幅用於討論政治和軍事問題，大力宣揚日本侵略者和俄僑事務局的意識形態，於 1945 年終刊。主編韋列熱夫曾任《公報》和《僑民之聲》主編，第二次世界大戰期間被派到日本，在那裡的俄羅斯人中間從事宣傳活動。

十二、《現代女性》

《現代女性》，月刊，1937 年 2 月在上海創刊，是一本很受歡迎的婦女雜誌，期發 1000 冊。社長是瓦西里耶夫，第一任主編是巴爾蘇科娃。雜誌創刊號第一頁刊登的編輯部寄語稱「據說，這裡出版一份雜誌很難。讀者對雜誌不感興趣，我們卻認爲，雜誌能否生存在於它的內容、它的趣味、它的生命力。所以我們聯合成一個整體，決定爲您，親愛的女性讀者，奉獻上一本有意思的雜誌。」[1]

十三、《俄人呼聲報》

《俄人呼聲報》，不遲於 1937 年在上海匯山地區創刊。社址在熙華德路（今長治路）409 號，是抗日戰爭爆發後有代表性的親日派俄文報紙。主筆亞歷山大。因言論親日，該報編輯部於 1938 年 3 月初被炸，報社發行人之妻塔瑪拉・索洛涅維奇及編輯部秘書米哈伊洛夫當場被炸死。同年 11 月 6 日與「日占區俄僑事務管理處」聯合發起召開「上海俄羅斯人代表大會」，企圖建立爲日僞效命的白俄僑民組織。主筆亞歷山大曾於 1937 年間在《帆》雜誌發表反對中國抗戰政策的文章。在擔任《俄人呼聲報》主筆後以「安托洛夫」的筆名發表大批反華反英美言論，文中充滿了污蔑和挑撥，戰後以間

---

1 Хисамутдинов А. А. *По странам рассеяния. Русские в Китае.* –Владивосток, 2000, C.221.（希薩穆季諾夫，《沿著飄零的國家——俄羅斯人在中國》，海參崴，2000 年版，第 221 頁。）

諜罪在中國法庭受審。[1]

第四節　民國南京政府前期的新疆現代報業

　　由於特殊的社會政治環境，新疆地區的新聞報業在民國南京政府前期得到比較迅速的發展，出現了一些產生較長期社會影響的現代新聞報刊。

一、新疆第一張全省性的現代報紙《天山日報》

　　《天山日報》，漢文日報，1930 年[2]創刊於新疆迪化（今烏魯木齊）。社址設在迪化市臬前街。前身是楊增新於 1915 年（一說 1913 年）創刊的漢文《新疆公報》和 1918 年 8 月創刊的漢文不定期刊《天山報》[3]。1912 年楊增新從清廷新疆巡撫袁大化接管新疆軍政大權後，爲鞏固自己統治地位，於 1914 年用省銀 5 萬兩購置一部舊印刷機，印刷出版省政府官報。雖刊載大多是官文書，但對於穩定楊的統治起了較大作用。楊增新 1927 年 7 月被部下樊耀南刺殺後，金樹仁[4]出任新疆省政府主席。《天山日報》就是金樹仁上臺後在《天山報》基礎上創辦的新疆省政府機關報。內容以新疆報導爲主。序號續《天山報》期數累計。該報用石棉紙鉛印，單面印刷，文用四宋、標題用一宋或二

1　本節取材於趙永華：《在華俄文新聞傳播活動史（1898～1956）》，中國人民大學出版社，2006 年版。

2　方漢奇主編：《中國新聞事業編年史（中）》，第 1132 頁。稱該報創刊於 1929 年 4 月 18 日。由劉光漢、潘樹基、任尚志任主筆。日出 4 開 4 版，週六刊。新聞紙鉛印，1931 年該報因紙張困難，改用白棉紙單面印刷，日出 2 版。1932 年恢復新聞紙印刷，擴張爲日出對開 4 版。1936 年 4 月更名爲《新疆日報》。

3　《新疆公報》名爲宣傳民國政府的「新政」，實則宣揚保皇思想。袁世凱復辟帝制時改用「洪憲」年號，爲袁世凱搖旗吶喊。袁失敗後，楊增新見大勢已去，於是出版《天山報》以此表白自己竭誠擁護民國。這張不定期的 4 開小報，名義上叫「報」，實際上是楊增新文告的變種。有人考證：1934 年 8 月 5 日，在迪化市出版了一張《新新疆》週報。包括政治、經濟、文藝等方面的內容，報紙像現今出版的《參考消息》。這是一張用塑印機打印的維文週刊。自第 19 期開始石印出版。4 開 2 版。發行 500 份左右。1935 年 12 月 10 日《新新疆》改名爲《新疆維吾爾新聞》作爲省政府和維吾爾文化促進會的機關報，鉛印出版。廣大讀者把它作爲獲取科學技術信息的重要窗口。期發量 2000 份。1936 年該報與漢文《天山報》合併，領導班子也作了相應調整。

4　金樹仁（1879～1941）新疆地方官僚。甘肅導河（今臨夏）人，字德庵，軍閥楊增新門生。1928 年在楊增新被殺後繼任新疆省政府主席。因重利盤剝新疆各族人民，引起全疆各地暴動。1932 年 5 月 2 日被國民黨政府免職、逮捕。1935 年 10 月特赦釋放。

宋；週六刊（星期一無報），對開 2 版，各版均六欄。一版有「要聞」、「本省新聞」、「外省新聞」等；二版是副刊和廣告，並續登「外省新聞」。

圖 4-1　1912 年接任新疆軍政大權的楊增新（1864～1928）

《天山日報》主要宣傳民國南京政府和新疆地方政府的政績，突出報導國民黨主要人物和封建軍閥的活動。1935 年 8 月比較詳盡地報導了蘇聯向新疆地方政府貸款 500 萬金盧布一事。這項貸款合同的簽定儀式是在督署東大樓舉行的，參加的有盛世才、李溶、加尼牙孜等，蘇聯外交、商務人員和應聘在新疆服務的蘇聯人士，新疆省政府所屬的在省各機關首腦，都出席了簽字後的慶祝宴會。該報對於這次宴會和席間中蘇雙方代表的講話都作了報導並配發了社論。該報注重通過新聞報導和副刊，揭露日寇侵華罪行和國內外的聲討活動，如 1073 期（1931 年 11 月 21 日）二版頭條消息的標題就是《舉國一致共驅倭寇》；1078 期（1931 年 11 月 27 日）副刊也刊有《仇日歌》和馬懷衷的《抗日救國歌》。《天山日報》各欄目之間配合較好，都突出宣傳抗日救亡這個中心。該報在新聞寫作上文字比較短小，尤其是「要聞」欄內所載新聞多則三四十字，少則十幾個字，如 1075 期（1931 年 11 月 24 日）《于珍業已釋放》只有幾個字：「于珍已釋放回寓」。該報已有專職記者採訪迪化市新聞，外地也設有通訊員。但這些記者的新聞工作素養較差，尤其是缺乏新聞寫作的基本知識，在報紙上經常出現不交代時間、地點和事件的新聞

稿。由於新聞消息大部分抄自內地報紙，即使有收音機，因效果較差，經常收聽不清，只好轉載內地報紙，所以時效性較差。通常《天山日報》上的消息距事發時間也要遲發一兩個月之久。當地新聞、本省新聞要晚半個月才能見報。另外，版面也缺乏科學編排，如「外省新聞」欄目中竟赫然出現混淆國內外界限的《德國輿論激烈》新聞報導。

　　1933 年盛世才掌控新疆後，爲該報配備了兩名得力的正副社長。隨東北義勇軍經蘇聯來新疆的宮振瀚見多識廣，又懂外文，被委任爲社長；才學出眾，在新疆被稱爲「十大博士」之一的留日學生郎道衡被委任爲副社長。在這兩位新社長的領導下，《天山日報》改用老五號宋體印刷，使這張報紙進入了一個新階段。1936 年 4 月《天山日報》更名爲《新疆日報》。

二、全國最早的少數民族文字省級報紙《新疆日報》

　　20 世紀 30 年代中葉，新疆開始出現省級少數民族文字報刊。1934 年 8 月 5 日，迪化市出版了維吾爾文《新新疆》週報，包括政治、經濟、文藝等方面內容，報紙像現今的《參考消息》。這是一張用塑印機打印的維吾爾文週刊。4 開 2 版。第 19 期開始石印出版。發行 500 份左右。1935 年 12 月 10 日改名爲《新疆維吾爾新聞》作爲當時新疆省政府和維吾爾文化促進會的機關報，鉛印出版，成爲讀者獲取科學技術信息的重要窗口。期發量 2000 份。1936 年與漢文《天山報》合併後停刊。就在它停刊前後創辦了全國最早的少數民族文字省級報紙《新疆日報》。

　　《新疆日報》[1]，1936 年 4 月在迪化[2]創刊。宮振瀚、郎道衡爲正副社長。該報與其前身《天山日報》相比較有明顯變化。對開四版（俄文版爲 4 開 4 版，較之其他文種版面較小），改進了編排技術，增添了幾種大號標題字，擴大了新聞報導的容量，並用新聞紙印刷。發行量超過 10000 份，訂戶開始增

---

[1]　方漢奇主編：《中國新聞事業編年史》，第 1307 頁。稱：《新疆日報》於 1935 年 12 月 3 日在迪化創刊。中央民族大學 89 級碩士研究生朱衛東的學位論文：《抗戰前期的〈新疆日報〉》也持這一觀點（論文發表在 1992 年《新疆新聞界》第 5 期、第 6 期）。新疆的同志説關於《新疆日報》創刊時間的説法不止這兩種。

[2]　迪化市，即今烏魯木齊市。作爲新疆的省會和地區中心，當時除出版維吾爾文、哈薩克文、漢文版的《新疆日報》外，還出版發行《自由報》《火焰報》《故鄉報》《覺醒報》及《眞理報》等報紙。其中《覺醒報》8 開 4 版，鉛印，從 1946 年 6 月發行到 1950 年，以報導解放戰爭時期新疆及迪化的形勢，揭露國民黨反動派破壞活動，告誡人民保持高度警惕爲其主要目的。

多。少數民族作者（記者）隊伍明顯擴大，迪化乃至全疆的知識分子逐步凝聚在《新疆日報》周圍，報紙文藝版得到關注。盛世才題寫過報名。

《新疆日報》除用漢文出版外，還用維吾爾文、哈薩克文、俄羅斯文出版，後又增蒙古文版。幾種文字版的內容大致相同。在伊犂、阿山（今阿勒泰）、塔城、阿克蘇、喀什、和田等地成立新疆日報分社，分別出版當地的《新疆日報》。各分社《新疆日報》文種不一，如伊犂分社出版維吾爾、哈薩克、漢文版；阿山出哈薩克和漢文版。其他分社則出維吾爾文和漢文版，共計 17 種之多，大多是隔日刊、三日刊、週刊。迪化總社與各地分社是行政領導關係，不向分社播發稿件。各分社獨立發稿，報導內容以當地新聞爲主。宣傳口徑與總社一致。和平解放前，《新疆日報》經歷了盛世才[1]、吳忠信[2]、張治中[3]、和包爾漢[4]時期。其中盛世才統治新疆時間最長，達 11 年之久（1933～1944 年）。《新疆日報》創刊不久抗日戰爭爆發，一直到新疆和平解放，經歷抗戰 8 年、解放戰爭 3 年，前後共十餘年。由於採取既聯合又鬥爭的合作關係，《新疆日報》逐漸控制在中國共產黨員手中[5]，性質也起著變化，它以黨的

---

1 盛世才（1896～1970，一說 1892～1970），新疆地方軍閥。遼寧省開原縣人。漢族，字晉庸。1931 年赴新疆，歷任新疆省督署參謀長、新疆邊防督辦和省政府主席等職。曾一度接受中國共產黨入新疆工作，倡導「六大政策」。1942 年轉而監禁和殺害共產黨人和進步人士。在疆 11 年製造大批冤案，殘害各族人民達十餘萬人。1949 年前夕去臺灣。著有《新疆，小卒還是軸兵》《盛世才十年回憶錄》《牧邊瑣憶》等。

2 吳忠信，受蔣介石委派接替盛世才主政新疆。上任之初辦了三件事：清理監獄、宣撫地方、敦睦邦交，人稱「吳忠信治新三板斧」。1944 年 9 月抵新，到 1946 年 3 月不待辭職獲准而返渝。

3 張治中（1890～1969）愛國民主人士。安徽巢縣（今巢湖市）人，原名本堯，字文白。抗戰勝利後，任西北行轅主任兼新疆省政府主席，主張國共談判、和平建國。1946 年代表國民黨參加軍調處三人小組。1949 年任國民黨政府和平談判代表團首席代表。後留北京並於同年出席全國政協第一屆全體會議，後任西北軍政委員會副主席、全國人大常委會副委員長、國防委員會副主席、民革中央副主席。

4 包爾漢（1894～1989）新疆溫宿人，生於俄國。維吾爾族。1946 年後任新疆三區民族民主解放革命聯合政府副主席、新疆省省政府主席。1949 年參加和平解放新疆的工作，同年加入中國共產黨。新中國成立後，歷任新疆省人民政府主席、中共中央新疆分局常委、中國伊斯蘭教協會主任、名譽主任和名譽會長，中國科學院民族研究所所長，中國人民保衛世界和平委員會和中國亞非團結委員會副主席、全國人大常委會民委副主任委員，全國政協副主席。

5 從 1938 年到 1942 年 2 月，先後被派遣到報社工作的中共黨員有汪哮春（汪小川），任副社長，李嘯平（李宗林）任編輯長，王葦（王憲唐），李何（洪履和，筆名小黎），馬殊（鄺宗球），陳浩然（陳清源），劉伯珩（白大方），王謨（王謨行），郭慎先（郭春則）。分別擔任國內國際新聞版和文藝版編輯及美術編輯，王葦兼製版

抗日民族統一戰線爲中心，宣傳抗日圖存，宣傳堅持抗日、堅持進步、堅持團結的方針，以統一戰線面目出現。

圖4-2 1936年12月19日的《新疆日報》

科長，郭愼先兼管校對工作。此外，還有兩名中共女黨員做過一個時期的校對工作。報紙的宣傳報導由汪嘚春、李嘯平負責。

圖 4-3　1936 年 12 月 8 日的《新疆日報》

圖4-4　1939年11月30日的《新疆日報》

（一）《新疆日報》的宣傳內容

1、在統一戰線旗幟下全面進行抗日民主思想宣傳

《新疆日報》不囿於階級、黨派界限，凡有利於抗戰的言論、事件尤其是八路軍、新四軍的抗日鬥爭均予以報導，並在輿論上加以積極引導。比如從 1938 年 11 月 11 日至 1939 年 1 月，該報連續轉載《新華日報》長篇通訊《模範抗日根據地晉察冀邊區》，介紹抗日民主根據地創立、生存和發展的原因，展示共產黨創建的根據地實行民主改革之後欣欣向榮的面貌。並發表題爲《學習晉察冀，援助晉察冀！》的社論，幫助讀者「瞭解這個模範的抗日根據地」，「瞭解整個抗日戰爭的前途」，加強「抗戰必能最後勝利的信念」。該報還介紹八路軍和游擊隊在五臺山戰鬥百餘次，斃傷萬餘日寇的戰績；刊登穆欣的通訊《馳騁華北的勁旅》並配發了八路軍、抗日游擊隊的照片。《苦戰大青山——大青山游擊區司令述》一文表現了游擊隊輾轉大青山一帶，在敵後開展艱苦卓絕的游擊戰的歷程。民國二十九年（1940 年）2 月 24 日報紙還發表了採訪新四軍副軍長項英的文章《新四軍敵後戰——堅強決戰的因素》，向全國各地進行游擊戰的部隊提供了新四軍取勝的經驗。該報關於八路軍、新四軍英勇抗擊日寇報導，揭穿了國民黨頑固派對中國共產黨領導的部隊的「遊而不擊」污蔑，堅定了新疆各族人民抗戰的信念，鼓舞他們投身到抗戰的洪流之中，並使他們看到了民族的希望，祖國的未來。

《新疆日報》對於國民政府及抗日將領的抗戰言行，該報也加以客觀報導。「七七」事變爆發後，日本帝國主義的野蠻侵略使中華民族處於危機存亡的嚴重關頭，也危及了蔣介石和國民黨在中國的統治。蔣介石於當年 7 月 17 日在盧山發表了態度比較強硬的對日講話，說：「最後關頭一刻，我們只有犧牲到底，抗戰到底」。9 月 22 日，中央社發表《中國共產黨爲公布國共合作宣言》，次日，蔣介石發表承認中國共產黨的合法地位的講話，報紙都作了及時報導。對蔣介石和國民黨黨政要員的抗日言行，報紙都加以肯定，並在編排形式上突出其談話主旨。比如《白崇禧將軍縱談抗戰形勢》一文，就把其「縱談」的要點作爲副題加以突出，指出敵人的毒計是以戰養戰，以華制華，而我們的辦法是開展游擊戰，加強團結。抗戰三週年之際，報紙在頭版顯要位置刊載《蔣委員長發表告全國軍民書》和《蔣委員長發表告友邦人士書》表明「敵未撤出我國境抗戰決不終止」的決心。報紙還連載《蔣委員長在中央紀念周上報告目前抗戰形勢》，增強輿論宣傳，防止蔣介石對日妥協，鞏固統

一戰線。在紀念國民政府進行國民精神總動員一週年時，蔣介石發表廣播講演重申精神動員綱領三項要義，勸勉全國同胞執行「切實」作風，並提出四項指示作爲今後努力方針。《新疆日報》稱這次廣播演講「重申精神動員的意義，內容異常重要，實有加以引申的必要，」同時配發社論《對於精神總動員應有的認識》，充分肯定蔣介石「徹底實行民主政治，允許各黨各派合法存在與發展，開放言論集會自由，改善民生……」[1]的言論。

《新疆日報》對國民黨19路軍違背蔣介石的意志英勇抗擊日寇的「淞滬抗戰」，予以高度讚揚。在時隔 7 年之後，《新疆日報》組織了「一·二八」七週年紀念特輯，稱讚「『一·二八』在中華民族革命史上寫下了燦爛光輝的一頁」[2]。此外對於國民黨軍隊先後在淞滬、忻口、太原、徐州、武漢、長沙、豫南、棗宜、中條山、浙贛、常德一系列會戰，和在山西、徐州戰場取得的局部勝利，都進行了報導。對於其戰果和湧現出來的可歌可泣的民族英雄，該報都熱情地予以讚頌。報紙的第一版爲國內新聞版，大部分版面都爲國民黨軍隊正面戰場的新聞所佔據，連續詳盡報導戰況和戰果，並附有戰爭形勢圖。該報還熱情謳歌和高度評價了爲國捐軀的謝晉元等將領的犧牲精神和愛國主義精神。該報對國民黨抗日將士的宣傳報導表現了共產黨人的光明磊落，對團結抗日起了促進作用。

《新疆日報》重點宣傳了進步的「六大政策」，宣傳抗日民族統一戰線。盛世才上臺後，爲鞏固其在新疆的統治提出了反帝親蘇的口號，並進一步發展爲包括民族平等、和平、建設、清廉等六大政策。這一客觀上順應民心、符合時代潮流的施政綱領，成爲後來中國共產黨與盛世才建立統一戰線的政治基礎。《新疆日報》作爲盛世才控制下的新疆公署和省政府的機關報，把「六大政策」作爲宣傳的重點，推動新疆的建設。這其中的民族平等政策，爲長期深受民族壓迫和民族歧視的各少數民族帶來希望，受到各族人民的擁護。宣傳方式主要有兩種，一種是直接刊登六大政策的內容，如連載《六大政策教程》；一種是把六大政策的精神融會貫通到新聞報導之中，反映新疆的建設成就。該報根據抗日民族統一戰線方針和策略，經常報導省公署和省政府的抗戰言行。抗戰相持階段汪精衛降日，成立僞中央政權，省政府口誅筆伐，並向國民黨著名將領如李宗仁、張自忠等人發出討汪通電。該報均在

1　參見 1940 年 3 月 16 日《新疆日報》。
2　參見 1939 年 1 月 28 日《新疆日報》。

顯要位置予以報導。對共產黨和八路軍領導人毛澤東、朱德、彭德懷、周恩來、任弼時等致督辦兼主席盛世才的賀電也全文刊載，這是為了「爭取他們留在抗日統一戰線裏面」（毛澤東語），以換取全民族的抗戰。

　　《新疆日報》突出報導新疆各族民眾反帝聯合會（簡稱「反帝會」）的活動。反帝會是新疆最大的群眾政治組織，它是六大政策的體現，也是統一戰線工作的組織形式。其基本任務是團結各族群眾，調動各方面反帝與建設的積極因素，支持抗戰，保障、鞏固抗日大後方。反帝會領導權掌握在共產黨人手中，盛世才只是名譽會長。反帝會擔負著對民眾的宣傳和教育工作，號召並領導全疆各族群眾積極抗戰，反帝會的活動是報紙報導的重要內容。該報多次報導反帝總會及各地分會的工作動態，刊登《反帝總會所發動之節約運動宣傳大綱》。對反帝會為支持抗日前線而發起的寒衣募捐運動和獻金運動，報紙予以充分報導，並配發言論，大造聲勢。報紙還經常以廣告形式刊登反帝會的機關刊物《反帝戰線》目錄，以擴大其影響。

　　《新疆日報》積極宣傳共產黨人在新疆建設的各方面成績。當時中共在新疆的主要任務是爭取國際援助，保障國際交通運輸線的暢通無阻，把新疆建設成鞏固的抗日大後方，用黨的優良作風，影響並團結新疆各族人民，加速抗戰勝利的步伐。因此，黨中央先後派出包括毛澤民[1]、林基路[2]等人在內150 餘人參加新疆建設工作，在省政府等重要部門擔任職務的同時，在《新疆日報》擔任編輯、記者工作，成功地控制了新疆地區的輿論宣傳工作。《新疆日報》第三版，即新疆新聞版，就著重報導新疆的政權建設和經濟文化建設，同時也反映了中國共產黨人的政績。經濟方面上宣傳報導毛澤民進行的財政改革。毛澤民任財政廳長期間，針對新疆幣制異常混亂現象，調整了財政組織，統一、改革幣制，穩定物價和金融秩序。《新疆日報》對他採取的一系列措施逐一刊登，並及時反映全疆各地改革進展狀況，促進了新疆財政狀況好轉。文化教育方面大力宣傳林基路制訂的整頓校風的八字方針：團

1　毛澤民（1896～1943）湖南湘潭韶山沖（今屬韶山市）人，字潤蓮，毛澤東之弟。1922 年加入中國共產黨。首任安源路礦工人俱樂部消費合作社總經理。1932 年任中華蘇維埃共和國國家銀行行長。長征到陝北後，任中華蘇維埃共和國中央政府西北辦事處國民經濟部長。1938 年到新疆從事抗日民族統一戰線工作，曾任新疆政府財政廳長、新疆商業銀行理事長、民政廳代廳長。1942 年 9 月被軍閥盛世才逮捕，在獄中堅持鬥爭。次年 9 月被秘密殺害。

2　林基路（1916～1943）廣東台山人。1935 年加入中國共產黨。曾任新疆學院教務長，庫車縣縣長。1941 年被盛世才逮捕，1943 年犧牲於獄中。

結、緊張、質樸、活潑，提倡學用結合、理論聯繫實際的啟發式教學，並發表林基路論革命作風的文章《新作風》（之一、之二、之三），團結和影響了一大批進步青年和革命志士。

2、靈活巧妙地宣傳黨的方針政策

以中國共產黨人為主導的《新疆日報》，利用其新疆省政府機關報的合法地位，靈活巧妙地宣傳黨的路線、方針、政策，傳播進步、革命的思想。

第一，直接宣傳黨的抗日主張、抗日戰略方針、各重要歷史階段的戰略決策以及對於重大事件的態度和措施，使新疆各族人民對其有所瞭解，並逐步理解這些主張的正確性，從而支持、擁護黨的方針政策。

自 1938 年（民國二十七年）後報社消息來源大大擴展。新華社電訊、《新華日報》《群眾》雜誌等通過八路軍駐新疆辦事處源源不斷傳到報社。建立自己的電臺後又可直接收聽延安的消息。闡述黨的政策的高級領導人的講話和論述，報紙都把它放在重要位置進行宣傳報導。如《抗日救國十大綱領》、毛澤東的《關於目前國際形勢與中國抗戰的談話》《第二次帝國主義戰爭講演提綱》，朱德的《八路軍抗戰一週年》《勝利在望，團結向前》等。抗戰一週年前夕，毛澤東發表了《論持久戰》，《新疆日報》全文連載並配發社論《介紹〈論持久戰〉》[1]。社論指出「廣州武漢的陷落，抗日戰爭進入到新階段。這又不僅是歷史證實著毛先生的這篇宏論的正確，而且也是歷史要求著我們每個同胞應該來研究毛先生的這篇宏論，來研究持久戰的問題。」1941 年 7 月 1 日是中國共產黨誕生 20 週年紀念日，該報發表《祝中國共產黨二十誕辰》的紀念文章，並刊登了毛澤東和朱德的照片。11 月 4 日，延安東方各民族反法西斯大會閉幕，報紙又全文刊載毛澤東的講話，並於第三天發表李何的文章《團結東方各民族共同打倒法西斯》。

震驚中外的「皖南事變」發生後，國民黨系統的中央、掃蕩、益世、商務、時事各報均發表污蔑新四軍，歪曲事實，混淆視聽的言論，因國民黨封鎖消息，真相無法大白於天下。盛世才只准發表中央社歪曲事實真相的《中央軍事委員會通令》，而不准發表延安新華社播發的《中共中央革命軍事委員會命令》。當時報社編輯長由共產黨員擔任，在編輯長等人據理力爭下，最後使兩者均在 1 月 30 日報紙上刊出，還在同一版上刊登了《中共中央發言人關於皖南事變的談話》和蘇聯塔斯社播發的關於「皖南事變」的消息。

1　1938 年 11 月 10 日《新疆日報》。

接著又發表了新四軍將領聲討親日派的通電及長篇通訊《新四軍皖南部隊慘被圍殲的眞相》等。迪化市很快掀起了群眾性的抗議怒潮,各大中學校的學生紛紛舉行聲討會和靜坐示威等活動。該報通過重大事件和黨的紀念日及其重要活動的報導,不僅直接宣傳了黨的政策和策略,而且也傳播了革命的思想。

第二,報紙利用盛世才自己提的「親蘇」政策先後開闢「蘇聯講話」「蘇聯介紹」等專欄,報導蘇聯內政外交,宣傳蘇聯社會主義新面貌,增強中國人民奪取抗戰勝利的信心,並以此反擊內地的反共叫囂,巧妙地以黨的方針政策喚起人們對社會主義的嚮往。

在特闢專欄中,除經常報導蘇聯的社會主義建設、和平外交政策和在反法西斯戰爭中發揮的重要作用外,每逢蘇聯國慶節、重要紀念日,報紙還發表社論和專刊以示紀念。報紙還通過《第三個斯大林五年計劃》《蘇聯的食品工業》《蘇聯的水利工程》和《十五年來蘇聯的民用航空事業》等一系列文章,把社會主義的蘇聯重視發展生產力,發展經濟所取得的成就呈現在讀者面前。該報熱情洋溢地稱讚蘇聯紅軍是「眞正爲人民利益奮鬥的軍隊。」明確指出蘇聯紅軍「是從人民中生長出來的,它與人民打成一片……蘇聯革命的成功,社會主義建設的勝利,如果沒有健全的紅軍,是不能擊退帝國主義武力的進攻,是不能消滅沙皇的武裝。」[1]並在蘇聯建軍 22 週年紀念日,轉載《眞理報》社論《人民引爲誇耀——紅軍》,發表《蘇聯軍隊是人民的寵兒》等文章,介紹蘇聯紅軍和人民群眾魚水一家的親密關係。報紙的「寫信運動」專欄發表《致蘇聯集體農莊莊員》《致蘇聯新聞界》等信件。1941年 2 月 21 日發表的《致蘇聯新聞界》一文說「只有你們的國家,新聞界才眞正是人民大家的喉舌,才眞正是爲人民大家服務……你們也爲著殖民地和半殖民地的被壓迫人們仗義執言,特別是爲著正在抗戰中的中國,你們用各種辦法,把日本帝國主義者的醜態以及我們抗戰英勇戰績宣示給世人。」該報還經常引用蘇聯塔斯社消息,轉發蘇聯報紙評述中國時局的文章,如《紅星報綜述一九四〇年中日戰局》《蘇聯各級登載我桂南大捷消息》。從側面反映蘇聯支持中國人民的抗日民族解放運動,堅定了新疆各族人民的抗戰信念。該報對蘇聯政治、經濟、文化和軍事成就的宣傳,造成讀者親近蘇聯的定勢。報紙又充分利用這一點,採用問答、名詞解釋等形式通俗地介紹馬列

---

1 1939 年 2 月 23 日《新疆日報》。

主義基本原理。先後登載了王謨的《認識現實與改造現實》《理想與現實》及康斯坦丁諾夫的哲學著作《什麼是馬列哲學？》系統介紹辯證唯物主義，對各族人民起到潛移默化的作用。

第三，《新疆日報》的共產黨人堅持正確的民族統一戰線辦報方針、路線，反對汪偽漢奸，反對投降和摩擦，與盛世才尋機施加壓力，破壞統一戰線、投靠國民黨，展開了有理有節的鬥爭。

針對盛世才越來越破壞抗日民族統一戰線，反共反人民，報紙連續發表《評三國關羽》和《論「六出祁山」的歷史價值》，借古喻今，揭露蔣介石、盛世才的反革命陰謀，提醒讀者警惕新疆時局的惡化。副社長共產黨員汪哮春因兩次發表刺痛盛的文章，批評抗日統一戰線內出現反共傾向，而被記大過兩次。在這一時期，還組織了強大的討汪運動，反對妥協投降，維護抗日民族統一戰線。1938年底，日本首相提出「善鄰友好」「共同防共」「經濟提攜」三原則，作為中日和談條件。汪精衛公開響應投降日本帝國主義。並於1940年3月在南京成立偽「國民政府」。汪逆的賣國求榮，激起全國人民的憤怒。《新疆日報》配合進步輿論展開聲勢浩大的討汪輿論攻勢，對投降派的漢奸理論逐一批駁，同時指明潛藏在統一戰線內部親日派的投降危機，警告反共頑固派。1939年1月5日，《新疆日報》頭版刊登汪精衛投降消息和評論《讓那些民族敗類滾出抗日陣線》，1月8日發表社論《擁護中央堅決抗戰討伐汪逆》。在1940年2月13日的社論《討汪與當前迫切任務》中指出，敵人在進行軍事進攻的同時加緊了政治誘降，提出了堅持抗戰、堅持團結和堅持進步的原則，必須清除抗戰陣營中動搖妥協分子以及各色各樣的民族敗類。該報還轉發了其他各報抨擊汪逆的社論和討汪通電。實踐證明，《新疆日報》與整個進步輿論界發起的討汪運動遙相呼應，它幫助新疆各族人民認清了汪精衛之流的投降本質，使人民認識到「戰則存，和則亡」的真理。這些言論和報導不僅把賣國投敵的汪精衛駁斥得體無完膚，而且警告了那些鼓吹投降、分裂、倒退的頑固派和反共反人民的國民黨右派，使人們認識到只有執行共產黨提倡的「堅持抗戰、堅持團結、堅持進步」的方針才能奪得抗戰勝利。

（二）《新疆日報》的主要特點

《新疆日報》是共產黨人主持下的報紙，同時又是抗日民族統一戰線的輿論宣傳工具。曾在1941年3月1日的社論中闡明自己的辦報方針：「新疆日報是宣揚六大政策、鼓勵抗日建新的宣傳機關，同時，它不僅是機關的報

紙，而且也是民眾的喉舌，全疆的耳目，它是一個宣傳教育廣大民眾的文化的利器。」以極大的熱情組織、鼓舞、極力、推動抗日的主力軍——廣大下層人民為民族的解放而鬥爭，反映人民的呼聲和意願，提高了各族人民特別是廣大青年的政治覺悟，激發了群眾的抗日愛國熱情，在新疆營造出抗日進步的濃厚氣氛，掀起了抗日救亡運動的熱潮。有香港讀者在來信中說：「你們的報紙立場明確，言論公正，堪稱《新華日報》姐妹版。」[1]

第一，報紙在輿論上積極引導，它懷著極大的愛國主義熱忱呼籲：「在後方的同胞們，不論男女老幼，都要本著有錢出錢有力出力的口號，盡著我們的力量去給前方將士募一些寒衣，這是我們當前完成的一件事。」[2]該報發起「致前方將士的一封信」運動，極大的鼓舞了前方將士奮戰沙場。同時及時、廣泛地反映各族群眾的救亡活動，包括工農兵學商各行各業以及反帝會、文化促進會、婦女會等各民眾團體。報紙在發動社會各界捐贈，組織募寒衣獻金運動的同時，發表《寒衣募捐獻金運動宣傳大綱》，公布全疆各區縣抗日捐款數目與姓名統計表。突出報導支前運動中湧現出來的先進事蹟和模範人物。通過報紙，讀者可以看到不同民族、不同年齡、不同身份的人們的團結和覺悟。一個維吾爾族婦女捐獻首飾的新聞圖片就登在了《新疆日報》頭版上。這些報導和支前工作表明了報社共產黨人真誠抗日，盡心盡力的態度，贏得了各界人士及廣大群眾的擁戴，全疆各族人民積極響應，踴躍捐獻。新疆學院不少學生將自己僅有的一點生活費也捐獻出來。這項運動籌集了大量寒衣和捐款，利用其中的捐款購買了 17 架飛機，有利地支持了抗日前線。

第二，密切聯繫群眾，是黨的新聞事業的優良傳統，也是《新疆日報》的顯著特點。該報在宣傳內容方面，既反映和指導群眾的生活和鬥爭，又反映他們的要求和呼聲，真誠地為人民群眾服務。1942 年 3 月，記者爾昌對呼圖壁縣長壓迫當地農民的事件寫了長篇報導。刊出後，盛世才通知報社領導，要求對這篇報導「負法律責任」。報社領導置強權威脅於不顧，連續發表全文。報紙還對當時發國難財的奸商巨賈指名揭發大膽譴責。雖然遭到盛氏家族的忌恨，但是獲得了各族人民的支持。

---

1 新疆日報社黨史資料徵集辦公室：《抗戰初期中國共產黨人在新疆日報社的活動》（資料彙編）第二集，第 128 頁。
2 1938 年 11 月 18 日《新疆日報》。

　　《新疆日報》在宣傳形式上，採用通俗簡練且爲民眾喜聞樂見的形式來進行抗戰宣傳，如地方小調、短劇、歌曲、民謠等。此外，還用漫畫、插圖活躍版面，報紙曾編輯發行幾期漫畫專刊。1939 年底，著名畫家魯少飛隨薩空了來到迪化，擔任《新疆日報》的美術編輯。他每日作一張報頭漫畫，內容都是結合當天國內外和新疆本地的重大新聞事件。這種報頭畫，在內地的一些報紙上也見過，但並不是每天都有。該報每日一畫，三年如一日，從未間斷過。不少人把漫畫剪貼成小冊子，作爲學習繪畫的參考。正因爲魯少飛的漫畫通過報紙在人們中造成了極大的影響，所以出現在迪化街頭的抗戰漫畫，幾乎全部是學習魯少飛的風格。

　　《新疆日報》提倡通俗文藝，鼓勵大眾化，爲集中反映迪化各族人民進行抗日救亡文化活動的事蹟，總結抗戰文藝成果。報社工作人員在採編之餘，熱情地投身於建設大眾文化隊伍，積極參加抗日救亡文化運動的組織和領導工作，活躍在文化界各條戰線上。有的編輯曾在文化幹部訓練班兼職，教授編劇。1938 年 10 月，迪化市學聯組織 10 多所學校參加反映抗日救亡運動的話劇，報社領導參加評委工作，報紙也爲比賽大造輿論，10 月 28 日和 11 月 3、4 日，連續編出專欄，對參賽的每臺劇目逐一評介。

　　《新疆日報》注意和讀者溝通思想。設有「讀者信箱」「小常識」「小知識」等欄目，對讀者所提出的思想、學習和工作等問題以循循善誘的態度予以細緻入微的分析和解答。有讀者對抗戰後中國的未來認識不清，報紙介紹說：「抗戰後的新中國應該是一個民主共和國，打倒帝國主義，把中國由半殖民地的國家變爲完全獨立自主的國家，肅清封建殘餘，把中國從半殖民地的國家變爲民主幸福的民主國家，中國政治發展的階段必須經民主共和國，然後才能進入社會主義階段。」[1]以眞摯、懇切、誠實的態度贏得了千千萬萬讀者的心。

　　《新疆日報》依靠群眾辦報，重視通訊員隊伍建設，爲擴大稿件來源，報社於 1939 年下半年成立了通訊科，並在全疆範圍內建立起通訊網絡，爲提高通訊員素質，報社經常召開會議，有針對性地請人做業務專題講座，介紹寫作常識、文章分類、文藝理論等方面的基礎知識，配合講座還指定專業參考書。同時結合當時國內外形勢如蘇德戰爭、抗日戰爭、國共關係作時事報告，以提高通訊員觀察、分析事物的能力。報社經常把黨報和延安出版的、

1　1940 年 2 月 21 日《新疆日報》。

國際書店出版的宣傳革命的小冊子當稿費寄給各地通訊員。這些通訊員不僅為報社撰稿，同時也起著宣傳革命思想的作用。

第三，緊跟革命形勢，為迎接新疆和平解放營造輿論氛圍。1946 年張治中將軍兼任新疆省政府主席，實行對內和平、對外親蘇的政策，對《新疆日報》也表現了極大關注。該報曾轉載重慶《大公報》社論《哀中共》，他看了之後頗為震怒，說：「哀中共就是哀蘇聯」，當即把總編輯呂器撤了職。《新疆日報》編輯李凡群，曾就一維吾爾族青年在迪化南梁毆打一個三青團員，然後跑到阿合買提江副主席[1]居住的南花園躲避一事，寫了一篇短評：《清查南花園》，接著這位副主席在維吾爾文報上刊出一封給張治中將軍的公開信說《新疆日報》主張清查他的寓所。為維護社會穩定，張治中堅決要李凡群辭掉了編輯職務。1948 年包爾漢被國民黨南京政府委任為新疆省政府主席，遭到了泛土耳其主義者的反對。他們在該報維吾爾文版上散佈泛土耳其主義，煽動民族歧視，還成立泛土耳其主義組織，拉攏青年與地下革命青年組織對抗。包爾漢依託《新疆日報》為陣地，團結進步民族青年組織與之進行堅決鬥爭。民族青年組織秘密出版《戰鬥》《先鋒》等雜誌，抄收解放區電臺的廣播，散發大量的用少數民族文字和漢字寫成的宣傳品。在迎接新疆和平解放事業中，《新疆日報》發揮了積極的作用。該報記者龔覺民則直接為新疆軍政和平起義鋪平了道路。[2]

（三）《新疆日報》的歷史地位

《新疆日報》是當時新疆地區最大的宣傳機構，在傳播信息、鼓動抗戰、建設新疆等方面發揮了積極作用。尤其在中國共產黨人主持報紙時期，報社加強自身建設，使報紙對該地區的政治、經濟、文化等各個方面產生了深遠的影響。《新疆日報》是最早以幾種民族文字出版發行的省級報紙，它在全疆各地建立了 6 處分社，各分社均出本地版，總社和分社共有漢、維、哈、蒙、俄五種文版，這在當時中國新聞界是獨一無二的，因而該報在中國新聞史，

1　阿合買提江（1914～1949），全名阿合買提江·哈斯木。新疆三區（伊犁、塔城、阿勒泰）革命主要領導人之一。新疆伊犁人，維吾爾族。1942 年因宣傳革命被捕入獄。1944 年三區革命爆發後，任三區革命政府辦公廳負責人。1945 年 10 月作為三區革命政府主要代表之一與新疆國民黨政府談判，1946 年 6 月簽定十一項和平條款，後任新疆聯合政府副主席。1949 年 9 月前往北京出席中國人民政治協商會議，因飛機失事不幸遇難。著有《阿合買提江文集》。

2　參見包爾漢：《新疆五十年》，文史資料出版社，1984 年版。

尤其是在少數民族新聞史上有獨特的地位。

1、充當反法西斯戰爭的喉舌

在日本帝國主義大舉入侵，中華民族生死存亡的關鍵時刻，《新疆日報》擁護以國共兩黨合作爲基礎的抗日民族統一戰線。宣傳中國反對日寇侵略的戰爭是全世界進步人類反對野蠻的法西斯主義暴行的總鬥爭中最重要的組成部分，所以堅信「只要全中國人民上下一心地精誠團結，在一切爲著抗戰勝利的原則下，堅持抗戰到底，堅持持久戰爭，克服一切困難，定能驅逐日寇出中國」[1]。

《新疆日報》在報導中既注意從正面介紹抗日軍民英勇抗敵的事蹟，又重視從反面反映日寇的困境和殘忍。在紀念「七七」事變三週年之際，該報刊登《「七七」抗戰三週年宣傳大綱》，總結三年來的戰果：消滅日寇 140 萬以上兵力；消耗了日寇 160 億元以上的財力；建立了無數的游擊根據地，組織了 100 多萬人的游擊隊，使敵腹背受敵，陷於人民戰爭的汪洋大海之中。《侵華三年來日寇的財政經濟外交政治》專門分析了日本的政治、經濟狀況，「三年的侵華戰爭不僅使日寇陷在中國境內的泥腳愈陷愈深；而且使敵國內部四伏著總崩潰的危機、愈來愈緊的危機……敵後掃蕩的失敗，誘降中國的無效，樹立傀儡的無功，戰爭欲進不能欲罷不得的狼狽情景，不能不加重了敵國財政、經濟、外交、政治危機，不能不加重了這個先天不足的帝國主義之末日到來。」[2]這些宣傳敲響了日本侵略者的喪鐘，起到了威懾敵人、鼓舞士氣的作用。該報懷著極大的民族義憤，聲討日寇的暴行。報紙大量揭露日寇炸民房、施放毒氣、燒殺搶掠等令人髮指的罪行；報導淪陷區人民遭受壓迫奴役的痛苦，喚起中國人民的民族意識，激發國人救亡圖存，奮戰抵抗的愛國主義精神。1938 年 12 月 12 日報紙第一版的整版都是抗日前線消息，社論《服務軍役是最光榮的事件》指出：「新疆是抗戰的重要後方，保障這個國際的交通要道的安全，是新疆同胞目前所共同肩負的偉大光榮的任務。」第二版整版刊登了三篇抗日通訊。1939 年「九·一八」八週年紀念報紙連續宣傳兩周，連載《「九·一八」第八週年》和十篇紀念文章。在《新疆日報》鼓動下，新疆各族人民踴躍捐獻，積極投身於支持抗戰的洪流中去。

《新疆日報》及時報導蘇德戰場發展，傳達侵略者必敗、反侵略必勝的

1　1939 年 2 月 7 日《新疆日報》。
2　1940 年 7 月 7 日《新疆日報》。

觀點。1941年6月22日清晨4時，德國法西斯軍隊閃擊蘇聯，國際局勢發生重大變化。23日，毛澤東就此爲中共中央寫了黨內指示：「德國法西斯統治者已於六月二十二日進攻蘇聯，此種背信棄義的侵略罪行，不僅是反對蘇聯的而且也是反對一切民族的自由和獨立的。蘇聯抵抗法西斯侵略的神聖戰爭，不僅是保衛蘇聯，而且也是保衛正在進行反對法西斯奴役的解放鬥爭的一切民族的。」[1]蘇德戰場成爲世界反法西斯戰爭的主要戰場之一。這場戰爭的進展全世界都在矚目以待。新疆和蘇聯接壤且聯繫十分密切，蘇聯戰爭爆發必然引起新疆各族人民極大關注。因此《新疆日報》對前線戰況作了大量的及時報導，開闢「國際一周」專欄，由李何撰文系統分析和評論蘇德戰爭的發展趨勢；同時在「七日時事」、「時事漫談」等專欄中報導國外政治形勢和軍事形勢的急劇變化。早在蘇德戰爭爆發之初，德國人民反戰反法西斯的情緒就已經暗中高漲起來。反對戰爭的標語如「自由德國萬歲」、「莫斯科萬歲」、「打倒法西斯蒂」等隨處可見，「寡婦孤兒遍於全國，凍、餓、貧、病達到極頂……德國人民反戰反法西斯的運動史洶湧澎湃起來了。怠工和破壞已普遍於全國。」[2]對德軍後方的這一局勢，該報稱之爲「將要爆發的火山」，並預言「莫斯科前線是德軍的墳墓」。

　　《新疆日報》對中國抗日戰爭和世界反法西斯戰爭的系列報導，精闢客觀。作爲代表報紙立場，直接影響社會輿論的新聞評論，更是高瞻遠矚，處處表達了日寇必亡，法西斯必敗的觀點。報紙爲中國的抗日戰爭和世界反法西斯戰爭建立了偉大功勳，鼓舞了新疆人民的鬥志，眞正起到了喉舌的作用。

2、爲繁榮新疆文化做出了貢獻

　　自古以來，新疆各族人民就在祖國西北部這塊遼闊富饒的土地上生活和勞動著，形成了悠久的歷史和燦爛的文化。音樂舞蹈、工藝服飾等等都具有濃鬱的民族特色，民間文學也異常豐富，每個民族都流傳著許多神話、傳說、寓言、故事、民歌、民間敍事詩、英雄史詩及格言，諺語等。由於歷代統治階級實行民族歧視和民族壓迫政策，使得具有悠久歷史的各民族文化受到壓抑和窒息。

　　中國共產黨人進疆後，爲了改變新疆文化事業落後的歷史面貌，先後在

---

1 1941年7月3日《解放日報》，轉引自中國社會科學院新聞研究所編：《抗日戰爭時期的中國新聞界》，重慶出版社，1987年版，第389頁。
2 1942年6月21日《新疆日報》。

黨代表陳雲、滕代遠、鄧發、陳潭秋領導下，忠實地執行黨的抗日民族統一戰線政策，不斷壯大新文化運動的力量，創造性地宣傳、貫徹「以民族爲形式，以六大政策爲內容的」發展民族文化教育的方針。《新疆日報》在這方面起了積極的引導和推動作用，它熱情地投身於建設新疆新文化運動，成爲開拓、發展新疆進步文化的重要陣地。該報在《我們的文藝戰線》中開宗明義提出：「當此全民抗戰期間，文藝界要求目標一致，一切的文藝工作者要爲抗戰而集中力量，同時一切的文藝工作者也要爲抗戰而服役……『文藝戰線』要一致起來爲民族作戰，要負起文藝戰線在抗戰中所必要的任務。」[1]指明了文藝工作的方向。本著發展民族文化的方針，共產黨人積極幫助新疆組織了漢、維、蒙、哈、回等包括12民族的9個文化促進會。各族文化促進會，在天山南北，組成了文化網絡，這一文化網絡以各自的民族形式發展新疆的新文化。爲培養一批民族文化幹部，各文化促進會還特地選送一批人員參加文化幹部訓練班的學習。對這些文化活動及其工作成績的報導便成了《新疆日報》一個重要的宣傳內容。1939年4月8日，以茅盾爲委員長，阿布都拉（省建設廳副廳長）、張仲實、李佩珂（漢文總會委員長）爲副委員長的新疆文化協會宣告成立，《新疆日報》就及時進行報導，在次日短評《新疆文化協會成立了》中強調協會「在全國文化界前輩諸先生的指導下，無疑地，將大大提高新疆各族民眾的文化水平。」9月14日社論《本省文化政策的新勝利——評新疆文化協會半年工作》指出：「新疆文化協會的成立，無疑地是本省文化政策的新勝利的表現之一；同時文協的成立也將成了促進本省文化發展的一個重要因素」，對繁榮新疆文化發揮了積極的作用。

3、引導並推動了新疆地區民族新聞事業的發展

《新疆日報》在新聞技術上引領當地的新聞業發展。報社舊址原是清朝新疆印書院，房屋破爛狹窄，編輯和行政人員擠在一間房子裏，印報車間是約15平方的兩間平房。印刷設備陳舊簡陋，只有一臺對開平板機和一臺手搖鑄字機，鉛字銅模殘缺不全，一張對開報紙要分兩次上版才能印成，印刷質量也很差，一天最多印一兩千份。曾任副社長的著名報人薩空了這樣描述：「那時，新疆日報社實在不像個樣子，報紙刊期不定，三天兩天出一期，一行字排下來，裏邊有二號字，也有五號字。最不像話的是新聞條件，只有一新聞來源——塔斯社的一個簡訊，蘇聯駐迪化領事館給盛世才一份，他當天還看

1　新疆維吾爾自治區文化廳史志編輯室：《新疆文化史料（第二輯）》，第178頁。

不成，必須交給翻譯處，最快第二天才能交出一個稿子，他看了以後才交給報紙。」[1]共產黨人來到新疆後，在抓報紙宣傳報導的同時，又加緊了新社址的建設和新設備的添置工作，以適應形勢發展的需要。經過共產黨人的整頓和蘇聯在技術設備方面的支持，報社的印刷條件得到了很大程度的改善，《新疆日報》也在全國有了較高的聲響。

《新疆日報》培養了一批少數民族新聞人才。共產黨員主持報社工作後十分重視加強新聞隊伍的建設，努力為新疆新聞事業培養專門人才。從 1939～1941 年，報社連續舉辦三期新聞技術人員訓練班，每期招收學員 50 名，三期共培訓出新聞專業人員 148 人。這是中國共產黨為新疆培養的第一代新聞工作者，其中不少是少數民族學員。他們中的很多人以後都成了報社新聞業務和印刷行業的骨幹力量。這批新疆青年在報社編輯部工作期間，受共產黨人的影響進步很快，思想傾向革命，有人提出加入中國共產黨。共產黨人雖於 1942 年 8 月後停止了在報社的活動，但黨的影響依然存在並繼續發揮著作用。李泰玉、于江志、趙新亞等人在國民黨反動派統治下的報社裏聯絡報社進步的青年工人和採編人員，於 1944 年 11 月秘密組織了「新疆共產主義同盟」，繼續從事地下革命活動。

《新疆日報》社培養和造就了一批革命理論家、學者和詩人。維吾爾族詩人、革命家黎特夫拉・穆特里夫（亦作魯特米拉・木塔裏甫）就是其中一個。黎特夫拉・穆特里夫，筆名卡農納奧爾凱西（意為激流）。1922 年 11 月 16 日生於新疆伊犁尼勒克縣。家境貧寒，自幼就學伊寧市塔塔爾小學。小學時就在《伊犁河報》發表過詩歌。小學畢業後到俄羅斯中學學習，閱讀俄羅斯和蘇聯著名作家作品及塔塔爾族著名詩人的詩作，使他更熱愛文學。1939 年秋到迪化省立師範學校讀書。在中國共產黨的影響下創作以抗日救亡為題材的作品。1941 年師範還沒有畢業就到新疆日報工作。1942 年新疆當局製造一系列反共事件，他創作了大量喚起民眾鬥爭的詩歌，並嚴厲譴責國民黨一手製造「皖南事變」的暴行。1944 年春被國民黨反動當局調到阿克蘇報並加以監視，但仍繼續在報刊上發表詩作抨擊黑暗統治。1945 年參與組織反對國民黨的火星同盟並準備舉行農民武裝起義，由於叛徒告密，不幸被捕。1945 年 9 月 8 日壯烈犧牲，年僅 23 歲。面對死亡他高呼口號，唱著戰歌《我要犧牲了》：「這廣大的土地，變成了我的地獄，我將要開放的鮮

---

1 新疆維吾爾自治區文化廳史志編輯室：《新疆文化史料（第二輯）》，第 172 頁。

花被人類的魔鬼揉碎……」，他這首最後的歌一直在新疆傳唱。1943年創作的《我決不……》已作爲遺作收入《革命烈士詩抄》。著作有《黎特夫拉‧穆特里夫詩選》，還有《奇曼射手》《戰鬥的姑娘》《暴風雨後的太陽》《墨索里尼在顫抖》等劇本、散文。還有論文《藝術作品的典型》等等。中國共產黨人被迫離開報社以後，一些進步編輯、記者和工人仍然秘密從事宣傳活動，反對國民黨的反動統治，迎接新新疆的誕生。1949年9月25日新疆迎來了和平解放，《新疆日報》獲得了新生。9月28日的報紙，國內外新聞全部採用新華社電訊稿。12月6日，《新疆日報》又作爲中共中央新疆分局的機關報正式創刊。

　　《新疆日報》從其誕生之日起，經歷了幾個不同歷史時期。中國共產黨人主持報社時間雖然很短，但他們的辦報活動對解放後的《新疆日報》影響很大，他們爲社會主義新聞事業積累了豐富經驗。新中國成立後，「1949年12月6日創辦的《新疆日報》已是全省人民的喉舌，成爲宣傳各種革命政策與主張、團結教育全省人民，徹底實現中國人民政治協商會議共同綱領的有力武器。」[1]

三、新疆地區的其他少數民族報刊

　　在民國南京政府前期的新疆地區，除了出現了如《新疆日報》這樣有重要影響的現代報紙外，同時還有一些少數民族報刊在出版。

（一）《新疆阿勒泰》

　　《新疆阿勒泰》，哈薩克文版，1935年12月27日創刊於新疆阿勒泰地區。是我國最早的哈薩克文報刊，在我國少數民族文字報刊史上具有特殊意義。該報1945年易名爲《自由阿勒泰》。1951年改名爲《阿勒泰人民報》。1966年3月5日增出漢文版。哈薩克語屬阿爾泰語系突厥語族，原有以阿拉伯字母爲基礎的文字。新中國成立後進行文字改革，現哈薩克新老文字同時使用。在這一時期成立的「哈薩克‧柯爾克孜文化促進會」爲哈薩克族的文化教育事業做了許多工作。這一時期《新疆阿勒泰》（哈薩克文版）主要反映少數民族同胞爭取民主與社會進步的要求，聲援和支持中國共產黨領導的抗日戰爭及抗日救亡活動。

1　1949年12月6日《新疆日報》。

（二）《自由生活報》《新生活報》《喀什新疆日報》和《覺醒報》

《自由生活報》，1933 年 6 月在喀什創刊，其前身是《喀什日報》。據《喀什文史資料》載，從 1933 年起喀什地區先後出現了幾家為泛土耳其主義和軍閥割據勢力效勞的報刊。這些報刊一出籠就遭到各族人民的唾棄，隨著分裂主義和割據勢力的倒臺而銷聲匿跡。出版《自由生活報》的目的是為了改變維吾爾文化落後的狀況。由於喀什當地印刷技術落後、印刷技工短缺，報社雇傭隨瑞典傳教團來到喀什的印刷技工。該報最初為一版，後改為兩版發行，發行量很有限，出版後不久停刊。

《新生活報》，1934 年 8 月 23 日在喀什出版。1934 年 8 月初，南疆戰亂結束。控制喀什政局的麻木提師長支持發展喀什報業。盛世才遂下令封閉瑞典基督教行道會駐喀什代辦處，並將印刷設備交付報社使用。該報先後得到了喀什地區教育局和地區維吾爾文化促進會的資助。

《喀什新疆日報》（《新疆日報》喀什版），1937 年創刊於喀什。1935 年 3 月，盛世才派人接管《新生活報》。1937 年以新生活報社為基礎建立了新疆日報喀什分社，由李泰玉任社長，出版《喀什新疆日報》（又稱《新疆日報〈喀什版〉》）。該報一方面揭露政府官員的奢侈生活，另一方面倡導人民脫離封建迷信，學習新文化，響應自由、平等的口號，團結起來反對壓迫者。報紙的發行量日益增加，二戰期間一度增加到一萬多份。塑印機打印的漢文版《喀什新疆日報》也隨之誕生。1939 年 10 月，中共中央派王謨行（原名王謨）來新疆並在新疆日報社任編輯。1941 年春節後王謨行任新疆日報喀什分社編輯長。9 月接替李泰玉任喀什分社副社長，代行社長職務。此時《喀什新疆日報》開展以反對法西斯主義的鬥爭為主要宣傳目標，同時進行反封建和聯俄聯共、聯合抗日的宣傳。後來盛世才投靠蔣介石，報社領導權也落了國民黨反動派手中，該報由 4 版減為 2 版。維吾爾文版每期發行量 2000 份；漢文油印版每期發行 500 份。

《覺醒報》，新疆日報喀什分社於 1946 年 5 月進行改組，《喀什新疆日報》改名為《覺醒報》繼續出版。報紙積極宣傳國共合作、聯合抗日等進步主張。當年 10 月，省政府副主席包爾漢根據三區代表與中央政府簽訂的和平條款來到喀什組織民主選舉，推舉縣參議員和縣長，並在上千人大會上發表演講，《覺醒報》連載了包爾漢的演講詞。1947 年，國民黨當局撕毀和平協議，《覺醒報》又恢復為《喀什新疆日報》，成為國民黨反動派的喉舌，鼓

吹反對共產黨和國際主義運動的思想。這種情況持續到新疆和平解放。

（三）《阿克蘇信息報》

《阿克蘇信息報》，1934 年在阿克蘇地區創刊。創辦人達尼西・達毛拉・哈納緋。塑印機打印出版，4 開小報，期發量為 100 份，一直出版到 1936 年。後來達尼西・達毛拉・哈納緋被盛世才逮捕，塑印機被沒收，報紙被迫停刊。不久，哈吉・亞合甫等一些知識分子秘密創立新筆信息團，秘密出版《阿克蘇信息報》，初為手寫 8 開 2 版，每週發行一次約 50 份。後從烏魯木齊購得塑印機，每週發行兩次，總數 100 份左右。1937 年新筆信息團停止活動，哈吉・亞合甫到烏魯木齊學習，該報停刊。

（四）《我們的語音報》

《我們的語音報》[1]，維吾爾文版，也刊登哈薩克文、塔塔爾文的文章。1930 年在塔城出版，尼亞孜・薩克創辦。初為 2 版，後改為 8 開 4 版，石板印刷。因塔城民族眾多，採用塔城穆斯林都能看懂的「普通話」。

這一階段塔城地區還有一張《伊犁河報》，創刊時間及負責人等信息不詳。後改名為《伊犁新疆報》，被稱為哈薩克族新聞事業起步的兩隻翅膀。

（五）大版面的《新疆日報》

大版面的《新疆日報》，維吾爾文、漢文版於 1937 年在塔城出版。其維吾爾文版的文章多從漢文版翻譯過來。翻譯工作由阿布都拉・札克諾夫等負責。後來《新疆日報》蒙古文版也在塔城以塑印機打印出版，每週一打印出版一次。

四、馬克思主義政治時事期刊《反帝戰線》

《反帝戰線》，維、漢文版，1935 年創刊於迪化（今烏魯木齊）市，綜合理論性刊物，由新疆反帝聯合會主辦。主編黃火青。編委會成員由王壽成、萬獻廷、錢綺天、王寶乾、傅希若、陳培生等共產黨員和杜重遠、沈雁冰、薩空了等進步人士及革命青年組成。聲稱半月刊實為不定期，開本和頁數不等。1940 年 1 月 3 卷第 4 期改為月刊，每月 1 日出版漢文版，20 日出版維吾爾文版，是新疆最早傳播馬列主義的刊物。初創時發行量為 4000 份，後增至 15000 份。售價不等，改為月刊後，每期 1 冊 3 角，半年 6 冊 1 元 7 角，對長

1　《我們的語音報》也可譯作《我們之聲》，創刊時間說法不一。

期訂戶優惠。盛世才公開反共後，大批共產黨員和進步人士被捕入獄，該刊於 1942 年 4 月停刊。共出漢文版 55 期，維吾爾文版 8 期。

（一）辦刊宗旨和欄目

《反帝戰線》發刊詞宣告自己是「建設新疆過程中思想和理論的唯一正確領導者」。「打倒帝國主義必須要有銳利的武器，而最要緊的武器之一是思想武器，也就是反帝理論。」號召「建設新疆的先鋒隊——反帝會員，各族的知識分子、教授、作家、學生以及軍人，對反帝戰線的愛護，應該比愛護你們最寶貴的眼珠還要加重的愛護她，並且指導她，使她能夠擔負起領導思想和領導鬥爭的偉大使命。」設有轉載、時評（國內外大事）、專論、學術研究（新哲學、政治經濟學）、蘇聯研究、特約講座、評述、文藝創作與理論、檢討與批評、地方特寫與通訊、漫畫特輯等欄目，還經常出版紀念特刊、專輯，如「蘇聯十月革命紀念」、「七七抗戰週年」、「五一」、「魯迅先生逝世紀念」、「高爾基逝世四週年紀念」等。

（二）主要內容

該刊的主要內容是通過專欄和特刊、專輯，用馬列主義精神宣傳解釋六大政策（反帝、親蘇、民族平等、清廉、和平、建設），宣傳抗日救亡運動和黨的方針政策，介紹蘇聯社會主義革命經驗和建設成就，揭露帝國主義本質，介紹抗日根據地情況，報導新疆各族人民反帝聯合會的領導進行獻寶、募捐寒衣支持抗日戰爭的事蹟和經濟建設事業的發展。所刊載的是：《辯證法的運用》《毛澤東與合眾社記者的談話》《馬克思主義——列寧主義關於戰爭形式的學說基礎》《新民主主義論》等文章在讀者中產生很大影響。還刊登文藝理論方面的文章，指導文藝創作，介紹抗戰文藝和魯迅思想、促進新疆的抗日救國新文化啓蒙運動和現代革命文藝的發展。比較重要文章有《通俗化、大眾化與中國化》《六大政策下的新變化》及《演出了〈新新疆萬歲〉以後》等。同時配合刊物內容和當前形勢，刊登木刻、漫畫、連環畫，雅俗共賞，尤其受到美術愛好者和識字較少讀者的歡迎。中蘇友協新疆分會把它作爲交換刊物向蘇聯贈送，促進了中蘇文化交流。

第五節　民國南京政府前期的少數民族文字時政期刊

少數民族文字時事政治性期刊大約興起於 20 世紀 20 年代。之所以說 20

世紀 30 年代後出現了具有現代性質的期刊或者說具有比較明顯的現代意義的期刊，主要從期刊所載的時事政治內容而言。其中既有僞滿洲國主辦的、也有國民黨地方黨部主辦，更多的是中國共產黨主辦的進步期刊。既有蒙古文、朝鮮文、維吾爾文期刊，也有回族和外國人在我國創辦的越文刊物。現簡介如下：

一、僞「滿洲國」和日僞主辦的期刊

這一階段由日本軍國主義操縱的僞滿洲國和淪陷區日僞勢力主辦的少數民族文字期刊主要有：

（一）《興安總署匯刊》

《興安總署匯刊》，蒙漢對照，僞滿洲國興安總署總務科主辦，福文盛印書局印刷。該刊旨在傳達政令、法規等。1934 年該署撤消成立蒙政部，此刊改爲《蒙政匯刊》。

（二）《蒙古報》

《蒙古報》，月刊，蒙古文，約 1934 年由滿洲國興安總署創刊，社址新京（長春），以「努力進行蒙人的社會教育」爲宗旨。

二、中國國民黨所屬黨政機構創辦的期刊

這一時期，由中國國民黨地方所屬黨政機構創辦的蒙古文期刊主要有《新聞報》《蒙古前途》《蒙文週刊》《醒蒙月刊》《新綏蒙》和《新蒙半月刊》等。

（一）《新聞報》

《新聞報》，蒙古文，週刊。1937 年在南京創刊。蒙古各旗聯合駐（南）京辦事處主辦，由何人創辦不詳。

（二）《蒙古前途》

《蒙古前途》，蒙漢合璧，月刊。1933 年創辦於南京。中央政治學校附設蒙藏學校主辦，創辦人爲中央政治學校附設蒙藏學校蒙藏班第一期學生陳紹武（超克巴圖爾）。蒙古前途月刊社出版。鉛印（蒙古文爲石印），16 開。該刊「本三民主義，以研究學術喚起蒙古民眾及探討蒙古實況，促進蒙古建設爲宗旨」以「喚醒廣大蒙古兄弟，爲振興民族而共同努力」爲目標。主要欄

目有論著、蒙事紀要、政論文、文藝、記述等。初爲蒙古文，自第 10 期左右改爲蒙漢合璧。期發量 500 至 1000 份，社內設理事會，下設編輯、出版、總務事組。陳獨秀曾負責校對，並建議該刊「應本著孫總理遺教，說話硬一點」。刊物部分爲官方資助，後因經費不足，1936 年停刊。後又復刊，更名爲《現代蒙古》。

（三）《蒙文週刊》

《蒙文週刊》，蒙漢對照，1933 年在綏遠創刊。社長陳國英。國民黨綏遠省黨部主辦，16 開。該刊「以闡揚總理遺教，宣傳中央意旨，報告國內外要聞，啓迪蒙胞知識，融洽蒙漢感情，共同救國建國爲宗旨」。主要內容有軍事、政治、教育、新聞等。1937 年停刊。

（四）《醒蒙月刊》

《醒蒙月刊》，蒙漢合璧。綜合性刊物。綏遠蒙古文化促進會[1]主辦。1936 年 8 月 1 日出版。漢文鉛印，蒙古文石印，16 開，由綏遠新聞社印製。零售價二角，訂購半年一元，一年二元。該刊創刊時，國內要人于右任、李宗仁、張學良、閻錫山、陳濟棠、黃慕松、吳鼎昌、王用賓、焦易堂、宋哲元、韓復蘗、徐永昌、秦德純、石華嚴、章嘉呼圖克圖及綏遠省地方政要傅作義、馮曦、袁慶曾、閻偉、曾厚載、李居義等人題詞祝賀。主要編輯人係文琇、賈漢卿等。文琇（1909 年～？年），字瑞華。畢業於綏遠師範學校。時爲北平師範大學學生。1937 年秋歸綏淪陷後改名文都爾護。曾在蒙古文化館等處工作。1946 年在綏遠省政府文化福利委員會供職。除編輯本刊外還編過《文化專刊》《新蒙》半月刊等，中華人民共和國成立後，因懼怕專政而自殺。賈漢卿是綏遠報界老人，編輯過《西北實業雜誌》、《西北實業日報》、《蒙古知行月刊》、《綏遠事業週報》和《綏聞晚報》等。

1、《醒蒙月刊》的宗旨

《醒蒙月刊》宣稱「本刊的主旨在發揚蒙古文化，促進蒙古民族一切利益。」之所以名爲「醒蒙」，是因爲「現在國家已到大廈將傾之際，山河變色之秋，在這千鈞一髮的當兒，本刊皇皇墜地，鐘聲一杵，酣然做夢的蒙古同

---

1 綏遠蒙古文化促進會成立於 1935 年 12 月 21 日。聲稱「以促進蒙古文化，提高蒙民知識爲宗旨」，具有濃厚政治色彩，「促進蒙古文化，提高蒙民知識」是假，瓦解蒙政會是眞，表面上是自發成立的民間文化團體，實際上是綏遠省政府操縱成立並負有明確政治任務的官方組織。

胞，都當醒悟。」（《編後餘談》）既然如此，分析蒙古民族衰敗的原因，思考
使其復興的途徑或措施，變成了該刊的主要內容。目前所知該刊僅出一期，
現存於北京國家圖書館，內蒙古圖書館有複印件。封面爲一幅寫意的綏遠城
城門木刻，出自國立綏遠蒙旗師範學校教導主任宗榮賡之手；刊名由蒙藏委
員會委員長黃慕松題詞。除封二的《蒙古文化促進會簡章》和目錄、題詞、
插圖（孫中山遺像及醫囑、傅作義半身戎裝像）、《開場白》及《編後餘談》
外，內容分論說、短評、文藝、雜葅、時事紀聞、轉載等六欄。經天祿[1]在《開
場白》中說「在這塊小小的刊物以內，我們要游牧，也要開墾，學校也不能
不辦，工廠也不能不開，所以在這裡是五花八門，無所的不要，無所的不有，
只要是有關蒙古文化和於國家、蒙古有利的東西。」

2、《醒蒙月刊》的主要內容

　　第一是關於蒙古文化方面的內容。經天祿在《蒙古民族之存亡與文化》
文中認爲：「蒙古衰落之原因，論者多矣各有其理，亦各有其原因。今吾人若
博集群採，當可以逾百，能歸納而言之，則一言以蔽之曰：『文化使然』。」
並以希臘歷史上的斯巴達與雅典及中國歷史上滿蒙兩族爲例證，指出：「時至
今日，世界文化日趨進步，而蒙古民族仍度其原始生活，相形之下，滅亡堪
虞。苟不急起直追，則不待數十年後，不特人種淪亡，將無名稱之存在亦。
故今日欲救蒙古之危亡，須先迅速灌輸現代文化及古昔之歷史事蹟，由歷史
激發合群愛族之心，以文化急步各族後，或可由愚而智，由散而合；不數年，
吾敢信他年之蒙古，必非今日之蒙古亦。」《蒙古興起與衰落之癥結》一文引
經據典，認爲：蒙古的興起是由於實行了狐里勒臺（皇族議事大會），後因廢
棄此項制度而衰落。看法可謂新穎，但卻膚淺幼稚。嘛捏八德奈豪《改進蒙
古文化的步驟》一文提出在國家的幫助下，從宗教、教育和職業三方面入手，
把蒙古人從迷信、無知和經濟生活單一中解放出來。

1　經天祿（1905～？），字革陳，土默特旗美岱召村人，1933 年畢業於國立北京師範
　　大學歷史系。歷任國民黨綏遠省黨部推進盟旗黨務委員會委員、國民黨第五次全國
　　代表大會代表、歸綏蒙古新聞社社長、歸綏省政府蒙旗教育專員、本旗佐領、綏境
　　蒙政會教育處主任、國立綏遠蒙旗師範學校校長、國立伊盟中學校長、國民黨察綏
　　蒙旗黨務特派員兼組訓科長、綏境蒙政會委員兼秘書處主任、土默特旗政府建設委
　　員、國民黨第六屆中央委員會候補執行委員、第一屆國民大會代表、國民黨綏蒙黨
　　部主任特派員等職。中華人民共和國成立後曾任政協內蒙古自治區委員會第一至第
　　五屆委員。

　　第二是有關改善蒙古教育的內容。這一類的文章最多，其中吳德新《推進蒙旗教育之先決條件及實施計劃》一文洋洋數千言，根據蒙旗的情況，指出推進蒙旗教育的先決條件是聯絡王公、救濟民生、編查戶口、解決師資和經費問題等，還論述了推進蒙旗教育的具體實施步驟。雖略有紙上談兵，脫離實際之嫌，但畢竟是深思熟慮，能給人啓發和參考。釋僧《設施蒙旗民眾教育芻議》一文不僅論證了設施民眾學校的必要性，還詳細討論了設立民眾學校時必須解決和注意的經費、師資、校舍、學校編制、學制、課程編制、招生法等問題。英飛《談談蒙古教育問題》一文從實際出發，指出蒙古教育存在著缺乏辦學人才，難以招生留生和教育方式單一的問題，並提出相應的解決辦法。文琇《蒙古學生贗鼎充斥》一文只對有不少漢族學生冒充蒙古人，投考國內各公私立大學的情況，指出：「據綏境蒙古旅平同鄉會最近調查，去年北平國立大學中，僅北京大學一校，收入冒牌蒙籍之漢人竟達數十人之眾（綏籍漢人冒蒙籍者，中有三人；餘多爲冒充東四盟之北平漢人爲多）！清華十二人（無綏籍者），平大七人（綏籍者二人），師範大學八人（綏籍者二人）。私立大學無從以知，只中國學院有綏籍冒牌者一人。但是其他各校，雖無由知推想自不在少數。然而眞正蒙古子弟，援引此條文，享受國家優待蒙藏學生之權利者，竟爾鳳毛麟角，幾似闕如！」同時分析了造成這種狀況的各種原因。鄂勒德尼哈什《從蒙藏學校招生說起》一文則對北京蒙藏學校爲防止漢人混入而以蒙古文考試來甄別的做法提出批評，指出這既不能防止蒙漢雜居區會蒙古語文的漢人混入，卻又將農區已漢化的蒙古學生拒之門外；進而提出每於招生時由各蒙旗留平學生選派專人組成臨時審查委員會；加以識別的建議。此外，專載欄還載有《綏省教育會議上土默特旗教育提案》。

　　第三是關於蒙古歷史的內容。這一期刊物上有關歷史的文章有兩篇，李朵章《蒙漢關係治史的概況》簡述了自匈奴至民國初年北方游牧民族及蒙古族與內地的關係；寒清《內蒙行政組織》則扼要介紹了內蒙古的盟旗制度。

　　第四關於蒙古時政的內容。其中《蒙政會改組》一文提醒綏境蒙政會說：「改組以後，內部冗員是否有一番淘汰？施政方針是否有新的動向？如果率由舊章，不是刷新，大多數蒙民仍未能沾其實惠，自治云乎哉？」並希望「主持蒙政會之當局……精誠合作，擁護中央；並舉辦實業及教育，切實爲蒙人造幸福」。皮涼盾《關於蒙災賑款有感》一文言辭尖銳，對綏境蒙政會「王公

二成，士官二成，平民六成」的賑災分配法提出批評，發出「賑濟的意義對象當然是被災哀鴻，而所謂哀鴻者究竟係王公呢？士官呢？抑還是平民呢？」的質問。郝允中（伊盟準格爾旗蒙古族）《關於綏境蒙古族旅平同鄉會》一文概述了綏遠省旅平蒙古同鄉會退出蒙古族同鄉會並成立綏境蒙古族同鄉會的原因等情況，其中關於蒙古族旅平同鄉會個別常委「荷了會上這顆印，招待記者，歡宴要人，去蒙藏學校鼓動風潮，假名活動自己的出路」等的指責，顯然與前兩年蒙古旅平同學會積極支持德王蒙古自治運動的各種政治活動有關。聯繫綏蒙旅平同鄉會的地域性和要「遵著中央的旨意，付著綏蒙會的動向，勇往直前，奮幹下去」的政治態度，我們有理由相信，該會的成立實際上是由綏遠省方策劃的，是配合分裂蒙政會，成立傀儡組織——綏境蒙政會的一個相應的舉措。

第五是關於蒙古經濟的內容。主要有《蒙旗經濟的新動向》（殷石麟），《改革喇嘛的一點意見》（悲鴻）、《蒙古婦女的出路》（多乙之，即經天祿妻多淑英，土默特旗蒙古族）、《蒙古青年應有的認識》（王文斌，土默特旗蒙古人）及《一月大事記》（雲善祥，土默特旗總管榮祥的胞弟）等。

第六是文學的內容。有小說《紅菊》（敬一）、《事實》（蕉忱女士）；詩詞《題送劉陶二君畢業留影》（王凌雲）、《憶秦娥》（文瑞華）等；雜文《夾縫中咱們的現在》（經胡來女士）、《論如廁戴帽》（卞鎬田）、《「建國君民教學為先」說》（皮涼盾）等。

該刊的蒙古文部分基本上是漢文內容的翻譯。主要的有《總理遺囑》《蒙古民族之存亡與文化》（經天祿）、《設施蒙旗民眾教育芻議》（釋僧）、《推進蒙旗教育之先決條件暨實施計劃》（吳德新，未完）、《改革喇嘛的一點意見》（悲鴻）等。它證實了儘管蒙古文化促進會成立是出於綏遠省方的政治需要，但該會成員在奉命行事的同時也在真心實意地為促進本民族的文化吶喊呼籲。失於校對文字錯訛頗多，編輯水平不高，欄目歸類亦有不妥，但記載了當時社會實況和人們看法，史料價值不容忽視。

（四）《新綏蒙》

《新綏蒙》，蒙漢合璧，月刊，1945 年 5 月 15 日創刊。由時任綏遠省政府主席傅作義任指導長官的綏遠省內蒙古各盟旗地方自治指導長官公署出版。1947 年 6 月左右停刊。

（五）《新蒙半月刊》

《新蒙半月刊》，蒙漢合璧，月刊。1947 年 6 月 15 日創刊。由董其武兼主任委員的綏遠省蒙旗地方文化福利委員會出版。該刊由《新綏蒙》更名改成，故卷期續前。

三、中國共產黨所屬黨政機構創辦的期刊

中共地方組織及其主管單位創辦的少數民族期刊，主要以蒙古文為主，除一種在北平創辦外，大多在內蒙古地區。

（一）《勵志月刊》

《勵志月刊》，蒙漢合璧，32 開，鉛印。1931 年 3 月底創刊。蒙古青年勵志會出版部主辦。社址在北平後門外雨兒胡同。宗旨為「期表同情之同志學友……結成一似漆投膠堅固團體，共負喚醒民眾之重任，扯毀那重重羈縻鎖鏈，推翻那一切壓迫階級，解除同胞日後之千災百難，超苦海而入坦途，以完成國民革命，而建設燦爛無缺之中華」。內容有論文、文藝、新詩、新聞等。專贈蒙古人士閱讀。因經費困難，僅出一期。

（二）《蒙古嚮導》

《蒙古嚮導》，蒙漢合璧，16 開。1935 年 3 月 31 日創刊。由綏遠蒙古嚮導月刊社出版。主辦人兼總編賀耆壽，蒙文翻譯伊鍾秀。社址在歸綏市家廟巷 1 號。聲稱「以啓迪民族，共圖一切進展；贊助國家，完成邊疆建設為宗旨」，「以提成邊事，譯權獻替；灌輸智識，溝通隔閡為原則」。內容有社論、論著、常識、一月來時事要聞、一月來蒙事紀要等。

第六節　民國南京政府前期的回族報刊與海外少數民族文字報刊

這一階段的回族期刊，目前只發現有三種。其中兩種在廣西出版，一種在內蒙古出版，都有明顯的政治傾向性。

一、《廣西回教》

《廣西回教》報導廣西各地回教徒活動情況。1934 年 10 月創刊於廣西南寧。

二、《月華》

　　《月華》，旬刊，1929 年 10 月（一說 11 月 5 日）由馬雲亭在北京創刊[1]，刊名取「明月光華，普照大地」之意。由中國回民救國協會和成達師範學校共同創辦，由月華報社編輯、出版、發行。爲中華郵政特准掛號立券的伊斯蘭報刊。1938 年 12 月 7 日到 1942 年底在桂林出版，16 開鉛印，旬刊，每期 24 頁，土紙印刷。社址在桂林西外中街 36 號，桂林科學印刷廠承印，零售 6 分，全年 36 期 2 元，郵資在內。1946 年初在重慶出版，後遷北京，1948 年 6 月終刊。經歷 20 個春秋發行量最大時爲 5000 份，讀者遍及海內外，影響之大爲眾多回族報刊之首。欄目有論壇、回教聖訓、海外鱗爪，回教世界消息、教義、轉載、新書介紹、文章、通訊、詩歌等。內容豐富多彩，均與伊斯蘭教及回民生活、教育有關。

三、在印度噶倫堡創辦的藏文報紙《鏡報》

　　《鏡報》，藏文，石印，小型報紙。據華南師範大學張立勤副教授 2019 年 7 月 19 日到美國耶魯大學 Beinecke 圖書館查閱獲悉，該館藏有 1927～1963 年的《鏡報》（不甚齊全）。據記載，該報創辦於 1925 年 10 月，初創始時定名《西藏新聞》，大約於 1950 年改名爲《鏡報》。在二十世紀四五十年代在西藏街頭有時能看到這份名叫《鏡報》的報紙。它是由英帝國主義走狗塔肯帕佈在印度噶倫堡創辦的，報紙印好後傳到拉薩。該報主要代表帝國主義和分裂分子講話，違背藏族廣大人民的根本利益。據西藏政府官員回憶，這份報紙在西藏流傳時間較長，而且也較爲廣泛，主要讀者是政府官員和寺院僧人。在印度有部分收藏，大部收藏在美國耶魯大學貝尼克圖書館。抗戰勝利後，西藏一部分官員開始訂閱部分國外報紙以瞭解解放戰爭局勢和二戰後的國際態勢。

1　《月華》（北京）以「啓發西北回族知識」爲宗旨設有史乘、經典、回民教育、教務、國內回民概況等欄目。由孫幼銘任第一任主編。孫幼銘，原名孫曜，字幼銘、卣銘。生於 1890 年。1938 年因積勞成疾而歸真，遺稿有《幼銘日記》及其報刊文字資料。他是一位德高望重刻苦治學，對伊斯蘭教育及其文化建設有重要貢獻的人。《月華》抗戰期間，積極宣傳抗戰，號召教民愛國愛教。1937 年因抗戰停刊，後多次復刊。共出 8 卷 418 期，有 8、20、16 多種開本。該刊歷時 19 年，遠銷國內外十幾個國家，成爲當時影響最大、歷時最長的回族報刊。

圖 4-5 《鏡報（藏文版）》
（藏耶魯大學圖書館，華南師大張立勤副教授 2019 年攝）

圖 4-6　藏文版《鏡報》

（藏耶魯大學圖書館，華南師大張立勤副教授 2019 年攝）

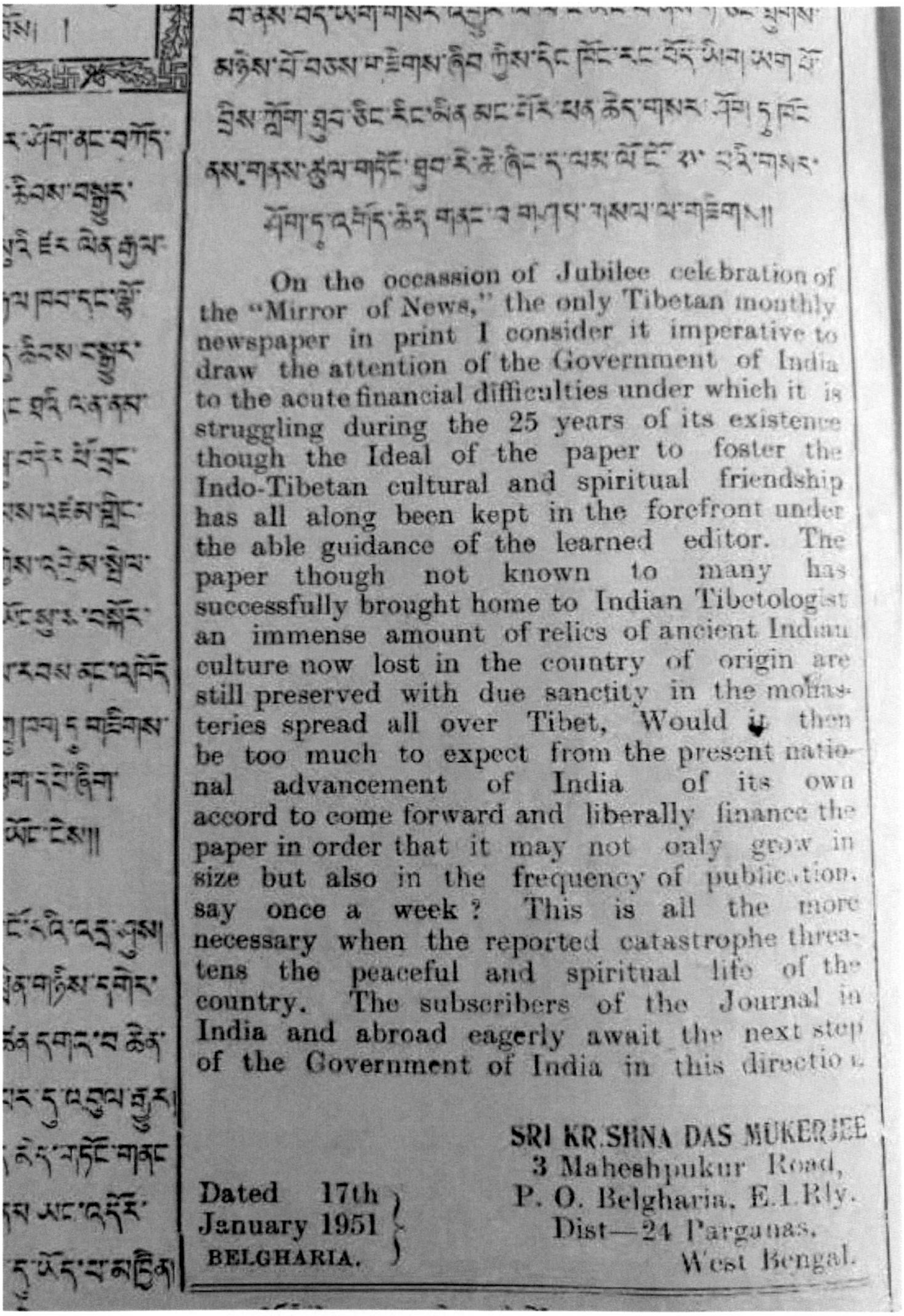

On the occasion of Jubilee celebration of the "Mirror of News," the only Tibetan monthly newspaper in print I consider it imperative to draw the attention of the Government of India to the acute financial difficulties under which it is struggling during the 25 years of its existence though the Ideal of the paper to foster the Indo-Tibetan cultural and spiritual friendship has all along been kept in the forefront under the able guidance of the learned editor. The paper though not known to many has successfully brought home to Indian Tibetologist an immense amount of relics of ancient Indian culture now lost in the country of origin are still preserved with due sanctity in the monasteries spread all over Tibet. Would it then be too much to expect from the present national advancement of India of its own accord to come forward and liberally finance the paper in order that it may not only grow in size but also in the frequency of publication, say once a week? This is all the more necessary when the reported catastrophe threatens the peaceful and spiritual life of the country. The subscribers of the Journal in India and abroad eagerly await the next step of the Government of India in this direction.

SRI KR. SHNA DAS MUKERJEE
3 Maheshpukur Road,
P. O. Belgharia, E. I. Rly.
Dist—24 Parganas.
West Bengal.

Dated 17th January 1951 BELGHARIA.

圖 4-7　藏文版《鏡報》

（藏耶魯大學圖書館，華南師大張立勤副教授 2019 年攝）

四、在印度噶倫堡創辦的石印報刊《各地新聞明鑒》

《各地新聞明鑒》，月刊[1]，石印。綜合性藏文報刊。約於 1924 年[2]在印度噶倫堡創刊。大約創刊於 1924 年。4 開 8 版。報紙刊號為 1386。該報第一版上端中央為火焰寶圖；左角為太極法輪；右角為珍寶雲水圖；火焰寶下為十字金剛杵圖；邊框為望不斷花邊。主要欄目有新聞、諺語、文學、廣告、圖畫等。新聞主要登載印度、西藏、昌都、內地、錫金和其他國家和地區的新聞，該報對康藏戰爭、達賴喇嘛代表到京等有較詳細的報導；諺語欄目以傳統民間諺語為主；文學欄目裏主要刊登詩詞、散文等文學作品；廣告欄目中的商品有羊毛、工業產品、藏文圖書等。該報曾刊載一篇《中國軍隊長官馮玉祥》報導稱：「馮玉祥信仰耶穌教，其軍隊亦跟隨其後，他和軍隊讚美耶穌和祈禱，並在軍隊行進時還要唱歌，歌詞是：耶穌之軍隊，奔赴戰場時，耶穌走在前，軍隊跟其後，吾之耶穌將戰勝一切敵人。看吧，他走在我們前面。」從該報記者與中國政府使臣夫人訪談錄得知，此報在西藏銷售不到100 份。主要讀者對象為印度、尼泊爾的西藏商人和西藏上層人士。終刊時間不詳。

五、海外回族——東幹族與《東方火星報》

東幹族是 120 多年前陝甘回民起義失敗後遷居中亞的回族華人後裔，現已發展到 10 萬餘人，主要分布在中亞的哈薩克斯坦、吉爾吉斯斯坦和烏茲別克斯坦三國。東幹族早在 20 世紀 30 年代就開始了新聞傳播活動。《東方火星報》是東幹族歷史上第一份報紙。

《東方火星報》，1932 年 3 月 6 日創刊。是隨著以拉丁字母為基礎的東幹文字的創製而出現的，並隨著東幹文字的變革而發展，為該民族語言文字的適應性改變和普及提供了有利的渠道。同時，以亞瑟兒・十娃子為代表的年輕作家紛紛在《東方火星報》發表文章，推動了東幹書面文學的產生和民族文化的傳承。1965 年為紀念十月革命五十週年，報紙改名為《十月的旗》，由旬刊改為週報，擴大了影響。1986 年改名為《蘇聯回族報》，1991 年蘇聯解體後又改名為《回族報：陝西回民的報》，並沿用至今。[3]

1　據報中「每月一份，年十二份，連郵費價格每份二元」等語得知為月刊。
2　這是從 1930 年 6 月 27 日出版的一份報紙上刊出的藏文藏頭詩中推斷而來的。
3　王國傑：《論東幹學與中國回族學》，載《中央民族大學學報》，2000 年第 5 期。

第七節　民國南京政府前期民族地區的漢文報刊

民國南京政府前期的少數民族地區不光有少數民族文字報刊，也有不少用漢文出版的報刊，它們也應屬於少數民族新聞業的範疇。主要的如：

一、《綏遠社會日報》

《綏遠社會日報》，1929 年 12 月 15 日由《綏遠通俗日報》改爲此名。仍以推行社會教育、提高民眾知識爲宗旨。鉛印。該報分爲廣告、國內外新聞、地方新聞、轉載或副刊四版。經費來源除報費、廣告費及民教館的下撥經費外，從 1931 年起由省教育廳每月補貼 170 元[1]1934 年因刊載指責教育廳的文章，社長樊庫（民教廳長）被免職。1935 年陳志仁接任民眾教育廳長並主持報社工作。楊令德任總編輯。副刊《新綏遠》、《洪荒》、《新女性》思想進步，質量高，對綏遠的文化產生一定影響。1937 年因刊載「故都印象記」一文被迫停刊，6 月 9 日復刊，不久又因抗日戰爭爆發停刊。該報銷量約 700 餘份，省會占十分之五，各縣占十分之四，餘者張貼與社會保存。[2]

二、《綏遠民國日報》

《綏遠民國日報》，鉛印，對開 4 版。創刊於 1929 年（一說 1928 年）9 月[3]，國民黨綏遠省黨部機關報，由陳國英主持。社址在歸綏市舊城文廟街 5 號。由于右任題寫刊頭。該報前身可溯源到 1926 年綏遠都統商震創辦的《綏遠日報》。1927 年更名《革命日報》，由王馥琴主編。是年冬奉系軍閥將報名改回《綏遠日報》，惠慕俠主持，谷風田主編。1927 年 6 月，山西軍閥閻錫山投靠蔣介石後成爲華北實力派人物。1928 年晉軍將該報改爲《革命日報》。不久該報由國民黨綏遠黨務整理委員會（省黨部前身）主持，改稱《綏遠黨報》。1929 年 9 月改爲《綏遠民國日報》，並由 4 開改爲對開。該報宗旨是：三民主義、灌輸效忠黨國思想及指導地方黨務工作。設有廣告、國內外新聞、地方要聞、文藝副刊四版。《綏遠通志稿》稱該報每月發行 3.6 萬餘份（蔡銘澤《中國國民黨黨報歷史研究》認爲該報發行數爲 1500 份）[4]。國民黨政府

1　綏遠通志館纂：《綏遠通志稿》（第六冊，卷四十三・文教機關）內蒙古人民出版社，2007 年版，第 246 頁。

2　綏遠通志館纂：《綏遠通志稿》（第六冊，卷四十三・文教機關），內蒙古人民出版社，2007 年版，第 246 頁。

3　蔡銘澤：《中國國民黨黨報歷史研究》，團結出版社，1998 年版，第 85 頁。

4　蔡銘澤：《中國國民黨黨報歷史研究：中國國民黨主要地方黨報一覽表》。

軍事委員會北平軍分會代理委員長何應欽與日方天津駐屯司令官梅津美治郎簽署的《何梅協定》生效後，國民黨綏遠省黨部撤消，《綏遠民國日報》失去存在依據，更名爲《綏遠西北日報》。

三、綏遠省政府機關報《綏遠日報》

《綏遠日報》，創刊於 1930 年 7 月 21 日，是綏遠省政府機關報。鉛印，對開 4 版。原爲 1926 年綏遠商震創辦的《綏遠日報》，於 1928 年改爲黨報《革命日報》。因無省政府機關報，所以於 1930 年創辦了作爲綏遠省政府機關報的《綏遠日報》。社長惠慕俠，主編張師曾。該報以傳達政令爲己任，以政府部門會議、政府官員講話、各種文件章程以及政治報導爲主要內容。1931 年傅作義主政綏遠時由省政府最高顧問張策兼任報社社長，周均爲總編。第二年 11 月該報改組，省政府秘書林超然接任社長兼總編，改用第 35 軍電臺接受各地要訊，發布新聞更爲迅速。抗日戰爭綏遠淪陷前夕停辦。[1]

四、《包頭日報》

《包頭日報》，鉛印，每日出刊一張半，4 開 4 版。創刊於 1931 年 12 月 16 日，係國民黨包頭縣黨報。創刊號加出創刊增刊半張（即 8 開 2 版 1 張）。報頭由國民黨元老張繼（字溥泉）題寫。前身爲包頭通訊社的《包頭通訊》。報價「每月現洋五角，半年現洋兩元五角，全年現洋五元；外埠郵費另加，零售每份現洋二分」。1932 年秋，包頭日報社遷至南門裏新址（地產爲商會捐贈）。《發刊辭》稱其宗旨「一曰闡揚本黨主義，……使一般民眾對於黨的主義耳濡目染，潛移默化，俾予吾黨以實力的擁護也。二曰代表地方輿論，……當本輿論神聖之旨，言地方所應言，作忠實的民眾之喉舌，而盡其天職也。三曰促進社會文化，……於不違背總理遺教與黨的政策之原則下，當儘量介紹當代各種新思潮的新學說，以促社會文化之進步。四曰溝通西北消息，……今後特注重邊疆消息之並擬在可能的範圍內，做各種有系統的調查，將西北之實際情況，貢獻於國人之前，作有志開發西北者之參考資料，俾開發西北由理論的探討而漸及於事實的表現。」

《包頭日報》主要包括廣告、國內外新聞、地方要聞、副刊等方面。廣告中多有「啓事」，標題較長；偶有廣告圖畫，雖繪製粗糙，但相較全爲文字

1　據張麗萍：《內蒙古報刊史研究》，內蒙古大學出版社，2014 年版，第 69～70 頁。

的內容而言較能吸引眼球。廣告產品和行業主要有銀行、商店、藥房醫院、麵粉公司、印刷局、茶葉店、眼鏡店、金銀首飾店、刀剪店、紙店、飯莊、理髮所、衣物店、雜貨店等。還有離婚啓事、生意夥伴分手啓事等，從側面反映著社會生活百態。政府部門的聲明、通告也刊登在第 1 版，如 1932 年 5 月 15 日的《中國國民黨綏遠省包頭縣執行委員會通告（組字第二三號）》。國內外新聞主要在第二、第三版。來源於中央通訊社的較多，三版爲省市新聞，有一部分本報特訊，也有很多來自省內通訊社。二版曾設「獨白」專欄，對新聞事件有所議論，但是較爲泛泛，題旨並不集中，三言兩語，篇幅不長。三版新聞短小，版面分割細碎，共 11 個基本欄，每欄 9 字，條、線使用較多，編輯技巧一般。第二三新聞版，經常刊登照片，馮玉祥、張學良、于右任、蔣介石等的照片都曾登上《包頭日報》的版面。這在印刷條件落後的綏遠地區，實屬難得。副刊主要在四版。包括《式高週刊》（包頭第一縣立高級小學校主辦）、《小朋友》（喇嘛社主編）、《校訓專號》（包頭清眞學校校長馬逸塵主編）、《火光》（綏遠一中包頭同學會主編）、《警鐘》（包頭同學會週刊）、《學匯》（包頭第一縣立高級小學校主辦）、《文藝零碎及教育雜貨店》（包頭清眞學校主編），也有《包頭日報》自己主編的《新兒童》《播種者》《大觀園》《時代全景》等副刊。也以書刊目錄的形式登載書刊廣告。1932 年 6 月 14 日第 4 版還刊登過《包頭縣政府緊要聲明》。

《包頭日報》於 1936 年 11 月改版，報頭不再採用張繼題寫的報名。報頭下面每天登載一則《格言》，如「物忌全勝，事忌全美，人忌全盛」；「智欲圓，行欲方」；「無心者公，無我者明」；「居安思危，處治思亂」、「不惹事、亦不怕事；不說硬話、亦不做軟事」等。在報眼位置刊登格言，這是一個很獨特的做法，反映出《包頭日報》既爲包頭縣黨報，也是一份商業報、市民報的特點。版面也進行了調整，第一、四版爲新聞，兼有廣告；二、三版爲副刊，版面下部刊登廣告。第一、四版對頭條新聞頗爲重視，往往採用大字複合題，標題所佔面積較大，提示新聞中的重要因素，很引人注意。增加了「社論」、「來論」等評論性內容，但總體比例較小。副刊較從前有起色，改變了過去欄目雜亂的弊端，固定爲《大觀園》和《時代全景》，多有連載，由報社主編。

《包頭日報》一方面爲國民黨包頭縣黨部機關報，政治上傳達國民黨綏遠省黨部和包頭縣黨部、政府的政令，作爲「潘趙派」的宣傳工具；另一方

面與歸綏的《朝報》和《歸綏通俗日報》合作互利、互通消息，內容包括包頭商埠動態和省會農村郊區的新聞，具有與其他各報不同的特色。從 1931 年南北戰爭結束到 1937 年日寇佔領包頭前是包頭商業活動的黃金時期，各商號急需瞭解各地的行情、國內外戰事的發展和政局的變動。《包頭日報》一定程度上滿足了社會的信息需求，在當時通訊事業落後、報紙是傳遞消息的主要手段的條件下，包頭各家商號不僅是該報的主要用戶，亦是資助者。[1]

五、民間創辦的《包頭週報》和《綏蒙新聞日報》

這一階段在內蒙古地區，主流新聞媒介是由國民黨及其地方政府主辦的蒙古文報刊，也有一些是民間知識分子創辦的新聞報刊。

《包頭週報》，是由包頭劉澍等知識分子民間創辦的一張 16 開的週報。石印，1928 年創刊。該報受早期共產黨員蔣聽松等人創辦的《西北民報》的影響而創刊，期發量爲 100 多份。主要宣傳反帝反封建的愛國思想和傳播新文化。社址設在包頭。

《綏蒙新聞日報》，內蒙古地區影響較大的一張民間報紙。社長劉映元。4 開 4 版，鉛印，社址設在歸綏。前身是抗戰後期的《綏蒙新聞》。初爲 8 開，報社添置全套印報機和鑄字爐並辦起「青山」印刷廠後，始出 4 開。1947 年11 月 3 日由於刊登中學生戀愛的文稿，被國民黨中央立法委員趙見義之子趙恒秋帶人搗毀報社，於 1948 年停刊。

本章結語　民國南京政府前期少數民族新聞業的
　　　　　特殊性

民國南京政府前期，從政治、經濟、社會等多方面而言，都是中國歷史上較爲特殊的一段時期。多股政治力量的存在，成爲影響少數民族新聞業發展的雙刃劍。民國南京政府前期，少數民族新聞業的發展依賴於多方政治力量的較量，日本侵略勢力進入中國，使較量升級。思想文化領域成爲沒有硝煙的戰場，報紙成爲爭相搶奪的思想陣地。一方面，大量報刊創辦，促進了少數民族新聞業的發展；另一方面，幾股政治勢力的相互廝殺，不斷打壓其他政治立場的報刊，也使得少數民族地區報紙頻繁創立和停辦，難有持續和

1　據張麗萍：《內蒙古民國報刊史研究》，內蒙古大學出版社，2014 年版，第 64～65 頁。

穩定的發展。

　　這一時期的報刊的內容方面，除政治立場都極為鮮明之外，豐富、開明也是較為突出的特點。在傳播時政、政治方針政策之外，文藝評論、詩歌、教育、婦女兒童等多方面內容都有呈現。

　　中國大陸政治格局影響對整個亞洲乃至全球都尤為重要，來自大陸的新聞信息也備受周邊國家的關注，邊疆地區的少數民族語言文字報刊，特別是歸化入籍的俄羅斯族、朝鮮族等少數民族語言文字的報刊在臨近的俄羅斯、朝鮮等境外區域也頗有影響。

第五章 民國南京政府中後期少數 民族新聞業（1937～1949 年）

　　民國南京政府中後期是特指自 1937 年 8 月國共兩黨合作共同抗擊日本帝國主義，至蔣介石國民黨主導的民國南京政府潰敗到臺灣前爲止的這一歷史時期。本章主要介紹這一階段中國少數民族新聞業新的發展、拓展和歷史性變化。

第一節　「七·七」事變後的朝鮮文報刊

　　「七·七」事變後，中華民族進入團結禦侮共同抗日的歷史新階段。在全國上下、各黨各派共赴國難的歷史洪流中，關內外的朝鮮族抗日志士組成抗日統一戰線，刊行朝鮮文報刊，宣傳中朝抗日力量聯合，共同抗擊日本侵略者。

一、在關內發行的朝鮮文報刊

（一）《朝鮮民族戰線》

　　《朝鮮民族戰線》，半月刊，1938 年 4 月 10 日在漢口創刊。朝鮮民族戰線聯盟機關刊物。通訊地址是漢口郵政局第 19 號郵箱，總代理銷售處是交通路 63 號生活書店。新昌印書館承擔印刷業務，以郵發形式傳遞到讀者手中。社長韓一來，主編金奎光和柳子明都是朝鮮民族戰線的理事。

1、創刊背景及宗旨

上海「八一三」抗戰後，國民黨軍隊節節敗退，上海、南京接連淪陷，國民政府遷往重慶。不少黨政要員撤往武漢，滬寧等地的朝鮮人反日政治團體陸續雲集武漢，八路軍辦事處移往漢口，新四軍辦事處也設在附近，武漢成為中國抗戰的大本營。1937年1月12日，金若山領導的朝鮮民族革命黨、金奎光領導的朝鮮民族解放同盟、柳子明領導的朝鮮革命者聯盟等聯合組成朝鮮民族戰線聯盟。次年4月創辦機關刊物《朝鮮民族戰線》。

《創刊辭》認為「朝鮮革命是從日本帝國主義的政治壓迫與經濟剝削這雙重痛苦中解放出來的革命。因而，朝鮮的革命陣營，需要實現超越階級與黨派的全民族的團結。它具有與中國的抗日民族統一戰線相同的性質，在其理論體系上也具有一種共性。故而，中華民族與朝鮮民族的並肩作戰，是歷史賦予我們的使命。但未察其實際情形，我們的聯合戰線尚不夠鞏固。所以，我們必須為實現更為牢固的聯合而努力，並最終組成兩個民族的聯合戰線。這就是發行本刊的旨意所在。」

2、宣傳內容主導思想

《朝鮮民族戰線》的主要內容是宣傳朝鮮與中國抗戰有密不可分的聯繫，兩國人民必須組成聯合戰線，朝鮮革命者必須通過參加中國抗戰盡早實現朝鮮民族的獨立。如載於創刊號上的楊民山《中國抗戰與朝鮮革命》、韓一來《我們該如何參加中國抗戰》及第2號上的李建宇《關於中朝民族抗日聯合戰線問題》等政論性文章中都對這一觀點有所闡述。並且還出版了集中論述中朝聯合戰線的政文集《中朝聯合戰線問題（專號）》（第4號），使這一思想得到了廣泛傳播。

（二）朝鮮義勇隊創辦的抗日報刊

1、總隊創辦的《朝鮮義勇隊通訊》

《朝鮮義勇隊通訊》，朝鮮文和漢文不同版別。鉛印旬刊。是朝鮮義勇隊總隊創辦的刊物。1939年1月15日創刊於桂林。初為8開2版，次年3月1日（第33期）後改為16開，半月刊，漢文直排。地址在桂林永東門外東靈街1號，通訊處由桂林新知書店轉。蔣介石為該刊題詞：「自強不息」。從第34期開始報社移到重慶，改名為《朝鮮義勇隊》，並改半月刊為月刊，由新新印刷廠印刷。1942年4月出版到第42期停刊，第42期即終刊號。

中華民族的全面抗戰開始後，朝鮮民族戰線聯盟與中國軍事委員會政治部合作，於1938年10月10日創建了以朝中聯合陣線形式組成的朝鮮人部隊——朝鮮義勇隊。在創建朝鮮義勇隊的宣言中明確宣告其任務與目的是「志在喚起千百萬不願做殖民地奴隸的朝鮮族同胞，團結在朝鮮義勇隊的旗幟下，聯合一切受法西斯軍閥欺壓的民眾，以打倒作為我們眞正敵人的日本軍閥，從而實現在東亞眞正的永久的和平。」朝鮮義勇隊主要活躍在華北、華中、江南等6個戰區和13個省區。最初兩年由於條件侷限，義勇隊主要從事瓦解敵軍的宣傳工作及激勵中國人民抗日鬥爭的鼓動工作，編發《朝鮮義勇隊通訊》（後改為《朝鮮義勇隊》）。在總部設立編委會，編委會下面分設朝鮮文刊物編委會與漢文刊物編委會。朝鮮文刊物編委會主任委員石正、委員有金抖奉、李英駿、金南德等；漢文刊物編委會的主任委員是韓志成，委員有柳子明、金奎光、李達、韓一來、荀季昭、王繼賢、尹為和等。

《朝鮮義勇隊通訊》設有社評、內外要聞、本隊消息、通訊、十日時事、文章、詩歌等欄目，兩邊空白處排印反日口號，上邊排印朝鮮文的報名，有時還配發中國畫家賴少其等人的木刻作品。創刊號上刊載的署名「奎光」發刊詞聲稱「我們朝鮮義勇隊成立到現在有3個月了……我們的隊員同志們在中國軍事當局的指導下，一隊一隊地被派到南北各戰區中去，擔負了種種抗戰的工作。我們尤其要執行對敵宣傳，瓦解敵軍的任務。……我們要討論中韓兩民族聯合抗日的問題，要相互批評具體工作上的缺點和優點。」主要撰稿人：李斗山（朝鮮人）、李達、劉金鐮、金奎光（朝鮮人）、鹿地亙（日本人）、胡愈之，谷斯範、范長江等。該報集中地報導了朝鮮義勇隊在華進行反戰宣傳的情況，研究方法、總結經驗，刊登一些反映中朝人民並肩作戰的作品和通訊。

《朝鮮義勇隊通訊》（《朝鮮義勇隊》）以很大篇幅刊載朝鮮人民與中國人民聯合抗日的文章。指出朝鮮人民與中國人民的歷史使命，朝中聯合抗日的重要意義，並指明某些具體解決途徑。朝鮮義勇隊隊長、大將金若山在題為《我們參加中國抗戰的意義》一文中指出：「目前，中國抗戰是促使日本帝國主義總崩潰的主力戰，將來的日本革命是這一總崩潰的終曲。我們的朝鮮民族解放鬥爭也是促進這一總崩潰的有利因素。朝鮮是日本帝國主義統治體系中的重要一環，是日本帝國主義侵略大陸的唯一的中轉站。因而無論是中國的抗戰，還是日本的革命，倘若沒有朝鮮民族以其積極的鬥爭給予支持，就

不能取得勝利或者不能及早取得勝利。與此相同，我們也需要得到中國抗戰與日本革命鬥爭的支持。所以，朝鮮民族的解放鬥爭必須與中國抗戰與日本革命相結合，共同促進日本帝國主義的總崩潰。」該刊也同樣關心中國的抗戰並進行了一系列理論研究。撰稿者熱情讚頌中國人民的抗日戰爭，努力分析與汲取其成功經驗。

2、總部及支隊、分隊創辦的朝鮮文及漢文報刊。

朝鮮義勇隊除了總部創辦《朝鮮義勇隊通訊》(《朝鮮義勇隊》) 外，各支隊及各分隊中也創辦多種朝鮮文刊物，主要的有《戰鼓》(總部)《站崗》《我們的生路》(第一支隊)《火種通訊》(第一支隊第三分隊)《朝鮮義勇隊 (黃河版)》(第二支隊第一分隊)《朝鮮義勇隊華北版》(第二支隊第三分隊) 及《內外消息》(漢文版，第二支隊第三分隊)《江南通訊》(第三支隊)。還有朝鮮義勇隊分支晉西抗日聯軍創辦的雙日刊《抗戰日報》(漢文版)。週三報，在山西出版，每週二、四、六發行。

(三) 其他地區創辦的朝鮮文報刊

1、《光復》

《光復》，每月出版，也偶有隔月出版。朝鮮文、漢文版同時出版。韓國光復軍總司令部政訓處 1941 年 2 月 1 日在西安創辦。用朝鮮文與漢文兩種文字刊行。由光復軍總司令部政訓處宣傳局負責編輯，宣傳部長金光任主編及編輯部主任，趙時濟等五六位同志擔任編輯與編務。政訓處處長趙擎韓負責發行。西安益文印刷社印刷，印數達數萬冊。1940 年 9 月 17 日，韓國光復軍在重慶創建，李天青被任命為總司令，金若山被任命為副總司令。光復軍創建後，在西安組建幹部訓練班，先後培養數百名幹部。全軍編成 6 個支隊，其中第一支隊前身就是朝鮮義勇隊。該刊有關國際政治時事和軍事形勢等方面內容由中國人張計蘭從《大公報》和外國雜誌中摘編。朝鮮文版與漢文版不僅語言文字不同，而且在紀事內容、結構方面也存在著相當差異，這是根據不同讀者群的閱讀需要決定的。「朝鮮文版」的讀者對象為生活在中國的朝鮮族，「漢文版」則包括中國的大小行政機關、軍事學校、教育機關、新聞雜誌社等。

《光復》在其兩個文本的《創刊辭》中對其性質、任務及宗旨做了明確表達。漢文版《創刊辭》指出「本刊作為光復軍及韓國革命民眾的喉舌，其

重要任務如下：①向中國親愛的民眾忠實地介紹韓國革命的內容及其理論；②向韓國民眾忠實地介紹中國英勇的抗戰消息，並講述中國必勝的條件；③向全世界人民揭露日本帝國主義的暴行、陰謀，揭示其必敗的原因；④積極主張中韓兩民族聯合抗日，最終爭取解放；⑤喚起中韓民眾的抗日熱情。」創刊辭中首先譴責日本帝國主義的侵略罪行，回顧朝鮮與中國聯合抗日的輝煌歷史，高度評價中朝兩國持久展開的抗日戰爭，充分肯定創建光復軍的重大意義，繼而闡明其任務。朝鮮文版《創刊辭》則在回顧被日本帝國主義掠取祖國的朝鮮民族的苦難歷史之後，闡發了上述辦報宗旨，更加突出強調參加中國抗日戰爭與創建光復軍的意義。

2、《韓國青年》

《韓國青年》，漢文，1940年7月15日在西安由羅月漢、李夏友（又譯作「禹」）領導的韓國青年戰地工作隊編輯出版，在漢文刊名旁標有朝鮮文字母。發刊辭指出：「中韓兩個民族共同的敵人是日本帝國主義，不打倒日本帝國主義，中韓兩個民族就得不到解放，就不能實現東亞乃至全世界真正的和平。中國抗日戰爭的勝利是實現韓民族獨立與韓民族解放鬥爭勝利的開始。因而我們不僅要盼望中國抗日戰爭的最後勝利，而且要以我們的力量去推動中國抗日戰爭的勝利。中國的抗日戰爭與韓國的獨立以及韓民族的解放在共同打倒日本帝國主義方面具有不可分的聯繫，所以不應視為無關。」「孫中山先生曾教導我們，必須聯合全世界被壓迫民族，以贏得全世界各民族的解放與人類的平等，消除人際界限，永遠消滅種族戰爭，從而進入大同世界。韓民族首先要聯合的是現在正在進行解放運動的中華民族。」「我們基於上述兩個基本認識，將參加到偉大而神聖的中國的抗日戰爭中，並促成中韓兩個民族的聯合抗日與共同解放。」強調朝鮮人民應參加中國抗戰，只有朝鮮人民與中國人民聯合起來，才能從自己國土上驅逐日本帝國主義獲得祖國的解放，走進世界各民族平等相處的大同世界。

3、《震光》

《震光》，月刊，朝、漢兩種文字發行。1934年2月25日韓國獨立黨在杭州創辦。由中國國民日報社負責印刷。朝鮮文版由韓國獨立黨宣傳部長李相一編輯。漢文版由該黨內務兼總務趙素昂編輯。由中國國民日報社負責印刷。雜誌的創辦與經營由趙素昂一手操辦。中國國民黨浙江省黨支部和廣東支部曾資助支持過該刊出版經費。至1934年9月25日共出版6期。期發量

爲朝鮮文 500 冊、漢文 1000 冊。該刊《序言》和《創刊觀感》闡明其辦刊宗旨爲：宣傳中朝聯合抗日的主張、理論，報導弱小民族被壓迫的現實情況，激發更多的愛國同胞投入到抗日的偉大鬥爭中去，進一步促進民族獨立運動的發展。中國國內尤其是東北（延吉）地區、朝鮮國內和世界各地的革命鬥爭、抗日勝利的消息在刊物內容中占較大篇幅。

4.《民族解放》和《朝鮮獨立日報》

《民族解放》，華北朝鮮獨立同盟的機關刊物。1942 年 9 月 1 日創刊。該刊是在華北朝鮮青年聯合會重組爲華北朝鮮獨立同盟後，由華北朝鮮青年聯合機關刊物《朝鮮青年》改名而得來的[1]。同時，朝鮮獨立同盟晉西分部刊行了《朝鮮獨立日報》[2]。這些朝鮮文刊物都呼籲華北與西北的 20 萬朝鮮族同胞和中國人民並肩開展抗日戰爭，打倒日本帝國主義。除《民族解放》外還有《朝鮮獨立日報》（亦譯作《朝鮮獨立新聞》）等報刊。

5、《前路》和《獨立新聞》

《前路》（又譯作《前提》），朝鮮文，月刊，1942 年初由朝鮮前路社駐重慶彈子石大佛段事物所發行。

《獨立新聞》，先在上海刊行，停刊後於 1943 年 6 月 1 日在重慶以大韓民國臨時機關刊物（漢文版）的形式復刊。復刊的《獨立新聞》在其「創刊辭」中回顧了從前在上海創刊《獨立新聞》所取得的巨大成就及其艱苦歷程，闡明該報使命是「發揚報紙所具有的優良傳統，完成『三・一』革命未能完成的革命任務」。1940 年 9 月，大韓民國臨時政府移至重慶。在漢文報刊的基礎上開始刊行朝鮮文報刊。

（四）這一時期朝鮮文報刊的特點

上述朝鮮文報刊的共同特點是：主張朝鮮人民與中國人民結成統一戰線，打倒其共同的敵人日本帝國主義。「七七」事變後，中國共產黨提出建立民族統一戰線的主張，並最終形成了國共合作的局面。在這種政局下，朝鮮民族的反日政黨和團體也團結一心，結成了朝鮮民族戰線聯盟，他們所刊行的報刊，不僅主張朝鮮民族的大團結，而且主張中國與朝鮮團結起來一致抗日。

1　見 1942 年 9 月 22 日延安《解放日報》。
2　見 1943 年 7 月 7 日延安《解放日報》。

二、抗戰勝利後的朝鮮文報刊

日本天皇宣讀無條件投降詔書的錄音在 1945 年 8 月 15 日由各地廣播電臺轉播後，日本帝國主義「新聞統制」頓時土崩瓦解。朝鮮文報刊也如雨後春筍般湧現出來。

（一）《韓民日報》

《韓民日報》，日本投降後我國最先出版的朝鮮文報紙。1945 年 9 月 18 日創辦於延吉，8 開 2 版。龍井縣開山屯書堂堂長韓錫基（亦譯作「韓奭基」）為發行人，日本投降前的朝鮮《每日新聞》間島分社長崔文國任該報編輯，曾任偽滿洲國《萬順日報》間島地區社長的崔武負責印刷出版。發行不足兩個月，共出版 34 期，1945 年 11 月 4 日終刊。同日創刊的延邊民主大同盟機關報《延邊民報》上發表的《韓民日報：停刊辭》稱：如果不投入無限的熱情和必死的勇氣，並且承擔著言論界的重託，那麼發行這個報紙是完全不可能的。衝破千難萬險敲著前進鐘聲的《韓民日報》，對於當時信息閉塞的延邊來說，它就是照亮前進方向的燈塔！《韓民日報》的誕生與成長，絕對是依賴於人民的後援與支持。這個報紙雖然停刊了，但是迎來了延邊民主大同盟的機關報《延邊民報》的創刊。

《韓民日報》反對日本帝國主義的侵略行徑，但是政治傾向並不鮮明，共產黨和國民黨、北朝鮮和南朝鮮等各方面的新聞通訊都予以報導，既刊登《馬克思的〈資本論〉入門》，也登載中華民國國歌和國民黨黨歌；既有「金日成大校的獅子吼曾響徹白山頭」的報導，也有「李承晚博士會見記者團，號召三千萬同胞重建朝鮮」的消息，既有關於中國、朝鮮、蘇聯友好和民族團結等國內外重大新聞的宣傳，也登載「好得很！高學府胎動，延邊大學籌建委員會成立」地方新聞。該報新聞主要來源於重慶、青島、東京、倫敦、華盛頓、莫斯科等地，還有來自南京、平壤、東京、莫斯科的廣播。其版面和新聞通訊比較客觀地反映了當時複雜的社會狀況。該報刊有大量廣告。如創業廣告、刊物介紹、金山旅店住宿廣告、延邊大學招生廣告，還有文藝演出、尋人啟事等廣告。

（二）《人民新報》

《人民新報》，朝鮮文版，1945 年 10 月 16 日在牡丹江市創辦。由高麗人民協會（後更名牡丹江市朝鮮人民主同盟）主辦。以生活在北滿的朝鮮族農

民爲主要讀者對象，並兼顧其他階層的讀者。8 開 2 版，日報。1947 年 5 月改爲 4 開 4 版。開始由韓松原主編，後來一直由李浩烈（又譯「李宏烈」）、趙慶洪（又譯「趙景洪」）等主辦，鄭美正爲第一任編輯局長。鄭龍淑、李宏舉、崔賢淑、任孝原、林永春、金太熙、金錦浩等編輯都是該報的骨幹。出版局局長由盧基浩擔任。期發量爲 7000 份。1948 年 3 月 2 日終刊。

《人民新報》初創時以中立的民辦報紙問世政治傾向並不鮮明；它與《韓民日報》有共同特點，即既刊登「金九臨時政府是朝鮮唯一的政府」和「偉人蔣介石」的報導，也載有中國共產黨第七次代表大會的消息和「世界和平領導國蘇聯加強軍備」的新聞。自 1945 年底開始，《人民新報》認識到在反對日本帝國主義侵略和人民革命鬥爭中共產黨和人民政府的領導作用，版面編排和報導內容上明確表現出擁護共產黨、人民政府、北朝鮮和蘇聯紅軍的傾向。如刊載了揭露蔣介石的歷史罪惡和內戰陰謀的《蔣介石的又一賣國罪行》《召開僞「國大」與進攻延安就是蔣介石滅亡的開始》等文章，增加對朝鮮民主主義共和國的報導，同時刊發毛澤東著作和中共中央文件。1948 年元旦的「新年特刊」全文刊載了金日成的新年祝詞並配發了他的照片。當國內外形勢急劇變化的時候，該報及時發表黨政軍界的權威人士撰寫關於時局的講話，發表演說，澄清各種流言蜚語，糾正人們的模糊認識，引導人們正確認識國內外形勢。

《人民新報》針對舊社會遺留的封建迷信、嫖娼吸毒、酗酒滋事等醜惡、腐敗現象，於 1946 年 2 月 15 日發表社論《廢止娼妓》，後又於 1946 年 2 月 26 日再次發表《激烈的娼妓廢止運動》，還發表《展開禁煙運動》等文章，批評社會醜行，淨化社會環境，協調社會生活。該報重視文化教育方面報導。在報上經常報導民主同盟主辦的歌詠比賽、文藝演出、體育競技活動。促進朝鮮族文化教育事業的發展。1947 年後，該報圍繞土地革命、政權建設等中心工作組織報導和言論，尤其重視解放戰爭的報導。

《人民新報》先是利用日文牡丹江日日新聞社印刷廠和機器設備出版。由於朝鮮文字、紙張、油墨緊缺加上經常停電，報紙很難正常出版。1946 年 1 月搬到平安區安木會社舊址後才有所改善。在經費緊張，採編、翻譯和技術人員工資收入不穩定等艱難環境中，該報堅持出版了兩年半，爲提高朝鮮族人民的政治文化水平，正確認識中國共產黨的民族政策，動員人民群眾建設根據地，爲解放戰爭勝利做出了很大貢獻。

（三）《延邊民報》

《延邊民報》，日刊，朝鮮文報紙，8 開 2 版，1945 年 11 月 5 日在延吉創辦。延邊民主大同盟政治部主辦。「八一五」日本投降之後，蘇聯紅軍先遣部隊在東北抗日聯軍延邊縱隊配合下解放了延吉市，9 月 20 日成立間島臨時政府，9 月 23 日成立延吉市工人、農民、青年、婦女總同盟（後改名延邊民主大同盟）。1945 年 11 月 21 日，中共延邊地委主持召開延邊各族人民代表大會成立延邊政務委員會，接著組建了延邊行政督察專員公署，《延邊民報》於 11 月 24 日（一說 20 日）改爲公署機關報，4 開 4 版。主筆姜東柱、業務局長崔武、編輯局長崔文國。此外還有金炳龍、金夏權、吳風協、千一、玄南極、趙雄天、韓東禹、朴世英等人分別負責報社的其他部門的工作。1946 年 4 月底終刊，共發行 104 期。

《延邊民報》內容豐富、版面多樣。設有《各地消息》《世界各地》《休閒時空》《韓文專欄》等欄目，抗戰勝利後，開闢了詩歌專欄，發表《解放》《業餘畫家》《自治軍歌》等詩作。《發刊辭》聲稱「擁護國共合作，堅持共同建設祖國」。沒有鞏固的合作、鞏固的統一戰線是無法消滅日本帝國主義的，也就不會有民族解放和多數群眾的進步。建設眞正的民主政治和國家制度，只有依靠國共合作和廣大群眾的進步及努力；繼續內戰，不改變舊狀態，這是對孫中山先生的否定，是對偉大革命事業的踐踏，是對三民主義的否定。如果不想否定這些，就應當依靠廣大人民群眾，提高群眾的教育程度和文化水平。爲了實現這一任務，就需要各新聞團體聯合起來，進行廣泛的宣傳。這個報紙的出版發行，就是「爲實現新民主主義的三民主義，體現絕大多數人民的要求，實現中韓群眾的相互提攜。」儘管創刊初期刊登過「蔣主席勉勵：沒有朝鮮的獨立，便沒有中國的獨立」、「李承晚博士講話紀要：三千萬同胞同心同德，讓五千年歷史煥發光彩」等消息。但主要內容是大量刊載有關各族人民團結和蘇聯紅軍的消息與其他的地方新聞。

《延邊民報》自 1945 年 12 月後輿論導向日趨鮮明，增加了對人民政權建設、中國共產黨和蘇聯紅軍的報導。比如新聞報導《把間島臨時政府改成市政務委員會》和《延邊政務委員會選舉大會專題》等，號召各族群眾在政務委員會的旗幟下團結起來，建設、發展人民政權。在報紙顯要位置刊載過「在專員公署政務委員會的旗幟下團結起來！」的口號。該報在 1946 年 2 月 26 日重點發表朱德《論解放區戰場》和《闡明東北問題，共產黨的主張和林

楓同志的談話》等論文和報導，宣傳黨的方針政策。對於蘇聯出兵東北、勝利撤軍，該報通過新聞報導歌頌中蘇友誼，為歡送蘇聯紅軍撤離歸國還出版過號外（32開）。該報明確反對朝鮮託管、爭取朝鮮獨立，反映了報社在這個問題上的鮮明立場。

（四）《吉東日報》

《吉東日報》，1946年5月1日《延邊民報》改為《吉東日報》出版，是吉東軍區政治部機關報。4開4版，週六刊。社長伊林，主編俞明善。日本投降後，根據吉林省軍區的決定在延吉建立了東北聯軍吉林省延吉軍分區。該報《創刊詞》明確指出：用人民的言論反映自己的主張，用人民的目光判定是非真偽；根據人民的意志指引人民的志向，追求建設和平民主的真理；依靠人民的力量推行一切，戰勝一切。本報的使命是適應吉東的廣大人民的需要，並為廣大人民服務，一切從人民的利益出發，一切為廣大人民的利益負責，要以群眾的事業為事業，以群眾的意向為意向。由此動員、組織、團結廣大群眾，為建設和平、民主、自由、幸福的新東北、新吉東而奮鬥。[1]概括起來，其宗旨就是為廣大人民群眾服務，並團結廣大人民群眾建設新東北、新吉東。

《吉東日報》的內容充分體現了其宗旨。如創刊號上除了發表創刊詞外，還刊載了社論《改造世界的勞動者的呼聲》和反映解放後舉行的第一屆國際勞動節的盛大紀念活動《全世界勞動者團結起來吧》的新聞通訊，還有「五·一節標語口號」等有關慶祝五一國際勞動節的報導和文章。更為突出的是刊載了毛澤東關於論述五四運動歷史意義的文章和美國友好人士愛潑斯坦的文章《中國共產黨的偉大領袖毛澤東》。地方新聞有《東北聯軍進軍哈爾濱》《美國國務院宣布：駐長春美國記者安全無事》。還有紅五月中的節日介紹等等。該報在《徵稿啟事》中明確宣布歡迎肅清漢奸、土地改革、春耕生產、地方政權建設、社會活動及人民生活的變化以及有關紅五月的紀念活動的報導等內容的稿件，特別說明新聞、通訊、論文、書信、文藝作品題材不限但內容一定要充實，語言通俗易懂。

（五）《人民日報》

《人民日報》，朝鮮文版，4開4版，週六刊。1946年9月1日創刊於延

---

1 載1946年5月4日《吉東日報》。

吉。同年11月4日改爲日刊。1947年3月1日更名《吉林日報》。1946年上半年，蔣介石調動軍隊向東北解放區進攻。根據中共中央關於「讓開大路，佔領兩廂」，建立鞏固的東北根據地的指示，5月28日，原駐吉林市的中共吉林省委隨解放軍撤到延吉。6月，中共吉林省委機關報《人民日報》轉移到延吉市，與《吉東日報》編輯部合署辦公。8月，吉林省委爲集合一切力量、強化新聞工作，決定兩報於9月1日合併。朝鮮文版《吉東日報》奉命併入吉林省委機關報《人民日報》後改出《人民日報》朝鮮文版，由《人民日報》副總編輯林民浩、金平負責該報朝鮮文版的出版工作，主要負責報導有關解放戰爭、土地革命、生產建設等新聞，展示民族和地方特色，貫徹黨的民族政策。通過報紙出版推動朝鮮語言文字的使用和推廣。1946年9月，省民主聯盟主持、人民日報社協助召開了紀念《訓民正音》發表五週年大會，在《人民日報》（朝鮮文版）上發表報導指出：「正音已經發表五個世紀了。由於封建統治階級瞧不起韓文，日本帝國主義又施行殘忍的文化摧殘政策，它一直未能得到發展。至今連朝鮮人也不能很好地運用這一偉大的語言文字，有的小孩子甚至完全不懂這一語言文字。只是在打垮日本帝國主義以後，朝鮮同胞才得以隨心所欲運用自己的語言文字，抑制不住心頭的喜悅。」表達了全體朝鮮族人民的心聲。《人民日報》（朝鮮文版）在轉載《冬學讀本》時加的編者按說：「本報將漢文夜校課本譯成韓文，從今天起開始刊載。考慮到原文不易懂，又沒有寫到有關朝鮮民族的事情，難以引起上夜校的農民們的興趣，特作了一些改編。」這一課本，原本有27課，朝鮮文本刪改補充了三分之一。《人民日報》（朝鮮文版）較好地體現了黨的民族政策。特別珍貴的是該報還刊載了新聞學的文章，如《新聞的寫作方法》（1946年年9月5日）、《如何寫文藝通訊》（1948年9月10日）等，普及新聞學知識，提高採編人員業務水平。

（四）《吉林日報》

《吉林日報》，朝鮮文版，4開2版，創刊於延吉市，係《吉東日報》（朝鮮文版）的繼續，爲中共吉林省委機關報的組成部分。由吉林日報社副總編輯金平和林民浩擔任負責人。作爲朝鮮文最早的省委機關報，該報主要配合當時形勢，對解放戰爭、人民政權的建立，清剿土匪、土地改革和支前等項工作進行報導，傾向鮮明，爲革命和建設作出了較大貢獻。現將吉林日報1947年11月份刊載的文章分類統計如下：社論3篇，公告3

篇，評論 1 篇，指示 2 篇，軍事 26 篇，公糧 5 篇，參軍 26 篇，英模 7 篇，
戰勤 4 篇，經濟 1 篇，群工 13 篇，朝鮮 3 篇，經驗 3 篇，蔣管區 5 篇，土改
11 篇，共委 1 篇，國際 9 篇，其他 3 篇以上分類未必科學，但是可看出有關
軍事、參軍參戰、戰勤等直接與解放戰爭有關的報導占總數比例最高，超過
了二分之一。其次有關土改和生產建設的也不少。該報對於國際新聞也很重
視，尤其是對於朝鮮國內的報導，設有「朝鮮消息」的專欄，專門詳細報導
朝鮮國內的動態。

（五）《團結日報》

《團結日報》，週刊。2 開 4 版，初名《團結時報》，後改名為《團結日報》，
1947 年 12 月 25 日創辦於通化市。是李紅光[1]支隊機關報。金信奎任社長，白
南彪任主編。該報以李紅光支隊指戰員和南滿朝鮮族為主要讀者對象。1949
年 3 月與延吉《延邊日報》、哈爾濱《民主日報》合併，在延吉出版《東北朝
鮮人民報》。

（六）《戰鬥報》和《民主日報》

《戰鬥報》，1947 年 3 月在哈爾濱市創辦，8 開 2 版，朝鮮義勇軍第三支
隊創辦，總編輯金萬善。1948 年 4 月與牡丹江市《人民新報》合併，在哈爾
濱市創辦《民主日報》，4 開 4 版。初由朝鮮義勇軍第三支隊政治處領導。後
改為東北行政委員會民族事務處主辦[2]。由李旭成任社長，金萬善為總編輯[3]。
該報以東北諸省朝鮮族群眾為主要讀者對象。宗旨是「成為人民之友，讓人
民喜讀愛看，讓人民學到一些知識，從而成為人民的工作之友，給他們以力

---

1 李紅光（1906～1935，一說 1910～1935）。朝鮮族。又名李弘海、李義山。中國共
  產黨領導的最早的抗日武裝南滿游擊隊主要創始人之一。生於朝鮮京畿道龍巖郡。
  9 歲時隨其父母逃荒到中國吉林，1926 年定居吉林省伊通縣。1927 年加入農民同
  盟會，開始學習和宣傳馬列主義。1930 年加入中國共產黨。1931 年任中共雙陽伊
  通特支組織委員，後被選為磐石中心縣縣委委員。1932 年組織赤衛隊和磐石游擊
  隊。1933 年，楊靖宇在磐石組成抗日軍事委員會並成立聯合參謀部時任參謀長。
  1933 年紅 32 軍南滿游擊隊改編為東北人民革命軍獨立師時任參謀長。1934 年任東
  北人民軍第一軍參謀長兼第一師師長。1935 年 5 月上旬在與日偽軍戰鬥中身負重
  傷。5 月 12 日在興京（今新賓）光榮犧牲。
2 參見《東北新聞史》，黑龍江人民出版社，2001 年版，第 395、396 頁。崔相哲在
  《回顧我國朝鮮文報的四十個春秋》中寫到《民主日報》「1948 年 3 月 3 日到 1949
  年 3 月末發行於哈爾濱。」
3 參見《東北新聞史》，黑龍江人民出版社，2001 年版，第 396 頁。崔相哲在《回顧
  我國朝鮮文報的四十個春秋》中寫到「報社社長是朱德海，副社長李旭成。」

量」（該報《〈人民新報〉改爲〈民主日報〉告讀者書》）。1949 年 3 月停刊。

（七）其他少數民族文字報刊

這一階段在我國東北地區還辦有一些縣級報紙，主要的如《老百姓報》1948 年出版，中共吉林省汪清縣委主辦，漢、朝合刊，是東北解放區最早的縣報；《學習與戰鬥》（1947 年軍政大學吉林分校創辦）、《時事旬報》（1947 ～1948 年）延吉出版]以及《新民日報》（1946 年 5 月 1 日在哈爾濱創刊）、《琿春報》（1947 年在琿春創刊）、《和龍通訊》（1947 年創辦）等。此外還有《兒童報》，1948 年創辦於哈爾濱，是民主日報社辦的少年週刊。

（八）韓國駐長春機構創辦的《東北韓報》

《東北韓報》，日刊。1946 年間由韓國駐我國代表團東北總辦事處在長春創辦。8 開 2 版。政治傾向反蘇反共。主要刊載和報導朝鮮僑民的生活情況反映國內國際形勢。許禹成（又譯許雲星）任社長，玄泰均任編輯局局長。1948 年遷至瀋陽出版，中華人民共和國成立後停刊。[1]

第二節　民國南京政府中後期的現代蒙古文報刊

民國南京政府中後期的我國蒙古文報刊在前一階段發展的基礎上保持了較快的發展勢頭。它們主要集中在內蒙古自治區所屬各地及北方 7 省區，讀者主要是政府官員和文化階層人士。內容多出於政治需要，傳佈各報所屬黨派或集團的意旨、政令、通告、政策、評論及國內外新聞、思想文化動態和民族知識等。

一、敵僞創辦的蒙古文報刊

1、《兒童新聞》

《兒童新聞》，週刊，4 開 4 版，蒙古文鉛印報紙。日僞所辦《蒙古新報》的副刊。由日僞控制的蒙古會館於 1938 年 8 月創刊。主要刊登國內外要聞、常識、世界各地故事、笑話、看圖識字和算術等。蒙古會館每天編譯蒙古語新聞廣播，多次舉辦蒙古語、日語講習及日蒙兒童展覽會等。其中兒童作品展曾赴日本展出，受到日方的好評。[2]

1　《團結日報》《戰鬥報》與《民主日報》及《東北韓報》等內容的寫作，主要參考《東北新聞史》和崔相哲的相關論文。
2　《滿洲帝國蒙政十年史》，第 53 頁。

2、《蒙古週刊》

《蒙古週刊》，蒙古文鉛印報紙，4開4版。係《蒙古新聞》（蒙古文）之前身。日偽蒙古聯盟自治政府外交處1938年6月創刊於厚和，以宣傳蒙疆聯合自治政府外交事務爲主要內容。1939年9月蒙古聯合自治政府出臺後遷往張家口，初爲蒙古聯合政府弘報科（後改爲局）發行，由蒙疆新聞社主辦後成爲《蒙疆新聞》的蒙古文版。[1] 1942年10月更名爲《蒙古新聞》（期數續前）。1945年2月停刊。

3、《青旗》

《青旗》報，是由青旗報社在原蒙古會館主辦的《蒙古新聞》基礎上於1941年1月6日創辦的綜合性報紙。最初爲週報（1至75號），後改爲旬報（76至178號）。青旗報社創立於1940年12月，日本人菊竹實藏爲社長，在原蒙古會館基礎上由興安局、蒙古厚生會、蒙民裕生會以及「滿洲國」國務院總務廳弘報處各出資3萬元而興辦。設總務部、編輯部，接收原蒙古會館職員30人（蒙古人23名，日本人7名），另有編輯竹內正和塔勒等人，以「蒙古民族之向上、文化之發展爲目的」。

《青旗報》內容包括國際國內新聞、國內外蒙古人情況報導外，還有健康與家庭、家畜、文藝、讀者投稿、日蒙會話、兒童青旗及連載蒙古族近代文學家尹湛納希的長篇小說《大元盛事青史演義》等欄目。[2]

4、《大青旗》

《大青旗》，雙月刊，大32開，鉛印。創辦於1943年1月20日。內容有政論、戰況、譯著、新聞報導、科學知識、生活常識、心得體會、故事和詩歌、兒童問答、漫畫等。該刊雖是日本侵略者爲挽救其戰爭困境創辦的宣傳工具，因《青旗》《大青旗》報的編者中有一部分是熱心於蒙古民族文化事業的蒙古族知識分子，所以在一定程度上滿足了蒙古族讀者的需要，並在「繼承和發揚蒙古民族的文化遺產」[3]做出了一些貢獻。

《兒童新聞》及《蒙古週刊》等日偽報刊的目的是妄圖通過輿論宣傳「奴化」「同化」中國各族人民，實現佔領內蒙古地區、長期進行殖民統治的野心。

---

1 《北支·蒙疆年鑒》附錄，1942年版，第27頁。
2 廣川左保：《1940年日本對內蒙古的政策及〈青旗〉報》（日文），《日本蒙古學會紀要》第28號，1997年。
3 忒莫勒：《建國前內蒙古地方報刊考錄》，內蒙古圖書館編印，第20頁。

這一階段中有些報刊（如青旗報社創辦的《青旗》和《大青旗》等）雖也是由日偽所辦，但因辦報人思想較爲進步，所以報刊內容具有較豐富的知識性和啓發性。

二、國民黨在內蒙古創辦的《阿旗簡報》

《阿旗簡報》由國民黨阿拉善旗中央直屬區黨部屬下的阿拉善實驗簡報社主辦。約於 20 世紀 40 年代初創刊於內蒙古定遠營（巴彥浩特），8 開 2 版，蒙漢兩種文字油印發行，以抄收國民黨中央廣播電臺的簡明新聞爲主。

三、中國共產黨在內蒙古創辦的蒙古文報刊

在民國南京政府中後期，隨著共產黨領導的革命力量發展壯大和政治影響迅速增強，共產黨的黨報黨刊和統一戰線報刊在蒙古文報刊領域得到迅速發展。

（一）地委級的中共黨報

1、《蒙古報》（1944 年）和《伊盟報》（1949 年）

《蒙古報》，不定期。油印，4 開 2 版，1944 年由中共三邊（陝西省安邊、定邊、靖邊）地委創辦。是中國共產黨創辦最早的地區性報紙之一。1945 年，中共伊克昭盟工作委員會成立後以蒙漢兩種文字出版，由工委宣傳部長薛向晨任社長，浩帆（蒙古族）主持報社工作，同時負責報紙的採編、刻印。該報大力宣傳共產黨建立聯合政府的政治主張和實行民族區域自治政策的意義，反對蔣介石發動內戰。1947 年 3 月報社隨工委和伊盟支隊轉移靖邊南山，轉戰在西烏旗和城川地區，被稱爲「馬背報」。1948 年底隨軍北上，經常以《戰報》和《號外》形式及時報導解放戰爭的勝利消息。

《伊盟報》，根據中共伊克昭盟委員會決定於 1949 年 9 月 1 日由《蒙古報》更名後創刊，成爲中共伊盟盟委機關報。油印改爲石印。社址設在伊盟札薩克旗（即現今的伊金霍洛旗新街鎮）。1944 年冬到 1949 年 9 月共出版報紙 53 期，蒙漢文兩版共發行 12000 份。[1] 該報在宣傳抗戰和解放戰爭的輝煌成績、內蒙古自治建設，鼓舞軍民鬥志方面發揮了重要作用。1950 年遷往東勝市。1951 年停刊。

2、《前進報》（1946 年）與《牧農報》（1947 年）

《前進報》，不定期。1946 年 12 月在通遼創刊。中共哲盟地委機關報。

1　參見 1949 年 9 月 1 日《關於〈伊盟報〉工作的決定》。

蒙漢兩種文字出版。8 開 2 版。蒙古文版油印，漢文版鉛印。社長先爲方馳辛，後是王學仁。報社人員蒙古族、朝鮮族、漢族各占三分之一，還有達斡爾族、鄂倫春族、滿族、回族。

《牧農報》，中共熱北地委（後爲昭烏達盟）機關報。漢文版（週二刊）1947 年創刊。蒙古文版 1948 年 9 月 10 日創刊。8 開 4 版，分要聞、地區經濟、政文、副刊四版。熱北地區建立於 1946 年，轄巴林左旗、巴林右旗、阿音科爾沁旗、克什克藤旗、林石縣，屬熱河省北部的林東地區。地委機關駐林東縣城。該報創刊時赤峰尚未解放，熱北地委面對敵匪騷擾不斷的「拉鋸」環境，爲了宣傳、教育、爭取、團結當地蒙漢族群眾而創辦了該報。《牧農報》創辦後以蒙古族牧民爲主要宣傳對象，向蒙漢族群眾宣傳黨的民族政策、國內外形勢，促進民族團結，調動和鼓舞廣大蒙漢族群眾革命和生產的積極性。還通過辦口頭廣播，自建文工團，多渠道、多形式開展宣傳。熱北地區 1949 年底劃歸內蒙古自治區，該報停刊，採編人員轉入內蒙古日報東部版。

3、《自由報》《群眾報》和《牧民報》

《自由報》，三日刊，創刊於 1946 年 7 月 5 日，社址設在海拉爾，油印 8 開 1 版。其宗旨是反對國民黨對蒙古人民的奴役與同化，消除人民的痛苦，增強蒙漢團結。

《群眾報》，不定期出版。1947 年 7 月創刊於內蒙古貝子廟，是錫察行政委員會機關報。8 開 2 版，油印。主要刊登馬列主義基礎理論、時事要聞、地方消息等，附有少量報紙言論，發行量 500 份。

《牧民報》，創刊時間不詳，也是錫察行政委員會的機關報，4 開 2 版，有 3 名兼職採編人員，他們除編稿外還負責翻譯、刻印、發行等工作。主要宣傳黨的民族政策，反映錫察地區革命形勢的發展與生產的恢復。期發量爲500～1000 份。

4、《解放報》與《呼倫貝爾報》

《解放報》，3 日刊。興安省省府海拉爾創辦的油印報紙，1946 年 7 月 5 日出版，8 開。由瑪尼札布、道爾吉寧等人主辦。該報以反對國民黨反動派對蒙古族人民的壓迫、消滅人民的痛苦，增強蒙漢和睦爲宗旨。主要翻譯漢文版的新聞稿，也有不少自編自採的稿件，深受讀者歡迎。1946 年 8 月 1 日改名爲《呼倫貝爾報》。

　　另據載：《呼倫貝爾報》[1]，鉛印，8開2版，1946年10月10日在海拉爾創刊，是內蒙古自治運動聯合會呼盟分會機關報。主要介紹馬列主義和中國共產黨及黨的政策，報導解放戰爭形勢，反映牧區工作情況。

（二）縣旗級蒙古文報《草原之路》和《西中報》

　　《草原之路》，不定期。蒙漢兩種文版同時刊行。1947年夏創刊。中共西科中旗委員會機關報。8開2版，主要結合當時的群眾運動，宣傳中國共產黨的各項政策，指導基層工作。1946年8月改出《西中報》，仍爲蒙漢兩種文字出版，4開2版，油印改爲鉛印。

（三）內蒙古人民革命黨東盟總部機關報《人民之路》

　　《人民之路》，3日刊（一說不定期），1945年10月18日創刊於王爺廟（今烏蘭浩特）。油印，8開。內蒙古人民革命黨東蒙總部機關報。內蒙古人民革命黨東蒙總部成立於1945年8月15日。創辦《人民之路》的宗旨是號召蒙古人民奮起革命，在內蒙古人民革命黨領導下，爭取民族獨立與繁榮。編輯有瑪尼札布、孟和畢力格、曹都畢力格等人。1946年東蒙自治政府成立後，改由自治政府宣傳處出版，發行百餘份。1946年2月停刊。

四、中國共產黨領導的統一戰線報刊

（一）《內蒙古週報》

　　《內蒙古週報》，蒙漢兩種文字並排對照印刷出版。書冊狀，16開本。1946年3月15日創刊。是中國共產黨領導創辦的內蒙古地區第一張統一戰線報紙。封面有蒙古文刊名，沒有漢文。每期20餘頁，上半頁是蒙古文，下半頁是漢文，蒙古文篇幅較漢文要大一些。創辦時請幾位舊報人作蒙古文編輯，晉察冀中央局派三四人任漢文編輯。1946年10月終刊，共出版約30期。

1、創刊的背景及負責人

　　《內蒙古週報》是內蒙古自治運動聯合會機關報。該會是中國共產黨領導的由內蒙古各民族、各階層代表人物組成的領導蒙古族群眾開展自治運動的統一戰線團體。1945年1月25日成立於張家口。烏蘭夫當選爲聯合會主席兼軍事部長。聯合會成立伊始，急需有一份機關報傳播信息，貫徹聯合會的

1　此處係據內蒙古圖書館1987年3月編印《建國前內蒙古地方報刊考錄》所提供的信息。

綱領、路線，以使黨的民族團結、區域自治政策深入人心。在烏蘭夫領導下，由勇夫、石琳、丁士義、應堅等具體籌劃的《內蒙古週報》很快創刊。

勇夫（1906～1967 年），蒙古族，內蒙古土默特左旗人。原名巴圖，又名榮尙義。1925 年到北京考入蒙藏學校。同年秋去廣州入黃埔軍官學校第四期學習。次年編入國民革命軍新編第二師並加入中國共產主義青年團，畢業後參加北伐戰爭。1927 年大革命失敗後受中共北方局委派到綏遠地區從事地下工作。1929 年去蒙古人民共和國學習、工作。「七七」事變後回國參加抗日游擊隊。1939 年加入中國共產黨。1946 年主持創辦《內蒙古週報》並任社長，後歷任內蒙古自治報社社長、內蒙古日報社社長、內蒙古大學副校長、內蒙古哲學社會科學研究所副所長、內蒙古歷史研究所所長等職。「文革」期間，於 1967 年含冤而死。粉碎四人幫後徹底平反昭雪。

石琳（1916～？年）生於江蘇省溧陽縣。該報創始人之一，時任總編輯。1937 年到延安參加革命，次年加入中國共產黨。抗戰勝利前後，在延安中央研究院新聞研究室學習。曾在八路軍總政治部辦過報紙。1945 年底在張家口和勇夫一起創辦《內蒙古週報》並擔任內蒙古週報社總編輯，爲報社的創建和發展付出了自己全部心血。中華人民共和國成立後曾任內蒙古文辦副主任兼高教局局長。

丁士義（生卒年不詳）四川成都人。該報社黨支部書記。1938 年參加革命工作。1945 年底在張家口和勇夫、石琳等創辦《內蒙古週報》並擔任報社黨支部書記。後曾在內蒙古軍政大學、內蒙古黨校、國家民委、內蒙古新華書店等單位任職（工作），宣傳黨的民族政策，培養少數民族幹部及推行民族區域自治和加強各民族團結方面有重要貢獻。1957 年被打成「右派」，十年浩劫受衝擊含冤而死。粉碎四人幫後平反昭雪。

應堅（生卒年不詳），原是《解放日報》印刷廠工人。出身於革命家庭。他的父親歐陽梅生及其二位兄長在大革命時期爲人民獻出寶貴生命，母親陶承著有《我的一家》。《內蒙古週報》創刊時任報社印刷廠廠長，爲該報的創刊和正常發行作出了重要貢獻。

2、《內蒙古週報》的辦報宗旨與歷史使命

《內蒙古週報》發刊詞宣稱「本報是內蒙古人民的言論機關，它是爲內蒙古人民服務的，它所做的，它要說的，將決定於廣大蒙古人民的意志，我們要求大家大膽說話，儘量發表自己的意見，爲著我們同一信念攜手前進！」

明確宣布其肩負著貫徹執行內蒙古自治運動聯合會的綱領、路線之光榮使命，任務是喚醒廣大內蒙古人民，團結在內蒙古自治運動聯合會的周圍，為實現和平、幸福、團結的新內蒙古而奮鬥。

《內蒙古週報》創刊號所載《四個月的蒙聯》（勇夫）一文介紹了內蒙古自治運動聯合會成立四個月來的活動全貌，指出「長時期的熬煎，慘痛的鬥爭，有力地教育了內蒙古人民，他們需要一個真正為內蒙古民族謀利益的自己的組織」，這個組織就是內蒙古自治運動聯合會。聯合會的「路線不是蒙漢分裂，而是蒙漢團結；不是獨立，而是和全國各民族完全一致的民族平等，實現地方自治」，「為內蒙古民族的徹底解放，鋪下了第一塊光明的基石。」在文章最後，勇夫指出，「中國共產黨的少數民族政策經過具體執行有力證明了，中共真正關懷少數民族，幫助他們發展進步事業，誠心誠意希望各民族自己起來，擔負起中國各民族共同解放的任務。」

《內蒙古週報》及時報導自治運動的每項成就和重大勝利，反映了人們最關心的內蒙古地區和國家大事。比如 1946 年 4 月 3 日在承德召開了「四三」會議及通過了《內蒙古自治運動統一會議主要決議》，標誌著內蒙古東西部地區長期被分割的歷史宣告結束，在中國共產黨的領導下的內蒙古民族解放力量已經形成並將不斷壯大。「四三」會議的勝利，是黨的民族政策和統戰政策的勝利。《內蒙古週報》對此進行了詳細報導。

3、民族特徵與時代特色

《內蒙古週報》的報導和編輯具有鮮明的民族特徵與時代特色。如在《各盟報導》欄目中刊有《照這樣還有個活頭——正黃旗清算「毫利希亞」[1]勝利結束》這樣一則消息。「毫利希亞」是一個掠奪牧民財產的「合作社」，偽蒙疆政府以「救濟災民」為名巧取豪奪，把牧民捐贈的財務、牲畜等攫為己有。報導說正黃旗清算的結果是「毫利希亞」應退賠邊幣三萬萬元。在群眾自願原則下，追回的款項以二分之一歸還股東，餘下的二分之一中一半救濟貧民，一半作教育補助費。錫林郭勒盟和察哈爾盟人民政權剛建立，這樣歷史遺留問題既維護了人民群眾的利益，又懲治了侵吞牧民財務的舊人員，受到群眾的歡迎。《內蒙古週報》還報導了王爺廟（烏蘭浩特）五千群眾集會控訴蒙奸陳子善迫害人民群眾的罪行以及處決陳子善的消息，使人民揚眉吐氣。這些具有民族特色、時代特徵的報導體現了辦報人的思想水平和新聞價值觀。

1　「毫利希亞」在蒙古語中是「合作社」的意思。

《內蒙古週報》每期內容在 3 萬左右漢字，蒙古文占版面的 2/3～3/4。有的文章只有蒙古文而未譯成漢文。創刊之始，報社約有 20 多職工，能勝任蒙古文編輯工作的採編人員有十幾人，因稿源比較貧乏，發行量僅有幾百份。該報採用本報記者採寫稿件和選發新華社電稿及由《晉察冀日報》供給新聞的辦法，使報紙內容越來越豐富，並辦出了自己的特色，發行範圍也逐漸擴大。錫、察盟所屬大部分旗，內蒙古東部地區和綏蒙地區（即綏遠地區）都有該報讀者，份數達 2000 份左右。

（二）《黎明》

《黎明》創辦於 1945 年 12 月 18 日，8 開 1 版。係內蒙古人民革命青年團東蒙本部機關報。創辦人為蒙古族青年特古斯。1946 年 5 月 3 日更名為《群眾報》，意思是「黎明的曙光」被烏雲遮住了，必須喚起民眾自己主宰自己的命運，因而該報必須成為「群眾的報紙」。後經張策、胡昭衡等人提議改為內蒙古自治運動聯合會東蒙總分會的機關報。1946 年 6 月停刊。

內蒙古人民革命青年團由一批追求革命和進步的蒙古族青年於 1945 年 10 月 5 日在王爺廟成立。創辦該報的宗旨是引導青年為實現蒙古民族的自由、解放和獨立統一而團結奮鬥。在宣傳內容上傾向中國共產黨，在宣傳蘇聯和蒙古人民共和國的同時，也宣傳馬列主義和中國共產黨的民族理論、民族政策，介紹革命領袖人物。辦報方向曾得到過中共興安省委的肯定與讚賞。改名《群眾報》後仍為內蒙古革命青年團機關報。發刊詞指明「這個報紙同封建的、資本主義的欺騙群眾的工具相反，是以支持群眾鬥爭為目的，反映群眾的生活，為革命群眾組織效力，促進群眾的政治認識和階級覺悟的提高。以此總結群眾工作的經驗，成為群眾工作者的參謀。」該報向蒙古族青年尤其是知識分子，宣傳革命道理，鼓舞他們在反對國民黨反動派的鬥爭中發揮很大作用。

特古斯（1924～）蒙古族，哲里木盟科左中旗人。是內蒙古蒙古文報紙的開拓者之一。求學時期就從事進步學生青年活動。日本投降後團結蒙古族青年創立內蒙古人民革命青年團，任副秘書長（副書記）。為宣傳團的綱領、路線，和哈斯額德尼、木倫、巴圖巴根等一起創辦了《黎明》報。《群眾報》改為內蒙古自治運動聯合會東蒙總分會機關報後任副社長兼總編輯。後調任中共內蒙古黨委青年工作委員會副書記、中共內蒙古黨委宣傳部副部長等職。

（三）《群眾報》

《群眾報》，週二刊。1946年7月1日在王爺廟（烏蘭浩特）創刊。蒙、漢兩種文字出版，鉛印。漢文版8開2版，蒙古文版4開1版，後改爲小4開2版。爲內蒙古自治運動聯合會東蒙總分會機關報。是原東蒙政府機關報《東蒙新報》（漢文版）併入《群眾報》、原內蒙人民革命青年團機關報《群眾報》停刊後由內蒙古自治運動聯合會東蒙總分會創辦。漢文版從創刊到終刊共計59期，蒙古文版出至1946年12月24日共計46期。蒙漢兩種文版內容大同小異，但各自的新聞報導並不一定互相譯載。內容大致有如下幾個方面：

一是宣傳內蒙古自治運動聯合會的主張、方針、政策和具體活動。這是由《群眾報》性質決定的。該報是聯合會東蒙總分會的機關報，爲了讓新解放區的少數民族瞭解中國共產黨的民族政策，粉碎以「民族自治」爲名進行的分裂活動。如社論《偉大的一年》，眞實地總結了聯合會在1946年中的歷史功績——「使分裂三百餘年的內蒙古得到統一」，又如《內蒙古解放的道路》一文，是內蒙古自治運動聯合會東蒙古總分會主任哈豐阿在北安軍政大學向教職員工所作的長篇報告，該報在一版分五期登完，報告詳細敍述了內蒙古民族求解放走過的艱難、曲折的道路。此外還向讀者介紹中國共產黨及其領袖毛澤東、朱德，深入講解革命道理，使黨領導的內蒙古自治運動愈發深入人心。

二是報導人民解放戰爭。1946年是我國解放戰爭的頭一年。解放軍在人民支持下採取「集中優勢兵力，各個殲滅敵人」的運動戰術，取得了一系列勝利。報社冒著敵機轟炸的炮火不斷把我軍勝利消息及時傳播給人民群眾，刊發了《新四軍空前大捷——蘇北蔣軍兩萬被殲》《十月份蔣軍損兵八萬七千》《興安省主席談話——要徹底粉碎蔣軍的進攻》《東北民主聯軍殲滅蔣軍僞匪十四萬餘》等消息。還轉載《解放日報》社論《戰局開始變動》和《周恩來將軍發表談話——揭露「蔣記」國大陰謀》等重要文章，同時對敵軍起義、投降的消息進行報導。

三是報導地方新聞。主要報導王爺廟地方各盟旗的活動，具有較濃厚的地區特點和民族特點。有關於農會活動的新聞、有支持前線的新聞，有內蒙古自衛軍與國民黨軍及土匪作戰和政府濟貧的新聞。其中較有特色的新聞當屬喇嘛參政與支前的新聞報導：錦州轄區的土默特左旗八大王廟活佛嘎拉倉

因不滿國民黨歧視少數民族的政策，聯想起內蒙古人民自衛軍和民主聯軍對少數民族實行平等團結政策的情景，毅然把廟宇交給他人代管，自己參加了庫倫旗民主政府。還有一條消息報導王爺廟附近葛根廟喇嘛向自衛軍贈送三百張羊皮禦寒，還聲明為前方勝利祈禱祝福。該報的新聞報導不僅反映了民心所向，群情所動，反映了黨的民族自治政策與宗教政策的正確，更充分表現出該報記者對新聞敏感。

（四）《內蒙自治報》

《內蒙自治報》，1947 年元旦在王爺廟（烏蘭浩特）由《群眾報》更名後創辦。沒有創刊號，只有首日刊；編號也承《群眾報》序列，從第 60 期開始。讀者對象是蒙古族廣大幹部和有一定閱讀能力的蒙漢族同胞，以初級幹部和非文盲農牧民為主要對象。首日刊 4 開 2 版，文字豎排，從上到下，分 12 小欄，標題字號因內容而異，大小皆有，注意版面的編排，輕重得當，疏密適宜，美觀清晰。蒙古文版全部套紅印刷，內容與漢文版無異。

1、《內蒙自治報》的主要內容

《內蒙自治報》首日刊的頭版刊載了社論《迎接 1947 年》，由胡昭衡提出要點，特古斯執筆。語言明快、犀利，論述精闢、嚴密，提出了新的一年工作任務，指明了歷史發展規律，具有一定的文獻價值。社論肯定了 1946 年 4 月 3 日在承德召開的「四三」會議的重大意義和歷史貢獻。號召內蒙古各民族團結起來，反對共同敵人——國民黨反動派，求得蒙、漢、回等各民族的共同解放。社論下面左側有哈豐阿書寫的蒙古文題詞：「鞏固民族統一戰線，粉碎反動派的進攻」。題詞右邊有 8 條新聞，主要是內蒙古人民自衛軍（1948 年 1 月改名為內蒙古人民解放軍，1949 年 5 月編入中國人民解放軍）解放哲盟伯吐鎮，並向南追擊蔣軍的消息等。二版則全部是新華社有關解放軍與國民黨軍作戰的新聞電訊稿。

2、《內蒙自治報》的主要特點

《內蒙自治報》的新聞報導具有鮮明時代烙印，把當時那段珍貴的歷史展現給讀者。如 1947 年 1 月 16 日頭版頭條新聞《在烏蘭夫主席直接領導下——西蒙同胞在奮鬥中》，報導了「四三」會議後，內蒙古中、西部地區的群眾工作、政權改造、軍隊建設，以及聯合會的組織工作等方面取得的成績，「從盟到旗都有了聯合會的組織機構；獲得解放的農牧民踴躍參軍；軍政學院培

養了六百來名幹部；由於減輕群眾的負擔，加上晉察冀邊區的援助，基本上解決了人民的口糧問題。報導中特別提到聯合會由張家口向貝子廟轉移時群眾嚮往革命的感人事例：『有許多不需要走的人，由於不願落入敵人手裏也要求走，有的婦女徒步走上千里路，七十餘名小學生自己組織起來走到了貝子廟』。[1]再如2月4日所載中共東蒙工委負責人張策的《談發財》一文，從舊社會把「發財」與「作官」聯繫在一起，講到新社會發財之道有三：一是農民要下工夫種好地，要用人工換手工，牛工換人工，不誤工，不荒地，拜老農為師；二是種地之外可通過飼養、採集、打獵等辦法賺錢發財；三是各機關、部隊也要勞動生產，養雞、種菜、種糧食，開粉坊、豆腐坊、皮革廠及其他手工業等，幹部家屬也要參加生產。目的是讓人民明白「民劣則財困」，離開「民生」就談不上「國計」，要求各級領導幫助人民制定「發財」計劃。認為「這就是蒙古民族富強的道路，是勞動人民翻身的辦法」。文章把發財與民生、國計、民族富強與人民翻身緊密聯繫起來，強調勞動致富才是「生財的大道」。至於2月16日頭版頭條報導了烏蘭夫抵達王爺廟受到三千民眾熱烈歡迎盛況，還配發了烏蘭夫簡歷、木刻像及東蒙總分會《為歡迎烏蘭夫主席致王爺廟軍政幹部書》，反映了廣大蒙古族同胞對自己民族領導人的由衷擁戴，充分揭示了烏蘭夫抵達王爺廟的政治歷史意義。

3、《內蒙自治報》的重點報導

1946年12月26日，中共中央關於內蒙古實行自治的指示，首先使內蒙古東部地區活躍起來。該報也隨之作了幾次大型報導。隨著解放戰爭形勢的重大變化，解放軍在東北、晉察冀、晉冀魯豫地區轉入反攻並取得輝煌戰果，內蒙古地區已成為堅固的後方。形勢的發展為召開內蒙古人民代表會議、成立內蒙古自治政府創造了有利條件。《內蒙自治報》對此具有劃時代意義的重大事件作了生動、全面、透徹的報導。

（1）對內蒙古人民領袖烏蘭夫的宣傳報導。烏蘭夫抵達王爺廟的目的在於落實中共中央關於內蒙古實行自治、成立統一的內蒙古自治政府的指示。《內蒙自治報》介紹了烏蘭夫的經歷、性格以及他創立和開展自治運動聯合會歷史功績。該報還轉載了烏蘭夫在一次歡迎會上的講話，熱情稱讚內蒙古

1　《內蒙古日報五十年》編委會編：《內蒙古日報五十年》，內蒙古人民出版社，1998年版。

革命青年是「一支生力軍」，起著「先鋒推動作用」。這種感情給讀者印象十分深刻。

（2）宣傳報導了內蒙古自治運動聯合會召開執委會擴大會議的消息。會議主要商討召開內蒙古人民代表會議，成立自治政府等事宜。會議期間聽取了聯合會、東蒙總分會及各盟負責人的工作報告，報紙摘發的大會發言內容豐富，從幹部培養、群眾發動到人民覺悟提高、政權建設、軍隊建立等多方面，為自治政府的成立奠定了基礎。4月23日該報頭版報導了會議21日閉幕的消息。會議通過了自治政府的施政綱領、政府組織大綱草案，參議員候選人名單，並刊發了內蒙古人民代表大會開幕的消息和社論《慶祝人民代表會議開幕》，指出代表會議完成了歷史賦予使命，將成立一個能團結蒙古族各階層與內蒙古地區各民族的民族團結政府，為實現自治提供保證。

（3）隆重報導了內蒙古人民代表大會。為及時把會議消息傳播給讀者，《內蒙自治報》在內蒙古人民代表會議召開期間改三日刊為日刊，在10天會期中套紅印刷連續報導會議召開情況。報導了盛大開幕典禮上的烏蘭夫致開幕詞，中共西滿分局、西滿軍區，臨近省份的代表致賀詞，刊登中共中央東北局、東北行政委員會、中共西滿分局、中共遼吉省委的賀電。4月27日又摘發了烏蘭夫的政治報告。報告共分三部分：一是對自治運動的回顧，主要介紹在自治問題上的兩條路線鬥爭；二是介紹聯合會一年來的成果，首次達成東西蒙古的統一；三是今後的任務，首先著手建立內蒙古自治政府，之後就是堅持內蒙古地區的自衛戰爭和解放戰爭，奪取戰爭的勝利。4月28日報導大會發言。農民代表講「發展生產，減租減息」；軍隊代表講「軍隊應成為人民的軍隊」；青年代表講「培養青年幹部應成為今後政府施政方針」；婦女代表講「實行一夫一妻制」；礦業代表講「積極開發內蒙古礦業及創辦各種技術學校」等等。

（4）報導了內蒙古解放史上著名的「五一」大會。內蒙古自治政府於1947年（民國三十六年）5月1日宣告成立，並向毛主席、朱總司令及蘇聯斯大林、蒙古人民共和國喬巴山總統發了致敬電。報紙在5月6日摘發的《自治宣言》向世界宣告：內蒙古自治政府是蒙古民族各階層、聯合內蒙古區域內各民族，實行高度區域性自治的地方民主聯合，並非獨立自治政府。……內蒙古自治政府確保人民宗教、信仰、言論、出版、集會、結社、居住、遷移、通訊的自由。自治政府頒發「第一號布告」把5月1日定為內蒙古自治

政府紀念日。內蒙古自治政府是我國第一個少數民族區域自治的政府。它的成立爲全國各少數民族地區實行自治提供了經驗，是全國人民的一件大喜事。自治政府收到來自全國各地的賀電，其中最爲引人注目的是 5 月 28 日毛主席、朱總司令向內蒙古人民代表會議的賀電。電文說：「曾經飽受苦難的內蒙古同胞，在你們領導之下，正在開始創造自由光明的新歷史。我們相信：蒙古民族將與漢族和國內其他民族親密團結，爲著掃除民族壓迫與封建壓迫，建設新蒙古與新中國而奮鬥。」

五、中共內蒙古黨工委機關報《內蒙自治報》

《內蒙自治報》，1947 年 9 月 1 日起根據內蒙古共產黨工作委員會決定成爲內蒙古自治區黨委機關報，標誌該報由統一戰線性質報紙轉變爲黨委機關報，成爲我國第一張省（區）級少數民族文字的中國共產黨黨報。

1、《內蒙自治報》的黨報性質與任務

該決定在《內蒙自治報》頭版頭條刊出：「內蒙自治報創刊以來，對於內蒙古民族自治事業與人民解放事業，曾努力做了很多工作。今後爲了加強與發揮內蒙自治報的作用，使之爲內蒙古民族人民的徹底解放做更多的工作，眞正服務於革命事業，服務於人民，成爲一個蒙古人民的報紙，決定內蒙自治報由內蒙黨委直接領導。」《決定》規定該報三項任務：第一，「發揚民族正氣與革命傳統，提高民族解放的自信與民族氣節，號召蒙古人民堅決粉碎蔣美進犯軍，表揚民族英雄，揭露一切蒙漢奸蔣特等民族敗類的陰謀活動，加強蒙漢人民親密團結，動員各民族人民支持前線爭取自衛戰爭的勝利，報導內蒙古人民自衛軍作戰與人民支持前線的實況，聲援蔣占區人民反對美蔣暴虐專制的鬥爭。號召內蒙古人民埋頭苦幹，實行民主自治，繼續奮鬥爭取自決，爲實現新內蒙和新中國而奮鬥。」第二，「全力反映內蒙各地人民的鬥爭與呼聲，以最大的熱情鼓舞與支持群眾翻身運動，鼓舞與支持革命青年與一切革命工作者參加到群眾中去，堅決進行反封建壓迫的鬥爭，熱心鼓勵生產運動，思想改造運動及翻身群眾的自衛、挖匪、反奸、識字等積極活動，表揚人民的英雄與革命工作模範，總結並交流工作經驗，推動各種工作，貫徹人民報紙爲人民服務，爲工農牧兵服務的基本精神。」第三，「宣傳黨與政府的各種革命政策，批評一切革命工作中的缺點。發揚工作優點，號召群眾爲實現黨與政府的各種革命政策而奮鬥。」表示加強報紙與群眾的聯繫，希

望社會各界、各級黨團組織積極組織各自的成員為自治報寫稿、讀報，把蓬蓬勃勃的自衛戰爭、自治運動、翻身運動和鬥爭事實報導出來，介紹學習工作經驗，把報紙辦成人民的報紙。[1]應當特別指出的是，在 9 月 1 日這天的《內蒙自治報》發表了一篇重要社論《把報紙辦好》，明確提出了「大家辦報」的方針，表明我國少數民族新聞工作者對報紙輿論作用的認識達到了一個新高度。「大家辦報」的方針是共產黨長期提倡和堅持的「全黨辦報」、「群眾辦報」原則的生動表述，對如何辦好《內蒙古自治報》具有開創性的指導思想，是該報發展的方向、道路問題，在當時具有指導性意義。

2、《內蒙自治報》社的領導班子及工作隊伍

五一大會前後，原《內蒙週報》社同志陸續抵達王爺廟。內蒙古共產黨工委的決定《內蒙古週報》併入《內蒙自治報》，成立《內蒙自治報》新的領導班子，由勇夫任報社社長，從晉察冀日報社調來的秋浦任總編輯，從東北日報社調來的程海洲任副總編輯，蒙文編輯部由洛布桑同志負責。

秋浦（1919～？年）江蘇丹陽人。1935 年參加革命工作。1938 年在延安抗日軍政大學學習，抗日戰爭期間先後在《挺進報》《晉察冀日報》任記者。1945 年 9 月以特派記者身份到內蒙古地區採訪。先後在《晉察冀日報》上報導了內蒙古地區的一些政治活動新聞。內戰全面爆發後輾轉來到王爺廟（今烏蘭浩特），採訪報導內蒙古人民代表會議和內蒙古自治政府的成立。內蒙古自治政府成立後，由烏蘭夫主席提名並報請晉察冀中央局同意調《內蒙自治報》工作，任總編輯。

程海洲（1917～？年）山東曹縣人。1936 年參加革命工作，1938 年投奔延安後在解放雜誌社任校對。1945 年 10 月離開延安到張家口任《晉察冀日報》記者，負責張家口各駐在機關的新聞報導工作。期間與內蒙古自治運動聯合會及其領導烏蘭夫、劉春、王鐸、劉景平等同志關係親密。1946 年 8 月奉命調中共中央東北局機關報《東北日報》工作。在赴任前接受烏蘭夫和劉春委託，以記者身份向途徑內蒙古自治運動聯合會各分會傳達和宣傳「四三」會議精神，並在多倫、蘭旗、貝子廟、林西、大板、林東、突泉等地進行實地採訪。在東北日報社工作約一年左右，於 1947 年被任命為內蒙古自治報副總編輯。此後再也沒有離開過鍾愛的內蒙古大草原。

---

1 《內蒙古共產黨工作委員會關於〈內蒙自治報〉的決定》，載《內蒙古新聞資料選編》第一集，內蒙古日報社內部發行（時間不詳），第 159、160 頁。

洛布桑（1925～2013 年）蒙古族。1925 年 11 月生於內蒙古哲里木盟科左中旗哈爾虎村（今通遼市郊區）。蒙古文報刊的創始人之一。王爺廟育成學院（眾多王爺廟學校中唯一用漢語上課的學校）四期生。1946 年參加革命並加入中國共產黨。負責中共內蒙古黨委和內蒙古自治區人民政府機關報——《內蒙自治報》蒙古文版編輯部工作，培養了一批業務強手。他蒙漢語兼通，既翻譯漢文報的電稿和報導，也翻譯新蒙古文（外蒙古報刊）文章，並且編輯當地來稿，有時還自採自寫稿件。1955 年被任命為《內蒙古日報》副總編輯，領導《內蒙古日報》蒙古文版工作直到 1959 年調離。1960 年後參加中共內蒙古黨委和中央民族事務委員會《毛澤東選集》翻譯工作，主持翻譯《毛澤東選集》各卷，其譯著被認為蒙古文譯文的典範。「文革」中遭迫害。1977 年調中央民族語文翻譯局任黨委書記、代局長。1982 年任國家民委副主任。1987 年任第七屆全國政協委員兼政協民族委員會常務副主任。曾兼任八省區蒙古語文協作小組副組長，國家民委系統編輯、翻譯高級職稱評委會主任等職。1993 年 12 月離休後任中國翻譯工作者協會名譽理事、中國蒙古學文庫顧問等社會職務。2013 年 5 月 9 日在北京逝世，享年 88 歲。

《內蒙自治報》報社先後從東北軍政大學、內蒙古軍政大學和其他單位調進一批年輕人，充實編輯、後勤、工廠、電臺等部門。如蒙古文編輯部裏調進了道布頓、奇日麥拉圖、敖德布·吐勒瑪札布、胡日亞奇·欽德門等人。其中奇日麥拉圖是內蒙古蒙古文報紙的第一位女編輯。日本佔領東三省時期曾就讀於王爺廟女子中學，師從著名蒙古族文學學者額爾頓套格圖，有深厚的蒙古文功底。主要負責科教文衛版面的編輯工作。她採訪報導過錫林格勒、察哈爾支持解放戰爭的女子代表羅日瑪貴德等 4 人的先進事蹟與察哈爾女英雄巴亞瑪產生過重要影響。胡日亞奇·欽德門在張家口讀書時學過蒙、漢、日文。1945 年秋參加革命，具有較高寫作水平，是內蒙古地區散文寫作的首創者。此時報社共有 60 多人，增添了電臺和印刷設備，報社遷至成吉思汗廟山腳下的原偽滿時期興安醫院。作為全國第一張省（區）少數民族文字黨報，《內蒙自治報》像一座革命大熔爐，為我國培養和造就了一大批少數民族新聞工作者。

3、宣傳內容的重大變化

《內蒙自治報》從原來的統一戰線性質報紙轉變為內蒙古黨委和政府的機關報後，隨著報社力量的加強，新聞宣傳出現了新面貌、新氣象。9 月 1 日

由 3 日刊 2 版改爲 2 日刊 4 版，11 月 15 日又改爲日刊 4 版。增設新聞工作、本市新聞、信箱、簡訊、國際一周、黨派介紹、醫藥常識和文藝副刊等欄目，經常發表社論、評論、調查報告、通訊特寫及帶有指導性的文章與新聞報導。在解放戰爭進入大反攻階段後，報紙以二分之一版面報導劉鄧大軍挺進大別山、陳粟大軍進軍魯西南等重大戰事新聞，對內蒙古黨委、自治政府、臨時參議會聯合祝賀我軍取得重大勝利的電報加花框在頭版頭條醒目位置發表。還及時報導自治區發動群眾進行土改、黨政建設等等方面的進展；介紹馬克思、恩格斯、毛澤東、朱德、彭德懷、陳毅、林彪、賀龍、劉伯承、聶榮臻、魯迅等人的革命事蹟。1947 年 7 月 7 日自治報第一次發了毛主席和朱德的木刻像。

六、中共內蒙古黨委機關報《內蒙古日報》

《內蒙古日報》，蒙古文版，對開兩版，隔日刊。1948 年元旦由《內蒙自治報》改名爲《內蒙古日報》。社址仍在烏蘭浩特。是中國共產黨領導下第一個實行民族區域自治的內蒙古地區創辦的第一個省（區）級少數民族文字的黨委機關報。讀者對象主要是初級幹部和懂蒙古文的農牧民。1948 年 12 月 29 日終刊，共出報 156 期。

解放戰爭時期的內蒙古自治政府和中共內蒙古黨委的駐地在烏蘭浩特。烏蘭浩特時期的蒙古文《內蒙古日報》以解放戰爭和農區土改、牧區民主改革爲宣傳報導中心。該報根據《中國土地法大綱》精神並結合內蒙古地區的民族、地區、和經濟特點，用較多版面宣傳牧區的民主改革和改革總方針：「依靠勞動牧民，團結一切可能團結的力量，從上而下地進行和平改造和從下而上的發動群眾，廢除封建特權，發展包括牧主經濟在內的畜牧業生產」，實行「牧場公有放牧自由」，「不鬥不分、不劃分階級」和「牧工牧主兩利」的政策。通過報導推動內蒙古農村土改和牧區民主改革，發揮輿論指導作用。在宣傳國內大好形勢，宣傳民族區域自治政策，傳播科學文化知識等方面都取得了顯著成績。

七、外國人創辦的蒙古文報刊《蒙古人民》與《民報》

《蒙古人民》，蒙古文，鉛印，不定期。1945 年 10 月創刊於長春，4 開 2 版。創辦人爲蘇聯紅軍的德列科夫·桑傑少校。編輯爲塔欽。內容主要以宣

傳和歌頌蘇聯紅軍，介紹蒙古人民共和國現狀為主。稿件來源於俄文報紙和長春《光明日報》。為避免國民黨政府抗議「干涉中國內政」，報紙未署主辦者和社址。

《民報》，蒙古文。週刊，1945 年 11 月 13 日創刊。鉛印 4 開 4 版，週刊。由「滿洲國圖書株式會社」出版發行。內容也以宣傳歌頌蘇聯紅軍、介紹蒙古人民共和國現狀，號召蒙古人民奮起謀求民族解放為主要內容。

第三節　民國南京政府中後期的俄羅斯文字報刊

民國南京政府中後期，在中東鐵路東線、西線、南線的主要城市如海拉爾、牡丹江、佳木斯、瀋陽及大連等，也出現了俄文報刊。如海拉爾的《哥薩克呼聲》，（哥薩克聯合會在哈爾濱出版）和《外興安嶺通報》（報紙）；牡丹江有報紙《在邊境上》和青年雜誌《突擊》；佳木斯有《戰鬥呼聲》；瀋陽和大連有主要刊登電訊稿的《消息報》。大連《消息報》擴版後稱《新聞報》等等。生活在我國新疆的地區俄羅斯人受當地條件限制，一直沒能辦起自己的俄文報刊。1933 年 4 月，主政新疆的盛世才把加入中國籍的俄羅斯人列入新疆 13 個民族稱之為「歸化族」[1]。1936 年[2]在新疆迪化（今烏魯木齊）創刊的《新疆日報》在出版漢、維吾爾和哈薩克文版的同時還出版俄文版（後又提供新聞和信息服務。俄文報刊比較集中的地區是哈爾濱和上海。

一、《僑民之聲》

《僑民之聲》，俄文，日寇扶植的俄僑事務局為擴大宣傳於 1938 年 5 月 22 日在哈爾濱創辦，1942 年 8 月 20 日改為旬報，1945 年終刊。

二、《上海之日》

《上海之日》，俄文，由旅滬蘇僑斯韋特洛夫等在 1938 年經當局批准後於 9 月間創辦於上海。停刊時間不詳。

三、《星期》

《星期》，插圖週報。在華蘇聯人加爾金於 1939 年在上海創刊。內容主要是

1　新中國成立後廢止「歸化族」改稱「俄羅斯族」。
2　另一說為《新疆日報》創刊於 1935 年 12 月 3 日，發行至 1949 年。

介紹上海俄羅斯人的生活。加爾金曾在哈爾濱生活了 16 年，先後在《魯波爾報》和《哈爾濱時報》工作。1938 年遷來上海時曾在《斯羅沃報》工作過一段時間。

四、《勇敢思想和無情諷刺雜誌》

《勇敢思想和無情諷刺雜誌》，俄文，諷刺雜誌。創刊時間及地點不詳。白俄諷刺演員、社會活動家阿爾斯基—阿拉諾夫斯基創刊並自任主編兼社長。他出生在哈爾濱，第一次世界大戰和國內戰爭時自願參戰。1920 年開始與妻子搭檔表演政治諷刺小品（曾到北美和歐洲巡演），爲貧困飢餓的白俄募捐。從 1931 年起，阿爾斯基因主持廣播節目更加出名。

五、《時代》雜誌

《時代》雜誌[1]，俄文，半月刊，蘇商匹開莫 1941 年 3 月 20 日在上海創刊，主要任務是向俄羅斯人提供蘇聯及歐洲信息，也成爲向中國人宣傳蘇聯的一個窗口。該刊對中國人民的抗戰持同情態度，刊載有關中國軍民抗戰的報導和評論，反映世界反法西斯鬥爭的形勢，爲租界內漢文報刊提供重要的新聞與評論來源。1944 年因受日僞上海當局限制被迫停刊。時代雜誌社還以蘇商匹開莫的名義創辦過英文版《每日戰訊》和「蘇聯呼聲」廣播電臺，爲中國抗日戰爭和世界反法西斯戰爭做出貢獻。[2]

六、《新生活報》

《新生活報》，由上海蘇僑協會語 1941 年 6 月 23 日在滬創刊[3]，主編是彼得雷茨，發行人爲顧力士。社址在吳江路 105 號。主編彼得雷茨是個專業新聞工作者，先是在哈爾濱從事新聞工作。在 20 世紀 20 年代曾頑固地反對過蘇維埃政權，到 30 年代改變其政治立場。30 年代初從哈爾濱來到上海。在反法西斯戰爭中，該報每天向上海人報告蘇聯衛國戰爭的進程。抗戰勝利後，作爲蘇僑在上海機關報的《新生活報》繼續刊行，1952 年自行停刊。

1　《時代》雜誌於 1941 年 8 月 20 日創辦漢文版。16 開本，32 頁，週刊。具體業務由姜椿芳負責，社址上海斜橋路 61 號。1944 年被迫停刊。1945 年 1 月復刊直到日本投降。

2　參見馬光仁：《上海新聞史（1850～1949）》，復旦大學出版社，1996 年版，第 972～976 頁。

3　另一種說法是：1937 年 11 月，隨著對日戰爭的開始，上海一些俄僑出於愛國熱情自發組織「歸國者聯合會」，創辦俄文《回祖國報》旬報（《На Родину》），1941 年改爲《新生活報》日報，並附有晚刊。

七、《保衛祖國》

《保衛祖國》，俄文日報，蘇聯僑民會 1945 年 11 月 14 日創刊於哈爾濱，社長王樹德，主編吉赫諾夫。發行 8000 份。1946 年 4 月蘇軍撤走回國後，俄文日報《保衛祖國》改名爲《俄語報》，繼續刊行。[1] 1956 年 7 月 15 日刊出最後一期後自行停刊。

八、關於本節內容的說明

以上所介紹的俄文報刊並未明確創辦者的族別，只是籠統寫作「俄羅斯人」「俄僑」「蘇商」。這些報刊既可理解爲當時的俄羅斯（蘇聯）人是以「俄僑」「蘇商」「蘇僑」身份用我國少數民族文字之一的俄文創辦的報刊，也可以理解爲外國人在華創辦的我國少數民族文字報刊；而由於歷史原因很難確認一些「俄羅斯人」是否入中國籍，但在這一時期或整個民國時期必定有人成爲中國公民。因至遲在 1933 年，在新疆併入中國籍的俄國人就被稱作「歸化族」成爲中國的一個少數民族了，一些俄文報刊也就屬於中國俄羅斯族創辦的少數民族報刊。

第四節　民國南京政府中後期的新疆少數民族報刊

民國南京政府中後期，我國新疆地區的少數民族文字報刊得到了迅速發展，其中最有影響的是在「三區革命」時期創辦的革命報刊。

一、「三區革命」時期的少數民族報刊

抗日戰爭後期的 1944 年，在新疆伊寧、塔城、阿勒泰三個地區爆發了反對國民黨壓迫、推翻國民黨統治的武裝鬥爭並成立了臨時政府，是反對國民黨統治的是中國人民民主革命的一部分。國民黨政府稱爲「伊寧事變」，共產黨則稱爲「三區革命」。在「三區革命」時期一共創辦了三種報刊。

1、《阿圖什報》

《阿圖什報》，由東土耳其斯坦青年聯合會主辦，1947 年在阿圖什市創刊。以配合新疆伊寧、塔城、阿勒泰三區革命，動員阿圖什地區人民推翻國

1　黑龍江日報社新聞志編輯室，《黑龍江近現代報刊大事記》，《新聞史料》第 1 期，1991 年 2 月。

民黨反動統治爲其宗旨。1946 年 1 月三區人民和國民黨政府代表張治中簽定了和平協議。11 月，三區革命領導人阿合買提江和阿巴索夫[1]等到南京開會時見到了中國共產黨代表董必武后與中共中央建立了聯繫。後經中央批准，董老請童小鵬派電台臺長彭國安帶上秘密小電臺隨阿巴索夫來到三區革命領導機關所在地伊寧。用這個電臺抄收新華社新聞，並通過報紙向新疆傳播解放戰爭勝利的消息。該報刊載的新聞、言論及詩歌等都爲宣傳、組織、動員阿圖什地區人民的鬥爭發揮過積極作用。

2、《民主報》

《民主報》，週刊，對開半張兩版，1947 年 4 月創刊於新疆伊犁。是地下革命組織新疆民主革命黨在「三區革命」中的伊犁地區勝利後創辦的機關報。4 號字編排。1947 年 1 月，新疆三區革命組織與迪化地下組織新疆共產主義者同盟（後改稱戰鬥社並出版《戰鬥》雜誌）合併建立新疆民主革命黨後，改爲 4 版，5 號字排版，三日刊。1949 年春天前該報由李泰玉主編，後來由陳錫華、范邱仲先後任主編。參加創辦的還有中共中央駐南京代表董必武指示童小鵬派往新疆的彭國安（化名王南迪）、刻字技工何銳利，負責排版的於春盛。由於條件限制，該報發行量最高不到 1000 份，一般只有 300 份。新疆和平解放後停刊。

《民主報》以消除民族對立爲重點宣傳內容，以開創包括漢族在內的各民族團結一致共同反對國民黨反動派統治的新局面爲主要任務。該報以漢族名義發表的《告民族同胞書》闡明民族問題的階級本質，指出民族壓迫說到底是階級壓迫，在新疆歧視、壓迫少數民族，實行獨裁統治的國民黨反動派是漢族與廣大少數民族群眾共同的敵人，號召各族人民團結起來，反對國民黨反動派。民國三十六年（1947 年）2 月 25 日在迪化市發生了國民黨軍警特務一手製造的「二·二五」流血事件。《民主報》迅速轉載了事件發生後新疆民主革命黨散發的傳單，揭露國民黨當局指使新疆聯合政府中某些人挑撥漢族與維吾爾、哈薩克等少數民族的兄弟關係，製造流血事件的真相。

---

1 阿巴索夫（1921～1949）維吾爾族，新疆阿圖什人。全名阿不都克里木·阿巴索夫。「三區革命」領導人之一。1939 年在新疆學院附中讀書時開始接受革命思想。1940 年被軍閥盛世才以「叛逆者」送往沙漠。1944 年在三區革命中親率游擊隊攻打伊寧，歷任三區革命政府內政部長、宣傳部長。1945 年作爲三區革命政府代表與國民黨省政府談判。1946 年 7 月任新疆省聯合政府副秘書長。後任新疆民主革命黨主席。1949 年 9 月赴北京參加中國人民政治協商會議，因飛機失事遇難。

《民主報》對內地國統區爭取民主和平的愛國學生運動也在顯要位置予以報導，並對國民黨軍警殘酷鎮壓愛國學生的行徑予以譴責，大力宣傳解放戰爭的勝利消息，旨在說明黨領導的、以推翻國民黨反動統治爲目標的人民戰爭是不分民族的，是中華民族的解放事業。該報有計劃地報導黨的民族政策和解放區民族團結的生動事實，還用通俗語言講解毛澤東《論聯合政府》中提出的解決民族問題的基本原則和具體政策及黨中央的有關規定。

《民主報》的主要內容曾譯成少數民族文字進行宣傳，收到了良好效果。1948 年（民國三十七年）8 月 1 日，該報報導新疆保衛民主和平同盟成立時發表文告提出包括漢族在內的各民族聯合起來的口號，對改善民族關係起了重要作用。該報在新疆和平解放前夕還印發了大量傳單在迪化散發。國民黨政府機關及其官員中看到此報與傳單後驚恐不安。張大年《新疆風暴七十年》一書中提到該報時說：「言論激烈，攻擊國民政府，鼓吹民主自由，宣傳中共爲『長勝將軍』和抗日『偉』績……」，由此可看出該報影響力之一斑。

3、《戰鬥週報》

《戰鬥週報》[1]，秘密刊物，油印，由新疆民主革命黨迪化區委員會於 1948 年（民國三十七年）11 月創刊。由李維新任總編輯，于振武負責評論，涂治、羅志先後主持報社工作。該報發刊詞指出「我們辦這個刊物的目的，是宣傳群眾，組織群眾，把他們緊密地團結在共產黨的周圍，爲徹底解放新疆各族人民而奮鬥」。具體任務是（1）提高黨員思想覺悟和對形勢的認識，堅定黨員必勝信心，重點宣傳黨的各項方針政策。（2）消除國統區人民對三區革命的誤解，在思想和組織方面做好解放新疆的各項準備工作，促進這一光榮事業的實現。

《戰鬥週報》以刊登新聞和時事評論爲主，主要報導人民解放戰爭的勝利消息，解放區的生產建設活動，黨在國統區領導的人民群眾的政治鬥爭，重大的國際事件以及中共中央的重大決策等等。據統計，從創刊到 1949 年 9 月 28 日第 45 期止，共刊登有關解放戰爭、解放區生產建設的新聞報導 600 多條。採編人員不惜冒著生命危險，秘密抄發解放區電臺的廣播和

1　前身是創刊於 1944 年的新疆共產主義同盟手抄不定期地下抄刊物《熔砂》1945 年改名爲《戰鬥》。1945 年（民國三十四年）11 月 7 日《戰鬥》出版紀念「同盟」成立一週年和慶祝十月革命專刊，油印刊載從獄中傳出的林基路烈士遺作《囚徒歌》。由於很多「同盟」成員奔赴解放區，1945 年出版三期後停刊。

電訊稿，運用一切手段搜集中共中央領導人的講話、指示、報告等等資料，粉碎國民黨反動派的新聞封鎖。同時以評論形式及時揭露國民黨的造謠污蔑，以正視聽。1949 年發表評論《駁蔣介石元旦文告》，戳穿蔣介石的假和平的詭計。《前帳未清，免開尊口》揭穿國民黨政府所謂財政金融改革的實質就是變相搜刮民脂民膏，進行反人民的內戰。在報導解放戰爭勝利的同時配發評論闡明戰爭勝利的意義和發展趨勢，如《淮海戰役第二階段的偉大勝利》和《論徐州會戰》。結合程潛、陳明仁湖南率部起義，配發評論《看戰局，論新疆》，著重指明新疆國民黨軍事當局應當認清形勢做出正確選擇。爲了迎接新疆解放，1949 年 2 月 7 日該刊第 10 期發表了題爲《新工作、新任務》的評論，在號召全疆人民起來開展革命活動的同時還提出四條建議：（1）深入工廠、企業，密切聯繫工人群眾，保護物資設備，完整無損地交給人民；（2）瞭解、發現、爭取人才，凡有技術專長者都要把他們團結在自己的周圍；（3）積極調查和統計特務名單，防止未逃跑者僞裝進步，混入革命隊伍，從內部破壞；（4）調查敵軍的番號、數量、武器裝備、軍事調動、官兵士氣等等。

《戰鬥週報》的編輯出版工作是在極端困難、極爲險惡的情況下進行的，負責發行的同志冒著很大風險，甚至把刊物送到國民黨機關內部。因此雖然是地下刊物但在迪化社會各界仍有很大影響。當時的省政府主席包爾漢在回憶中說，「這些組織都是爲了新疆的解放而進行工作的。他們散發了大量的以少數民族文字和漢字寫成的宣傳品。」爲了揭穿國民黨「騎五軍蘭州大捷」的謊言，該報用老五號字在印好的毛主席《約法八章》和朱總司令的《渡江命令》傳單中間套印加邊的《蘭州解放的特大號外》，一夜之間散佈到迪市各個機關、學校、工廠、部隊。週報發行量由初期的數十份、數百份一直增加到 2000 多份[1]。這些宣傳使國民黨新疆當局心神不安，認定市區有一支共產黨領導的武裝。中共中央新疆分局常委、組織部長兼迪化市委書記饒正錫 1949 年 12 月 28 日在戰鬥週報全體成員大會上指出：「同志們對人民群眾作了很好的宣傳教育工作，宣傳了共產主義思想，把它用多種方法散佈到群眾中去，使群眾對中國共產黨有了比較深刻的認識，鼓舞了人民群眾對敵鬥爭的信心和勇氣。」「通過宣傳教育，團結了一批進步青年，……造就了一批進步的幹

---

1 從第 46 期開始把塑印機打印改爲鉛印，由每期只能印 25 份增至 350 份。後改爲 16 開本，每期由 11 頁增至 30 多頁，發行量最多達 2000 份。

部，這一切工作的結果是保證讓新疆和平解放的重要因素。」充分肯定了週報的戰鬥作用和歷史功績。

4、「三區革命」中成長起來的新聞工作者

在三區革命時期從事過新聞工作的少數民族同胞，不少人後來成為著名的文學家、詩人和革命家。其中比較知名的有尼米希依提和艾斯海提‧伊斯哈科夫。

尼米希依提，（1906～1972 年），維吾爾族。原名艾爾米亞‧伊力賽依拉米。光緒三十二年（1906 年）生於新疆拜城。維吾爾族早期的新聞工作者，著名詩人和社會活動家。1922 年先後在拜城、庫車等地經文學校學習。1933年在喀什戰亂中負傷，出院後始用筆名「尼米希依提」（意為「半個犧牲者」）發表作品。1936 年，阿克蘇專區維吾爾文協會出版《阿克蘇通訊》，應該會主席達里希‧海里耶邀請擔任《阿克蘇通訊》編輯。後一直主持《阿克蘇通訊》並兼責任編輯，寫作了《千佛窟》和《派爾哈提——希琳》在阿克蘇報上連載。1945 年 5 月因患嚴重肺結核離職。在「三區革命」中參加民族軍，後隨軍到達伊犁並在司令部做宣傳工作。1948 年 8 月 1 日伊犁成立和平自主同盟時當選為委員和機關刊物《同盟》編委。1952 年當選各族各界人民代表會議代表，後又當選自治區人大代表、政協委員。1957 年 5 月當選新疆文聯及作協理事。1972 年 8 月 22 日被「四人幫」迫害去世。尼米希依提繼承了維吾爾族古典詩歌和民間口頭文學優秀傳統，為維吾爾族詩歌的發展作出了傑出貢獻。主要詩作有《詩集和牧場》《祖國之戀》《詩集》和《尼米希依提詩選》等。

艾思海提‧伊斯哈科夫（1921～1976 年），塔塔爾族，新疆額敏人，1944年參加三區革命運動，任民族軍指揮部參謀長，曾任《伊寧日報》總編輯。1950 年加入中國共產黨。新中國成立後歷任伊犁專員公署秘書長、共青團新疆自治區委員會副書記、中共新疆自治區黨委委員、常委、宣傳部長，自治區人民政府副主席、第一屆全國人民代表大會代表。

二、全國唯一的一張錫伯文報《自由之聲》

錫伯族具有悠久歷史和燦爛文化。「錫伯」[1]為該民族自稱，口語稱SIWE，書面語稱 SIBE。歷史上有「須卜」「室韋」「失比」「西伯」「席北」

1　錫伯為錫伯語音譯。其含義有二：一是「瑞獸或帶鉤」，一是特指地名。

「史伯」「錫窩」等不同音譯,皆爲 SIBE 之同音異寫,至明末清初才定型爲「錫伯」。據傳錫伯族是拓拔鮮卑後裔,早期生活在黑龍江省阿里河地區,以狩獵捕魚爲生。清政府乾隆二十二年(1757 年)平定準葛爾貴族叛亂後,爲鞏固西北邊防,決定把一部分錫伯族和一些少數民族遷往新疆。乾隆二十九年(1764 年)錫伯族官兵及其家屬 300 多人從東北瀋陽出發,跋山涉水走了一年零三個月,第二年到達西北邊陲伊犁地區,翌年又南渡伊犁河來到邊陲察布查爾,由此形成一個民族聚集居住兩處的狀況。錫伯語屬阿爾泰語系滿——通古斯語族滿語支,古老的錫伯文現已失傳。1947 年「伊犁錫索協會」與錫伯族知識分子一起,採用廢去某些滿語音節符號、增加錫伯語新字母的方法,改革自己當時使用的滿文後創製了新的錫伯文,一直沿用至今。現今的錫伯文學者大多通曉滿語文。察布查爾則是當今世界上唯一的滿語故鄉。[1]

《自由之聲》,音譯《蘇爾凡吉爾千》,週二刊。創辦於 1946 年 7 月,是當時伊寧、塔城、阿勒泰三區革命政府機關報。報社在新疆伊寧市。以宣傳民族民主革命的方針、政策爲主要內容。第一次喊出了飽受帝國主義、封建主義、官僚資本主義壓迫奴役的錫伯族勞苦大眾追求自由的聲音,得到三區革命政府的肯定,和維吾爾、哈薩克文《新路報》等一起成爲三區革命政府機關報之一。八開油印,1948 年後一度改爲石印,因經費緊張又恢復油印。中華人民共和國成立後從內容到形式都有了新的變化,週二刊改爲週三刊,8 開 4 版。從 1946 年到 1951 年,該報始終擔負著伊犁地區專員公署和伊犁地區執行委員會機關報的職責,及時宣傳黨的思想和反映人民群眾的呼聲和要求,僅在 1951 年一年內就出版報紙 108 期,發行 497 份。它是現今全國唯一的錫伯文報《察布查爾報》的前身。

三、塔城地區的《人民心聲報》

《人民心聲報》,三區革命臨時政府成立後於 1945 年在塔城創刊,後改辦爲《新新疆》雜誌。「維護新疆和平和民本團結會」成立後《新新疆》停刊,發行 4 開 4 版的《爲民報》。該報主要內容爲介紹塔城在內的三區的生產力狀

---

1 據報載,在中國東北有一個叫做三家子山村莊,全村 1000 多名村民中有 3/4 是滿族,但據說在這個村莊只有 18 人會講滿語,他們的年齡都在 50 歲以上。(見《講滿語的人越來越少》,載 2007 年 3 月 18 日《參考消息》)

況、牧業生產狀況和社會發展狀況以及國際政治形勢。用塔城地方普通話一
直發行到 1949 年底，1950 年停刊。

四、和田地區的新聞報刊

民國南京政府中後期的新疆和田地區出版了多種少數民族語言的新聞
報刊。現簡單介紹如下：

1、《和田新疆報》

《和田新疆報》，1938 年創刊於和田地區。8 開 2 版。塑印機打印出版。
和田歷史上第一份報紙。創辦人是瓦里汗・伊明諾夫。該報新聞主要來自塔
斯社、新華社，也有一部分來自中央社。在勞動節、「十月革命」紀念日等節
日時刊登馬克思、恩格斯、列寧和斯大林畫像，介紹馬列主義思想的文章從
《新疆日報》摘抄過來。還刊載中共宣言、斯大林反德演講、蘇德戰爭和中
日戰爭的勝利消息及當地作家歌頌「六大政策」的詩文。重點宣傳中共中央
抗日民族統一戰線，宣傳國共合作、共同抗日的報導和文章。

2、《和田報》

《和田報》漢文和維吾爾文版同時出版。1943 年國民黨政權在和田建
立時由《和田新疆報》改辦後創刊。該報宣傳國民黨的三民主義，闡述蔣介
石《中國之命運》一書的主旨，發布有關國民黨軍隊抗戰的新聞。除地方新
聞外，所有國際新聞和國內新聞都來自中央社和新德里社。1946 年漢文版
《和田報》停刊。維吾爾文版《和田報》發行到 1947 年 4 月停刊。後來用
該報鉛字出版的《比日克報》（聯合報），也於 1948 年停刊。

3、《塔克拉瑪干之花》

《塔克拉瑪干之花》，鉛印，週二刊，每期 2 張。1949 年 9 月由和田地
區省立委員會下屬青年社會服務局文化部創刊。消息來源於中央社，由國民
黨駐和田第八師政治部翻譯。新疆和平解放前夕曾廣泛宣傳解放軍進駐新疆
的新聞，在和平解放新疆中發揮了較大作用。1950 年 1 月，青年社會服務
局被撤銷，《塔克拉瑪干之花》隨之停刊。

4、《和田報》

《和田報》，1949 年 4 月在解放軍十五師政治部倡導下，由軍政委員會
決定創刊。鉛印，8 開 4 版，每週二出版。1954 年《和田報》《阿克蘇報》

與喀什的《天南報》合併。1958 年《和田報》復刊，4 開 4 版，隔兩天發行
一次。

五、哈密地區的報刊

《哈密報》，石印，8 開 4 版。1946 年在哈密創刊。創辦人不詳。以宣傳
「十一條和平協議」和喚醒人民爲其宗旨。1947 年春國民黨反動派撕毀協議
後停刊。

六、新疆地區的縣報

20 世紀中葉前後的民國南京政府中後期，新疆地區已有縣級報紙的出
現。這可能也是新疆地區最早的縣級報紙。主要的如：

1、《焉者報》，新疆維吾爾文化促進會爲了喚醒民眾於 1945 年創刊。4 開
4 版，塑印機打印。期發量 100 份左右。由促進會把報紙通過郵局發行到各地。
1946 年更名爲《星星報》，期發量不足 100 份。因宣傳進步思想，1948 年被
國民黨政府下令停刊。

2、《博湖報》和《塔克拉瑪干報》，1946 年維吾爾文化促進會在庫爾勒縣
和尉犁縣塑印出版，期發量均爲 100 份左右。由於宣傳進步思想，1948 年被
國民黨政府查封。

第五節　民國南京政府中後期的西康省少數民族新聞業

西康省建於 1939 年元旦，劉文輝爲首任省政府主席。今四川的雅安地區、
甘孜藏族自治州、阿壩藏族羌族自治州和涼山彝族自治州，當年均屬西康省，
分別稱爲雅屬、康屬和寧屬。

一、西康省早期的新聞事業

（一）西康地區早期新聞事業興起與發展的物質條件

清雍正七年（公元 1729 年）德格印經院建立，這個印經院是集造紙、製
版、印刷、銷售於一體的藏文印刷機構，以印製佛教經典爲主，兼印文學、
歷史、醫學、天文、美術、數學等書籍，在藏區有一定影響。清光緒年間漢
文印刷機構的創立，爲西康省新聞事業的興起與發展提供了必備的物質條件。

（二）西康建省前後創辦的報刊

1、《西康公報》

《西康公報》，週刊，16 開冊報。創刊於 1929 年 11 月 22 日，[1]西康特區政務委員會機關報。[2]該報文立排，4 號宋體字印刷，贈閱。以「啓迪民智，宣達邊情，靈通邊縣消息」爲宗旨，設有「法規」「公牘」「專載」（特載）「西康消息」及「公餘」等欄目。「九‧一八」事變後，從 1932 年 1 月 6 日出版的新編第 38 期起增闢「時事紀要」欄，報導日軍侵華及國內反日運動。1932 年，西康特區政務委員會奉命撤消，該報終刊。

2、《西康建省委員會公報》

《西康建省委員會公報》。刊期及主辦人不詳。爲了籌建西康省，西康建省委員會[3]機關刊物《西康建省委員會公報》1937 年在康定創辦。其辦刊宗旨是「搜集治康經驗」。出版了一年左右時間，隨著西康省政府的正式成立，《西康建省委員會公報》隨即停刊，取而代之的是《西康省政府公報》。

3、《西康省政府公報》

《西康省政府公報》，月刊，1939 年 1 月創刊於西康省首府康定。1940 年 1 月奉命改爲旬刊，1947 年 4 月出版的第 199 期又爲月刊。均爲 16 開冊報，主要刊登政府法令、法規及重要文章，闢有「康藏要聞」「大事日誌」等專欄，康區發生的重大事件均有報導。

從 20 世紀 20 年代末創辦到 1939 年建省前，西康省大約共出版報刊 21 種[4]，其中影響較大的是《西康新聞》（亦即《西康日報》前身）和《康導月刊》。

4、《西康新聞》

《西康新聞》，週二刊，油印出版。後改爲鉛印。由曹良璧負責籌辦。創辦於 1937 年秋。1941 年 3 月 19 日前的社址在康定中正街 187 號，後遷至中正街 109 號。初爲每週三、六出版，4 開 4 版，是年冬改爲間日刊。西康建省後改爲

1　參見梁學芳、趙蜀康：《甘孜藏族自治州新聞志》，第 13 頁。（內部印刷）。王綠萍《解放前四川西部少數民族地區的新聞事業》（載《西南民族學院學報》1999 年第 6 期）認爲該報創刊於 1931 年 1 月 9 日。
2　1927 年，國民革命軍完成北伐，翌年 9 月召開第 153 次中政會議，決定綏遠、察哈爾、寧夏、西康均建行省。1928 年 3 月 24 日，西康特區政務委員會在康定成立。
3　西康建省委員會於 1935 年 7 月在雅安成立。次年 9 月 20 日由雅安遷至康定。
4　王綠萍：《解放前四川西部少數民族地區的新聞事業》，載《西南民族學院學報》，1999 年第 6 期。

日刊，先爲西康建省委員會機關報，西康建省後成爲西康省政府的機關報。

《西康新聞》的版面結構爲：一版要聞，有時爲半版廣告；二版國內新聞；三版地方新聞；四版上半部爲副刊或國際新聞，下半部爲廣告。1940 年 4 月調整版面，報頭由豎排改爲橫排，一版國內新聞；二版國際新聞；三版本省消息，刊登專文和言論；四版上半版爲副刊，下半版爲廣告，並在二、三版中縫開闢廣告欄。後因日機轟炸中央社電稿減少，一度只出 4 開 2 版，暫停廣告。該報報導的內容主要體現政府意圖，電訊稿比例較大，每日約一萬字，占版面 50%以上，與當時正在進行的抗日戰爭，讀者關心國際國內大事有關。地方新聞主要有政文擇要、地方生產及其他報導，其中本省民眾抗日活動的報導比較突出，其他則以毗鄰的四川、西藏的報導爲多。該報言論涉及面廣，既有針對本省新聞事件，也有針對國際國內的重大事件。

《西康新聞》的副刊有文藝、理論和綜合三種，大部分由部門或團體主辦。先後有「西康婦女」「西康動員」「合作旬刊」「現階段」「黨與軍」「康區青年週刊」「婦女月刊」「濤聲」及「戲劇與音樂」「邊鐸」副刊刊載。其中「現階段」由西康省保安團特別黨部刊行，是純理論副刊，專門討論現階段的一切問題，對象是士兵，引起國民黨中央的重視。1941 年，國民黨中央專門指示該刊「現階段週刊頗合官兵需要，仍仰繼續出版，並須載黨務消息，小組討論題材及趣味小品文，以鼓舞讀者興趣。」該報還出過《每週增刊》，1939 年春西陲勵學會主編、《文旬》（文藝副刊，1941 年）創辦的漢文和藏文版。藏文版創辦於 1939 年 4 月 24 日，是西康地區的第一張藏文報紙，報導內容主要有國內外大事、本省政令、各地異文；對康藏固有文化、佛法和好的風俗習慣也進行了宣傳。這三個增刊均爲 4 開 2 版，隨報附送，不另收費。報社內部有電臺、地方版編輯部、營業部、印刷廠等部門。營業部還開展代人售物、售書，徵求圖書等業務。1945 年 1 月，該報改組暫時休刊。

《西康新聞》在管理體制上實行社長制。首任社長爲曹良璧，漢源人，曾任西康省政府秘書處秘書。1940 年秋辭去社長職務，受聘於西康省政府顧問，1947 年競選上西康省的國大代表。接任社長的是總編輯龍宗心，亦漢源人，北京師大音樂藝術系畢業，原爲西康省秘書。1943 年由張雨湘任社長。張雨湘系四川安江縣人，四川大學畢業，原爲丹巴縣長。張雨湘調任康區財務視察員（後又到寧屬屯墾委員會任職）後，改由王卓、張子惠先後接任社長。王卓，曾受訓於西康縣政人員訓練所，擔任過道學縣長。張子惠，四川

合川縣人，曾受訓於西康縣政人員訓練所，擔任過爐霍縣長。

5、《西康日報》

《西康日報》，是 1945 年 1 月休刊改組的《西康新聞》於同年 3 月 15 日復刊後更名而來。設有編輯部、經理部和印刷廠三個部門。編輯部初在康定永輝路 88 號，1947 年 12 月遷到中正路 213 號。1948 年 11 月 1 日又遷至永輝路 90 號。經理部在中正街 213 號。終刊時間不詳，目前所見最後一期報紙為 1949 年 2 月 20 日出版。報社的第一任社長兼發行人是李靜軒（以省府秘書長身份兼任），保定軍官學校畢業，軍人出身但有一定文學修養，1948 年 3 月辭去社長職務。接替李靜軒的是原副社長羅舜琴，曾任西康省政府社會處處長，任社長約 3 個月左右，調任省府駐蓉辦事機構。後又由臨時參議會秘書長周馥昌（儒海）兼任社長。

《西康日報》版面的安排一改《西康新聞》的風格，將一版作為廣告版，二版刊登國內新聞、言論、地方新聞，三版刊登國際新聞，四版上半版為副刊，下半版為戲劇、電影廣告，有時上半版也刊登地方新聞，下半版為文藝副刊。1947 年 1 月版面又做了調整，一版改登新聞，廣告改在二三版下半部，上半部刊登地方新聞，四版刊登時事稿。該報在報導內容上承襲《西康新聞》，地方新聞版面較小，言論較多。國際國內新聞來源有中央社稿、該社收音室記錄的時事稿、駐外記者採寫的消息及少數特約記者寄自國外的稿件。每天都有言論，形式多樣，涉及面廣，除針對本省情況、問題、事件發言外，對國內外重大事件也發表評論文章，主要側重於對與本省接壤、對本省影響較大的四川、西藏地區的報導。作為西康省政府機關報，該報對當時許多事件的報導和評論大多站在蔣介石政權一邊。但因中共地下黨員漆魯魚[1]、陶敬之擔任總編輯和副總編輯，他們在國共談判破裂後，利用副刊、專欄，發表了大量言論，對國民黨政府崩潰前的物價飛漲、人民苦不堪言境遇等有所反

1　漆魯魚（1902～1974），原名宗義，又名漆頌平，四川江津縣人，曾在日本學醫，回國後於 1929 年參加中國共產黨。1930～1935 年在重慶、汕頭從事地下工作，在中央蘇區衛生部任保健局長、衛生部長等職務，1936 年到重慶《新蜀報》工作，並任「重慶各界救國會」總務幹事。1937 年當選中共重慶市委書記，1938 年調任中共川東特委宣傳部長。1941 年「皖南事變」後奉命轉移到雅安工作。1943～1945 年在康定先後任《西康經濟社》、《西康日報》總編輯和《國民日報》主筆，1946 年隨吳玉章撤回延安。新中國成立後任西南新聞出版局副局長。1953 年任中央衛生部辦公室主任。

映，記錄了社會真實性的一面。

　　《西康日報》闢有較多專欄和副刊，其中以《毛牛[1]》《百靈鳥》辦得出色，影響也大。《毛牛》是以雜文為主的文藝副刊，躍子（戴廷躍）主編。1946 年 6 月因發表一篇雜文與省婦運會開罪權貴，被迫停刊半年。《百靈鳥》創刊於 1947 年 12 月 12 日[2]，每週 1 期，躍子主編。從第 6 期起由中共地下黨李良瑜[3]主編。主張文藝作品主題要積極，通俗易懂，「彌補高原荒蕪的文藝空白」，反映人民大眾的疾苦，要「朝著理想的方向走去」，走自己的路。因而與該報另一副刊《草原》相抗衡，為當時社內外當權者所不容，稱《百靈鳥》為「異端邪說」，散佈「赤化思想」，以種種手段圍剿《百靈鳥》。雖已編就第 28 期，因報社拒絕刊登而從此停刊。1949 年春，李良瑜組織文藝愛好者創立文藝社團，在該報辦起《金川》和《星火》文藝副刊。這兩個副刊因兩次發表的文章和報導涉及領導受到干預，不得不終止報導。[4]

1　「毛牛」疑為《犛牛》之誤，但原始資料寫作《毛牛》。

2　王綠萍：《解放前四川西部少數民族地區的新聞事業》一文稱其創刊於 1947 年 11 月。

3　李良瑜，又名李望，四川俾縣人，出身貧寒，愛好詩文，因髮眉鬚皆白，人稱李白人。1941 年前加入中國共產黨後到在西康省政府任職員，同時開展革命活動。1949 年 12 月在向雅安轉移途中被捕。1950 年 5 月 24 日在漢源縣王崗坪就義，時年 20 多歲。

4　一次發生在 1946 年 5 月 29 日，《毛牛》副刊發表題為《粉紅色的人生-B 女人》，暗諷當時國民黨西康省黨部主任委員冷曝東等的腐朽生活。文章刊出後康定部分婦女界人士認為是對婦女的侮辱，省婦女運動委員會寫信指責《西康日報》，要求交出作者並懲辦編者。《毛牛》刊登《請按住你的怒火，認清現實——答西康省婦女運動委員會的公開信》，省婦運會又寫來長信要求發表，編者在發表時作了評注。省婦運會要求與《毛牛》編者座談辯論。6 月 3 日下午，座談會散後《毛牛》躍子遭到五六十女青年圍攻，躍子化妝才得以逃離現場。翌日該報把此事公諸報端請求社會聲援。報社為避免擴大事態決定刊登道歉啟事，總編輯兼《毛牛》主編戴廷躍因不同意被撤職，所有副刊被停辦。第二次發生在 1946 年 9 月 26 日，西康省銀行派行警羅海山赴中央銀行取款 900 萬元，羅在歸途中失蹤。警方從康定縣參議員劉佛寬家中搜出血屍後拘捕。議員劉國嶺在劉佛寬押送途中遞了毛巾，第二天劉佛寬服毒自殺。9 月 28 日該報發表社評《滿城風雨話雙屍》要求追查責任者及其後臺。羅海山系康定川北同鄉會成員，川北幫見有輿論支持便傾向法院起訴。西康省高等法院康定分院院長王潤收到恫嚇信後拖延不辦。10 月 4 日該報發表《眾目炯炯視劉案》的社論惹惱汪潤。12 月 25 日，《西康日報》和康藏通訊社記者採訪時汪潤當面辱罵記者報館，語極粗俗，輿論大嘩。當天下午康定新聞界召開緊急會議。次日《西康日報》報導了事件經過，發表題為《法律尊嚴與言論自由》的社論及新聞界緊急會議作出的六項規定。康定新聞界除向汪潤提出抗議外，還刊登聯合啟事向各界說明受辱真相，並向國內同業通報受辱情形。新聞界抗爭雖然得到社會各界支持，但受到上峰的壓

6、《康導月刊》

《康導月報》，1938年9月25日由西康省縣政人員訓練所同學會在西康省省會康定創刊。第一任社長爲張鎭國、謝明亮；主編歐陽叔北。1941年楊致中任社長，許某蒼任總編輯兼經理。先後擔任編輯的有鄭獨嶸、王光壁、任漢光和粟鏡。發刊詞稱其宗旨爲「提供康區的情況素材作爲政府施政參考，並引起國人開發興趣，糾正過去一般人對邊疆的唯蠻論和唯冷論」，成爲「建設新西康的先導，開發邊地文化的生力軍。」爲大型綜合刊物，稿源充足、內容廣泛，對康區的政治、經濟、文化、教育、宗教、法律、歷史、生活、風俗、地理、環境、生物、礦藏等均有反映，對康區的差役、宗教及重大歷史事件也有專文論述。闢有一月康事輯要、康藏地方志、塞外歸鳴、邊疆文藝等9個欄目，是這一時期康定最有影響的刊物。1940年7月總社由康定遷至成都，在康定、雅安、西昌設分社。1947年停刊。

二、國民黨西康省黨部機關報《國民日報》

《國民日報》，初名《西康國民日報》，係國民黨西康省黨部的機關報。1939年10月10日創刊。1940年更名爲《國民日報》。初爲對開2版，豎排。

《國民日報》的首任社長由西康省黨部書記長高明謙兼任。後由時任西康省黨部委員，兼康定縣黨部指導員的王守治接任。不久改由國民黨西康黨部執行委員會主任袁逸之接辦。1941年奉命出版藏文版，由國民黨中宣部直接撥款。藏文版爲週刊，4開4版，各版內容譯自漢文版。1941年4月，國民黨中宣部派段公爽任社長。段任社長期間《國民日報》擴大了版面，創辦了藏文版。初期的藏文版主編爲班禪駐康辦事處主任計宇結，省政府翻譯室議員馬志成和尼泊爾人汪德‧汪茨仁負責編譯工作。後期由民國南京政府蒙藏委員會委員，國民政府立法委員格桑悅西任總編輯，編委有曲批、白智等4人。1944年底由叢嘯侯繼任社長。改爲對開4版。1944年改爲漢藏文報，前三版爲漢文，四版爲藏文版。1945年10月，該報奉命停刊。

《國民日報》該報在創辦週年的社論中宣稱：「本報是站在民眾前面領導革命的黨報[1]，責任是開發邊疆文化，領導社會，指導輿論。」在版面安排上，

力。同一天該報刊登啓事「關於劉案事件自明日起，奉諭不准登載，自應遵照。即日起有關劉案文章一律謝絕」。事件在汪潤表示道歉後也就不了了之。

[1] 國民黨中宣部規定各級黨部都要建立黨報。國民黨黨報分爲「黨報」、「本黨報」、「準黨報」三類。

出兩個版時,一版刊國內國際要聞、廣告,二版刊地方新聞及副刊。出 4 版時,一、二版報導國內外新聞,多是戰況(廣告),三、四版地方新聞副刊及廣告。辦有《婦女月刊》《兒童》《晨光》《戰潮》《文藝》《晨光》和《塞光》等副刊或專刊。地方版的副刊和專欄主要集納康定的零星消息,公布康定糧油、肉、布匹、呢絨等價格和批評一些社會不良現象。這一時期的《國民日報》,既報導國內、本地區的民眾抗日活動和國際上反法西斯鬥爭,同時也進行反共宣傳,在皖南事變上表現尤為突出。[1]該報對採編人員思想控制很嚴,曾在報社逮捕過「紅色嫌疑分子」,因此報紙也辦得了無生氣。

《民國日報》的負責人均由國民黨中宣部委派(含藏文版主編)。報社設有編輯部、電臺、營業處、印刷所。營業處負責廣告和發行;印刷所除印報外,還承印書籍、表冊、單據、名片等。藏文版是租借南門外天主教堂準備印聖經的印刷機和藏文字模。主要在省內發行。日銷量 1500 份。[2]由於西藏官方和喇嘛高僧對國內外形勢極表關注,因此該報也由昌都傳往拉薩。藏文版期發量約 2000 份,發行至雲南、青海、甘肅、西藏等省。社址在康定茶店街一號,後遷至子耳坡大眾道院。

三、西康地區的通訊社與新聞社團

歷來人們認為西康是個荒涼不開化的地方。有些人甚至說成「西康是一片尚未開發的處女地,在歷史上又是一個佛化較深的邊陲,所謂『五明以外無學術,寺廟以外無學校,喇嘛以外無教育』」,[3]似乎根本沒有報紙可言。但事實並非如此。從西康出現第一種報刊,到 1949 年為止,在 30 年時間裏約計出版 120 種報刊。而且不僅有形形色色的報刊,而且還有通訊社和新聞社團。比較重要的有康藏通訊社康定分社、康定記者公會等。

(一)康藏通訊社康定分社

康藏通訊社康定分社,創辦於 1946 年 4 月,屬康藏通訊社的分支機構。

---

1 1941 年皖南事變發生後,該報選登中央社稿,連篇累牘進行歪曲報導。報紙每期都刊登國民黨的政治口號,如「禮、義、廉、恥,國之四維,四維既張,國乃復興,四維不張,國乃滅亡。」「實行新生活,消滅日狂寇」等等。

2 參見《抗戰期間國民黨中央直轄黨報一覽表(1944 年止)》,載蔡銘澤:《中國國民黨黨報歷史研究》,團結出版社,1998 年版,第 202 頁。

3 轉引自王綠萍:《解放前四川西部少數民族地區的新聞事業》,載《西南民族學院學報》,1999 年第 6 期。

由西昌文化界人士發起籌建的康藏通訊社於 1940 年 11 月 12 日在西昌誕生。康藏通訊社康定分社成立後便與西昌、成都、雅安等地建立密切聯繫。1946 年 7 月 23 日正式發行鉛印新聞通訊稿，主要報導當地新聞，受到省內外新聞界和研究邊疆問題專家學者的歡迎。1947 年 8 月分社改出電訊稿。康藏通訊社總社還在康定聘請特派員、特約撰稿人等，擴大報導面，加強分社工作。解放前夕，自行解散。

據王綠萍研究，「建省前康屬地區已有西康新聞社，社長曹良璧。1941 年春，康定又成立有西康通訊社，『與成、渝、港、滇各地交換新聞消息，處理通訊編輯事項』。1947 年前後，康定還有爐邊新聞社、建國新聞社、拓邊新聞社」。在雅安地區先後辦過幾家通訊社，如 1935 年由地下黨成員和成孝（何克希）辦的川康通訊社、1945 年由國民黨雅安縣黨部辦的康東通訊社、1946 年由西康省訓團主辦的力行新聞社及同年 4 月康藏通訊社在雅安所設的分社。還有西康建設通訊社、編務通訊社。在民族地區辦有如此眾多的通訊社尚不多見。

（二）康定記者分會

康定記者公會，發起於 1946 年 9 月 1 日，由西康日報社的戴廷耀負責籌備，辦理省會康定的記者調查登記工作。經過一年籌備，1947 年 9 月 1 日宣布正式成立康定記者公會並發表成立宣言稱：「由《西康日報》、康藏通訊社、爐邊通訊社等單位及外埠同業駐康記者，彙集組織了這個集體，文心一致，群策群力，為宣揚政令，達表民疾，建立三民主義的新中國而努力。」為慶祝記者公會成立，《西康日報》發表題為《康定市記者公會成立感言》的社論，並出版「九一記者節暨康定市記者公會成立大會特刊」。

康定記者公會成立之初有新聞記者 40 餘人，推舉戴廷躍擔任常務理事。戴廷躍曾任《西康日報》著名副刊《毛牛》和《百靈鳥》主編，在西康新聞界頗有威望和影響。1947 年 9 月推舉周馥昌為常務監事。1948 年 1 月 22 日，戴廷躍辭職後推舉時任西康日報社副社長的理事徐廷林繼任其職。1945 年雅安也成立了新聞記者公會，有會員 20 多人。1940 年 9 月 1 日，西昌新聞協會成立。1948 年 8 月，西昌新聞記者公會成立。

四、西康省少數民族新聞業興旺發達的原因

西康省位於祖國西南邊陲，是藏族、彝族等少數民族聚集區。自然條件差、交通不便、經濟文化落後，為什麼會出現如此壯觀的新聞事業呢？

（一）抗戰形勢促使了這一地區新聞事業的發展

西康地區在 20 世紀 30 年代初雖然也創辦了幾種報刊，但總的來說還不具備條件。抗日戰爭爆發後形勢發生了變化，戰火在東北、華北及東南沿海一帶燃燒，西康省因遠離前線，許多知名學者、藝術家等前來講學、演出、舉辦展覽，古老而封閉的邊遠民族文化活躍起來，與外界聯繫不斷擴大和加強。

（二）西康建省促進了全省經濟文化事業的發展

西康建省統一了甘孜、阿壩、涼山等地少數民族區域建設，促進了工農業生產、公路交通，文化教育事業都有一定進步和發展。康定作為全省的政治中心，新聞事業作為文化事業的一部分也相應發展起來。民國南京政府成立後，中國國民黨依靠其執政黨優越地位和雄厚經濟實力，立即著手擴充其新聞事業，在全國建立了通訊社網、報刊網、廣播網，同時從法律上對新聞事業採取一系列措施，發展國民黨中央直屬黨報和各級地方黨報、軍隊黨報，形成龐大的黨報體系。抗戰爆發後，民國南京政府統治區不斷收縮，許多新聞單位被侵佔，有的被迫搬遷。中央政府也於 1938 年遷往重慶，不少新聞單位隨遷中多有損失。惟西康省例外，以國民黨主導的新聞事業得到繼續發展，同時不僅興辦漢文報刊，還創辦了少數民族文字報刊，如《西康新聞》和《國民日報》藏文版[1]。

（三）政治鬥爭形勢促使西康省新聞事業發展

西康建省為劉文輝東山再起提供了機遇。劉文輝[2]與劉湘各擁兵十餘萬。雖為叔侄，卻為爭奪川省霸權兵戎相見。「二劉之戰」從 1932 年秋始，至 1933 年秋結束。雙方動用兵力約達 30 萬人。劉文輝全線瓦解後率殘部退駐西康。西康建省使得劉文輝集黨政軍大權於一身，又萌生稱霸西南邊陲的野心。蔣介石採取在西康黨政部門安插親信、建立西康行轅等方式監督劉文輝，致使蔣劉矛盾日益尖銳，促使劉文輝最後走上反蔣親共道路。

1　20 世紀 80 年代初葉有人提出自《西藏白話報》之後，在遼闊的康藏高原再沒有創辦過藏文報刊的「斷層」說。這種觀點顯然是不客觀的。

2　劉文輝（1895～1976）四川大邑人，字自乾。保定軍校第二期畢業。1926 年後任國民革命軍第 24 軍軍長、四川省政府主席、西康省政府主席。民國三十三年加入中國民主同盟。1949 年 12 月在四川彭縣（今彭州）起義。後任西南軍政委員會副主席、全國政協和全國人大常委、國防委員會委員、林業部長、民革中央常委。

　　劉文輝反蔣親共的政治選擇使很多進步人士、中共地下黨員湧向西康從事文化宣傳活動，其中不少人在新聞單位工作，由此促進了西康省與外界的溝通，新聞事業得到了一定程度的發展。劉文輝爲鞏固政權，樹立威信，宣揚政績，發展經濟，籠絡人才，很重視發展新聞事業，對報刊言論也很少干預，形成了全省包括新聞事業在內各項事業興旺發達景象。西康省特殊的政治和社會地理環境，爲其新聞事業發展提供了機遇，創造了良好條件。[1]

第六節　民國南京政府中後期甘南地區的藏文報業

　　據《甘南州志》載，甘南地區在進入 20 世紀 30 年代後曾出版發行過以刊載新聞爲主、面向公眾的報紙。主要的如臨潭縣的《洮聲報》、卓尼縣的《卓尼週報》（石印）等。由於距今的時間較遠，有關情況已少見記載。

一、《邊聞週報》

　　抗戰時期，拉卜楞[2]藏民文化促進會爲宣傳抗戰並進行抗戰教育於 1939 年成立「邊聞通訊社」，出版發行《邊聞週刊》，分藏、漢兩種文出版，共出 11 期。

二、《拉卜楞簡報》

　　《拉卜楞簡報》，日報，油印。國民黨中央宣傳部於 1944 年秋成立「拉卜楞漢藏文版簡報社」出版發行。主要摘登內地報紙的抗日戰爭消息以宣傳抗日。每日用蠟紙油印兩張，漢藏文各一張，免費贈送拉卜楞各機關、團體、寺院及其他有關單位閱讀。直到 1948 年停刊。

三、《安多月刊》

　　據有關文獻記載，這一階段在甘南地區還有夏河縣安多青年聯誼會創辦的《安多月刊》[3]，具體信息不詳。

1　本節根據甘孜報社提供的《甘孜藏族自治州新聞志》等資料改寫。
2　拉卜楞寺，舊稱拉不楞。位於甘青交界的夏河縣。清代以來夏河縣爲甘南乃至安多地區政治、經濟、文化中心。1927 年在拉卜楞設治局，劃歸甘肅，翌年改爲夏河縣。境內居住藏、漢、回、蒙古、撒拉、東鄉等 14 個民族，其中藏族人口占半數以上。
3　本節據格桑頓珠提供的《甘南州志·新聞出版志》等資料整理、改寫。

第七節　民國南京政府中後期的少數民族文字畫報

民國南京政府中後期的我國少數民族地區，不僅出版有多種少數民族文字的報刊，還先後出現了漢文和少數民族文字的畫報。

一、民族地區最早的畫報

《通俗畫報》，日刊，鉛印 4 開，在歸綏出版。楊令德在《綏遠報業簡史》中介紹「《歸綏日報》本附有石印畫報一張，繪畫者梁翁，這是綏遠名畫家，所畫人物山水非常生動。《歸綏日報》停刊以後，畫報單獨印行，名《通俗畫報》不久即停刊。」[1] 已知《歸綏日報》創刊於 1913 年。《通俗畫報》主要內容是宣傳戒煙、戒賭、放足、識字等。畫面生動，並附有簡要白話說明。總編輯為北平來綏的學生富良沄。雖稱為總編輯，其實編輯部只他一人。1926 年初停刊。這可能是民族地區迄今為止最早的畫報。

二、民族地區最早的少數民族文字畫報[2]

《人民之友》，8 開，大眾畫報。1946 年春天由東蒙古自治政府宣傳處主辦、在被譽為草原紅城烏蘭浩特油印發行，是目前所知我國民族地區最早的具有現代意義並宣傳進步思想的少數民族文字畫報，以宣傳東蒙古自治政府的主張、政策為宗旨。

《蒙漢聯合畫報》，1946 年 10 月 10 日由尹瘦石、張凡夫、張紹何等人創辦。4 開 2 版，石印。以蒙漢兩種文字撰寫說明。社址設在林東（巴林左旗）。內容主要是號召蒙漢人民團結起來，粉碎國民黨反動派進攻，並介紹察哈爾盟太卜寺右旗群眾與拉木札普作鬥爭的情況。

三、辦出特色並有較大影響的《內蒙畫報》

《內蒙畫報》，月刊，尹瘦石在創辦《蒙漢聯合畫報》後於 1948 年 5 月創辦。4 開，散頁、石印。說明用蒙漢兩種文字寫作，畫作以三種顏色套印。內蒙古日報社出版，先是由齊齊哈爾市《嫩江農民畫報》社印刷。

---

1 引自楊光輝、熊尚原等人編輯：《中國近代報刊發展概況》，新華出版社，1986 年版，第 446 頁。

2 戈夫、團英主編《內蒙古期刊事業》說：這個時期由蒙疆資料社主辦，在張家口出版過一個名為《蒙古畫報》（蒙漢文版）的鉛印刊物。其目的是收集保存資料並對蒙疆進行綜合研究。亦稱「是內蒙古地區最早的畫報」。因創刊時間不詳無法比較，暫存疑於此。

（一）創刊背景和發展歷史

《內蒙畫報》創辦時人民解放戰爭已經轉入全面戰略反攻，新聞媒介肩負著宣傳群眾、組織群眾、鼓舞群眾的光榮任務。但當時農牧地區還有相當多的文盲，《內蒙古日報》的純文字新聞宣傳還不足以把中國共產黨的方針政策宣傳到廣大群眾中去。為了採用通俗淺顯的語言，以連環畫、宣傳畫漫畫等形式，引起文盲、半文盲的興趣，使黨的方針政策深入人心，創辦了《內蒙畫報》。在 1954 年前，該畫報的隸屬關係幾經變化，也幾度停刊和復刊，1978 年後更名為《內蒙古畫報》以嶄新面貌與讀者見面，如今已經度過了六十多個春秋，在我國少數民族新聞發展史、美術史、攝影史上有著重要的歷史地位。

（二）創刊時的主要內容和社會影響

根據《內蒙畫報》的第一期要目，我們可知該報主要內容如：①突擊送糞加緊春耕；②男女齊動員；③圍剿地主武裝；④春耕謠等詩歌。[1]「畫報」以大量的美術、攝影作品配以簡練通俗的蒙漢文字說明，報導了人民解放戰爭的節節勝利；傳達黨對農村、牧區民主改革的一系列方針、政策，深受群眾歡迎。翻身後的農民牧民迫切需要在文化上翻身，他們紛紛訂閱畫報，僅興安鎮嘎查一地就有 200 多訂戶。畫報還為內蒙古地區培養了大批美術工作者。1951 年，畫報已發展成為攝影圖片、美術作品為主圖文並茂的大型畫報，受到中共中央宣傳部通報表揚，在為恢復和發展工農牧業生產，提高人民群眾的政治思想覺悟起到了積極作用，所完成的歷史任務是其他報刊無法替代的。

（三）主要創辦者尹瘦石

在《內蒙畫報》的創辦和出版過程中，我國民族地區最早的少數民族畫報創辦人尹瘦石的歷史功績值得讚賞。

尹瘦石（1919～1998 年），原名尹錦龍。江蘇宜興人。曾任中國書法家協會理事、中國美術家協會北京分會主席、中國書法家協會北京分會副主席、北京市畫院副院長、全國文聯副主席等職。1919 年 1 月出生。14 歲入江蘇省立宜興陶瓷職業學校。1937 年 11 月來到大後方，流亡中學畫於武昌藝專。自述對其學業、志趣、事業影響最大有兩個人（都是他的同鄉）。一個是詩人柳亞子，一個是畫家徐悲鴻。1940 年 9 月，時年 22 歲的尹瘦石來到文化名城桂林，結識了柳亞子、徐悲鴻、田漢、熊佛西、歐陽予倩等文化

1　要目載 1948 年 4 月 21 日《內蒙古日報》第 1 版。

界名流，並與之結下了忘年之交。在重慶期間爲毛澤東、柳亞子、沈鈞儒畫過像。尤其爲毛澤東畫像很下工夫，不僅深得毛澤東認可，就連向來頗挑剔的柳亞子也題詩讚曰：「恩馬堂堂斯列建，人間又見此頭顱。龍翔鳳翥君勘喜，驥附驂隨我敢籲？嶽峙淵亭眞磊落，天心民意要同符。雙江會合巴渝地，聽取驪虞萬眾呼。」1945 年，該詩和毛澤東畫像一併在重慶中蘇友協和成都少城公園舉辦的「柳詩尹畫聯展」上展出，毛澤東、郭沫若、茅盾、徐悲鴻等都寫過讚揚文章，《新華日報》專關特刊並全部發表，成爲世人稱道傳頌的佳話。應中共內蒙古黨委機關報《內蒙自治報》領導邀請到該報任美術編輯，他經北京、張家口、錫林郭勒草原來到王爺廟（即烏蘭浩特）籌辦《內蒙畫報》。他書風瀟灑跌宕，明健有力，有書卷氣。《內蒙畫報》剛創刊時當時只有他一人作畫，後來調來的烏恩、齊兵、文浩、邢璉、超魯、烏勒、宮布、桑吉雅等人，除超魯有一定美術功底外，其他人都是邊幹邊學。就是在他的帶領下，《內蒙畫報》爲自治區美術、攝影隊伍的形成與壯大，爲少數民族文字報刊的創建和發展，作了不可取代的重要歷史貢獻。

第八節　民國南京政府中後期的少數民族時事政治期刊

　　進入民國南京政府中後期少數民族時事政治性期刊繼續發展[1]，不僅內蒙古地區有蒙古文期刊，東北地區有朝鮮文期刊，少數民族文字的馬克思主義刊物也日益增多。下邊主要介紹國共兩黨創辦的時事政治性期刊。

一、中國國民黨創辦的蒙古文時政期刊

（一）《綏蒙月刊》

　　《綏蒙月刊》，創刊於 1941 年 3 月，鉛印，16 開。綏境蒙旗自治長官公署[2]的機關刊物。社址在陝西梅林市中巷 11 號。該刊以「討論綏蒙問題，改善

1　這一時期敵僞主辦的少數民族文字報刊，見諸史料記載的只有一種：《新蒙古》（蒙古文），由僞「滿洲國」蒙古留日同學會在東京創辦，時間約在 1942～1943 年間，32 開。

2　綏境蒙旗自治長官公署 1936 年春成立於歸綏，閻錫山任長官，由參贊石華嚴主持日常工作，大事均由綏遠省主席傅作義就近解決。該公署秉承國民黨南京政府行政院之命指導綏遠省境內蒙古各盟旗地方自治事宜。歸綏淪陷後於 1938 年春遷至榆

邊政，研究蒙古政治、教育、保安、生產並宣傳中央意旨，溝通蒙漢文化，增加抗日力量」爲主旨。內容有論著、專載、文藝、蒙旗動態等。1942 年 3 月傅作義繼任「綏境蒙旗自治指導長官公署」長官，「公署」於 1943 年 2 月移至陝壩，《綏蒙月刊》遷至陝壩後停刊。

（二）《新綏蒙》

《新綏蒙》，月刊，1945 年 5 月 15 日在陝壩創刊。社址在歸綏新城元貞永街 20 號。鉛印，16 開。是 1943 年 3 月遷至陝壩後奉命停刊的《綏蒙月刊》基礎上創辦的。該刊以「宣傳中央政令，融合蒙漢文化，研究綏蒙問題，指導綏蒙動態」爲宗旨。內容有政論、農牧經濟、論述、風俗、法令等欄目。該刊第一卷僅出 1 期，第二卷出 3 期，第三卷出 3 期。1947 年公署撤消，綏遠省政府設盟旗文化福利委員會繼續負責指導有內蒙古各旗地方自治事宜，並改《新綏蒙》爲《新蒙》半月刊。

（三）《新蒙》半月刊

《新蒙》，半月刊，蒙漢合璧，1947 年由月刊《新綏蒙》改辦後創刊。序號與《新綏蒙》相連續，即始於三卷四期。社址仍設在歸綏新城元貞永街 20 號。該刊以「研究當前蒙旗各項問題，從事宣傳政令及改進蒙胞文化，增進蒙旗福利」爲宗旨，設有社評、論述、時事解說、介紹常識、特載、半月大事記、本會消息等欄目。16 開，漢文鉛印、蒙古文石印。蒙漢文版內容基本一致，因蒙漢文字容納量不同，一般蒙古文篇幅較多，有時占漢文的一倍還多。

傅作義非常重視《新蒙》半月刊，專門對該刊編輯方針做出兩項十條「指示」：1、編輯要領六題：①增進蒙旗福利；②促進地方自治；③剷除日寇分化遺毒；④提高蒙胞文化；⑤培植蒙族青年參加政治工作；⑥取稿原則四項：改良牧畜；提倡合作；發展教育；推廣衛生事業。2、對以上原則又加注釋：①爲復興蒙旗六項原則；②爲建設蒙旗四項要政。該刊對傅作義指示以「本刊編輯綱要」形式用蒙漢文分別登在刊物首要位置且長期刊載。該刊對蒙旗問題——政治的改革、經濟的振興、教育的普及、宗教的改良、畜牧的改善、衛生的推進、人口的增加，及工廠的開發、交通的開闢，均有所報導，但整個報刊立場極端反動，肆意誣衊共產黨，離間共產黨與蒙旗的關係。該刊零售一冊爲當時貨幣 3000 元，對蒙旗機關贈閱、蒙旗人士減價，投稿者酬以本刊。

林。1939 年春增設副長官，由閻錫山的參謀長朱綬光充任。

二、中國共產黨創辦的蒙古文時政期刊

這一階段中國共產黨所屬地方組織創辦的少數民族期刊，主要以蒙古文為主，除一種在北平創辦外，大多數在內蒙古地區。

（一）《內蒙古》

《內蒙古》，蒙古文，旬刊。由共產黨領導的海拉爾興安報社於 1946 年 7 月創刊，16 開油印。社址海拉爾。主要內容為興安省政府法規、國內外時事、革命常識、蒙古人民共和國介紹等。

（二）《人民知識》

《人民知識》，蒙古文，月刊。由共產黨領導的內蒙古日報社蒙文版編輯部於 1948 年 4 月 1 日創刊於烏蘭浩特。16 開，鉛印，每期 40 頁左右。是內蒙古自治區成立後創辦的第一個蒙文刊物。蒙古書店發行。主要讀者對象以初級幹部和農牧民為主，刊物的主要任務是宣傳貫徹黨的路線、方針、政策，向讀者系統地有針對性地介紹國內外大事，介紹政治常識，生產知識及各種科學知識，傳播國外進步文化，用豐富的內容滿足廣大讀者的不同需求，以達到提高蒙古民族的文化水平和政治覺悟的目的。該刊融知識性、實用性、理論性和趣味性於一體，內容包括時事新聞報導、政治常識和科學知識介紹及文藝作品、新聞寫作知識、組織讀報活動等方面。1949 年元旦終刊，共發行 10 期。

（三）《內蒙週報》

《內蒙週報》，蒙古文，以新聞為主的綜合性蒙古文週刊。《內蒙古日報》蒙古文版與《人民知識》（蒙古文）合併後 1949 年元旦創刊於呼蘭浩特。16 開。每期 40 頁左右。週報讀者對象是農牧民群眾（包括小學教師及區以下幹部）。主要任務是向廣大讀者系統地介紹政治常識、科學知識，以提高群眾的政治文化水平；指導當前工作，交流各地生產經驗。風格以潑辣見長，深受讀者歡迎。主要內容有地方新聞、包括生產建設、建黨、建政、文化教育、一周時事，地理常識、科學知識、文藝作品等方面。設有要聞、國際時事、一周戰況、地方新聞、文化生活、黨的生活、青年生活、文藝、婦女生活和新舊蒙文等欄目，是幫助群眾「求進步，爭光榮」的朋友。

《內蒙週報》在呼蘭浩特出至 53 期，第 54 期起在張家口出版。這一時期正是解放戰爭取得大決戰勝利、中華人民共和國籌備成立的重要時期，該

刊除熱情報導這一重大轉折外，還注意用革命理論和科學知識武裝群眾。如第5期翻譯刊登《中共中央主席毛澤東關於時局的聲明》，大力宣傳八項和平條件，爲全國進軍擂鼓助威。1951年元旦停刊，共出91期。《內蒙週報》及《人民知識》）雖僅初具期刊形式，但在少數民族新聞史上占著不可忽視的地位，閃耀獨特的光彩。

（四）《內蒙古自治運動聯合會成立大會會刊》和《內蒙古人民代表會議特刊》

《內蒙古自治運動聯合成立大會會刊》，蒙漢對照，16開本。內蒙古自治運動聯合會宣傳部1945年在張家口編印。會議期間的文件彙編。

《內蒙古人民代表會議特刊》，蒙漢合璧，內蒙古自治區政府於1947年5月1日自治區人民政府正式成立時出版，是內蒙古人民代表大會有關資料彙編。

這兩種出版物在嚴格意義上都缺乏現代期刊標準「特刊」應有的規範性，但它們還是以開風氣之先者的地位佔據了內蒙古自治區期刊發展史的第一頁。[1]

三、中國共產黨創辦的朝鮮文時政期刊

東北解放後，延吉地區和牡丹江市的朝鮮文報社、期刊社、出版社迅速增加。其中如1945年末在牡丹江市發行的不定期時事政治性雜誌《社會科學講座》和延邊文化社1947年編輯出版的《時事順報》較爲著名。朝鮮文馬列主義時事政治性期刊也日漸增多，較著名的有《延邊通訊》《民族工作通訊》《農民的喜悅》《新農村》等。其中又以《農民的喜悅》《新農村》更有影響力。

（一）《農民的喜悅》

《農民的喜悅》，月刊，1949年7月1日創辦於延吉，由東北朝鮮人民日報社編輯出版。主要內容譯自中共中央東北局主辦的《農民的喜悅》（漢文版）但增加了地方稿件，是一個在朝鮮族讀者中影響較大的綜合性期刊。創刊詞《發行〈農民的喜悅〉之際》稱「爲了完成大生產建設任務的區幹部和村幹部以及廣大的農民群眾在相互交換工作和生活經驗中不可缺少的文化食糧。希望這個雜誌能對同志們提高政治文化水平，改正思想上的錯誤，正確認識

1　參見戈夫、團英：《內蒙古期刊事業》，內蒙古文化出版社，1990年版，第3頁。

自己的優缺點,並能取得更好的成績有所幫助。」該刊辦刊宗旨為提高農村基層幹部和農民大眾的政治思想覺悟和文化水平,推進各項事業的發展。創刊號的內容主要有政治時事、合作化、擁軍優屬、學習、生產消息、科學常識、農村衛生,還有民歌《生產之歌》《鋤草之歌》等。可知其內容豐富、形式多樣,受到廣大農民讀者歡迎。1949 年 9 月 25 日出版第 4 號後停刊。

(二)《新農村》

《新農村》,月刊,1949 年元旦由《農村的喜悅》改辦創刊。是中共中央東北局主辦的《新農村》的翻譯版先後由東北朝鮮人民日報社、延邊教育出版社、延邊人民出版社負責出版發行。1949 年 2 月第 3 號後改為半月刊。該刊《發行創刊號之際》稱「《新農村》以更加充實的內容即根據同志們所在地的情況告知每個時期的政策和革命知識,交流工作經驗,希望能對提高人們的政治覺悟和工作能力,掌握政策的水平和文化水平有所幫助。」即致力於提高農村幹部和黨員的政治覺悟和政治水平。該刊第二號的欄目設置可看出其內容主要包括政治解釋、基層指導經驗、互助合作經驗、學習、蘇聯集體農場介紹、東歐國家介紹、繪畫、歌曲等。1949 年 3 月停刊。

《新農村》停刊後,中共延邊地委宣傳部在其基礎上創辦了《支部生活報》,該報系中共吉林省委《支部生活報》朝鮮文翻譯版。約發行 4～5 期後根據中共中央東北局宣傳部指示停刊。上述朝鮮文期刊的共同特點是重視黨的建設,致力於提高黨員政治思想素質和文化水平。

四、朝鮮友人創辦的漢文時政期刊《東方戰友》

《東方戰友》,半月刊,朝鮮友人 1939 年 1 月 15 日在廣西梧州創刊。發行人兼主編李斗山為朝鮮民族革命黨中央委員、朝鮮義勇隊隊員、東方戰友社社長;編輯陳清。曾刊登稿約稱「歡迎討論解放被壓迫弱小民族問題,及有關和中國抗戰的文字、圖畫、木刻」,「如用英、韓文發表意見,尤其歡迎!」主要撰稿人有李斗山、張鐵生、范長江、孟秋江、胡明樹、曹伯韓、劉思慕、黃藥眠、穆木天、穆欣、鹿地亙(日本)、安娥、唐海、周建人等。鉛印,16 開,漢文刊物。報頭旁印有英文:THEORIENT COMRADE。主要報導國際動態,設「東方文壇」專欄刊登抗日文藝作品。同年 6 月出版第 8 期後遷桂林出版,社址設桂林施家園 28 號(後移 32 號)。1942 年 4 月終刊,共出 32 期。

第九節　民國南京政府中後期少數民族地區的漢文 報刊

少數民族新聞業既包括由漢族和少數民族新聞人創辦的少數民族文字新聞報刊，也包括在少數民族地區創辦的以少數民族成員爲主要讀者對象的漢文報刊，兩者共同構成完整的中國少數民族新聞業。

一、少數民族地區的漢文報刊概述

在民族地區創辦並主要以少數民族成員爲讀者對象的漢文報刊在民國南京政府時期有較大的發展。據統計，中華人民共和國成立前夕內蒙古地區[1]就有 50 多種。從創辦者角度言，既有中國共產黨所辦報刊，也有國民黨及其上層人士所辦報刊，還有民間知識分子和社團所辦報刊，同時有外國人所辦報刊；從出版週期言有日報、隔日刊、三日刊、五日刊、週刊、旬刊及不定期刊；印刷方式有鉛印、石印和油印；就其層級分析，有省級或相當於省級報刊，也有地（盟）級和縣（旗）級報刊。至於讀者對象，這既有綜合性報刊，也有專門的青年報刊、婦女報刊和軍隊報刊等。

中國共產黨在少數民族地區創辦的漢文報刊以《內蒙自治報》（漢文版）影響最大。尤其是作爲黨報之後，爲內蒙古的統一和解放發揮了重要作用。初辦之時，報社物質基礎脆弱，採編人員匱乏，報社領導善於調動採編人員和技術工人積極性，善於挖掘和組織業務骨幹隊伍，把人心凝聚在一起，同時爲提高隊伍素質，選派年輕人送到兄弟報社學習新聞業務、電訊技術和製版技術，開辦內蒙古新聞幹部訓練班，爲整個內蒙古培養新聞業務人才。《內蒙古自治報》社條件艱苦，但報社文化生活非常活躍、上下關係融洽和諧。群眾與領導「同志」相稱，以長幼爲序互稱「兄弟」「姐妹」，相互之間有問題和意見都擺在桌面上來，經常開展批評與自我批評。雖爭得面紅耳赤，但彼此間沒有芥蒂和隔閡。曾經歷過那個年代的人十分緬懷當時的人際關係，稱當時的報社是「革命大家庭」，是一座「火紅的熔爐」。因這兩種報刊在前面已經介紹，不再贅言。這一階段在少數民族地區創辦且影響較大的漢文報紙如共產黨創辦的《綏蒙日報》和國民黨創辦的《奮鬥日報》等。

1　當今內蒙古自治區橫跨東北、華北、西北地區，分別與黑龍江、吉林、遼寧、河北、陝西、寧夏、甘肅等省區相鄰。中華人民共和國成立前內蒙古分屬於熱河、察哈爾、綏遠、寧夏和東北諸省，爲察綏省、蒙疆政府、僞滿洲國興安總省統領。

二、少數民族地區重要的漢文報刊

（一）《綏蒙日報》與《綏遠日報》

《綏蒙日報》，三日刊，8開。1946年7月1日創刊於綏蒙區政治軍事中心集寧，為中共綏蒙區黨委機關報。以民國紀年。在漢文報名「下有拼音文字 SUI MENG RI BAO」字樣。社長陳之向、總編輯武踐實。主要工作人員有任重捷、甘惜分、紀希晨、沈湘權等。主要以「區/連以上的幹部、城市職工及其他城鄉知識分子，以及工商業者」為讀者對象，基本任務是「為工農兵服務，要代表廣大的工農兵說話」，「為知識分子及工商者說話，目的也是為使其對工農兵有利」。該報從內容到編排形式、語言文字都體現了辦報宗旨。1946年9月15日解放軍撤出集寧，該報隨之停刊。1949年5月15日在豐鎮城復刊，社址在豐鎮城內新馬路街。7月1日改三日刊為隔日刊，仍為4開4版。1949年6月綏蒙區改為綏遠省後，《綏蒙日報》於12月1日由《綏蒙日報》改名《綏遠日報》，由隔日刊改為日刊，成為名副其實的日報。

《綏蒙日報》發刊詞指出「報紙是綏蒙人民的喉舌，為廣大人民群眾全心全意服務，並以最大篇幅反映綏蒙群眾的活動、要求和情緒，交流工作經驗，力求與全國人民在一起，為制止內戰，爭取民主而奮鬥」。聲稱「面向綏蒙區200萬各族人民，以作綏蒙人民的喉舌為職責」。主要內容是揭露國民黨軍隊破壞停戰協定，進攻我綏東解放區、殘害人民的罪行和反映我綏東軍民奮起自衛的戰況，並以較多篇幅（常以一、二版顯要位置和醒目標題）反映綏東解放區人民在黨的領導下爭取民主權利和恢復生產的鬥爭。當傅作義部隊佔領資山後，報紙發表社論《緊急動員起來，準備一切力量粉碎傅作義的進攻》，並以醒目字號刊出戰鬥口號：「我綏蒙全體軍民，必須緊急動員起來，準備一切力量，粉碎傅作義的進攻，這是當前的中心任務。一切工作必須服從這一任務，與這一任務緊密結合。」這個時候，報紙以區黨委關於做好各種工作，爭取全綏遠的和平解放為指導思想，重點宣傳以「國內和平協定八條二十四款」解決綏遠問題。內容還有關於綏東解放區恢復和發展生產及初步民主改革（減租、調租、廢除保甲制度）等問題。發動抗旱播種，修渠打井是當時的宣傳中心。1949年9月19日，國民黨綏遠省主席董其武、兵團司令官孫蘭峰等率部起義。該報全文刊載起義通電和毛澤東主席、朱德總司令歡迎起義的覆電。

　　《綏蒙日報》是在物質條件極其艱苦的情況下創辦發行的，當時報社的全部人員不足 20 人。在社長陳之向和總編輯武踐實帶領下，報紙辦得生氣勃勃。其中社長**陳之向**是《晉綏日報》老報人，山西保德人，1946 年負責創辦《綏蒙日報》。[1]**武踐實**，河南人，抗日戰爭初期由中共綏西工委派到傅作義部隊做統戰工作，1938 年 4 月去延安學習，是《綏蒙日報》創建人之一。[2]後任內蒙古日報社黨組書記。「反右」中被錯定爲「反黨宗派」成員之一，撤消黨內外一切職務。在下放勞動期間不幸觸電身亡。中共十一屆三中全會之後徹底平反。王海原（黃漢炎），廣西人，綏蒙日報社副社長。青年時代就讀於清華大學，抗戰開始後赴延安，先作爲延安《解放日報》特派記者到晉西北採訪，後留在《晉綏日報》工作。[3]

（二）《今日新聞》與甘惜分

　　《今日新聞》，是集寧《綏蒙日報》停刊後由新華社綏蒙分社工作人員於1947 年在綏蒙農村創辦的 8 開一張油印小報[4]。主要反映綏蒙人民鬥爭，以「讓群眾及時瞭解當時形勢發展變化及勝利消息爲己任」。可說是《綏蒙日報》的續篇。主要創辦者是甘惜分。

　　甘惜分（1916～2016 年），四川鄰水人。著名新聞理論家。1938 年 2月赴延安進抗大和馬列學院學習，抗日戰爭時期在晉西北工作。抗戰勝利後轉入新華社綏蒙分社，曾赴大同採訪。1946 年夏參加創辦中共綏蒙區黨委機關報。1947 年調新華社晉綏分社任編輯、記者。1949 年底隨軍進入重慶任新華社西南總分社採編部主任。1954 年調北京大學中文系新聞專業任副教授。北大新聞專業 1958 年 9 月併入中國人民大學新聞系後任採訪與寫作教研室副主任、主任，新聞理論教研室主任。先後講授《新聞通訊寫作》、《新聞理論》等課程。離休前任中國人民大學教授、博士生導師。系學術委員會主任、校學位評定委員會委員、中國新聞工作者協會特邀理事、首都新聞學會理事、中國新聞教育學會副會長、中華新聞函授學院顧問、蘭

1　傅克家、程海洲主編：《內蒙古日報五十年》，內蒙古人民出版社，1998 年版，第45 頁。

2　同上。

3　傅克家、程海洲主編：《內蒙古日報五十年》，內蒙古人民出版社，1998 年版，第45 頁。

4　《綏蒙日報》停刊後，新華社綏蒙分社社長王海原等創辦了 4 開 2 版《前進報》進行新聞報導和宣傳。

州大學兼職教授，著作有《新聞理論基礎》和《新聞論爭三十年》，新聞觀點有較廣泛影響。

甘惜分晚年回憶當年辦報情景說「抗戰八年，傅作義部退到河套地區，養精蓄銳。日本投降，他們傾巢沿平綏鐵路東進，與我軍爭奪平綏鐵路沿線城鎮，在綏遠省境內，他占西段，我軍占東段，戰爭與和平交替，和平時間較多。我們新華社綏蒙分社的同志們利用戰爭間隙創辦了一張《綏蒙日報》，作爲綏蒙地區黨委的機關報。這個期間，我以新華社記者的名義進入閻錫山控制的大同城，抓了幾條新聞，被敵方發現，當時正在和談期間，大同的最高領導人楚溪春未敢加害於我，把我禮送出去，實爲驅逐。當年八月，我軍圍攻大同，因無重炮猛轟，久攻不克，而傅作義從平綏路東進，占我集寧城，再南下解大同之圍，我軍棄大同而東進保衛張家口。傅作義部卻從張家口之北從我軍後路進攻張家口，我軍只能放棄張家口，丟掉了我軍在華北佔領的唯一大城市，這是我軍在解放戰爭中的一次重大失利。搞新聞工作的人總是希望打勝仗，好寫一些有聲有色的新聞通訊，仗沒打好，筆桿子不硬。兩手空空，又回到農村。我們同綏蒙區黨委都住在一個小村裏，報紙沒有了，新聞沒有了。幸而我們綏蒙分社有一部收發報機，那是我們分社同晉綏總社聯繫的唯一渠道，我們也利用這部發報機收聽延安新華廣播電臺的口語廣播，我們把口語廣播記錄下來，用蠟紙抄寫油印幾十份，送給領導機關，又在附近村口張貼不少。這張《今日新聞》的油印小報爲溝通信息起了很大作用，這種武器沒有了，又拿起另一種武器，同樣是戰鬥。當時各解放區捷報頻傳，對我們是極大鼓舞。」[1]

（三）國民黨綏遠省政府喉舌《奮鬥日報》

《奮鬥日報》，對開 4 版，1938 年 7 月 1 日創刊，社址設在歸綏。係國民黨綏遠省政府機關報，宗旨是宣傳其主張、政策。報名由傅作義將軍題寫。初爲軍報，除刊載抄錄國民黨中央社的戰報和國內外大事外，還設有「戰友園地」，提倡士兵寫作和使人們瞭解士兵生活。1939 年春傅作義率部隊進入五原後，該報遷入五原繼續出版，印數達 1200 餘份。7 月先出鉛印 16 開，後改鉛印 8 開，成爲國民黨綏遠軍政機關報。抗戰勝利後除出陝壩版外，又相繼出版歸綏版和張家口版，可能還出過蒙古文版。

1　王永亮、成思行主編：《傾聽傳媒論語》，新世界出版社，2003 年版，第 12 頁。

（四）《麗江大眾壁報》

《麗江大眾壁報》，1940年元旦在雲南麗江地區創刊。創辦人爲張星澤、和月池等。共出40餘期。單面手抄，張貼在10多處報欄。以宣傳對日抗戰，發揚地方文化，促進地方教育爲主要內容。1942年元旦改爲《麗江週報》，油印，每月4期，每期500份，發行範圍爲鶴、麗、劍、蘭、永、華等縣，1949年停刊。1949年前，國民黨麗江地方政府辦有《麗江日報》，石印。1944年夏，日軍侵佔桂林前夕停刊。

第十節　民國南京政府中後期廣西地區壯族、京族的重要新聞人

在民國南京政府中後期，我國廣西地區少數民族的一些新聞工作者活躍在我國南北各地，進行了卓有成效的新聞宣傳活動，爲我國少數民族新聞業的發展作出了重要的貢獻，作爲後人不應該忘記他們。其中比較著名的有王聞熾、李英敏、陸地、華山等。

一、王聞熾

王聞熾（1911～1942年），壯族。廣西南寧人。原名王聞杖。1924年加入社會主義青年團，1938年加入中國共產黨。1926年到上海參加革命工作。1929年考入申報館任校對，因思想激進被開除。1932年任杭州《江南日報》編輯，1934年被捕，次年底出獄。1936年創辦《戰時生活》旬刊，宣傳抗日救亡。後該報併入《東南戰線》。1939年1月在浙西潛鶴村創辦《民族日報》，任社長兼中共支部書記。因堅決宣傳抗日救國，該報於1940年被國民黨接管。1941年皖南事變被捕，先後被囚於上饒集中營和福建建陽。與馮雪峰等並稱爲「上饒集中營七君子」。因患病轉到建陽縣衛生院，1942年10月16日不治逝世。新中國成立後被追認爲烈士。

二、李英敏

李英敏（1916～？年），京族，原名何世權，廣西北海市河浦縣人。1933年在廉州中學組織進步團體學習馬列主義。1936年畢業於中山大學法學院。1940年6月領導廣西六萬大山抗日游擊活動。後被派往廣東省海南島敵後工

作。1940 年（民國二十九年）7 月起至 1950 年 4 月，歷任中共瓊崖特委機關報《抗日新聞》主編、海南文昌縣抗日民主政府機關報《新文昌報》創辦人、瓊崖東北區民主政府機關報新瓊崖報社社長、中共瓊崖特委機關報新民主報社社長。這些報紙為油印 4 開 4 版或 6 版、8 版。新中國成立後，任中共海南區委宣傳部長、報社社長兼主編、新華社海南分社社長等職務。先後著有回憶錄《奮戰二十三年的海南島》、小說《椰林曲》和電影劇本《海島風雲》，發表了 200 多萬字的文學作品。1979 年底，擔任中共中央宣傳部文藝局長，中國文聯第四屆委員，中國影協理事，中國電影家協會黨組副書記，書記處書記。後任中央群眾藝術館館長、中國群眾文化學會副會長。離休後回廣西定居，現任廣西文聯名譽主席。

三、陸　地

陸地（1918～2010 年），壯族。廣西綏淥（今扶綏）人。原名陳克惠、陳寒梅。記者、作家。筆名陸地。青年時代就讀於廣州私立培桂中學和省立第一師範學校。抗戰爆發後奔赴延安。1938 年加入中國共產黨。1942 年至 1945 年任延安陝甘寧綏聯防軍區機關報《部隊生活》週刊特派記者、編輯。1945 年 1 月中共中央東北局機關報《東北日報》創刊，任副刊部編輯組組長。1950 年 1 月，任中共廣西梧州市委宣傳部長兼市委機關報《建設日報》社長、總編輯。後任中共廣西壯族自治區委員會宣傳部副部長，自治區文學藝術界聯合會主席，中國作家協會廣西分會主席，中國文學藝術界聯合會委員，中國作協民族文學創作委員會副主任等職。主要作品有《故人》《好樣的人》（又名《北方》）《瀑布》《美麗的南方》等長篇小說和文藝評論集《創作雜談》。

四、華　山

華山（1920～1985 年），壯族。廣西龍州人。原名楊華寧，筆名板章。1939 年任《新華日報》（華北版）編委、特派記者。解放戰爭時期，歷任《冀察熱遼日報》《東北日報》和新華通訊社特派記者。新中國創建初期任新華社特派記者、編委會委員、《文學報》編輯。抗美援朝期間在朝鮮前線採訪，寫了不少戰地通訊。1980 年任《人民日報》記者。

壯族、京族同胞創辦報刊或從事新聞採編工作，說明少數民族的辦報活

動從來沒有間斷過。中華人民共和國成立後，少數民族新聞工作者在黨的民族區域自治和民族團結政策指引下，無論是在邊遠的民族地區還是在經濟文化發達的內地以及各族人民嚮往的首都北京都留下了他們辛勤勞動的身影。他們爲發展社會主義新聞事業獻出了畢生的精力。

第十一節　民國南京政府時期的少數民族新聞廣播

新聞廣播發端於美國。1920 年 11 月 2 日，美國第一家也是世界首家申領政府正式執照的 KDKA 商業電臺開播，當晚播出了沃倫‧哈丁擊敗詹姆‧考克斯當選爲總統的消息，賓夕法尼亞州、俄亥俄州和西弗吉尼亞州許多聽眾都收聽到這個重大新聞，反響熱烈。整體上講，中國出現新聞廣播的時間與西方差距並不大，但少數民族地區的新聞廣播要略遲一些。少數民族語言的廣播事業的出現打破了我國少數民族新聞事業的單一性。是我國少數民族新聞事業在民國南京政府中後期進入初步發展時期的重要標誌之一。

一、新疆地區的廣播事業

儘管地處邊遠，早在民國南京政府前期新疆已經出現少數民族廣播（見本書第四章），標誌著少數民族新聞事業開始打破單一的傳統模式。進入民國南京政府中後期，新疆廣播事業成爲幫助大眾獲得各種信息的重要工具。新疆各族人民通過廣播瞭解許多省內外、國內外的政治時事。無線電廣播電臺除廣播新聞外，還播放時事政治報告、少數民族音樂唱片及社會團體的歌詠節目等內容。到 1943 年 7 月，新疆出現少數民族語言——維吾爾語廣播，每週二次。

二、廣西地區的廣播事業及著名新聞人

廣西地區的新聞廣播事業發軔於 1932 年冬，國民革命軍第四集團軍總司令部籌建南寧廣播電臺，又稱廣西無線電廣播電臺，至次年底竣工正式成立，1934 年元旦開播。呼號 XGOE。發射功率 1 千瓦，周（頻）率 1300 千周（千赫）。1935 年 10 月 20 日停播，1936 年 7 月 1 日恢復播音。年底停播，設備遷至桂林。當時國民黨桂系廣西省政府建立電臺，是爲了宣傳新桂系政治主張和政績，布達政令，傳播新聞。1938 年恢復廣播是應廣西各界抗日救國聯合會的要求，宣傳抗日。播音時間由每週 6 天，全天播音 2 次共 310 分鐘，改爲每天播音 1 次 210 分鐘，新聞、專題、文藝等節目所

佔比例各由 37.1%、25.8%、30.6%改爲 21.4%、14.3%、64.3%。播音語言
有國語（普通話）、官話（桂林話）、粵語。全省有 78 個縣設置收音機，建
立收音點。16 個縣未設點收音。廣西無線電管理局局長周承鎬兼任電台臺
長。其後，又有 7 座電臺呼號播音。其中 3 座爲 1949 年國民黨軍潰敗時從
漢口撤到桂林、柳州安裝設備改名播音。直到 1949 年底全省解放時止，國
民黨的廣播電臺經歷了創建、興起和衰落的過程。8 座電臺中影響最大的是
桂林廣播電臺。

　　桂林廣播電臺，1939 年元旦桂林廣播電臺建成試播，7 月 16 日正式播
音，呼號仍爲 XGOE，發射功率 10 千瓦，周率 720 千周，後改爲 650 千周
（南寧廣播電臺遷桂林後，廣西省政府於 1937 年 6 月成立桂林廣播電臺籌
備處）。有國語、桂林話、粵語、日語、英語等 5 種語言。內容突出宣傳抗
日救亡，教唱抗日歌曲，黨、政、軍首長和各界名人演講，首開對日宣傳。
廣播收音點和聽眾有較大增加。日語廣播節目由日本反戰人士中山泰德任播
音員，向中國戰區內的日本士兵揭露日本軍閥侵華罪行，邀請在桂的朝鮮義
勇隊秘書周世敏等到電臺演說，影響極大。又因發射功率較南寧電臺增加 10
倍，在西南各省電臺屬較大功率，對抗日宣傳作用巨大。省內各縣廣播收音
站多設有抄收人員，將新聞提供給當地報社使用，傳媒之間的聯動使新聞傳
播起到更大的效果。

三、關內地區的少數民族語言廣播

　　開設朝鮮語廣播的電臺在關內主要集中在上海、武漢等地。1939 年 9
月下旬，上海廣播電臺增設朝鮮語，每晚 9 點 45 分到 10 點，約 15 分鐘左
右。[1]上海、南京失守後，武漢成爲中國抗戰中心。許多朝鮮人抗日團體和
抗日勇士也聚集在武漢。朝鮮民族戰線聯盟向中國國民外交協會國際宣傳部
派遣了林哲愛和鄭文珠。他們通過漢口廣播電臺用朝鮮語和日本語廣播。第
一次廣播是 1938 年 1 月 18 日，題目是《爲了中日戰爭，告知朝鮮女性》，
第二次廣播是 1 月 24 日，題目爲《告知朝鮮同胞》，第三次是 1 月 31 日，
題目是《告知日本大眾》。這些廣播受到聽眾的好評。[2]

1　《社會問題資料總書（第一集）》（2）的《思想情緒視察報告書》（3），社會問題資
　　料研究彙編，1938 年（昭和 13 年）2 月年版，第 75、76 頁。
2　《社會問題資料總書（第一集）》（8）的《思想情緒視察報告書》（5），社會問題資
　　料研究彙編，1940 年（昭和 15 年）5 月年版，第 138 頁。

　　除上海武漢外，其他地區也陸續建立了廣播電臺。但是大多數是以漢語播音。少數民族語言的廣播，最早始於 1932 年。這個時候國民黨中央廣播電臺先後增加蒙古語和藏語廣播。1934 年，由國民黨中央廣播事業管理處和交通部共同在北平籌建河北廣播電臺，並於同年 10 月下旬試播，12 月 1 日正式開播。這座電臺一開始就辦有蒙古語和藏語節目。1957 年 11 月 20 日，南京國民政府遷都重慶。國民黨中央廣播電臺奉命隨遷。在重慶期間，中央廣播電臺先後用多種語言廣播，其中有蒙古語和藏語。國民政府和邊疆省份軍政當局辦廣播的目的是為了宣傳中國國民黨的主張，加強對少數民族的統治。儘管如此，廣播的出現，畢竟開闢了人類傳播史的新紀元，它對少數民族地區人們的生活和社會發展產生了巨大影響。

　　一些地區通過當地廣播電臺臨時廣播少數民族新聞。如 1948 年「齋月期間，廣事宣傳教義，特商諸廣州市政府廣播電臺，定期廣播回教道理。經潘伯銘、熊振宗二人於六月二十日晚八時作首次廣播，題為《清真回教的介紹》。廣播約一小時，對回教宗教、社會的規則作綜合介紹，頗受聽眾歡迎。」（原載《懷聖》第三號，1948 年 9 月 5 日出版，第 4 版）[1]通過廣播傳播回族信息，據現有資料這可能是最早的記錄。

四、東北地區的少數民族廣播事業

　　具有現代進步意義的人民的少數民族語言的廣播，始於吉林延吉新華廣播電臺和牡丹江廣播電臺朝鮮語節目的開播。它們是最早由中國共產黨創建的少數民族語言的廣播電臺。

　　吉林延吉新華廣播電臺，1946 年 7 月 1 日正式播音，呼號 XNYR，頻率 735khz。1947 年安裝 1000 瓦特發射機，頻率 1353khz。10 月把 200 瓦特的中波發射機改為短波發射機，對華中華東廣播。由王建穎任臺長。這座電臺一開始就以漢語（普通話）和朝鮮語廣播，朝鮮語每日 50 分鐘。是中國第一個使用朝鮮語廣播的電臺，也是中國人民廣播史上第一個使用少數民族語言播音的電臺。該臺除轉播陝北臺的《新聞》《時評》等節目外，還自辦了《新聞》《地方新聞》《記錄新聞》《時評通訊》《工作經驗介紹》《朗讀》和《音樂》《戲曲》等節目，隨著功率的擴大，又增辦了《軍事新聞》《對蔣管

1　馬強主編：《民國時期廣州穆斯林報刊輯錄（1928～1949）》，寧夏人民出版社，2004
　　年 8 月，第 189 頁。

區廣播》《對蔣軍官兵廣播》等，並增加轉播陝北臺《英語新聞》。從 1948年 1 月 21 日起，每日《新聞》節目增加到 9 次，解放戰爭中的戰地新聞、勝利捷報隨到隨播。1949 年 5 月改稱延吉人民廣播電臺，由中共延邊地委領導，地委宣傳部長崔采兼任臺長。其宗旨是面向朝鮮族同胞，在兼顧各民族各階層人民同時增強地方性和民族性。當時，每天播音時間長達 7 小時 20分，其中 1 小時 20 分轉播北平新華廣播電臺和東北廣播電臺節目。自編朝鮮語節目爲 3 小時 45 分。有《新聞》《地方新聞》《評論》《戲曲》等等。最初音樂節目是放舊唱片或請人演唱爲主。

　　牡丹江廣播電臺建立於 1947 年 8 月 15 日，其呼號是 XMMR。一開始就辦有朝鮮語廣播。每晚 30 分鐘。編輯兼播音員係牡丹江《人民信報》的記者任曉元。一年後，改名爲牡丹江新華廣播電臺。1949 年 11 月 28 日，該臺與哈爾濱人民廣播電臺（屬中共松江省委領導）合併，隨後組建爲松江人民廣播電臺和哈爾濱人民廣播電臺，仍由中共松江省委領導。[1]廣播內容有中央和東北局的指示、戰地報導，還有獨唱、小合唱、大合唱、樂器獨奏等牡丹江地區朝鮮族的文藝節目。因爲當時沒有錄音設備，所以都是現場演唱或演奏的。

　　朝鮮語的廣播在我國少數民族語言中是比較早的。1938 年 4 月 1 日，日本侵略者首先建立了延吉廣播電臺。[2]臺址座落在延吉市光明街。同年 11 月1 日正式播音。呼號 MTKY。主要轉播僞滿洲國新京中央放送局的日語、漢語和朝鮮語節目。1942 年 5 月 1 日更名爲間島放送局，以日語、朝鮮語、漢語同時播音，11 月 1 日，辦有兩套節目，以後又增加俄語廣播。日本人在延吉創建廣播電臺的目的，主要是推行奴化教育，把東北三省變爲他們永久的殖民地。日本投降之後，蘇聯紅軍對這座電臺實行軍管，改稱延吉廣播電臺。蘇聯紅軍在 1946 年（民國三十五年）4 月撤走之後，人民政府接管了這座電臺，轉播延安廣播電臺的節目。當年 6 月，中共吉林省委由吉林市遷至延吉，把它更名爲延吉新華廣播電臺，用朝鮮語和漢語同時播音。朝鮮語廣播累計約 50 分鐘，主要是把漢語節目翻譯成朝鮮語後播出的，未曾播出自辦節目。但從此開創了我國人民的少數民族語言的廣播事業。

1　參見林青主編：《中國少數民族廣播電視發展史》，北京廣播學院出版社，2000 年版，第 42～44 頁。

2　延吉廣播電臺創建時，新京（長春）、奉天（瀋陽）、安東（丹東）、牡丹江廣播電臺也設有朝鮮語廣播。1940 年 1 月 5 日四家廣播電臺同時取消朝鮮語廣播。

五、俄羅斯人在上海新聞廣播

在 20 世紀 30 年代初期，上海的俄羅斯人擁有無線電收音機者很少，也沒有俄語廣播機構。直至 1933 年初，上海才出現了首家俄語廣播電臺即「上海俄國廣播協會播音臺」簡稱「俄國廣播電臺」。

俄國廣播電臺，1933 年 1 月 13 日晚 9：20，用 1445 千周開始首次播音，內容爲外匯牌價；最新消息；音樂節目。地址在斜橋街（今吳江路）80 號，後遷至南京（東）路 442 號。臺號原爲 XKXA，後改爲 XQHA，以後又改爲 XHHK。自 20 世紀 30 年代中期起，該臺波長就一直用 940 千周，只是在 20 世紀 40 年代初，曾臨時改用過 550 千周。主要爲在滬俄羅斯人及懂得俄語和喜愛俄國音樂的聽眾服務。該臺經常「播出專場廣播音樂會、講座、報告會、文學作品朗誦、廣告節目等。未幾，該臺即停止播音，同年 6 月 13 日起恢復播音，波長改爲 580 千周或 517.24 米，播音時間爲每天晚上 9：00～9：45，並自 9 月 18 日起，轉播《上海柴拉報》新聞。1941 年 6 月 22 日法西斯德國發動侵蘇戰爭後，俄羅斯聽眾對收聽新聞節目的興趣大增，該臺亦隨即改爲自每日中午 12：40 分開始播音，播報《斯羅沃報》新聞，公認爲辦得最成功的俄語廣播電臺。

至 1933 年秋，上海俄羅斯人中已有 1000 多戶擁有收音機，對收聽俄語廣播節目的需求與日俱增。當時，上海還有一家中國廣播電臺播放俄語節目，時間爲下午 5 時，在播放外國唱片的同時也播放俄語音樂演出。此外，每天下午 1：30 至 1：45 及 5：30 至 6：00，在 600 千周也可收到俄語節目，固定模式爲；2～3 分鐘俄語廣告，然後播放俄國音樂唱片（進行曲或浪漫曲），參加演播的歌唱家有韋爾京斯基和尤里·莫爾費西等，最後播放新聞消息。

第一韃靼廣播電臺，1935 年 12 月 8 日開始播音，創辦人是伊斯梅爾·艾哈邁托維奇·馬姆列耶夫。他從 1927 年開始在上海生活，是上海突厥－韃靼民族精神社區的主席，曾在《斯羅沃》報社工作。該電臺每天播放兩次，第一次是中午 12：20 到下午 1：40，第二次是晚上 7 點到 8 點，時段安排很合適，不影響聽眾的正常工作。此外，他們還很善於挑選節目。該電臺在很短的時間內就贏得了聽眾的普遍好感，聽眾越來越多。許多企業也都到該臺做廣告。

另據當時的俄文報紙報導，早在俄羅斯人辦廣播電臺之前，1931 年在上海就曾有過一個神秘的蘇聯電臺。每天晚十點後開始播音，放送音樂節目，

用英語、俄語、漢語、法語、葡萄牙語、德語、西班牙語七種語言廣播，進行共產主義的宣傳。該電臺功率很強大，哪怕是當地最強的電臺也對它沒有任何干擾。上海警察局連續幾周時間，都沒能查出它的位置。

　　蘇聯呼聲廣播電臺，第二次世界大戰期間及戰後一段時間，在上海有一座獨具特色的反法西斯廣播電臺，這就是著名的「蘇聯呼聲」廣播電臺。1941年6月，希特勒悍然進攻蘇聯，蘇德戰爭爆發。蘇聯爲加強在上海的宣傳工作，以蘇商名義開辦「蘇聯呼聲」廣播電臺。「蘇聯呼聲」廣播電臺的地址在四川中路620號，負責人爲著名歌劇演員、蘇僑瓦林，頻率爲1470KC（千周），波長204米，呼號XRVN。1941年8月1日「蘇聯呼聲」廣播電臺開始播音，使用漢語（包括上海話和廣州話）以及俄、英、德語播送新聞節目，主要內容是報導蘇聯人民反法西斯鬥爭的消息和評論、蘇德戰爭公報、蘇維埃國家建設和人民生活情況等。該臺每天上、下午各播音一次，每天傍晚爲特別節目時間。該臺音樂部主任爲著名導演、俄羅斯戲劇團團長普里貝特科娃。直到1945年8月8日，蘇聯對日宣戰，出兵東北之際，「蘇聯呼聲」廣播電臺才遭到日軍的查封。但過了幾天，日本帝國主義宣布無條件投降，該臺隨即恢復了播音。[1]1947年1月，「蘇聯呼聲」廣播電臺遭國民黨當局封閉，後經蘇聯大使交涉，始得啓封。1948年國民黨當局又將該臺封禁。

1　趙玉明：《中國現代廣播簡史（1923～1949）》，中國廣播電視出版社，1995年版，第55、56頁。

結語　民國時期少數民族新聞業發展的特點貢獻及侷限

　　通過對大量歷史文獻資料的整理和研究，回顧民國時期少數民族新聞業的發展歷程，我們發現這一時期，少數民族新聞業有如下幾個突出的特點：

一、民國南京政府時期新聞事業總體特點

　　縱觀民國南京政府時期包括少數民族新聞業在內的這個中國新聞事業的發展歷程，我們認爲表現出如下幾個方面的總體特點：

（一）民國時期的少數民族報刊呈現爆發式的現象

　　在 20 世紀初葉少數民族報人大量湧現、少數民族語言文字報刊大量創辦之前，我國少數民族新聞業可以說還是一片處女地。一則，清末西方文化思想、科學技術的迅速傳播，使得一部分少數民族貴族階級搶先接觸到了報刊這種新的有效的傳播方式，加之他們又受過較好的教育，因此出現了大量的少數民族報人，如滿族報人英斂之、恒鈞，回族報人丁寶臣、劉孟揚、張兆齡，白族報人趙式銘，蒙古族報人貢桑諾爾布等；二則，國家內憂外患，以往偏僻的少數民族地區成爲重要的戰略地區，在少數民族地區辦報成爲各種政治力量爭奪宣傳陣地的有效方式，因此少數民族地區新聞業一時間蓬勃發展，在新疆、西藏、內蒙古、雲南等少數民族聚居區都有大量的報刊創辦，有一些還是多種少數民族語言文字報刊和漢文報刊同時發行，如《新疆日報》就有漢文、維吾爾文、哈薩克文、俄羅斯文和蒙古文 5 種語言文字的版本；此外，在清末「歸化入籍」的俄羅斯族、朝鮮族等，也成爲民族、民主運動

的中堅力量，在東北地區，創辦了大量的俄羅斯文和朝鮮文報刊。從無到有，從中心城市到偏遠邊疆，民國時期少數民族新聞業的產生以民族、民主運動為契機，一觸即發，呈現出了獨有的爆發性。

（二）國民黨的新聞專制和殘酷鎮壓制約了少數民族進步報刊的發展

1927 年蔣介石叛變革命後，蔣介石國民黨集團於南京成立了代表帝國主義、封建主義和官僚資本主義利益的國民政府，實行一黨專政。他們一方面控制全國輿論，限制異己報刊出版發行，對反對其專制統治的進步報刊進行殘酷迫害。同時全力構建國民黨的新聞宣傳體系，在較短時間內逐步建立《中央日報》為中心的黨政軍報網以掌握新聞話語權，「中央通訊社」為中心的通訊事業網以控制新聞發布權，「中央廣播電臺」為中心的廣播事業網以主導新聞廣播權。抗戰爆發後，這個新聞事業網急劇擴張並出現集團化的傾向，軍隊報刊成為其重要組成部分。抗戰勝利後則從一統天下走向全面崩潰。

國民政府除依靠新聞事業網壟斷新聞的發布權和評論權外，還效法法西斯主義「國家至上」原則，利用民族危機鼓吹「國民」「國家」「民族」等抽象觀念，進行所謂「民族主義的新聞建設」；積極按照法西斯主義原則改造新聞事業，加強新聞界自身控制力量，將國民黨與非國民黨新聞事業統籌規劃、統一管理，逐步形成一整套與一黨專政相適應的新聞統制思想和政策。1938 年 10 月後進一步提出「意志集中、力量集中」「民族至上、國家至上」「軍事第一、勝利第一」的口號，大力開展「一個黨、一個主義、一個領袖」的宣傳，鼓吹一切思想言論和行動不能「違反國民黨革命最高原則之三民主義」，一律以國民黨的意志為準繩。抗戰勝利後提出「和平建國」，鼓吹「國家統一」。蔣介石在 1946 年元旦廣播演說中強調「鞏固國家的統一，實現全民的政治，以竟建國的全功。」[1]

根據國民黨確立的新聞統制思想與政策，民國南京政府制訂頒布了一系列實行新聞統制的法律、法令，建立起一個以統制為核心的新聞法律制度。其中包括限制言論出版自由的法律法規、新聞檢查制度、新聞出版的禁載事項，以及新聞出版的登記審核制度等等。為進一步加強對全國新聞事業的壟斷，民國南京政府還實行嚴厲的書報檢查制度和原稿審查制度，以政權力量和法律手段剝奪人民的言論出版自由，迫害反對其專制統治的進步新聞事業。

---

1 參見黃瑚：《中國新聞事業發展史》，復旦大學出版社，2001 年版，第 170～172 頁。

（三）包括少數民族報刊在內的中國無產階級新聞事業優良傳統逐步形成

中國共產黨自創立後一直重視通過新聞媒介開展政治宣傳教育。1927 年國共第一次合作破裂後，在國民黨反動勢力的殘酷迫害和血腥鎮壓下，中國共產黨報刊不得不轉入地下秘密出版，經過數十年奮鬥、探索和思考，中國無產階級新聞事業的優良傳統逐步形成：建立健全黨報，緊密聯繫革命戰爭和根據地建設工作的實際，動員廣大群眾為完成黨和人民政權提出的中心任務而努力；在報刊上開展批評和自我批評，依靠群眾辦報，組成通訊網和發行網；無產階級新聞理論從創立逐步走向成熟。比較重要的如中共中央先後在上海創辦的《布爾什維克》、《紅旗》週刊、《上海報》、《紅旗日報》《無產青年》等，在創辦發行這些報刊過程中，中國共產黨積累了豐富的秘密報刊工作經驗。

首先，中國共產黨高度重視黨報建設和其作用發揮。黨報系統的重建是無產階級新聞事業走向成熟的標誌之一。黨的地下報刊是在國統區發展起來的。革命根據地刊則是在人民政權環境下，中國共產黨報刊經歷了發展、壯大與全面勝利。1934 年 1 月毛澤東在《中華蘇維埃共和國中央執行委員會與人民委員會對第二次全國蘇維埃代表大會的報告》中說：「中央蘇區已有大小報紙三十四種，其中如《紅色中華》從三千份增到四五萬份以上，《青年實話》發行二萬八千份，《鬥爭》僅在江西蘇區每期至少要銷二萬七千一百份，《紅星》一萬七千三百份，證明群眾文化水平是迅速提高了。」抗日戰爭全面爆發後，中國共產黨的新聞事業開始走向成熟。1939 年後，中共中央要求各抗日根據地建立起一支以黨的機關報為中心的抗日民主報刊系統，重點辦好黨的機關報，使中國共產黨的新聞事業走上成熟發展之路。此時中共中央所在地、陝甘寧邊區首府延安已是黨的新聞事業的中心。在整個革命根據地形成了黨、政、軍、工、青、婦報刊發展網絡，基本確立了中國共產黨新聞工作的理論與模式。

其次，新華社走上獨立發展道路和人民廣播事業的誕生，是中國共產黨新聞事業走向成熟的又一重要標誌。新華通訊社的前身是 1931 年在中央蘇區創辦的紅色中華通訊社。直到 1937 年 1 月，更名新華通訊社。此時仍與《新中華報》同屬一個機構，一套班子，既出報紙，又發新聞，共同擔負著黨中央耳目喉舌的任務。1939 年初，中央決定新華社脫離《新中華報》獨立

成立組織機構，共同接受中央黨報委員會的領導。從此結束了「報、社一家」的歷史。人民廣播事業創建於 1940 年。這年的 12 月 30 日晚 8 時延安新華廣播電臺試播成功，標誌著我國無產階級廣播事業的開端。這是中國新聞發展史上的重要事件。從此，中國共產黨新聞事業中不僅有了報紙、通訊社和文字廣播，還有了新型現代化宣傳工具——無線電口語廣播。

再則，中國共產黨人的新聞理論逐漸形成並趨向成熟，也是中國無產階級新聞事業成熟的重要標誌。中國共產黨的新聞事業在國統區、在蘇區、在抗日革命根據地及解放區由少而多、由小而大、由秘密而公開，雖然遭到國民黨反動勢力各種手段的扼殺和鎮壓，但始終按照自己的意圖發展壯大。新聞實踐促進了無產階級新聞理論的出現和形成。最初雖不完備、不系統、不全面，但開闢了一條健康發展的嶄新道路。陳獨秀、李大釗、魯迅、郭沫若、李達、李漢俊、羅章龍、鄧中夏、蔡和森、瞿秋白、惲代英、蕭楚女、毛澤東、周恩來、鄧穎超、劉清揚、郭隆真、多松年等人的實踐和新聞思想都爲這一嶄新理論的誕生做出了貢獻。20 世紀 40 年代，延安整風運動推動了新聞事業的改革，也奠定了我國無產階級新聞學的理論基礎，豐富和發展了馬列主義的新聞理論。毛澤東、劉少奇、周恩來的新聞思想是這一理論的基石與核心。

（四）民營新聞事業在艱難的道路上跋涉前行的特點

第一次國共合作破裂後，中國共產黨的報刊被迫轉入地下，南京國民政府逐步建立起一套新聞機構。國民黨主導的民國南京政府出於鞏固其統治的考慮，在殘酷鎮壓共產黨和工農群眾的同時對資產階級、小資產階級網開一面，讓其自由發展工商業；資產階級、小資產階級出於久亂思治、渴望統一的願望，希望在國民黨統治下發展民族工商業。蔣介石國民政府在扼殺革命報刊的同時施展假意俯就輿情、籠絡收買報界的手段。1929 年 12 月 28 日，蔣介石通電籲請新聞界「以眞確見聞，作翔實的貢獻，凡弊所在……亦請盡批評」。「凡屬嘉言，咸當拜納」[1]，擺出一副「禮賢下士」，扶持「正當言論」的面孔。在這種政治背景下，中國資產階級新聞事業即民營報業趁勢發展起來。北京《世界日報》、天津《大公報》和上海《申報》和《新聞報》等都辦出了自己的風格和特色，其辦報經驗豐富和發展了資產階級新聞學，成爲中國新聞文化中的瑰寶。

---

1 方漢奇主編：《中國新聞事業編年史（中）》，福建人民出版社，2000 年版，第 1146 頁。

抗日戰爭全面爆發後民營新聞事業發生了前所未有的變化，絕大部分（不管是原來傾向於哪個黨派）的民營報紙都在團結抗日、爭取民族獨立解放的愛國主義大旗下團結抗日，為奪取抗日戰爭的勝利發揮了積極的作用，沿海地區民營報業被迫向內地轉移，使內地的資產階級新聞得到了空前發展；但也有少數民營報人在淪陷區屈從日偽淫威賣身投敵而成為漢奸報人，最後被歷史拋棄。

抗戰勝利後的民營報紙曾經在短時期內得到較快發展，但又因國共對抗戰勝利後的建國路線和政治主張根本對立（主要是蔣介石國民黨及其主導的民國南京政府不肯放棄原來「一黨遮天」的專制統治基本國策，在美國的巨額軍援下悍然挑起第三次國共內戰），導致民營報紙陣營出現以黨派劃線的分裂，最後連曾經以「小罵大幫忙」策略在國共兩黨間獲好感的《大公報》也不得不宣布「新生」回到人民隊伍行列。在民國南京政府後期的民營報紙基本上是按照短期興盛、被迫站隊，最後無路可走，日益沈寂萎縮的軌跡走完了「民國時期」的最後歷程。

（五）民國南京政府時期新聞業階段發展、多元共存和最後較量的特點

民國南京政府前期的中國新聞事業有了很大發展與變化：1926 年（民國十五年）底各級各類漢文報刊為 628 種，1936 年達 1503 種，有日報、週報、月報，也有晨報、晚報；有官報、黨報，也有婦女、兒童、外交、政治等專業報刊；有科學、農學、國學、教育等學術性報刊；也有小說報、戲劇報、消閒報以及畫報、譯報、白話報、文摘報等等，品種迅速增多。

抗戰期間的新聞事業，主體為由共產黨領導的革命新聞事業，和以蔣介石為代表的國民黨頑固派新聞事業與民族資產階級、開明紳士、地方實力派的中間報刊組成的聯合體，還有由日本人直接開辦的新聞機構和漢奸創辦的新聞媒介。日偽報刊在日本軍國主義軍刀庇護下畸形發展：1937 年至 1940 年，日偽在我國 19 個省（不包括東北地區）的大、中城市中創辦的新聞媒介，最多時達 600 至 700 種，其中稍具規模的大約有 200 多種，較大的雜誌有 100 多種。

抗戰勝利後，中國的新聞事業迎來短暫的發展高潮，1946 年民國南京政府統治區登記的報紙有 984 家，發行量共 200 萬份。此外還有通訊社、廣播電臺等新聞傳媒。日本投降後，我國進入了民主革命階段中革命力量與反革

命的決戰時期。中國共產黨最終完成了新民主主義革命，創建了中華人民共和國。隨著全國政治形勢的發展，我國的新聞事業發生了翻天覆地的變化——中國共產黨的新聞事業走向全面勝利。我國少數民族（文字）報刊在這種形勢下成長發展起來，並表現出這個時期的鮮明特徵。

二、民國南京政府時期少數民族新聞業的歷史性進步

縱觀民國南京政府時期少數民族新聞業發展的歷史進程，我們認為表現出如下幾方面的主要進步：

（一）中國少數民族文字報刊有了新的發展並積累了寶貴經驗

愛國主義和抗擊外族入侵是我國少數民族報刊這個時期宣傳的重大主題。報刊文種上，又有新的少數民族文字報刊加盟民族新聞事業，哈文報、錫伯文報等都是新出現的報刊文種；報刊形式上，日刊、隔日刊、三日刊、週刊等各種刊期報紙都出現了，在編排和新聞採寫方面都有新的改進，報紙面貌煥然一新；從報刊性質上，已有了少數民族文字的黨報、黨刊，他們高揚愛國主義和反對外族入侵的旗幟，在少數民族讀者心目中佔有重要位置。

（二）馬克思主義的少數民族期刊形成了令人矚目紅色報刊群

如前所述，中國少數民族報刊中最早的馬克思主義時事政治報刊是1925年創辦的《蒙古農民》。在這一歷史時期又有新的紅色期刊不斷創辦，標誌著中國少數民族報刊事業進入了新的歷史階段。報社領導已意識到輿論陣地的重要，積極爭奪輿論領導權，努力使自己的報紙成為組織、宣傳和鼓舞群眾為了自身解放、為了從外國侵略者和本國反動派的奴役下解放出來而勇敢戰鬥的輿論工具馬克思主義少數民族期刊的創辦，不但向少數民族讀者宣傳了馬克思主義思想和理論，推進了少數民族地區的革命運動，而且造就了一批具有共產主義理想的少數民族新聞工作者，成為少數民族報人的中堅力量。

（三）新聞廣播的出現使得少數民族新聞事業體系更加完善

我國少數民族地區的新聞廣播肇始於新疆地區。盛世才以「新疆邊防督辦」頭銜掌握新疆的大權後，從蘇聯買進四部汽車式無線電收發報機，分別在迪化、喀什、伊犁、和田等地建起無線電臺，收發報傳遞官方電稿，初步建立了無線電通訊網。1935年又在迪化（今烏魯木齊）城西北路安裝了一部

一千瓦無線電收發報機（稱爲「大電臺」）。在收發官方往來電稿的同時對外播發少量時事消息和戲文唱片，這是新疆最早的自辦廣播節目，通過有線喇叭進行廣播。當時迪化市只有 30 多個廣播喇叭，到 1937 年增到 100 多個。1938 年新疆交通處建起一座廣播電臺，在商店、街道路口和居民住宅區安裝廣播喇叭 200 多個，並在迪化市以外進行廣播。[1]這時的新疆無線電廣播在新聞報導中不占主要地位，且以漢語播音，既不用少數民族語言廣播，更不播放少數民族語言的節目。隨著內地和邊遠地區少數民族廣播事業的發展，出現了少數民族語言節目，建立了少數民族語言廣播電臺，我國少數民族新聞傳媒體系中增添了一個新夥伴——無線電廣播。

（四）、少數民族新聞報刊事業的現代化水平有了顯著進步

民國時期雖是少數民族新聞事業的發軔時期，但這一階段的少數民族文字報刊在新聞業務方面有了明顯的進步，報紙面貌爲之改觀。一是沒有顯現出在摸索中前進的生澀局面，而是呈現了較爲成熟和發達的辦報水平——即創刊伊始，刊載內容就包括「要聞」「政論」「答問欄」「廣告」「讀者來信」「文藝副刊」等，形式和內容都極爲豐富。民族獨立、政治鬥爭是這一時期的主要傳播內容，少數民族語言文字報紙和刊物更是各政黨和社會團體爭奪的宣傳陣地，但卻並沒有出現內容單一、政治獨大的局面，而是豐富多彩，促成了少數民族文化的繁榮。二是新聞與言論的配合提升了宣傳效果。內蒙古地區、新疆地區、東北地區以及西康地區的少數民族文字報紙版面和欄目逐漸增多、內容日益豐富。這些報刊重視當地的新聞報導，把少數民族關心的事件作爲重要內容放在顯著位置發表，對於重要新聞重大事件配以社論、評論，營造輿論聲勢，注重宣傳效果。三是報刊的新聞體裁已有新的發展：擺脫了單一的消息，通訊、特寫等作品開始出現；各個報社有自己的記者採編的新聞通訊稿件，試圖改變民族文字報紙就是漢文報紙的翻版現象。文藝副刊所刊載的詩詞、散文等文藝作品的質量普遍提高，更自覺有效地配合要聞版的中心內容；要聞版與副刊、專刊逐漸統一和諧，更集中地宣傳中心任務。四是注意版面的美化：出現了插圖和照片，遇有重大新聞還要用紅色套版印刷，這是我國少數民族文字報刊在採編業務上的一大進步。尤其應當指出的是這個時期內蒙古地區的蒙古文報刊和東北地區的朝鮮文報刊都走在了其他地區

1　參閱張大年《新疆風暴七十年》。

和其他文種的前頭。它們在報紙編排業務和新聞採寫方面都有新的改進，為我國各級各類不同文種的民族報刊在新中國成立後的創建和發展積累了豐富的經驗，奠定了堅實的基礎。

（四）我國少數民族新聞工作隊伍初步形成

少數民族新聞工作者，是指那些從事新聞工作的少數民族同胞。既包括在民族地區報社、電臺、電視臺、通訊社從事新聞採編、新聞學研究和管理工作的少數民族同胞，也包括內地新聞單位的少數民族同胞，更包括主要以民族語文傳播事實的新聞單位工作的少數民族同胞。同時，在以民族語文傳播事實的新聞單位從事採編、校勘、科研、教學和管理工作並作出一定成績的漢族同胞，特別是那些「民文」、漢語皆通的漢族同胞也應當歸入少數民族新聞工作者之列。本書在評介少數民族新聞工作者時，就是依據這一原則界定的。

在從少數民族文字報業興起到民國建立前的歷史階段，我們重點介紹了包括滿族、回族、白族、彝族、蒙古族、維吾爾族、朝鮮族、水族、塔塔爾族、京族及漢族等少數民族新聞工作者 50 多人，如英斂之、丁寶臣、丁子良、劉夢揚、張子歧、趙式銘、安鍵、貢桑諾爾布、安銘、聯豫、張蔭棠、馮特民等。這一時期大多是政治家辦報、政府官員辦報，真正的報人比較少。少數民族報人在進入民國後成倍增加。這一時期重點介紹的少數民族新聞工作者有六七十人，主要的如庫特魯克‧阿吉‧先吾克、王浩然、張子文、王定圻、李光洙、多松年、劉中儒、王靜齋、伍特公、沙善餘、葆淑舫、向警予、劉清揚、郭隆真、鄧恩銘、蔣婷松、趙秉壽、高孤雁、張報、金劍嘯、李紅光、勇夫、石琳、丁士義、應堅、特古斯、巴彥、林以行、珠榮嘎、秋蒲、程海洲、洛布桑、黎特夫拉‧穆特里夫、尼米希依提、艾思海提‧伊斯哈科夫、曹良璧、龍宗心、張雨湘、王卓、張子惠、漆魯魚、李良喻、李靜軒、羅舜琴、王守志、袁逸之、周馥昌、戴廷躍、徐廷林、尹瘦石、陳之向、武踐實、王海原、甘惜分、王聞熾、李英敏、華山等。民國時期許多少數民族語言文字報紙和刊物的創辦和發行都有賴於一位出色的少數民族報人，甚至有的報刊確實就是「一人辦報」，我們可以稱他們為「核心人物」，如接辦《歸綏日報》並創辦《一報》的王定圻，《獨立新聞》主編李光洙，《伊光》月報的總經理兼編譯王靜齋等。這些「核心人物」往往集報社總裁、總編、記者、編輯等於一身，主導報紙和刊物的主旨思想和創辦思路，也因此當他們因故停辦報刊之後，這些報刊很難再復刊。

　　民國南京政府中後期出現了我國第一批少數民族女新聞工作者。黨的領導機關和報社領導開始有意識培養少數民族新聞工作者，創辦少數民族民族報刊；為他們創造和提供辦好民族報刊的學習機會，讓他們邊幹邊學邊工作邊提高，在工作實踐中磨練自己，提高業務水平。民族報刊造就了少數民族報人，少數民族報人隊伍的形成又促進了民族新聞事業的發展、繁榮，這兩個時期成長起來的少數民族新聞工作者有 130 多人（不含外國人或不明國籍者）。這些少數民族新聞工作者的辛勤努力，不僅促進了民族報刊的發展，而且還向民族地區廣播電視事業輸送了力量。他們不僅為我國少數民族報業的發展貢獻了自己的才乾和青春，而且也為新中國新聞事業的發展建立了功勳。

　　尤其令人高興的是，這一時期出現和成長起來的不僅有少數民族出身的採編人員，還有管理人員，在職工隊伍中更不乏少數民族同胞。如勇夫就是一位既懂編採業務又懂經營管理的少數民族新聞工作者。當然，這支隊伍還要在今後的少數民族新聞事業的發展過程中逐步成長壯大。在這個時期，少數民族同胞不僅創辦了民族文字的報刊，也在內地或民族地區創辦了影響比較大的漢文報刊。

三、民國南京政府時期我國少數民族新聞事業發展的主要特點

　　總覽民國南京政府時期的我國少數民族新聞事業，我們認為主要有如下幾個方面較為鮮明的特點：

（一）少數民族報業呈現出多元共存的發展局面

　　所謂「多元共存」是特指以下現象：首先是中國共產黨與中國國民黨不同政治路線和方針、宗旨的政黨力量創辦的少數民族文字報刊共存於這一歷史階段始終；第二是共同抵禦日本侵略的國共兩黨與那些聽命於日本侵略者的漢奸報人所創辦的少數民族報刊共存於當時中國土地上；第三是由中國人（漢族和少數民族）創辦的少數民族文字報刊與俄羅斯、日本等其他國家報人創辦的中國少數民族報刊共存於當時中國的土地上；第四是在中國人在境內創辦的少數民族文字報刊與境外創辦但以國內少數民族成員為讀者對象的少數民族文字報刊共同存在。比如《內蒙古週報》《內蒙自治報》及其他中國共產黨領導下的少數民族文字報刊與偽滿洲國、日偽新聞機構控制的報刊，以及國民黨創辦的報刊等等，無論從辦報思想、辦報方針、宣傳內容以及報紙性質等等方面都是迥然不同的，甚至是嚴重對立的，與那些民營報業也是大相徑庭的，更不同於外

國人在我國境內外創辦的少數民族文字報紙，前者是屬於黨領導下的統一戰線報刊和黨報、黨刊，是黨和人民的耳目與喉舌，反映的是少數民族同胞的呼聲和願望。這個「多元共存」的局面是這個時期國內政治形勢和整個新聞事業發展特點決定的，也是中國少數民族新聞史上獨有的現象。

　　民國時期報業產生初期是「私人化」的，但隨著政治鬥爭的白熱化，各政治團體對報紙、刊物、廣播這類宣傳政治思想的重要傳播陣地的爭奪也愈演愈烈。原本私人化的報紙和刊物隨著主創人員政治傾向的明朗化，開始發展成為一些政治團體的機關報，甚至成為主流黨派的黨報。少數民族語言文字報刊也呈現出上述這樣的趨勢，一些私人報刊為當時執掌國家政權的蔣介石國民黨集團收編後成為國民黨的「黨報」「半黨報」或「準黨報」，當然也有不少先以私人名義出版的報刊後來成為中國共產黨在少數民族地區的黨報、機關報，並持續發行到今天，為中國共產黨團結各族人民群眾提供源源不斷的助力。

（二）中國共產黨黨報和統戰報刊在民族地區迅速發展

　　現代少數民族文字報刊的興起與發展，經歷了五四時期革命民主主義報刊產生、無產階級報刊破土而出並初步發展、資產階級新聞事業發展、兩極新聞事業的形成、多元化的政治勢力及其新聞事業的共存等幾個時期。少數民族文字報刊、黨報和統一戰線報刊是在與資產階級報刊、國民黨敵對報刊、日偽報刊和帝國主義侵華分子創辦的報刊等各種政治派別的報刊進行艱苦卓絕的鬥爭中發展起來的。《一九三〇年東三省民國報紙調查》[1]指出「中國政治未上軌道，政見亦不統一，民眾經濟橫遭破壞，因而新聞事業實屬艱難。特別是東三省，困難更多。東三省的新聞事業完全處於日本言論勢力籠罩之下，所有中國報紙的發行份數加在一起，恐怕也不能與《盛京時報》《滿洲報》《泰東日報》三社相抗衡。「除非這三家報紙前途梗塞，否則，中國報紙如果不以十倍的精神、財力、人力來力求發展，是不可能壓倒敵手的」。筆者認為中國少數民族文字報紙也是在與敵偽報刊、國民黨報刊、民營報刊以及外國人辦的政治色彩各異的報刊的競爭中艱難地發展起來的。這一時期的黨報和統一戰線報刊不僅有不同文種、不同刊期的鉛印、石印、油印的省地縣各級機關報，而且還有我國第一批地方性的少數民族文字畫報《蒙漢聯

---

1 无妄生撰，徐秉潔譯：《一九三〇年東三省民國報紙調查》，載《吉林時報》（日文週報）1930 年 12 月 3 日。轉引自《延邊日報通訊》，1982 年第 1、2 合期，原載《吉林研究》。

合畫報》和《內蒙畫報》，具有重要的開創意義，在中國新聞史上有一定地位。黨報和統一戰線報刊爲什麼在這個時期能夠從無到有，從少到多，而且越來越贏得了讀者的歡迎呢？

　　首先，從中央到地方的黨組織都重視辦好各級黨報和統一戰線報刊，發展黨的新聞事業。1938年《中共中央關於黨報問題給地方黨的指示》中說：「在今天新的條件下，黨已建立全國性的黨報和雜誌，因此必須糾正過去那種觀念，使每個同志應當重視黨報，讀黨報，討論黨報上的重要論文。黨報正是反映黨的一切政策，今後地方黨部必須根據黨報、雜誌上重要負責同志的論文當作黨的政策和黨的工作方針來研究。」[1]1941年在《中宣部關於黨的宣傳鼓動工作提綱》中又強調指出「報紙、刊物、書籍是黨的宣傳鼓動工作最銳利的武器。黨應當充分的善於利用這些武器。辦報，辦刊物，出書籍應當成爲黨的宣傳鼓動工作中最重要的任務。除了中央的機關報、機關雜誌及出版機關外，各地方黨應辦地方的出版機關、報紙、雜誌。除了出版馬恩列斯的原著外，應大量出版中級讀物，補助讀物以及各級的教科書。應當大量地印刷和發行各種革命的書報」。[2]1944年毛澤東在陝甘寧邊區文化教育工作座談會上講話指出：「現在高級領導同志，甚至中級領導同志都有一種感覺，沒有報紙便不好辦事。」又說：「地方報紙之所以需要，就是因爲僅僅有一個解放報、一個群眾報還不夠，他們那裡出一個報紙，反映情況可以更直接、更快些。」「我們地委的同志應該把報紙拿在自己的手裏，作爲組織一切工作的武器，組織群眾和教育群眾的一個武器。」「有些縣委可以出一個油印報，請一位知識分子負責，定期也好，不定期也好，從編輯到發行，包括寫鋼板一個人就差不多了」。[3]中共中央和中央領導同志的指示，是指導黨的新聞事業發展的理論，也是辦好少數民族文字黨報和統一戰線報刊的綱領性文件。各級黨委認眞貫徹執行了中共中央領導同志的指示精神，落實在各自的辦報實踐中。內蒙古地區黨委在此期間就辦好《群眾報》《內蒙自治報》《內蒙古日報》《綏蒙日報》專門做出決定，規定了辦好這些報紙的方針、政策、辦報宗旨、讀者對象，以及建立通訊員組織等等。更爲重要的是，對如何辦好少數民族文字報紙也同樣做了具體指示，號召實行全黨辦報、群眾

1　《中國共產黨新聞工作文件彙編（上）》，新華出版社，1980年版，第86頁。

2　《中國共產黨新聞工作文件彙編（上）》，新華出版社，1980年版，第110頁。

3　《毛澤東新聞工作文選》，新華出版社，1983年版，1984年2月山東第2次印刷，第112、113頁。

辦報，以民族特點地區特點和時代特點吸引廣大少數民族同胞。

其次，由於各級黨委的重視，各個報社非常重視自身的建設，在新聞工作實踐中摸索、總結辦好少數民族黨報和統一戰線報刊的經驗，培養少數民族新聞工作者，逐步提高他們的政治素質和業務水平。《內蒙自治報》首先在《把報紙辦好》的社論中提出了「大家辦報」的觀點，在第四版開闢了《新聞工作》的專欄。「共同研究一些新聞業務上的問題，籍以推進新聞工作的發展。」報社領導創造一切有利條件，為採編人員提供學習、研究民族語文的機會，把辦好少數民族文字報紙與提高少數民族語言文字的表達能力結合起來，統一起來。

再者，各個報社的採編人員既按照各級黨委的指示辦事，又與新聞工作實踐相結合、遵循新聞工作自身發展規律。1945 年底，黨中央在《和平建國綱領草案》中指出「在少數民族區域，應承認各民族的平等地位及其自治權。」1947年 5 月 1 日，內蒙古自治區成立，標誌著我國民族地區少數民族人民自治權利的實現。從此，少數民族新聞事業就在落實黨的民族區域自治政策、發揮各個少數民族當家作主，自己管理本民族內部事務的自治權利的形勢下發展起來了。黨的民族區域自治和民族團結政策，是少數民族黨報和統一戰線報紙興起和發展的可靠保障，沒有黨的民族區域自治和民族團結政策是不可能有少數民族文字黨報和統一戰線報刊的創辦與發展的。毋庸諱言，辦好少數民族文字的黨報和統一戰線報紙必須堅持無產階級的黨性原則。辦好少數民族文字的報紙就要正確處理黨性原則與自主原則的關係。把這兩者的關係處理得好，報紙就辦得好，就能發展具有民族形式和民族特點的少數民族新聞事業。

（三）外國人創辦的中國少數民族文字報刊成為一道奇特景觀

在 19 世紀末葉就已開始有外國人在海內外創辦中國少數民族文字報刊。進入 20 世紀三四十年代，這些報刊數量逐漸增多，比如 1931 年三·一運動時期在上海朝鮮人創辦的朝鮮文報刊、抗日戰爭時期朝鮮義勇隊在華東、華中、華北以及韓國駐外機構在東北創辦的朝鮮文報刊；1949 年前夕在印度創辦的藏文報刊等等，形成了這個時期民族新聞史上一道奇特景觀。這些報刊具有鮮明的特點，客觀上促進了我國少數民族文字報業的發展。

其一，絕大多數報刊具有鮮明的政治傾向性，肩負著一定的歷史使命。如最早的《東陲生活》多是宣傳俄羅斯帝國的法令、制度及其官方活動，雖有東方見聞和漠南漠北漢蒙地區的新聞報導，但並不占主要版面。到了三四十年代的朝鮮文、藏文報刊其政治態度更為鮮明。在上海創辦的朝鮮文報刊

都是持不同政見者的政黨報紙，是各個派別的政黨機關刊物。即使是《上海倍達商報》這類的商業報紙其目的也十分清楚：「一爲在外國市場上營利，圖謀自體的利益。一爲對本國兄弟義務經商，勸獎和指導本國兄弟從事海外貿易的試驗。」顯然也是爲了發展本國的民族經濟。1949 年前夕，在印度出版的藏文報刊《鏡報》的反動政治傾向更加明顯。這說明報紙作爲一種新聞載體，漢文也好，民族文字也罷，古今中外概莫能外，都是爲宣傳某種政治集團的輿論出版發行的。

其二，這些報刊從創刊到終刊歷史較短，爲什麼會很快夭折呢？原因固然有稿源問題、經費問題、採編人員不足等等，但歸根結蒂是沒有使報紙植於廣大讀者。也就是說不了解讀者，對讀者研究不夠。沒有把讀者的需要作爲辦報的唯一宗旨。外國人無論如何下工夫研究，都很難摸透中國少數民族讀者的心理、思想、情緒、文化等等。因此，外國人的辦報活動也就逐漸改變了策略，即在中國少數民族聚集區內尋找他們的代理人，創辦他們的御用報紙。「九一八」事變之後，日本帝國主義瘋狂推行殖民地奴化政策，剝奪我國少數民族人民的政治、言論、出版、結社的自由，搜羅親日分子和民族敗類爲其效力。在我國東北朝鮮族聚集區，創辦《間島日報》《滿蒙日報》《滿鮮日報》等御用報刊，宣揚日本帝國主義大陸政策——「八紘一宇」「日鮮一體」等理論，推行「皇民化」措施，鼓吹「王道樂土」和協和精神，日僞統治機關還內設「弘報處」監控書刊和民眾輿論。同時在內蒙古地區也出版了報刊，宣傳蒙日合作，共建大東亞共榮圈，推行蒙疆政府的政治、外交政策。不言而喻，這些少數民族文字報刊，名爲中國人所辦，但實際上是日本帝國主義及其傀儡政府的御用工具。其宗旨就是在中國少數民族聚集區推行奴化教育。

其三，外國人在海內外創辦少數民族文字報刊，儘管目的不同——文化侵略也好，文化交流也罷，在客觀上都促進了中國少數民族文字報業的興起與發展。我國內蒙古地區、東北地區的蒙古文報刊、朝鮮文報刊，新疆和東北地區的俄文報刊，在中國少數民族新聞史上都是最先發展起來的。跟其他地區相比，這些地區的民族文字報紙辦出了特色和風格，積累了較多辦報經驗，湧現了較多少數民族新聞工作者，這與外國人的辦報活動也不無關係。不少有志之士在外國人影響下辦起了本民族文字的報刊。其辦報方針、宣傳思想當然與外國人不同，絕大多數報紙成爲宣傳進步思想的輿論工具鼓舞群眾爲了自身解放、擺脫從外國侵略者和本國反動派的奴役而抗爭。他們自然比外國人要瞭解自己的民族，因而能迅速地把報紙辦到中國少數民族人民的

心坎上，成爲我國少數民族同胞的良師益友。中國少數民族新聞工作者還從外國人辦報活動中汲取和借鑒了不少經驗尤其是在採編業務方面。到了三四十年代，我國少數民族文字在標題製作、版面編排，圖片攝影及新聞通訊的寫作都有了明顯改進，民族報業有了長足的發展。

（四）我國少數民族新聞事業發展不平衡

民國南京政府時期的中國新聞事業有了明顯的進步。報刊、通訊社、廣播電臺在全國尤其是在京津滬等重要城市及沿海各省市的發展都有相當的規模，而少數民族的新聞事業剛剛突破其單一傳播模式，少數民族語言廣播直到1932年才眞正出現且只有蒙古語和藏語，後來才有朝鮮語和維吾爾語廣播，在全國新聞事業中占的比重很少。民族地區的通訊社此時已創立。據現有資料表明在東三省比較大的通訊社有黑龍江哈爾濱的東華通訊社、華光通訊社和政文通訊社;遼寧省瀋陽有遼寧通訊社、東北文化社、國文通訊社；吉林省有吉林通信社。前邊我們還介紹了西康省的幾家通信社和新聞社團，但是未聞這些通訊社採用少數民族文字發稿或設有面向民族報刊發稿的部門機構。

就報刊文種上看，新中國成立以前，蒙古、藏、維吾爾、哈薩克、柯爾克孜、彝、傣、拉祜、景頗、錫伯、朝鮮、俄羅斯等12個民族，都使用各民族歷史上一直沿用至今的文字（這其中不同地區的蒙古族使用2種不同的蒙古文，居住在不同地區的傣族使用4種不同的傣文），此外，壯族、白族、瑤族、傈僳族、苗族和佤族也分別使用本民族的不同的文字。19個少數民族（含回族）使用著23種少數民族文字（不含漢語文），其中有的文字尚不十分完善，普及度也不高。只有蒙、維、哈、朝、藏、錫伯、滿、回等8個民族有本民族文字的報紙，有的還因種種原因到40年代末期已不再出版。其中比較成熟的少數民族語言文種是蒙古、朝鮮、維吾爾、哈薩克、錫伯等五種。在蒙、朝、維等文種，又以黨報和黨領導下的統一戰線報刊最發達，成績比較卓著。

從報刊地域和類型上看，內蒙古、東北地區和新疆地區民族文字報刊發展比較平穩，積累了較豐富辦報經驗。如新疆的哈薩克文、錫伯文報紙在歷史悠久、持續時間長這點上是其他文種無可比擬的。從報刊種類上看，又以蒙古文和朝鮮文報刊最多，日刊、隔日刊、三日刊、週刊、旬刊、半月刊、月刊等，辦出了水平和特色，受到讀者歡迎，積累的辦報經驗較之其他文種要豐富得多。

　　造成少數民族報刊發展不平衡局面的原因是多方面的。最重要的是廣大民族地區經濟文化滯後，缺乏資金，新聞事業難以發展。報業從業人員被人鄙視，社會地位低下，缺乏專門辦報人才；加之言論出版不自由，報紙難以伸張正義，反映少數民族心聲，不能擁有大量的少數民族讀者。

　　民國時期，是民主思想萌發、政治力量崛起的時期，出現了大量的代表不同政治立場的黨派和團體，其中除了國內的政治派別之外，也不乏國外的政治勢力。報刊成為他們宣傳各自政治主張、影響人民政治立場的重要陣地。特別是在少數民族聚居的邊疆地區，通過報刊就可以看出各種政治力量的相互抗衡。這種現象以東北地區最為顯著，東北地區受偽滿洲國影響，加之俄羅斯族、朝鮮族與境外蘇俄和朝鮮半島的密切關係，一時間聚集了保皇派、中國國民黨、中國共產黨、蘇俄、朝鮮、日本等多方的政治力量，出現了代表不同政治立場的團體以及相應的機關報。

四、民國時期少數民族新聞業發展的歷史貢獻

（一）在開啟民智、呼籲民族團結、針砭時弊、傳遞救國思想等方面起到了積極的作用

　　少數民族新聞業產生初期，大多數進步的報刊都以開通民智，興利除弊，宣傳教育救國和實業救國為主旨，這些進步思潮通過報刊傳遞到少數民族地區，推動了少數民族地區民眾思想的覺醒，促進了文化、教育、經濟的發展。如趙式銘主筆的《麗江白話報》就積極傳播團結愛國，富國強兵的思想，提倡開辦學堂，學習西方工商業，痛斥鴉片盛行等。聯豫和張蔭棠在拉薩創辦的《西藏白話報》、在伊犁地區創辦的由馮特民任主編的《伊犁白話報》都積極向邊疆地區傳播國內外時事，介紹先進的科學生產技術。

（二）為一大批進步少數民族報人提供了施展「新聞救國」才能的舞臺

　　民國時期，特殊的歷史文化背景，為敢於嘗試的少數民族知識分子提供了一個較為開闊、自由的辦報平臺，一些報人在辦報過程中親歷採寫編評等具體工作，辦報水平得到提升；一些報人則經歷多次辦報的歷練，不僅樹立了堅定的辦報信念，而且聚攏了一批熱愛新聞事業的少數民族有識之士，壯大了少數民族報人隊伍。創辦《正宗愛國報》的回族報人丁寶臣以「敢言」著稱，在長達 7 年的辦報過程中堅持匡正時弊，主持正義，由於抨擊袁世凱

政權，遭到逮捕並被殺害。水族報人鄧恩銘先後組織出版勵新學會會刊《勵新》，負責編輯發行青島《膠澳日報》，主編出版《紅旗》和《鐵路工人》等雜誌，由於多次領導工人罷工運動，宣傳中國共產黨的革命思想，被國民黨逮捕並殺害。

（三）在中華民族新聞史上為後人留下了一批具有歷史價值的民族報業品牌

民國時期創立的報刊中，有不少經歷政局的跌宕起伏，幾番停刊復刊，頑強地延續下來，成為具有歷史價值的民族報業品牌，其中不乏由少數民族報人創辦或是在少數民族地區創辦的報刊。最為著名的當屬滿族報人英斂之創辦的《大公報》，至今仍在出版發行。創辦於 1936 年的《新疆日報》其前身是《天山日報》，民國時期，《新疆日報》經歷了盛世才、吳忠信、張治中、包爾漢時期，為共產黨解放新疆起到了積極的作用。目前仍在發行的《新疆日報》是在該報的基礎上於 1949 年 12 月重新創刊的。

（四）為後人研究民國史及研究少數民族社會發展留下了豐富的文獻

民國時期少數民族新聞業迅速、繁榮地發展的歷史性貢獻就是為後人研究這段歷史留下了豐富的史料。民國時期的少數民族報刊一方面為後人研究少數民族新聞事業發展史保存了珍貴的第一手文獻史料，同時也因為刊載在報刊上有關當時少數民族社會生活、經濟文化、人文風俗習慣以及特定政治事件的內容，成為後人研究民國時期與少數民族相關的其他內容和主題提供了極為珍貴的歷史文獻，後人可以通過當時出版發行的少數民族報刊上刊載的有關內容，再現這一階段（民國時期）少數民族特定社會生活方面的發展軌跡和歷史現象，進而探討其間蘊涵的內在客觀規律。這一歷史性貢獻是大量出版發行的漢語文報刊難以替代的。

五、民國時期少數民族新聞業發展的侷限性

（一）歷史條件、社會環境和經濟因素制約較多，民國時期少數民族報人的辦報活動多是短暫的。能夠像《大公報》《新疆日報》那樣經歷政權更替，堅持下來的報刊可謂鳳毛麟角，大多數報刊或因缺少經濟支柱、或因受到政治集團打壓而在創刊人那一代便終止了。

　　（二）報刊的影響力較大而辦報門檻相對較低，使辦報成爲一種風潮，這一時期的少數民族新聞業也呈現出無序、龐雜的發展態勢。同一時期發行的報刊數目繁多，內容良莠不齊，幾乎難以做到堅持定期出版。比較普遍存在「短命」的特點:有一些創刊之後，僅僅發行一期就停刊了；有一些在持續發行短暫的一段時間後，經歷反覆的停刊、復刊過程；有一些停刊之後，改頭換面換個刊名再繼續發行。筆者認爲造成這種狀況的主要原因是民國時期國內戰內亂不斷，政局動盪。民國時期辦報還屬於私人商業行爲，審核過程比較簡單，只要有經濟基礎和文化水平，幾乎人人皆可辦報，沒有太高的門檻限制，因此小型的報業公司層出不窮，少數民族報業也存在這樣的問題。每一位辦報的報人都有自己的政治主張和立場，言論自然有傾向，容易受到意見相左的黨派的仇視和阻撓，因此辦報活動難以持續，有時甚至報人的人身安全都會受到威脅。

　　（三）缺乏品牌意識。從報刊的命名上便可看出報刊的創辦者們並沒有很強烈的報刊品牌意識，爲報刊取名較爲簡單，早期因爲白話文興起，所以多數報刊常用「地名＋白話報」的形式。一些在讀者中頗有影響力的報刊停刊之後，很少有報人能夠意識到該報刊潛在的品牌價值，報刊品牌缺乏延續性。

　　（四）在報刊內容方面，側重於時評、時事等內容，對於副刊、廣告等投入的較少。一些回族報刊大量的內容都集中在伊斯蘭教教義解釋，經文出版等本民族族內事務的宣傳中，缺乏眞正的新聞意識。雖然我們認爲這一時期現代少數民族新聞業已經產生，但從出版的報刊內容來看，與眞正意義上的「新聞紙」還是有很大差距的。

　　雖然民國時期少數民族新聞業的發展經歷重重困境，有著諸多的侷限和不足，但是它的出現和繁榮爲瞭解和研究中國新聞史和民國時期其他領域的相關研究留下了豐富的資料，更爲中國少數民族新聞史的研究和發展留下了珍貴的史料。

引用文獻

一、著　作

1. 中國社會科學院新聞所編：《中國共產黨新聞工作文選彙編》（全三卷），：新華出版社，1980 年版（內部發行）。

2. 中共中央文獻研究室、新華社合編：《毛澤東新聞工作文選》，新華出版社，1983 年版。

3. 中共中央宣傳部辦公廳、中央檔案館編研部編：《中國共產黨宣傳工作文選選編》（1～4），學習出版社，1999 年版。

4. 費孝通主編：《中華民族多元一體格局》（修訂本），中央民族大學出版社，1999 年版。

5. 方漢奇主編：《中國新聞事業通史》（1～3 卷），中國人民大學出版社，1999 年版。

6. 方漢奇主編：《中國新聞事業通史》（1～10 卷，英文版），天窗出版公司，2013 年版。

7. 方漢奇主編：《中國新聞事業編年史》（上中下三編），福建人民出版社，2000 年版。

8. 方漢奇等著：《大公報》百年史，中國人民大學出版社，2004 年版。

9. 丁淦林主編：《中國新聞事業史》，高等教育出版社，2002 年版。

10. 丁淦林主編：《中國新聞圖史》，南方日報出版社，2007 年版。

11. 張之華主編：《中國新聞事業文選》，中國人民大學出版社，1999 年版。

12. 吳廷俊主編：《新記大公報史稿》，武漢出版社，2002 年版。

13. 馬樹勳：《民族新聞探索》，內蒙古人民出版社，1986 年版。

14. 馬樹勳編著：《民族新聞縱橫談》，內蒙古人民出版社，1988 年版。

15. 馬樹勳編著：《中國少數民族文字報紙概略》，內蒙古人民出版社，1990 年版。

16. 馬樹勳編：《民族地區採訪經驗談》，內蒙古人民出版社，1990 年版。

17. 白潤生編著：《中國少數民族文字報刊史綱》，中央民族大學出版社，1994年版。

18. 白潤生主編：《中國少數民族新聞傳播通史》（上下冊），中央民族大學出版社，2008 年版。

19. 白潤生主編：《中國少數民族新聞傳播史》，民族出版社，2008 年版。

20. 白潤生：《守好我們的精神家園～白凱文少數民族文化文選》，人民日報出版社，2014 年版。

21. 白潤生：《民族報刊研究文集》，中國物價出版社，1996 年版。

22. 白潤生：《白潤生新聞研究文集》，中國文史出版社，2004 年版。

23. 白潤生編著：《中國新聞通史綱要》，新華出版社，1998 年版。

24. 白潤生編著：《中國新聞通史綱要》（修訂本），中央民族大學出版社，2004年版。

25. 林青主編《中國少數民族廣播電視發展史》，北京廣播學院出版社，2000年版。

26. 張巨齡：《綠苑鉤沉──張巨齡回族史論選》，民族出版社，2001 年版。

27. 趙永華：《在華俄文新聞傳播活動史》（1898～1956），中國人民大學出版社，2006 年版。

28. 胡太春：《世紀之交的俄羅斯傳媒》，中國文史出版社，2003 年版。

29. 徐麗華：《藏學報刊匯志》，中國藏學出版社，2003 年版。

30. 王綠萍、程祺編著：《四川報刊集覽》，成都科技大學出版社，1993 年版。

31. 益西拉姆：《中國西北地區少數民族大眾傳播與民族文化》，蘭州大學出版社，2002 年版。

32. 崔相哲：《中國朝鮮族報紙‧廣播‧雜誌史》（朝鮮文），韓國慶南大學出版社，1998 年版。

33. 黑龍江日報社新聞志編輯室編著：《東北新聞史》（1899～1949），黑龍江人民出版社，2001 年版。

34. 張小平：《民族宣傳散論》，中國藏學出版社，2005 年版。

35. 余正生主編：《民族新聞研究與實踐》（作品‧評述‧報人）第一卷，吉首精美影印有限責任公司，1998 年版。

36. 余正生主編：《民族新聞研究與實踐》（理論‧探討‧思考）第一卷，吉首精美影印有限責任公司，1998 年版。

37. 傅克家、程海洲主編：《內蒙古日報五十年》，內蒙古人民出版社，1998年版。

38. 戈夫、田英主編：《內蒙古期刊事業》，蒙古文化出版社，1990 年版。

39. 內蒙古日報社、內蒙古自治區對外文化交流協會合編:《草原春秋》(第一、二卷),內蒙古日報社,1987 年版。

40. 內蒙古日報社、內蒙古新聞研究所編:《內蒙古新聞資料選編》(第一集),內部出版發行。

41. 賈來寬、張玉嶺、郭毅編:《內蒙古新聞事業概況》,內蒙古大學出版社,1989 年版。

42. 傅青元、朱世奎主編:《青海掠影》,人民日報出版社,1990 年版。

43. 包爾漢:《新疆五十年》,文史資料出版社,1984 年版。

44. 《〈新疆日報〉大事記》編寫組:《〈新疆日報〉大事記》(1949~1989),內部發行。

45. 王潤澤:《北洋政府時期的新聞業及其現代化》(1916~1928),中國人民大學出版社,2010 年版。

46. 丁宏:《東幹文化研究》,中央民族大學出版社,1999 年版。

47. 張麗萍:《內蒙古民國報刊史研究》,內蒙古大學出版社,2014 年版。

48. 白潤生:《守護好我們的精神家園——白凱文少數民族文化文選》,人民日報出版社,2014 年版。

二、辭書與工具書

1. 劉建明主編:《宣傳輿論學大辭典》,經濟日報出版社,1992 年版。

2. 馬寅主編:《中國少數民族》,人民出版社,1981 年版。

3. 黃光學主編:《當代中國的民族工作》(上下冊),當代中國出版社,1995 年版。

4. 田曉岫主編:《中華民族》,華夏出版社,1991 年版。

5. 《中國新聞年鑒》,中國新聞年鑒社,1982~2001。

6. 《中國廣播電視年鑒》,北京廣播學院出版社,1986~2001。

7. 王綠萍主編,《四川報刊五十年集成》(1897~1949),四川大學出版社。

8. 文精主編,《蒙古族大辭典》,內蒙古人民出版社,2004 年版。

三、期刊與報紙

1. 《中央民族大學學報》,中央民族大學期刊社。

2. 《新聞研究資料》(第 1 輯~第 61 輯),中國社科院新聞所編。

3. 《文史研究資料選編》,全國政協文史出版社。

4. 《中國記者》,新華社主辦。

5. 《新聞與傳播研究》,社科院新聞與傳播所主辦。

6. 《西南民族學院學報》,西南民族學院主辦。

7. 《內蒙古社會科學》，內蒙古社會科學院主辦。

8. 《中國廣播電視學刊》，中國廣播電視學會主辦。

9. 《中國電視》，中國電視藝術委員會主辦。

10. 中國人民大學報刊複印資料《新聞學》，中國人民大學報刊複印資料中心。

11. 《新聞大學》，復旦大學新聞學院與解放日報社主辦。

12. 《長安大學學報》（社會科學版），長安大學主辦。

13. 《民族教育研究》，中央民族大學期刊社主辦。

14. 《新疆新聞界》，新疆日報社主辦。

15. 《當代傳播》，新疆日報社主辦。

16. 《新聞學論叢》，中國人民大學新聞學院主辦。

17. 《民族新聞》，全國少數民族地區州盟地市報研究會主辦，內部刊物。。

18. 《民族新聞界》，全國少數民族地區州盟地市報研究會主辦，內部刊物。。

19. 《新聞論壇》，內蒙古新聞研究所主辦。

20. 《新聞潮》，廣西新聞者協會主辦。

21. 《中國藏學》，藏學研究中心主辦。

22. 《西藏研究》，西藏社會科學院主辦。

23. 《中國西藏》，中國西藏雜誌社主辦。

24. 《新聞三味》，工人日報社主辦。

25. 《新聞窗》，貴州新聞學會、貴州記協主辦。

26. 《新聞春秋》，中國新聞史學會主辦。

27. 《民族團結》，國家民族事務委員會主辦。

28. 《中國民族》，國家民族事務委員會主辦。

29. 《中國新聞出版報》，新聞出版署主辦。

30. 《中華新聞報》，中國記協主辦。

四、網　站

1. 中國新聞社主辦的中新網站：www.chinanews.cn

2. http://www.xinhuanet.cn

3. http://www.peopledaily.com.cn

4. http://www.media.sinobnet.com

5. http://www.chinamediastudies.com

6. http://www.cnki.net

7. 傳媒觀察：www.mediguancha.home.chinaren.com

8. 紫金網：www.zijin.net

後　記

　　2013 年夏天的第八屆世界華文傳媒與華夏文明國際學術研討會上，南京師範大學倪延年教授誠懇邀請我參加由他主持的國家社科基金重點項目「中華民國新聞史研究」，當即高興地接受了他的邀請。之所以欣然同意，原因有二：一是，我對倪延年老師的人品、學品一向敬重；二是，他邀我作為課題組的成員，表明他對我的學術觀點「中國新聞史是中華民族新聞史」的贊同。倪老師抓得很緊，在 2013 年「十一」長假期間，他就把課題組成員召集在一起布置任務，制定研究方案和操作規矩等，參會之後，我感到任務重，時間緊，尤其是對我來說，年事已高，我身邊已無碩士研究生，更無博士研究生，開展研究工作，身邊沒有助手，實難完成任務，我想打退堂鼓。請他另選高人，他也只是說幾句寬慰的話，讓我一定堅持到底。此後，倪老師領銜投標的「中華民國新聞史」又獲准立項國家社會科學基金重大項目 2013 年度（第二批）。

　　中國少數民族新聞事業興起於 20 世紀初葉，至今已有 110 多年的歷史了。啓蒙、革命、建設、改革，他與整個國家、整個中華民族的新聞事業，同呼吸共命運。從報刊到廣播、電視、網絡，從一種語言到多個語種，從民間覺醒到國家重視，中國少數民族新聞事業形成了多語種、多層次、多渠道的新聞傳播體系，呈現出滿園春色、欣欣向榮的大好局面。

　　截至 2014 年底，全國少數民族文字報紙出版 103 種，平均期發數 117.52 萬份，總印數 21443 萬份，總印張 317683 萬份，總金額 13724 萬元。[1]全國少數民族文字期刊 227 種，平均期印數 129.55 萬冊，總印數 1254.50 萬冊，總

1　引自《2015 年中國新聞年鑒》，中國新聞年鑒社，2015 年版，第 852 頁。

印張 5848.86 萬張，總金額 6585.82 萬元。[1]

2014 年，全國少數民族廣播節目播出時間合計 1405.83 萬小時，較上年增長 1.91%；全國少數民族電視節目播出時間 1747.61 萬小時，較上年增長 2.46%。2014 年全國少數民族廣電總收入 4226.27 億元。[2] 從中央到地方，包括省（自治區）、地（州盟）、縣（旗）共辦有蒙古、藏、維吾爾、哈薩克、朝鮮、壯、彝、傣等 20 餘種少數民族語言的廣播電視節目。成為黨和政府與少數民族群眾溝通的橋樑和紐帶，成為我國新聞事業中一支不可或缺的生力軍。

中國少數民族新聞傳播研究始於 20 世紀 80 年代中葉。當時已有一些成果問世，創建了專門的研究機構，如內蒙古新聞研究所。內蒙古新聞研究所，當年作為全國唯一的一所省（區）級的專門研究機構，還創辦了蒙古文版和漢文版的新聞業務刊物《新聞論壇》。1988 年 11 月上旬，中國少數民族新聞研究會（現更名為中國報協少數民族地區報業分會）在貴州省黔東南苗族侗族自治州首府凱里成立。該會係全國性的新聞學術團體，並創刊《民族新聞界》（初名《民族新聞》）作為會刊。這個研究會的影響十分廣泛，尤其在新聞業界。

內蒙古烏蘭察布日報社原副社長兼副總編輯馬樹勳（回族）主任編輯是我國少數民族新聞學的開拓者。他的主要著作有《民族新聞探索》《民族新聞縱橫談》《民族地區採訪經驗談》《中國少數民族文字報紙概略》等。其中《民族新聞探索》獲內蒙古自治區社會科學二等獎。

進入 20 世紀 90 年代，少數民族新聞研究獲得初步發展。1994 年由中央民族大學出版社出版的《中國少數民族文字報刊史綱》，引起了新聞界和新聞學術界的廣泛關注。1996 年獲北京市第四屆哲學社會科學優秀成果二等獎，1998 年獲教育部普通高等學校第二屆哲學社會科學優秀成果二等獎。就連全球知名的高等學府哈佛大學（燕京圖書館）也收藏了這部著作。1997 年廣西師範大學出版社出版了白克信（回族）、蒙應的《民族新聞學導論》，填補了少數民族新聞學研究的一項空白。1998 年出版的《內蒙古日報五十年》論述和總結了我國最早的少數民族文字省級黨報《內蒙古日報》半個世紀的發展歷程和辦報經驗。

---

1 引自《2015 年中國新聞年鑒》，中國新聞年鑒社，2015 年版，第 861 頁。
2 引自《2015 年中國新聞年鑒》，中國新聞年鑒社，2015 年版，第 863 頁。

　　進入 21 世紀少數民族新聞傳播學研究，佔領了更大的研究空間，取得了更加豐碩的成果，甚至有人稱之爲「顯學」。白潤生撰寫的學術論文《承載民族夢想：中國少數民族文字報刊的百年回望》，已全文譯爲英文發表在 2017 年第 4 期總 67 期《中國民族（英文版）》。這是我國第一次向國外全面系統簡明扼要地介紹了我國的少數民族文字報刊。公開出版的著作據不完全統計約有 50 餘部。史學方面有林青主編的《中國少數民族廣播電視發展史》（2000）、周德倉撰寫的《西藏新聞傳播史》（2005，獲第五屆教育部人文社會科學優秀研究成果三等獎）和《中國藏文報刊發展史》（2010）、白潤生主編的《中國少數民族新聞傳播通史》（2008，獲國家民委第二屆人文社會科學研究成果著作類二等獎）和《中國少數民族新聞傳播史》（2008，獲 2011 年北京高等教育精品教材獎）、帕哈爾丁（維吾爾族）撰寫的《新疆新聞事業史研究》（2009）、張麗萍撰寫的《內蒙古民國報刊史研究》（2014）、馬成鳴（回族）撰寫的《傳播構建現代民族共同體——近代回族報刊〈月華〉研究》（2015）、于鳳靜撰寫的《當代東北地區少數民族新聞傳播史研究》（2017，獲中國新聞史學會主辦的第四屆新聞傳播學學會獎方漢奇獎三等獎）等；實務方面有牛麗紅撰寫的《新聞報導中的西北民族問題研究》（2007，獲甘肅省第十一屆社會科學優秀成果三等獎）和《新形勢下輿論引導新格局——甘肅少數民族地區突發事件新聞報導快速反應機制研究》（2017）、劉世樹等撰寫的《走向輝煌——新時期中國民族市州報發展謀略初探》（2011）等；理論研究有張小平撰寫的《民族宣傳散論》（2005）、邱沛篁等主編的《西部大開發與西部報業經濟發展研究》（2008）、王曉英撰寫的《民族新聞傳播簡論》（2013）等；週年紀念著作、文集有張小平等主編的《實踐與思考——中央人民廣播電臺民族廣播 55 週年》（2005）、莫樹吉主編的《走向輝煌——西藏人民廣播電臺四十五週年巡禮》（2004）、白潤生撰寫的《白潤生新聞研究文集》（2004）和《守護好我們的精神家園——白凱文少數民族文化文選》（2014，獲「新聞傳播學學會獎」第二屆組委會特別獎）、周德倉等主持的《西藏新聞傳播與社會發展研究》文集（2013 結項）、白貴（回族）任文京主編的《華文出版與跨文化傳播「一帶一路」之建構與融通》（2018）等等；傳播學著作有張宇丹主編《傳播與民族發展—雲南少數民族地區信息傳播與社會發展關係研究》（2000）、益西拉姆（藏族）撰寫的《中國西北地區少數民族大眾傳播與民族文化》（2002）、田建平撰寫的《元代出版史》（2003，2004 年獲河北省第八屆哲學社會科學專著類優

秀成果三等獎）及《宋代出版史》（上下冊，2017 年，2018 年獲中國新聞史學會主辦的第四屆「新聞傳播學學會獎」方漢奇獎一等獎，河北省第十六屆社會科學優秀成果獎一等獎）、郭建斌撰寫的《鄂倫春族：黑龍江黑河市新生村調查》（2004）和《獨鄉電視：現代傳媒與少數民族鄉村日常生活》（2005）及《尋找格桑梅朵——西藏昌都地區流動電影放映田野研究實錄》（2015）、阿斯買·尼亞孜（維吾爾族）撰寫的《新聞傳播與少數民族受眾》（2006）、趙麗芳撰寫的《存異求同——多元文化主義與原住民媒體》（2008）及《民族語言媒體研究功能、效果與受眾》（2016 年）》、徐曉紅撰寫的《民族地區媒介素養引論》（2010）、莊曉東等撰寫的《網絡傳播與雲南少數民族文化的現代建構》（2010）、孫信茹撰寫的《廣告與民族文化產業》（2011）、高衛華主編的《民族文化傳播與地方社會發展研究報告》（2011）、岳廣鵬撰寫的《衝擊、適應、重塑：網絡與少數民族文化》（2012）、李克撰寫的《衝擊碰撞下的交流與融合——西北民族地區大眾傳播現狀與對策研究》（2013）、朱傑撰寫的《徘徊與躊躇中的抉擇——西北民族地區大眾傳播與社會變遷研究》（2013，獲甘肅省第十四屆哲學與社會科學優秀成果獎）、張碩勳等撰寫的《大眾傳播與西部民族地區社會變遷——以甘肅藏族地區為例》（2015）、金玉萍撰寫的《電視實踐：一個村莊的民族志研究》（2015）、方延明撰寫的《我國藏語新聞媒體影響力問題研究》（2015）、中南民大民族文化研究中心編：《民族文化傳播研究》（2015）、陳峻俊主編的《現代媒介與民族文化傳播》（第三輯，2016）、李欣撰寫的《話語、建構與認同——少數民族新聞研究》（2016）、林曉華撰寫的《媒介化社會與少數民族發展研究》（2017）、袁愛中（回族）撰寫的《西藏民族文化傳播的歷史、理論與現實》（2017）、王斌撰寫的《電視媒體對維吾爾族觀眾的影響力與提升路徑（2018）》；工具書有徐麗華（藏族）編著的《藏學匯志》（2003）、白潤生主編的《中國少數民族新聞工作者生檢索》（2007）、周德倉整理的《〈申報〉涉藏文獻索引（1872～1949）》（2015）等；調查報告有白潤生主編的《當代中國少數民族新聞事業調查報告》（2010，獲教育部第六屆高等學校科學研究優秀成果三等獎）、王斌等撰寫的《少數民族地區電視傳播效果研究——以西藏、新疆地區為例》（2012）、鄭保衛等主編的《中國少數民族地區新聞傳播發展報告（1949～2010）》（2012）、張志等主編《人·媒介·社會互動與發展》（2012）等。以上僅是就筆者所掌握的資料列舉的研究成果，掛一漏萬。

　　從上述八類 50 餘部研究成果來看，進入 21 世紀以來的少數民族新聞傳播學研究成果不僅數量增加，而且研究水平顯著提升。此前只是報刊史研究，此後逐漸擴展到廣播史、電視史、新聞教育與研究、少數民族新聞業務及網絡傳播等少數民族傳播學的研究；此前，大多是自選項目，進入 21 世紀後，既有省級項目，校際合作項目，更有國家社科基金項目；在研究方法上，自覺地運用民族志的理論和方法研究少數民族新聞傳播學。注重田野調查，客觀描述、數據統計。許多學者往往深入到少數民族地區，從現實生活發現問題。通過實地調查，從理論上回答現實中的問題。誠如有的學者所言，不少成果體現出廣泛而豐富的民族性，形成了中國民族新聞傳播學研究的一道絢麗的民族文化學術景觀。

　　中國少數民族新聞傳播研究基本由三大塊構成，即史學研究、對現實的關照、理論的沉澱與提升。我完全贊成這一見解，「少數民族新聞傳播學學科的建立，首先是歷史的沉澱，其次是對現實的關照，最後過渡到理論的抽象，這是一般研究的規律。」從以上 8 類 50 餘部研究成果來看，「建立完善的研究機制和研究格局，構建少數民族新聞傳播理論體系這一塊，目前還是這個研究領域的薄弱環節。」2012 年，我爲王曉英副教授的專著《民族新聞傳播簡論》寫的序裏說，「我們越是肯定史學成果的豐富與創新，越發覺得少數民族新聞理論的研究相對滯後」。「《簡論》的問世，變一條腿走路爲兩條腿走路，『史』『論』並進，爲少數民族新聞傳播學學科建設找到了新的支撐點。」王曉英《民族新聞傳播簡論》的出版，雖然對「薄弱環節」有所緩解，但並未徹底將這個環節由「薄弱」變爲「健碩」。

　　然而，無論如何進入 21 世紀之後，少數民族新聞傳播學研究已有長足發展，研究隊伍壯大了；研究成果豐富啦。並且還創辦了自己的學術組織。2011 年 7 月 19 日，經國家民政部批准，中國新聞史學會少數民族新聞傳播史研究委員會正式批准成立。並於 2012 年 12 月 3 日在中央民族大學召開成立大會。少數民族新聞傳播史研究委員會是中國新聞史學會所屬全國性的二級分支機構，也是全國第一個由國家主管部門批准的少數民族新聞傳播研究學術團體。業務範圍是理論研究、學術交流、書刊編輯、諮詢服務。接受教育部和民政部的業務指導和監督管理。中央民族大學文學與新聞傳播學院時任副院長的趙麗芳教授當選爲第一任會長，內蒙古日報社《新聞論壇》主動與研究委員會合作，成爲刊發少數民族新聞傳播學的主要平臺之一。2016 年

5月28日，少數民族新聞傳播史研究委員會第二屆常務委員會在河北大學新聞傳播學院召開，在第二任會長白貴教授主持下，常務委員會就研究委員會章程、入會條件的修改，副會長、常務理事、理事單位及相關人員的增補和調整方案，對下一階段學會工作及發展方向等問題進行了討論。並一致決定將開辦研究委員會官方網站和官方微信公眾號。研究委員會將繼續健全運行機制，豐富活動內容，加強與中國新聞史學會的聯繫、溝通與配合，擴大成員隊伍，提升協調能力和管理水平，團結更多的各族學者和媒體從業人員，在保持自身特色的同時，盡快把研究委員會的各項事業和工作提高到新水平。

雖說史學研究取得了豐碩成果，但是把「民國時期的少數民族新聞業」作為一個獨立的學術概念進行研究，也就是說，把「中華民國」作為一個朝代的專門史——少數民族新聞傳播史，應該說自此始。這其實也是激勵我們把這項研究進行到底的動力之一。

《民國時期的少數民族新聞業（1912.1～1949.9）》係國家社科基金重大項目《中華民國新聞史》（13&ZD154）子課題《民國新聞專題史研究叢書》之一。全書前有導論：民國時期中國少數民族新聞業研究的對象及意義；後有結語：民國時期少數民族新聞業發展的特點、貢獻及侷限性。其中有五章：第一章民國孕育時期的少數民族新聞業（1893～1912）；第二章民國創立初期的少數民族新聞業（1912～1916）；第三章民國北京政府時期的少數民族新聞業（1916～1928）；第四章民國南京政府前期的少數民族新聞業（1927～1937）；第五章民國南京政府中後期少數民族新聞業（1937～1949），約26多萬字。第一章包括三節十一目，約有46000多字，占全書的六分之一。如果把這一章與第二章合為一章，作為其中一節難以承受。我國自古以來就是一個統一的多民族的國家。民族眾多，語言文字相應增多。不少民族與漢族一樣很早就創立了本民族的文字，比如藏族、蒙古族、維吾爾族、滿族等，據統計新中國成立前有21個民族使用著24種文字，為少數民族的信息傳播和報刊的興起提供了先決條件。在民國孕育時期，回族、蒙古族、藏族、朝鮮族、維吾爾族等都興辦了自己的報刊，並產生了著名的報人，積累了一定的辦報經驗，為民國的創立提供了輿論準備，也為民國時期少數民族新聞業的興起與發展奠定了基礎。這也就是把民國孕育時期單列一章的原因。

導論由廊坊師範學院文學院新聞系講師荊琰清博士執筆。第一章至第五

章由中央民族大學白潤生教授執筆（第三章第四節第二目王靜齋與《伊光》月報，荊琰清參加部分內容的寫作），結論由白潤生和荊琰清合作。白潤生負責全書統稿。

　　本書的寫作把 48 種圖書、8 種辭書和工具書、30 種期刊和報紙及 8 個網站作爲參考文獻，其中以本人的《中國少數民字報刊史綱》《中國少數民族新聞傳播通史》《中國少數民族新聞傳播史》《守護好我們的精神家園——白凱文少數民族文化文選》爲重點閱讀書目。而《中國少數民族新聞傳播通史》（以下稱《通史》）和《中國少數民族新聞傳播史》是多民族集體勞動的結晶。《民國時期的少數民族新聞業（1912.1～1949.9）》順利完稿，與此前參加《通史》寫作各民族作者先期奠定的基礎密不可分。因此，我們向《通史》的各位作者致敬；南開大學歷史學院中東史在讀博士馬潔光（回族）提供了《伊光》月報最新發現的史料（複印件），對於他們提供的最具參考價值的珍貴史料，由衷地感謝。

　　在本書的寫作過程中，國家社會科學基金重大項目「中華民國新聞史」首席專家倪延年教授及編纂委員會、顧問委員會的各位專家學者都給予具體幫助與指導，在此一併表示誠摯的謝意。

　　中央民族大學文學與新聞傳播學院新聞學 2011 級研究生劉暢（現榮寶齋出版社總編辦職員）、2012 級研究生馬丹羽（回族）、2014 級研究生王洪宇（滿族）、音樂學院音樂學專業 2011 級研究生譚嗣鈺（現中央財經大學工會幹部）等同學，在本書的寫作過程中作了電腦輸入等各種技術工作，對於他們的辛勤勞動也一併表示衷心的感謝！

　　本人才疏學淺，年事已高，跟不上形勢發展，錯誤在所難免，請各位專家學者和廣大讀者批評指正！

白潤生

2016 年 7 月 22 日子時初稿，2018 年 3 月 21 日子時修改，
4 月 23 日、10 月 6 日、11 月 1 日再次修改於京城長河河畔
2019 年 8 月至 9 月 5 日交出版社後又一次校改